# 流俗地

黎紫書

獻給李有成老師

# 【出版緣起】
# 「馬華長篇小說創作發表專案」的第1部作品

國家文化藝術基金會董事長

國家文化藝術基金會（簡稱：國藝會）長期關注台灣藝文生態發展及需求，營造有利文化藝術工作者的展演環境，並致力推動台灣藝文國際交流。每年辦理常態補助，支持文學、視覺藝術、舞蹈……等藝術領域創作、展演及國際交流，並推動具前瞻性、倡議性、符合時代發展的專案補助。

二〇〇三年，國藝會推動「長篇小說創作發表專案」，從創作、出版到推廣「一條龍」的概念進行補助，支持台灣原創作品並致力擴大作品影響力，也鼓勵企業參與藝文、挹注資源。長篇專案推動十七年來，已補助六十三部原創計畫，出版三十七部著作，其中多部獲得國內外獎項，並外譯發行國際版權。植基長篇專案推動成效，二〇一六年，綜合各方專業意見及評估華文地區各地補助資源概況，推動「馬華長篇小說創作發表專案」。

馬華長篇專案是國藝會第一次以支持外國藝術創作者為主的專案補助，期待在華文書寫的共通語境脈絡中，鼓勵優秀華文書寫作品，促進台馬文學交流。感謝國藝會前任董事長施振榮先生的促成，邀請馬來西亞在台發展之企業家：潘健成董事長（群聯電子有限公司）、郭文德先生（前南山人壽董事長）專款贊助三年（二〇一六至二〇一八年），每年支持一位馬來西亞籍作家之華文創作，並協助作品出版及推廣。

本書作者黎紫書，出生馬來西亞怡保市，現居美國。擔任記者多年，目前專職寫作，曾多次獲得台灣的聯合報文學獎、時報文學獎以及馬來西亞花蹤文學獎肯定，是馬來西亞受矚目的華文作家，她的第一本長篇小說二〇一〇年在台灣出版，本書《流俗地》是她的第二本長篇作品。馬來西亞的華文是我們共同珍視的資產，相信台灣開放、自由、多元的出版環境，能給予馬來西亞華文作者，充分伸展舞台，成為在華文世界嶄露頭角的關鍵跳板。

創造藝文價值及擴大作品影響力，是國藝會長期努力目標，我們將持續提供豐富與多元的助力，滋育當代藝文發展，並且透過藝文創作的書寫實踐，深入庶民生活、土地歷史、族群文化，甚至世界具普世價值的議題，與鄰近國家對話、交流。最後，要向本書的編輯製作團隊及所有參與者，表達最誠摯的謝意！

# 盲女古銀霞的奇遇
## ——黎紫書《流俗地》

王德威

黎紫書來自馬來西亞怡保，是華語文學世界的重要作家，在中國大陸也享有一定知名度。上個世紀末她以《把她寫進小說裡》（一九九四）獲得馬來西亞花蹤文學獎小說首獎，自此嶄露頭角，之後創作不輟。《流俗地》是她繼《告別的年代》（二〇一〇）後第二部長篇小說。十年磨一劍，黎紫書的變與不變，在《流俗地》中是否有所呈現？

《流俗地》的主角古銀霞天生雙目失明。她的父親是出租車司機，因為這層關係，銀霞得以進入租車公司擔任接線生。她聲音甜美，記憶力過人，在電話叫車的年代大受歡迎，視障成就了她傳奇的一部分。黎紫書透過銀霞描繪周遭的人物，他們多半出身中下階層，為生活拚搏，悲歡離合，各有天命。

銀霞和其他人物安身立命的所在，錫都，何嘗不是黎紫書所要極力致意的「人物」。錫都顯然就是黎紫書的家鄉怡保。這座馬來西亞北部山城以錫礦馳名，十九世紀中期以來曾吸引成千上萬的中國移民來此採礦墾殖，因此形成了豐饒的華人文化。時移事往，怡保雖然不復當年繁華，但依然是馬來西亞華裔重鎮。

然而怡保又不僅只有華人文化，馬來人、印度人和華人相互來往，加上晚近來此打工的印尼人和孟加拉人，形成了一個多元族群社會。是在這樣的布局裡，黎紫書筆下的盲女銀霞遇見不同場合、人物，展開她的一頁傳奇。也必須是在這樣眾聲喧譁的語境裡，她觀察、思考華人的處境，以及今昔地位的異同。

《流俗地》人物眾多，情節支脈交錯，黎紫書以古銀霞作為敘事底線，穿插嫁接，既有現代主義參差對照的風格，也有舊小說草蛇灰線的趣味，不是有經驗的作者，不足以調動這些資源。銀霞擔任租車公司接線員是巧妙的安排。在她日夜「呼叫」下，所有大小街道的名稱、熟悉不熟悉的地址不斷躍動在字裡行間，形成奇妙的錫都方位指南。比起《告別的年代》刻意操作後設小說技巧，《流俗地》回歸寫實主義，顯示作者更多的自信。黎紫書娓娓述說一個盲女和一座城市的故事，思索馬來西亞社會華人的命運，也流露此前少見的包容與悲憫。

## 流俗與不俗

《流俗地》的「流俗」顧名思義，意指地方風土、市井人生。這個詞也略帶貶義，暗示傖俗不文，下里巴人的品味或環境。黎紫書將錫都比為流俗之地，一方面意在記錄此地的浮世百態，一方面聚焦一群難登大雅之堂的小人物。這些人的先輩從唐山下南洋，孑然一身，只能胼手胝足謀生。上焉者得以安居致富，但絕大多數隨波逐流，一生一世，唯有穿衣吃飯而已。黎紫書更關心的是女性的命運，這一向是她創作的重心。要為這些人物造像，寫出她們的生老病死，喜怒哀樂。

古銀霞天生視障，但她自己和周遭家人親友似乎不以為意。生活本身如此局促，老老實實過日子都嫌捉襟見肘，誰有餘力刻意照顧她憐憫她？但也因此，銀霞和組屋周圍鄰居打成一片。她沒有什麼學識，但自有敏銳的生活常識；她沒有社交生活，卻也自然而然的有了相濡以沫的同伴和朋友。一次出遊，一場談話，一碟小吃，一隻小動物的出沒都足以帶來令人回味的喜悅與悲傷。銀霞的成長沒有大風大浪，唯一一次改變命運的機會，卻帶來此生最大的驚駭與創傷。即使如此，她還是熬了過來，最後迎向生命奇妙的轉折。

黎紫書塑造人物的方法，儼然回到十九世紀歐洲正宗寫實主義的路數，經典之作包括像福樓拜（Gustav Flaubert）的《簡單的心》（*A Simple Heart*）。這類寫作看似素樸的白描，其實自有一套敘事方法和世界觀。所謂「人物」不再享有獨特位置，而是人與物——事物與環境——的相互依賴影響關係。作者從小處著手，累積生活中有用無用的人事、感官資料，日久天長，形成綿密的「寫實效應」。只要回看《告別的年代》，即可看出黎紫書的「變」。《告別的年代》裡的主人翁杜麗安也是來自底層的女性，她出身不佳，力爭上游，嫁了黑道大哥後，搖身變為另類社會名流。即使如此，她並不安分，因此有了更多的曲折冒險。《流俗地》裡的古銀霞沒有杜麗安的姿色和本事，她甚至看不見世界。她必須和生命妥協，退至人世的暗處，她必須認命。然而，黎紫書卻從這裡發現潛德之幽光，最終賦予這個角色救贖意義。

而銀霞不是單一的例子。《流俗地》以集錦方式呈現錫都女子眾生相。沿門簽賭的馬票嫂早年遇人不淑，獨立營生，竟然遇見黑道大哥，有了第二春。這個角色似乎脫胎於《告別的年代》的杜麗安，只是更接地氣。馬票嫂沒有大志，因婚姻所迫走出自己的道路，但就算苦盡甘來，最後也得向歲月低頭。她曾經穿門入戶，好不風光，晚年卻逐漸失智，一切歸零。銀霞童年玩伴細輝一家是《流俗地》的另一重點。這家的男性或早逝、或無賴、或庸懦，反而是從母親何門方氏、媳婦蕙蘭、嬋娟、小姑蓮珠，還有第三代春分、夏至等女性，各自活出命運的際會。母親的頑固、蕙蘭的空虛、嬋娟的刻薄、蓮珠的風流，無不躍然紙上。

這些人的生活苦多樂少，浮沉有如泡沫，認命到了自苦的地步。但她們不需要同情。就像銀霞一樣，這些人兀自存在，以自己的方式「作人」與「格物」。當何門方氏佝僂跪倒猝逝，當蕙蘭坐看自己臃腫如象的身軀，當嬋娟因寡情而自陷憂鬱困境，或當蓮珠發現機關算盡，還是不能鎖住良人時，她們以肉身經歷的無明與不堪，演義生命的啟示——或是沒有啟示。然而生命再庸庸碌碌，也偶有靈光閃爍。這裡沒有天意使然，甚至無關什麼人性光輝，卻足以讓我們理解現實的無情與有情，人之為人的隨俗與不俗，自有一份莊嚴意義。

黎紫書有意將這樣的觀點鑲嵌在更大的歷史脈絡裡。錫都五方雜處，曾經有過繁華歲月，如今風華褪盡。華人生存的環境充滿壓抑，卻仍然得一五一十的過日子。銀霞堅守出租車站，以南腔北調的方言溝通來往過客，名噪一時。新街場舊街場，酒樓食肆，甚至夜半花街柳巷的迎送都需要她的調度串聯。黎紫書藉著銀霞的聲音召喚自己的鄉愁。但在私家車日益普遍，手機網絡和各種替代性租車行業興起後，傳統租車業江河日下。銀霞可能是最後一代接線員。她已不再年輕，將何去何從？

與此同時，馬來西亞華人的生態悄悄發生改變。黎紫書以往的作品也曾觸及種族政治議題，如〈山瘟〉、〈七日食遺〉等，但這類題材不是她的強項。《告別的年代》雖以一九六九年「五一三」華巫暴動為背景，僅僅點到為止。《流俗地》也處理這段歷史，但方式不同。一九六九年五月十三日，馬來西亞反對勢力在全國選舉中險勝，第一次超越聯盟政府，選後雙方衝突，華人成為主要受害者。事件不僅牽涉雙方種族政治，更與長期經濟地位差異有關。「五一三」後，華人地位備受打壓，華校教育成為馬來官方和華人社團對峙的主要戰線，延續至今。

《流俗地》的時間開始於「五一三」之後，暴亂的喧囂已經化為苦悶的象徵。幾個主要人物是在這樣的情境裡長大成人。華人社會一向逆來順受，市井小民尤其難有政治行動。但小說一路發展，最後陡然一變。就在古銀霞為自己的未來做出最重要的決定時，馬來西亞社會也經歷大變動。二〇一八年五月九日，馬來西亞舉行大選，超過兩千三百位候選人爭取七百二十七個國會議席，結果帶來聯邦政府六十一年來的首次政黨輪替。儘管政治變天對華人日後的影響有待觀察，至少為華人的長期壓抑出了口氣。

古銀霞雖然不關心政治，也為那一晚錫都華人圈的焦慮期待以及狂歡所震驚：

真有那麼一瞬，也不知那是什麼時辰了，銀霞忽然聽到城中某一座屋頂下，一排房子當中有人喊出了一聲歡呼。那聲音亢奮而充滿激情，比美麗園中唱〈苦酒滿杯〉的聲音……有更大的震撼力，甚至也比城中所有回教堂同時播放的喚拜詞更加澎湃，以致那一排房舍共享的一長條屋頂輕微晃動了一下，像某種巨大的史前爬蟲類忽然甦醒過來，聳動一下牠發僵的脊椎……電視中的講述員用喊的也不行，他的旁白被背景裡洶湧的人聲和國歌的旋律淹沒了去。

就這樣，古銀霞生命的轉折居然也和一頁歷史產生了若無似有的關聯。流俗之地也有不俗的時刻。但明天過後，錫都或整個馬來西亞的華人生活又會面臨怎樣的光景？惘惘的威脅揮之不去。

## 視覺的廢墟

黎紫書敘事基調一向是陰鬱的。從早期的《州府紀略》到一系列具國族寓言色彩的〈蛆魘〉、〈山瘟〉等，她徘徊在寫實和荒謬風格間，百無聊賴的日常生活和奇詭的想像間，憤怒和傷痛間，找尋平衡點。她曾自白：「我本身是一個對人性、世界、社會不信任，對感情持懷疑態度的人。我做記者的時候，接觸的都是社會底層的陰暗面，看到很多悲劇，無奈的現實以及人性的黑暗，這些很多成為了小說的素材。我沒有辦法找出陽光的東西，我整個人生觀已經定型。我不是為了黑暗而黑暗，為了暴力而暴力，是因為人生觀就是這樣。」[1]

《流俗地》也書寫黑暗與暴力，與黎紫書此前作品不同的是，這部小說並不汲汲誇張暴力奇觀（如馬共革命、種族衝突、家庭亂倫等），轉而注意日常生活隱而不見的慢性暴力（slow violence）。華人遭受二等公民待遇，女性在兩性關係中屈居劣勢，底層社會日積月累的生活壓力，無不一點一滴滲透、腐蝕小說人物的生活。而「黑暗」也不再局限社會的暗無天日或人性的惡劣敗壞。《流俗地》甚至沒有什麼巨奸大惡的反派人物。我認為黎紫書有意探觸另一種生命的黑暗面：無從捉摸的善惡「俱分進化」，難以把握的人性陷溺，還有理性邏輯界限外的偶然。從這裡看來，她創造盲女古銀霞就特別耐人尋味。

「視障」不是文學的陌生題材。當代中文小說裡，史鐵生的〈命若琴弦〉寫一對老少瞎子琴師找尋重見光明的偏方，畢生在路上行走的寓言。畢飛宇的《推拿》以盲人按摩院為背景，寫一群推拿師之間的欲望和挫折。這些都是精心之作，但不脫以盲人與明眼人世界的對比，暗示眾生無明的障蔽。古銀霞的故事當然可以作如是觀。她雖然目不能見，但是「眼盲心不盲」；她有絕佳的音感和觸覺，她的記憶力甚至超過常人。銀霞的存在彷彿為「殘而不廢」這類老話現身說法。

1 http://www.chinawriter.com.cn/2012/2012-08-30/139625.html

真是這樣麼？黎紫書彷彿幽幽問道。銀霞從來沒有看見過現實世界，她所經歷或想像的「視界」又怎能被想當然爾的界定。她的「黑暗」果然如一般所謂的一片漆黑麼？換句話說，黑暗與光明的對比只是明眼人太輕易的想像。盲人既未必能輕易安於黑暗，或總是渴望光明；同理，明眼人不論如何眼觀八方，也未必能夠盡覽一切。本雅明（Walter Benjamin）論攝影，首先批評現代人對視覺表徵的懵懂無知。在攝影和電影（以當代的虛擬）技術發達之後，我們同時罹患恐視症（scophobia）和窺視癖（scophilia）。[2]前者因資訊資源過剩，讓我們害怕觀看，甚至視而不見，後者則驅使我們無窮的觀看欲望，放大縮小，無所不用其極。另一方面，這不只是一個奇觀的社會，也是一個被監視的社會。[3]然而無論動機為何，現代視覺文化有其盲點。德希達（Jaques Derrida）提醒我們，現代性的思想興起源於對視覺譜系的確認，殊不知這一切建立在「視覺的廢墟」上。[4]「欲」窮千里目，我們看能看或想看的，那看不見的都被籠統歸類為黑暗。

德希達提議以「視障」作為方法，提醒我們都在視覺的廢墟摸索，揣摩真理真相而不可得。明眼人對一般所見事物已然有限，何況視力所不能及的，以及視覺透過技術所帶來的千變萬化。但盲人不代表任何更清明的洞見或透視；盲人無非啟動了「自在暗中，看一切暗」（魯迅〈夜頌〉）的視覺辯證。相對黑暗、光明的二元邏輯，黑暗廣袤深邃，其中有無限「光譜」有待探勘，何況存在宇宙中的「暗物質」[5]還是知識論的未知數。

黎紫書當然不必理會這些論述。可以肯定的是，她有心從一個盲人的故事裡考掘黑暗的倫理向度。馬華社會平庸而混亂，很多事眼不見為淨；更多的時候，盲女銀霞必須獨自咀嚼辛酸，包括知識的障礙，和情愛的挫折。銀霞成長期間有兩個同齡男性鄰居玩伴，細輝和拉祖。細輝父親早逝，拉祖則是個印度裔理髮師的兒子。拉祖聰明而有語言天分，引領銀霞進入另一個文化環境。三個同伴終將長大，銀霞注定獨自迎向未知的坎坷。這就引向小說的核心——或黑洞。

銀霞擔任出租車公司接線員前，曾進入盲人學校學習謀生技能，尤其點字技術。銀霞對學校這新環境充滿期待，也遇見一位賞識她的馬來裔點字老師。老師循循教導，學生努力學習，殊不知情愫已經在兩人間萌芽。但老師已婚，且妻子待產。銀霞以點字信箋表達她的感受，欲言又止；老師也發乎情，止乎禮。然後，發生了突如其來的暴力和傷害。銀霞匆匆退學。到底發生了什麼事？銀霞是當事人，但她無從看見真相。甚至事件本身日後也被極少數知情者埋藏、淡忘了。多年之後，銀霞遇見了另一位老師，在另一個黑暗的空間裡，銀霞終於說出她的遭遇……

黎紫書處理銀霞盲校求學的段落充滿抒情氛圍，是《流俗地》最動人的部分。在敘事結構

2 Walter Benjamin, *On Photography*, trans. Esther Leslie（New York: Reaktion Books, 2015）

3 Michel Foucault 在 *Discipline and Punish* 的看法。

4 Jacques Derrida, *Memoirs of the Blind: The Self-Portrait and Other Ruins*, trans. Pascale-Anne Nrault and Michael Naas（Chicago: University of Chicago Press, 1993）, 51–52.

5 James Peebles, "Dark Matter" *PNAS*（Proceedings of National Academy of Sciences in the United States of America）October 6, 2015 112（40）12246-12248; first published May 2, 2014 https://doi.org/10.1073/pnas.1308786111

上，所謂真相的呈現其實發生在小說尾聲。換句話說，時過境遷，我們所得僅是後見之明。這類伏筆安排固然是小說常見，然而就黎紫書的創作觀以及上述有關視覺的討論而言，卻別有意義。《流俗地》代表黎紫書回歸寫實主義的嘗試，而寫實主義的傳統信條無他，就是以透視、全知的姿態觀看、銘刻人生百態。不論採取什麼視角，敘事者或作者理論上掌握訊息，調動文字，呈現聲情並茂的世界。《流俗地》對錫都人事栩栩如生的描寫，的確證明作者的寫實能量。

但小說的核心卻對這樣的寫實信條從根本提出懷疑。從古銀霞到黎紫書，這部小說所要面對的是視覺的廢墟——甚至死角。因為視障，古銀霞無從掌握任何有力線索，回應她所遭受的傷害。問題是，就算她的確有了眼見為憑的證據，作為弱勢女性，甚至弱勢階級與族群，她能夠將真相付諸大白麼？作為敘事者，黎紫書必須面對另一弔詭：她倒敘古銀霞那不可言說的遭遇時，無非寫出那遭遇的無從說起。

仔細閱讀《流俗地》中每個人物的遭遇，我們於是理解黎紫書的描寫固然細膩逼真，但那畢竟是流俗的幻象。就像本雅明所指出，我們奉看見一切的寫實之名，在恐視症和窺視癖之間打轉，忽略了那更大的黑暗從來就已經席捲你我左右。所謂宿命只是最淺薄的解釋。如此，黎紫書調度穿插藏閃的敘事法就不僅是（古典或現代）小說技巧而已，而指向了更深一層認識論的黑洞。每個人物都有不足為外人道的心事，每個人物也都必須應答生命的洞見與不見，即使作者也不例外。

黎紫書以不同方式暗示那不可知或未可知的力量。銀霞有夢遊症，深夜不自覺的起床遊走。夢遊中的她恍若進入無人之境，來去自如。不僅如此，人的世界和視野外，還有兩種「東西」難以掌握。銀霞所曾居住的組屋一直傳說鬧鬼，十年二十人來此跳樓自殺，最後有勞道士超度；另一方面，全書有一隻貓——或牠的分身——神出鬼沒，讓銀霞著迷不已。小說進入尾聲，當錫都華人因為大選所支持的一方獲勝而歡聲雷動時，古銀霞為自己的未來找到歸宿時，一切似乎迎刃而解。與此同時，那隻貓不請自來，沒有人看見。小說戛然而止。

## 當盲女遇見野豬

當代文學因為傳媒產業興起和書寫技術改變，受到極大衝擊，但（境內及境外的）馬華小說表現驚人的韌性。我已多次談到馬華文學作為一種「小文學」，來自馬華族群對華文文化存亡續絕的危機感。語言是文化傳承的命脈，作為語言最精粹的表徵，文學是文化意識交會或交鋒的所在。但文學能否成就，有賴令人感動或思辨的作品。黎紫書的作品必須在這樣的語境下才能顯現意義。

李永平（一九四九—二〇一七）曾是馬華文學的指標性人物。在「後李永平」的時代，現居台灣的張貴興以《野豬渡河》（二〇一八），黃錦樹以「南洋人民共和國」系列寫作（包括《猶見扶餘》、《魚》、《雨》等及其他短篇），在華語世界和中國大陸引起廣大迴響。而定居大馬，足跡遍布世界的黎紫書以《流俗地》這樣的新作，指向第三條路線。

張貴興（b.一九五六）是當代華語世界最重要的小說家之一，《群象》（一九九八）、《猴杯》（二〇〇〇）早已奠定了文學經典地位。這些小說刻畫他的故鄉東馬——婆羅洲砂拉越——華人墾殖歷史，及與自然環境的錯綜關係。雨林沼澤莽莽蒼蒼，犀鳥、鱷魚、蜥蜴盤踞，絲棉樹、豬籠草蔓延，達雅克、普南等數十族原住民部落神出鬼沒，在在引人入勝。《野豬渡河》（二〇一八）描寫一九四〇年代太平洋戰爭日軍侵入砂拉越的暴行，與此同時，在地華人抵抗野豬肆虐，犧牲一樣慘烈。文明與野蠻的分野從來沒有如此曖昧游移。

黃錦樹（b.一九六七）在一九九五年憑《魚骸》一鳴驚人，他的作品充滿國族焦慮，文學於他不僅是危急時刻的產物，根本就是書寫作為政治的形式。黃錦樹批判馬來西亞族群政治從來不遺餘力，但他對馬華社會的中國情結一樣嗤之以鼻：一方面將古老的文明無限上綱為神祕的精粹，一方面又將其化為充滿表演性的儀式。如何體認中文在馬華族群想像中的歷史感和在地性，是黃錦樹念茲在茲的問題。近年他將這一執念化為系列有關馬共及其餘生故事，如《南洋人民共和國》（二〇一三）。曾經的或想像的革命行動早已化為不堪的歷史幽靈，馬來半島上的華族只能以否定的、自嘲其身的方式，證明自己的存在以及虛無。

黎紫書其生也晚（b.一九七一），在她成長的經驗裡，六〇年代或更早華人所遭遇的種種都已逐漸化為不堪回首的往事，或無從提起的禁忌。但這一段父輩奮鬥、漂流和挫敗的「史前史」卻要成為黎紫書和她同代作家的負擔。他們並不曾在現場目擊父輩的遭遇，時過境遷，他們僅能想像、拼湊那個風雲變色的時代：殖民政權的瓦解、左翼的鬥爭、國家霸權的壓抑、叢林中的反抗、庶民生活的悲歡……在沒有天時地利的情況下從事華文創作，其艱難處，本身就已經是創傷的表白。

《告別的年代》就是這樣的產物。黎紫書有意向「五一三」事件致意，但只能作為不痛不癢的「告別」；她有意為怡保華人社會歷史造像，但又匆忙以後現代敘述自我解構。她的形式實驗與其說介入歷史，不如說架空歷史。我認為多年來黎紫書為自己的作品找尋定位而不可得，她的游移與猶疑在《野菩薩》這類選集可以得見。一方面是怪誕化的傾向：行行復行行的神祕浪子（〈無雨的鄉鎮，獨腳戲〉），恐怖的食史怪獸（〈七日食遺〉），無所不在的病與死亡的誘惑（〈疾〉）；一方面是細膩的寫實風格：中年婦女的往事回憶（〈野菩薩〉），少年女作家的成長畫像（〈盧雅的意志世界〉），春夢了無痕的異鄉情緣（〈煙花季節〉）；一方面是去政治化的國族書寫：天涯海角，卡夫卡式的追尋（〈國北邊陲〉），虛無飄渺的網路世界（〈我們一起看飯島愛〉），愛怨痴嗔的陷溺（〈野菩薩〉）。

也因此，《流俗地》代表了黎紫書創作重要的轉折。她似乎決定不再規避一般被視為商標的馬華風土題材與人物，也不再刻意追逐時新技巧。但如上所述，黎紫書看似返璞歸真，卻自有用心。《流俗地》就是匹夫匹婦、似水流年的故事，但細心的讀者會發現，國族大義那類問題早就在穿衣吃飯、七情六慾間消磨殆盡，或者成為晦澀怪異的執念。華人社會以內的世道人情再千迴百轉，其實是內耗的困局，華人社會以外的「國家」彷彿不在，卻又無所不在。

張貴興的「野豬」敘事以最華麗而冷靜的修辭寫出生命最血腥的即景，也強迫讀者思考他的過與不及的動機。然而即便張貴興以如此不忍卒讀的文字揭開華人在戰亂中所遭受的創傷，那無數「淒慘無言的嘴」的冤屈和沉默又哪裡說得盡，寫得清？敘述者對肢解、強暴、斬首細密的描寫，幾乎是以暴易暴似的對受害者施予又一次襲擊。黃錦樹對文學寄託既深，發為文章，亦多激切之詞。他充滿對病和死亡的興趣，在他筆下，作家文辭可以比作「不斷增殖的病原體」、「腫瘤物」、「癌細胞」。文學與歷史的關聯則每與屍骸、魂魄、幽靈相連接。他直面文學和社會敗象，既有煽風點火的霸氣，也有知其不可為而為之的憂鬱。

張、黃兩人近作都觸碰馬華歷史的非常時期，以書寫作為干預政治、倫理的策略。黎紫書另闢蹊徑，將焦點導向日常生活。張貴興和黃錦樹書寫（或質問）馬華歷史的大敘事，黎紫書則不在文字表面經營歷史或國族寓言或反寓言。她將題材下放到「流俗」，以及個人化的潛意識閾域。生命中有太多的爆發點，無論我們稱之為巧合，稱之為意外，都拒絕起承轉合的敘事編織，成為意義以外的、無從歸屬的裂痕——乃至傷痕。黎紫書不畏懼臨近創傷深淵，甚至一再嘗試探觸深淵底部的風險。她這樣的嘗試並不孤單。香港的黃碧雲，台灣的陳雪，還有中國大陸的殘雪，都以不同的方式寫出她們的溫柔與暴烈。

黎紫書更是以一個女性馬華作者的立場來處理她的故事。馬華小說多年來以男作家掛帥，從潘雨桐、李永平、張貴興、黃錦樹、梁放、小黑、李天葆到年輕一輩的陳志鴻都是好手。女性作者中商晚筠早逝，李憶君、賀淑芳尚缺後勁，黎紫書因此獨樹一幟。但黎不是普通定義的女性主義者。如《流俗地》所示，雖然她對父系權威的撻伐，對兩性不平等關係的諷刺，對女性成長經驗的同情用力極深，但她對男性世界同樣充滿好奇，甚至同情。畢竟在那個世界裡，她的父兄輩所經歷的虛榮與羞辱，奮鬥與潰敗早已成為華族共通的創傷記憶。

而《流俗地》不同於黎紫書以往作品之處在於，銘刻族群或個人創傷之餘，她願意想像救贖可能。與以往相比，她變得柔和了，也因此與張貴興、黃錦樹的路線有了區隔。張貴興善於出奇致勝，黃錦樹「怨毒著書」，黎紫書則以新作探觸悲憫的可能。這三種方向投射了三種馬華人與地的論述，有待我們繼續觀察。

《流俗地》中時光流逝，古銀霞不再年輕，她偶遇當年的顧老師。上了年紀的老師體面依然，但竟也有段情何以堪的往事。老師對銀霞的關愛有如父兄，讓她獲得前所未有的溫暖。寫作多年，黎紫書終於發現，世界如此黑暗，鬼影幢幢，但依然可以有愛，有光——老師的名字就叫顧有光。

黎紫書讓她的銀霞不遇見野豬，而遇見光。這是當代馬華小說浪漫的一刻，可也是「脫離現實的」一刻？識者或謂之一廂情願，黎紫書可能要說知其不可為而為，原就是小說家的天賦。而世界不只有光，更有神。

黎紫書將這一神性留給了來自印度的信仰。與其說她淡化了馬華文化的中國性，不如說是對多元現實的認同。童年銀霞曾從印度玩伴拉祖——一個「光明的人」——那裡習得智慧之神迦尼薩的典故。迦尼薩象頭人身，有四條手臂，卻斷了一根右牙，象徵為人類做的犧牲。拉祖的母親曾說銀霞是迦尼薩所眷顧的孩子。

拉祖成年後成為伸張正義的律師，前程似錦。卻在最偶然的情況下遇劫喪生。銀霞念念不忘拉祖，也不忘迦尼薩。她從這個印度朋友處明白了缺憾始自天地，眾生與眾神皆不能免。生命的值得與不值得，端在一念之間。她從而在視覺的廢墟上，建立自己的小小神龕，等待光的一閃而過。

以此，黎紫書為當代馬華文學注入幾分少見的溫情。她讓我們開了眼界，也為自己多年與黑暗周旋的創作之路，寫下一則柳暗花明的寓言。

王德威，美國哈佛大學Edward C. Henclerson講座教授。

# 目次

# 歸來（之一）

大輝回來了。這種事，怪不怪呢？光天化日，一個死人，活生生出現在大街上。

這不是普通的大街。五兵路是錫都的主幹大道，一路上景點特多。錫都是個山城，路的南端重巒疊巘，岩壁聳立，壁上許多山洞像被史前巨大的山蟻蛀空作巢，無盡縱深，都被開闢成石窟寺。三寶洞南天洞靈仙岩觀音洞，櫛比鱗次，各路神仙像是占山為王，一窟窿一廟宇，裡頭都像神祇住的城寨，擠著滿天神佛。大輝就出現在南天洞外頭的停車場上。彼時正午，日頭高掛，像一盞大燈在嚴酷拷問天下蒼生。

那可是南天洞啊，山老洞深，億萬年的日月精華了，那廟據說也是百年老廟。洞裡由太上老君坐鎮，再沿著洞壁一路布置，讓玉皇大帝西皇祖母協天大帝觀音佛祖財帛星君呂祖先師關聖帝君和大伯公虎爺公等等等等，七十二家房客似的各居其所；肩挨肩，各抱香爐，排排坐食果果。

這個九月，說來事多怪異。主要是這個月公眾假日特別多，便讓人感覺它特別漫長。月初還正逢陰曆七月半，中元節要來；地官赦罪，陰曹門開，萬千孤魂餓鬼待施，大輝若真是個死人，會在這時節出現，倒也不奇怪，但他是陰魂呢，怎麼可能在這陽火最盛的時辰出現在這種地方？

連假是從八月三十一日國家獨立日開始的，翌日哈芝節，為向真主阿拉示好，城鄉各處宰了雞鵝牛羊無數，卻不知道那些適逢其會的華裔野鬼分不分得到一杯羹。接下來週末雙休，如此一連四天休假，國家獨立六十年來難得一遇。假日長了可不好，人們不知該如何自處。每天有二十四小時需要打發，除了消費，怎生是好？正愁著呢，那自以為受人愛戴的首相居然還拿假日當糖果分發，獨立日當晚喜孜孜地宣布：我國體壇健兒在是日結束的東南亞運動會上成績驕人，是為一喜，週一大家還繼續放假去吧！

啊，連續五天無所事事，天氣還這麼熱，打個傘走在街上吧，在赤道烈日的暴政之下，恐怕連尼龍傘都會起火。人們去不得冷颼颼的辦公室了，只覺得頭頂冒煙，血肉骨頭都在融化，豈能不慌？唯有舉家大小擠到商場裡流連終日，集體享受免費冷氣；電影院裡不管上映的是什麼片子，場場爆滿；各餐館食肆，無論什麼時候都擠滿了黑壓壓的人頭。

人們想到這月中另有一個接通週末的所謂「馬來西亞日」，九月下旬還有個回曆元旦。這麼多空白的日子，就像案頭上一大疊待填的報表，光這麼想想就讓人坐立不安了。

在這漫長的五日長假裡，盲女銀霞聽到了大輝的聲音。他打電話來召德士[1]；南天洞停車場上車，要到壩羅去。

「壩羅」是舊街場的舊稱，那是一個快要被遺棄的古詞了。在錫都這地方，除了一些七老八十，記憶停留在人生某一階段再無法更新的老人以外，已經很少人使用它了。

「你是要到舊街場吧？」銀霞問。

「是的，舊雞場，新源隆。」那人回答。

想起來了吧？大輝就是這麼說話的。他的舌頭有點短，廣東話怎麼說都不靈光，「街」字被他說得跟「雞」一個音。以前住在近打河畔樓上樓，銀霞和大輝的弟弟細輝，背地裡經常拿這個取笑作樂。多數是在細輝被他哥哥「兄代父職」用雞毛掃或藤條教訓一番以後，悶著，要哭不哭；銀霞喜歡尋到樓梯間逗他。她說不要緊啦不要哭啦，我帶你去「舊雞場」吃鹹魚雞飯啦。說了兩個孩子笑作一團，哇哈哈。

如今聽到大輝的聲音，銀霞像觸電似的，背上的寒毛直豎。

那一把男聲，雖然被電話篩過了，中間還隔著十年（也可能更長一些）的光陰，然而銀霞的聽力和記憶力非比尋常。這是大輝沒錯。是的這腔調，這鼻音，多麼熟悉，聽真了根本一點兒沒變。然而大輝已多年杳無音訊。那年大家聽說他墮落到極處，被情婦拋棄，回家來嗑藥嗑嗨了，抓住老婆的後頸，一下兩下，把她的頭面直撞到牆上。孩子被嚇哭了，老岳父驚得在門外直

1 新馬一帶「計程車」之用語。

打哆嗦。終於，他被攆出家門，此後再無人聞見，誰也聯繫不上他。數年後弟弟細輝帶著嫂子到警局報失蹤，那是白紙黑字有紀錄在案的。

如此十年過去，大輝放在家中睡房某抽屜裡的護照早已過期，估計他始終沒離開過本土。三個孩子漸漸長大，除了長女春分，其餘兩個孩子都已記不起來父親長什麼樣子。他們的母親偶爾心有不甘，忍不住對幾個孩子旁敲側擊。說真的，爸爸沒偷偷來見過你們嗎？

沒有。沒有。真沒有。

因為無人相信大輝涼薄至此，竟然可以完全不顧自己的兒女，尤其么兒立秋還是他的心頭肉呢，大家便情願相信大輝死了。時間顯然也贊同他們，年年月月，一步一步地證明這推論。銀霞也是這麼想的。誰不這麼想呢？就沒人說出口，這是早晚的事。大輝這種人，爛命一條，欺負男人辜負女人，即便被殺人棄屍，分段埋了也好，扔到海裡餵魚也罷，都是不冤枉的。

在「錫都無線德士」狹小的電台辦公室裡，銀霞真有幾秒鐘像失去聽覺，腦裡被那疑是大輝的聲音攪得一團混濁，什麼話都聽不到了。她心裡七上八下，不知道要不要，或該不該確認電話另一頭的人是大輝不是。其實不難，就問一句話，她卻遲疑良久，甚至一時走神，竟亂了程序，忘了在掛上電話之前向對方討個聯繫號碼。

她接通廣播頻道，把單子發出去。「南天洞停車場上車，到舊街場。」她循例重複一遍，再一遍。不消三十秒，司機１３４８回覆接單。銀霞靈機一動，請１３４８幫忙。「波叔你替我留意一下這乘客，看他多大年紀，有什麼相貌特徵。」

「幹嘛呢？我們的電台之花要對親家了？」耳機裡傳來１３４８沙啞得烏鴉一般的聲音。

啊，叔父輩了，這傢伙嘴巴賤，愛促狹。

「你夠笨。我們霞姊對親家要看人家相貌嗎？你們替她動手，摸摸那人，掂掂他的尺寸和斤量。」這是７５０３插的話。整個頻道像一張網，所有被這網兜上的人都笑歪了。整個頻道，包括她的父親在內，全是些了無生趣的糟老頭；全都說話無味，只知道猛撒鹽花。

要是在平日，銀霞或許會說些俏皮話佯裝生氣，讓這一群同個頻道的人左一句右一句，有點樂子。倘若同事阿月也在這兒，肯定還會加插兩句與生殖器的詛咒，使得氣氛更熱絡一些。可這幾天阿月趁著假日與丈夫孩子出遊，打兼差工的女孩小晴也不肯上班，就她一個人當值，實在忙不過來，況且剛剛才被大輝那久違的聲音嚇得一驚，便沒心思加入這笑鬧。

「拜託別開玩笑。波叔，我是認真的。」她清了清喉嚨，老司機們便都懂了，遂讓笑聲散去。

這些人，其實只是頻道上紛紜的男聲，沒幾個真碰過面的，銀霞卻覺得都是老朋友了。她在這電台待的年月長，就和這幫人一起加入公司，之後與電台一同老去。這是城中第一個電召德士服務台；創立之初可新鮮呢。由於亟須人手，父親揪著她過來，拍了胸膛拍肩膀，又斟茶又遞菸的，說好說歹，老闆終於答應讓她摸索著從兼職做起。而今她成了這台裡最老資格的員工。那些跟她父親一般年紀的司機，以前叫她「霞女」；不知什麼時候起，都「霞姊」長「霞姊」短了。

# 奀仔之死

銀霞打來電話的時候，細輝正在便利店裡忙活，單膝跪在地上整理和補充著貨架上的飲料。他開的這家小鋪在鬧市，位置好，顧客多是附近各中小型酒店的住客，來買些冷飲，香菸和零食；左右十餘家按摩店的女工也經常三三兩兩來幫襯，多是給電話卡充值，或純粹只是出來走這一路，曬曬太陽，喘喘氣。深夜裡來的則是嫖客和妓女人妖之流，以及開夜車的貨車和德士司機等等，買幾罐紅牛，兩包香菸，散裝保險套或小支裝的潤滑液。這幾天假日，許多人到錫都來遊覽，周邊的酒店客滿，他店裡的生意比平日更好一些。嬋娟坐在櫃檯那裡，一邊收錢找贖，一邊騰出眼睛來盯緊對面牆上掛的防盜鏡。

細輝偶爾也會抬起頭，在那鑊底般的凸面鏡裡與嬋娟的目光相遇。她的目光無感，彷彿他是鬼，她是看不見的。

「聽好，剛才我接到一通電話，打來召德士。」銀霞壓沉了聲音，聽起來像是在說什麼祕密。

細輝已經許久沒接過銀霞的電話了。她的聲音依然清脆，像電台主持人說話似的，每個字聽來都叮叮咚咚，如同屋簷掉下來的水珠，墜下時成冰，一顆一顆敲落在鐵盆子裡。「我認得出來那聲音，是你哥哥！」

細輝剛把一瓶礦泉水放到架子上，手便像被那瓶子黏住，沒挪下來。「你哥哥！」多久沒人對他這麼提起過了。偶爾他與都門的嫂子通電話，連她也極少這麼提起。說不清究竟是因為忌諱抑或是尷尬，真要提起來，她會說「孩子們的爸」。彷彿她跟大輝最後只剩下那一點關係。孩子是大輝撒下的種，那是他撇不掉的。

「怎麼可能？」細輝不期然也壓低聲線。

「我敢肯定！是大輝！」銀霞說得金石鏗鏘，細輝聽得耳朵嗡嗡作響。

「後來去載他的司機回報說，那是個中年男人，腿長，鼻子高，鳳眼。你說那是不是你哥呢？」

細輝愣在那兒，腦裡的相冊翻了翻，看到大輝在不同時期的相貌。他的哥哥確實長得挺拔俊俏，以前大家都驚嘆過的，怎麼像他們的父母那麼矮小黝黑的一對，父親還被叫作「𡃁仔」呢，居然會生出來這麼一個白臉的長腿男孩。親友中也出口沒遮攔的，譬如銀霞的父親老古，多少次戲謔地說一定是醫院擺烏龍，抱錯孩子了。

「可那只是口述，又不是照片。很難說啊。」細輝沉吟片刻，仍然覺得這不靠譜，那已經是個消失了的人。

「你不相信我？我就聽出來是他！」銀霞越說越急，像在咬牙切齒。「不會錯！」

細輝與銀霞一起長大，曉得她的本事，也知道她的性子。他不想與她爭，口氣便軟了。

「今晚我給大嫂打個電話，打聽一下，看她那邊有沒有什麼消息。」

是呀，銀霞從小就這個性；倔，要強。正因為這樣，儘管天生殘缺，她卻不樂意像別的殘障人一樣，待在家裡接零活，做散工。以前他們住在近打河畔，就在舊街場一隅，臨近小印度和壩羅華文小學，有一座組屋，樓高二十層，曾經是城中最高的建築物，被居民和周邊的人喊作「樓上樓」。銀霞家住七樓，她母親讓她學著用尼龍繩織網，拿來給土產商裝柚子。因而她家客廳像個小型工廠，長年囤放著一綑一綑的紅色尼龍繩，也有黃色的，在燈照下熠熠生輝。織好的網兜子整整齊齊的紮好，堆放在客廳另一邊，也有的塞到銀霞銀鈴兩姊妹的房間裡。有一天細輝對銀霞說，妳家像個盤絲洞。

他以為銀霞不懂，但《西遊記》的故事，銀霞老早從收音機裡聽過了。唐三藏與孫悟空師徒等人到西天取經的路上，歷八十一劫，她能從頭數下來，一個不漏。

那時候，細輝和銀霞不過是兩個孩子。他們正好是樓上樓下兩戶人家，又恰恰是同齡人。兩家的母親還算要好，時而相互串門；往往這邊一長嗟，那邊一短嘆，便又到了做飯的時辰。巧的是銀霞的父親開德士在城裡載人，細輝的爸爸則開載貨羅厘[1]走南穿北，同在路上謀生，勉強算運輸業同行。

細輝的父親尖仔有一回冒雨從金馬崙下山，天陰路滑，中途失控翻車，人與羅厘還有滿車的蔬菜瓜果全掉到峭壁下，摔成了稀巴爛。留下來兩孤兒一寡母，還有一個年紀比大輝只稍長幾年，在他家裡長年寄居的親妹妹。銀霞從小跟著細輝那樣稱呼她，蓮珠姑姑。

大輝那時還很年輕呢，嫩得細皮白肉，瘦得隨風擺柳。他比弟弟細輝年長七年；中三考過初級文憑試後，不等放榜便決定輟學，被父親保送到朋友的摩哆店裡當學徒。他自是不肯把蓮珠叫作「姑姑」的。這姑姑也和他一樣讀不成書，十七歲即從古樓河口乘車到城裡來投靠兄長。大輝孩提時隨父母回老家過年，與蓮珠這大姊姊和其他孩子在漁村裡結伴玩耍，一起捉過小螃蟹和彈塗魚，蓮珠還曾領著他登上漁船，玩過船長和海盜的遊戲。當時大輝尚且喊不出「姑姑」來，何況後來蓮珠提著兩個散發魚腥味的行李袋來到樓上樓，他已十四歲，是個生猛少年。

「大輝長這麼高了，大個仔了。」大輝放學回來，碰見母親與蓮珠坐在廳裡；兩個行李袋像兩隻髒兮兮的漁村狗，怯生生地伏在她腳下。前兩年他到古樓河口過年，蓮珠與朋友出門去了，因而都沒碰上面。如今再見，她像是跳升了一個級別，忽然變成了大人，穿大人穿的收腰花裙子；用那種長輩才有的目光看他，說這種老氣的話。

「叫姑姑啦，蓮珠姑姑啊。」大輝的母親見他站在門邊呆若木雞，便開口提醒，那是姑姑，你爸爸的小妹妹。

奀仔老家有兄妹十三人，他是長男，蓮珠是老么，兄妹年齡相差二十多歲。其時奀仔的母

---

1 英文「lorry」的英譯，貨車、卡車之意，多用於新加坡、馬來西亞地區。

親未及五十，已被漁村裡的人笑她老蚌生珠。她與丈夫不識字墨，之前給一打孩子取名，兩人幾乎已殫思竭慮，於是女兒生下來便順勢叫作阿珠。大輝幼時回父親的老家，也跟著大人那樣喊，阿珠，阿珠。那時沒人糾正過他。

在古樓河口的十多年，蓮珠因為是么女，無須上船捕魚，也不像家中的七個姊姊，需要照顧弟妹和做許多家事，因而十指纖纖，生活過得懶散，也無心向學，只想早早離開漁村，投奔城裡的花花世界。十七歲那年年底，她拿著一紙可有可無的初級文憑，帶著父母的口信到錫都來找大哥。在奀仔的指示下，他老婆何門方氏讓人用夾板在客廳一隅硬湊出一個小房間，掛上門簾，讓這小姑在樓上樓住下來。

蓮珠在舊街場一帶幾家店鋪打過工，在海味鋪秤過鹹魚蝦米，在茶室端茶洗杯，賣過洋貨；奀仔死的時候，她在休羅街上的綽約照相館打工，算穩定下來了。細輝那時才十歲，在壩羅華小念四年級，長著一雙微腫的矇豬眼；混沌初開，連父親橫死他都不懂得悲傷。

奀仔的喪事是在新街場那頭的棺材街上辦的。組屋裡畢竟各族混雜，諸天神佛全擠在一個院子裡，沒有條件讓誰死得大張旗鼓。細輝忘了箇中細節，只記得駱道院內設靈三天兩夜，他連日坐立不安，像一個紙紮公仔，又像一個花圈，在那靈堂內任人擺布。他的母親守在靈柩旁沒日沒夜地摺紙元寶，蓮珠姑姑幫忙張羅，把女賓一一帶去安慰遺孀。族中親友和父親的羅厘司機同業們來了不少，一批一批地過去圍堵大輝，對他許多的指指點點，俱言此後長子為父，要他照顧母親和弟弟，要有擔當云云。

那是細輝第一次看見哥哥唯唯諾諾——他一手撓頭，一手接過叔父輩們遞來的香菸，似乎還有點不知所措，手中的菸就被人點著了。

大輝那時才剛滿十七歲，青靚白淨，尚未學會刮鬍子，之前還一直遭父親叐仔斥罵，說他半生不熟，腦囟未生埋。細輝真記得在父親去世前，大輝不過是個尋常少年。儘管在摩哆店打工了，他每週仍然有幾天要到壩羅華小後巷的書報社，與幾個穿白衫短褲的學生一起蹲在門階上，追看剛出爐的香港連環圖，又租來許多武俠小說囤在床頭，偶爾看得廢寢忘餐。禮拜天摩哆店不開鋪，他總會和樓上樓的馬來仔印度仔踢足球，間或呼朋喚友組成腳踏車大隊，一起到廢礦湖垂釣，帶回來幾條巴掌大的非洲魚。父親死後他似乎不再喜歡這些了，開始抽菸，枕頭下藏的書刊，封面再不見肌肉僨張的石黑龍和王小虎，都變成了巨乳豐唇眼睛半瞇的豔女，書名由《龍虎門》改成了《龍虎豹》。

# 群英

司機1348說，那個單眼皮高鼻梁的長腿男人，是在舊街場鹹魚街一個巷口下的車。銀霞知道那小巷有點曲折，通往壩羅華小和大伯公古廟，可那人也可能沒走入巷子。鹹魚街沒多長，但街上店鋪林立，光茶室就有好幾家，都頂著老字號賣白咖啡，人流絡繹不絕。那裡還有許多乾貨行和海味鋪，以及一家打通兩間鋪子的玩具店。那街一路往下走，還能直達二十層樓的近打組屋呢，天曉得這男人下車後最終往哪裡去。

他下車後沒有馬上離開，而是站在路旁，慢滋滋地從衣襟的口袋裡掏出香菸，點著了一根。

「我在車上有問他，是本地人嗎？他瞄我一眼，抿著嘴冷笑。」1348說。

「我嗎？我本楚狂人，來去如風，雷霆萬鈞；遊過五湖四海闖過大江南北，翻過山越過嶺；勘破三界六道生死輪迴，上過天庭落過地獄了。你說我還是不是本地人？」那人眼睛眨也不眨，劈里啪啦像說了一串江湖切口。１３４８禁不住走過看了看望後鏡。那人膚色黯啞，體魄精瘦，穿鱷魚牌橫紋馬球衫，脖子上戴著一粗一細兩條光燦燦的金項鍊，吊了幾個金碧輝煌的鑲玉佛牌，看起來就像是那種背上刺滿了梵文或什麼符咒的江湖人。

銀霞雖然從未見過大輝的相貌儀容，卻還記得以前在樓上樓，人們是怎麼形容大輝的。他們都說𡚸仔這大兒子啊，劍眉星目，長得有幾分像明星那般光榮；跟弟弟細輝站在一起，真不像同一個阿媽生的。也因為長得相貌堂堂，那些年他才會惹出一連串韻事，讓許多女人為他撲心撲命。

「真該是吃軟飯的命呀。」銀霞的父親老這麼評價大輝，語氣裡聽不出是羨是妒。

「好看」究竟是怎麼一回事呢？銀霞無法想像。她問過細輝，你哥究竟長得有多好看？那時他們都只是小孩，瞞著大人偷偷溜到壩羅華小，在校園裡一個乾涸了無水的噴水池畔坐下來，百無聊賴地晃著腿說話。

「就是很俊很俊，像《龍虎門》裡的王小龍那麼好看。」細輝認真地想了想。

銀霞自然也沒見過漫畫裡的王小龍，她啐了一口，你這麼說了不等於白說嗎。她抬起頭來讓晌午的陽光服服貼貼地敷在她的臉上，並且用力注視眼前的黑暗。是啊那時她還幼稚得很，因為聽蓮珠姑姑說過，世上有人僅僅用意志力就能把一塊鋼鐵做的調羹「瞪」得癱下來，她便真覺得有朝一日，自己能用強大的意志力看穿這一塊蒙著眼睛的黑布，抵達黑暗外頭的世界。

「我只知道他說話聲音不好聽，口齒不清，還成天兇巴巴的，怎麼可能討人喜歡？」銀霞確實覺得大輝很討厭，總叫她盲妹。喂盲妹，喊妳怎麼不應聲？沒聽見嗎？妳是盲的還是聾的呀？

還扁嘴不說話呢，變啞巴了？

好在組屋裡有個仗義的蓮珠姑姑。她總是及時出現，說大輝你怎麼欺負小孩子，你大唔透[1]，人家銀霞眼盲心不盲呢。

蓮珠的聲音，銀霞聽著舒服。儘管只是一般的市井口吻，蓮珠說話還帶著漁村的鄉音，聽著卻像被太陽熏了一整天的海潮，灌得人耳道裡暖暖的。銀霞因而以為蓮珠姑姑必然長得十分好看，連大輝那樣的人，父親死後，他對自己的母親也敢惡聲惡氣，碰著蓮珠卻總是語窒囁嚅，說不過她，便粗著嗓子嚷起來，妳大我才幾歲？我們還一起玩過泥沙呢！妳少來扮家長。

細輝想想，自從父親離世後，大輝以一家之主自居，還真的不管對誰說話，語氣都越來越不耐煩了。有一段日子，外頭風亂雨急，學校的老師罷課，許多反對黨人被政府抓進牢裡。組屋上上下下被一種莫名的緊張氛圍籠罩，細輝注意到大人們眉來眼去心事重重。住十樓的寶華哥在報館工作，每天下班回來總被許多人攔住，問事。寶華其實在報館做的是雜差，就管著兩台傳真機，每天騎摩哆來來回回好幾趟，風雨不改地到巴士總站去等外坡通訊員的稿子。但大家不知怎麼都覺得寶華是整幢組屋裡識字最多的人，還無事不曉，簡直如同廟裡的解籤人，就只有他一個懂得所有籤文，知曉一切天機。那段時期，連樓下的印度理髮師巴布也會從店裡衝出來問他，阿兄，今天誰被警察抓了？火箭黨的人被放出來了沒有？

過了巴布那一關，寶華走到電梯口還得被人喊什[1]那是各家各戶的父親們，都像螞蟻嗅見甜食，一窩蜂圍攏過來，直讓寶華寸步難移。銀霞的父親要是正巧回來，也必然湊這熱鬧，在電梯口那裡與其他男人一起扯破喉嚨大發偉論。在院子裡玩單腳鬼捉人的孩童們，三不五時看過來，只見那兩道並排著的電梯門無聊至極，開了關，關了開，像兩張猛打哈欠的大嘴巴。

當年組屋的男人都在關注世局時事，大輝半大不小，人雖擠進去這些小群眾裡，話卻終究插不進去。這些人見過動蕩社會的，誰沒經歷過當年的五一三事件呢？時隔將近二十年了，大家提起這個仍禁不住臉上色變，對時局越發擔憂。大輝想問卻按捺住不問，但目光閃爍，終究被人察覺他的心虛。銀霞的父親率先喊破。五一三你也知道？你也懂？你懂個屁！那時人家在流血，你還沒戒奶！

那天傍晚吃飯，銀霞和妹妹銀鈴聽父親說起大輝當時怎樣的氣急敗壞，下巴越昂越高，嗆人的聲量越喊越大，差點要捋袖子了，卻反而激起公憤。場中的長輩橫眉冷眼，一人贈他一句譏諷，叫他到一旁跟小孩們玩，當大鬼頭去。逼得他面紅耳綠，好一陣說不出話來，不得不訕訕走開。

銀霞的母親對於大輝怎麼被挫敗可一點不感興趣。她等口沫橫飛的丈夫終於把話說完，才輕聲問，怎麼樣，不會亂起來吧？

---

1 粵語，形容人成年了卻不夠成熟。

「山高皇帝遠，要亂也亂不到這裡來。」老古好整以暇。「馬來人變精了，知道打蛇要打七寸。人家要捉大魚，我們這裡只有魚毛蝦仔。」

母親一般不會追問下去，再問男人會嫌煩，而且她也實在不知道還能問什麼。她擰過頭，一個勁兒催小女兒銀鈴張口吃飯，又把餸菜夾到銀霞碗裡，再三扒兩撥，大口大口地把飯菜送進自己的嘴巴。

銀霞的母親梁金妹，近打組屋內人稱「德士嫂」，自小埠布仙鎮嫁來錫都之前，一直待在娘家幫忙製作粗葉粄和枕頭粽。每天除了搓粉和蒸糕，她還得幫忙照顧五個弟弟妹妹，家裡沒條件讓她上學，因而她一輩子識得的字沒比女兒銀霞多。那時她在小鎮大街上擺檔賣茶菓，糕點賣得不錯，人卻銷不出去。眼看摽梅快過，好在這時候蹦出個城裡來的德士佬，天天光顧，最終以兩張黃清元登台的入場券成其好事，不久後即把她迎娶到錫都。

德士嫂在錫都定居逾十年；前面七年在新村，後來遷到組屋，多數時候都窩在家中，在這城裡始終人生路不熟，對於國家大事也沒多少認知和洞見，然而不懂卻不意味她漠不關心。樓上樓的婦人自有她們學習國事的管道——馬票嫂每週來寫萬字票，像是帶上點心糖果似的，必會捎來各種時事新聞。

馬票嫂活躍於新舊街場，是當年少見的以摩哆代步的婦人之一，足跡遍布近打河兩岸。從河這一邊的近打購物中心和十三間，到河另一邊的市場街二奶巷鹹魚街，乃至於靠近火車站的大鐘樓和小印度，幾乎無人不曉得馬票嫂這號人物。

馬票嫂的丈夫有黑道背景，據說曾在牢獄裡七進七出，每次出來都要在身上加點什麼刺青留念。她本人倒總是和顏悅色，言行不帶一絲煞氣。組屋上下二十樓，接近三百戶人，每一家都把她當好朋友。銀霞記得自從近打組屋落成，她們舉家搬來時，馬票嫂已經像包租婆似的，經常到各樓層視察。大家都知道她的消息靈通，雖是婦道人家，政治的事卻懂得不少，這麼多年大選時那些印在競選海報上的頭像，她全叫得出名字和黨派來。而且她不嫌煩，有叩必應，走一家說一家，還比媒體人寶華哥說得更深入淺出，生動精采。銀霞小時候十分敬畏這位能言善道的婦人。她不僅能說廣東、客家、福建和潮州等各種方言！在樓下遇理髮師巴布，能以幾句淡米爾話你來我往；說起馬來語更是行雲流水，抑揚頓挫有味，聲腔韻致十足，叫人辨不出來說話者祖籍梅縣，是個唐人。

在發現這語言能力之可敬以前，最先讓銀霞對馬票嫂佩服得五體投地的，是她那可畏的記憶力。那時候銀霞以為這世上大概就唯有馬票嫂能做到了——把一整本《大伯公千字圖》都記到腦裡。

今早一下樓就看見狗。馬票嫂，我該買什麼字？

普通菜園狗嗎？六零一。

不是，是兩隻狗在打架。爭春呢，咬得很兇，見血。

狗打架噢，那是一二五。若是狗咬人，買八七九……對了？後來有看見狗交尾嗎？狗交尾是一七七。

那一本《大伯公千字圖》，銀霞家裡也有一本。此書長銷，時至今日，細輝的店裡還在賣著這本粉紅色的小冊子。他每次給這書補貨，總禁不住想起以前在樓上樓，銀霞讓他幫忙，沒花多少工夫即把整本千字圖，從零零零的螃蟹到九九九的碗櫃，其中還有些不明其義的，她都一件不漏地背下來。馬票嫂說了不起呀這孩子，有一天竟然把一本狀似日曆，厚如鬆糕的《萬字解夢圖》夾在腋下帶了過來，讓銀霞有空的時候也背一背。

「搞不好以後妳可以幹這行，當一個馬票妹。」

馬票嫂也許沒把話當真。這麼說時，她被銀霞的母親掃瞪了一眼，頓時忍俊不禁，賠著笑「啪」的一聲，狠狠打了一下自己的大腿。那時銀霞畢竟是個孩子，還真的夢想著有一天能像馬票嫂那樣，做一個四通八達的人，到哪兒都廣受歡迎。可惜的是那一本《萬字解夢圖》厚得堪比牛津英漢字典，裡頭的中文也比之前的千字圖艱澀許多，其中好些字細輝念不出發音來，便很快失去耐性，因而在銀霞決定放棄以前，他先投降，託詞學校要考試或是老師給的作業太多太難，一溜煙似的竄到巴布理髮室找拉祖下棋去了。

# 巴布理髮室

其實前一天下午，在銀霞「聽見」大輝以前，就在這家每日二十四小時經營的便利店裡，細輝也碰見了一位故人。那是拉祖的大哥，年紀與大輝不相上下，細輝和銀霞從小喊他「阿邦馬力」。

以前在樓上樓，細輝和其他孩子一樣，若不想待在逼仄的房子裡，或是要避開嘴碎心眼小，嘮叨成癮的母親們，便會往組屋樓下的院子跑。那兒的停車場算是個公共活動空間，即便是烈日當空的時辰，鋪了瀝青的地上也總有些度日如年的孩童正努力要甩開自己的影子，並準備好了隨時被召進各種活動裡。

細輝偶爾會加入這些孩子，卻因為大家都缺乏創意，玩不出什麼新花樣，湊起來的隊伍很快便如礦湖上聚頭的浮萍，無聲散去。這也是因為細輝從小體弱氣虛，經不得日頭，也經不得雨；被太陽惡狠狠地瞪久了會頭暈腳軟，幾枚雨星打在肩上能喚起他的百日咳，抱恙回家還得受母親斥責，因而他總小心翼翼，何況印度理髮師巴布的老婆迪普蒂對他很留心，常常會從理髮店的陰影裡探出半個肥壯結實，充滿力量之美的身軀來，用馬來語喊他。喂——細輝，別在外面玩太久！你媽要來罵你了！

被迪普蒂這麼一再嚷嚷，其他孩子連連偷眼瞪他，細輝不免羞臊，沒了玩下去的癮頭。他嘆了一口氣，耷拉著腦袋走進組屋腳下的幾何形濃蔭裡。樓上樓的底層沒有住家，只有一列店，十來家鋪子，租戶也多是樓上的住客。銀霞偶爾徵得母親同意，由細輝或妹妹銀鈴領著，最遠只能到這兒來，在店鋪前的水泥地走道上蹓躂玩耍，或是到雜貨店裡買點零嘴糖果。那些店，雜七雜八，銀霞離開組屋多年後仍然能一一細數。秀強腳車，瑞成五金，麗麗裁縫，明明藥行，張師傅跌打，馬來人的服裝店，印度人的雜貨鋪，巴布理髮室，時時鐘錶店，五康涼茶，順利雜貨，瑪吉茶室，樓上樓生菓，永發家具……

要是在樓上找不到細輝，銀霞知道他十有八九是下樓去找他的好朋友拉祖了。拉祖的父親巴布在樓下經營一家狹小的理髮店；店雖簡陋，但「巴布理髮室」在近打組屋赫赫有名。所有在樓上樓長大的男孩，不計種族，全都曾經被各自的父母押送到那裡，坐在那張電椅似的黑色旋轉椅上領教過這位印度大叔的剪技和刀工。就連在周邊的鹹魚街乃至小印度，巴布大叔也有他的忠實擁躉。這些人多於週末午後從大街那裡走來，拉扯著他們行動僵硬的孩子穿過組屋大門，直往巴布理髮室行去。碰上店內那張電椅狀的寶座已有了個正襟危坐的孩童，他們得在門外等上一陣。近打組屋十餘間商店，有此號召力的，僅此一家而已。

就在昨天，細輝遇見睽違多年的阿邦馬力。他們相互問好，各道近況，他才知道巴布理髮室十餘年前已然易手，由阿邦馬力繼承。

「店名也改了，叫馬力理髮室。」

細輝沒跟馬力說，儘管搬離組屋以後，他再沒有回去過那裡，但有時候他會在夢中走很遠的路，頂著大太陽回到那只得半爿店面的理髮店。那店在組屋腳下。組屋巍峨，像是背著半邊天；無論日升日落，太陽攀爬或滑坐到了哪個角度，店裡也總像燈下黑，大白天依然光線不足，日照稀薄得像魚缸裡飄浮的微生物。人在裡頭視野朦朧，加上靜謐如蠹緩緩地蠶食白日，巴布戴上眼鏡看了一會兒《淡米爾日報》，忍不住垂下頭，坐在他的寶座上打盹。要到晚上店裡亮起日光燈，小店忽然被亮光餵飽，那裡面的一切才清清楚楚的有了細節。

細輝的夢境多半昏暝而燠熱。每一次他走進店裡，巴布仍然像上一回那樣歪頭闔眼，午睡未醒；迪普蒂坐在店後，有時候在擇菜，有時候低頭在翻《大伯公千字圖》，有時候托著腮在發呆。那裡靠牆擺著一張摺疊型的方形小桌子和兩張塑料椅，牆上掛著象頭神迦尼薩色彩鮮豔的畫像。在細輝的記憶中，即便在一日中最幽暗的時分，這神像仍然如每年新貼上去的中國年畫一樣的繽紛亮麗；金漆相框套上塑料做的紅黃白杜爾茜花中，更讓它閃閃放光，給這簡陋暗沉的斗室添上一點喜慶之色。

神像下的小桌子，以前是拉祖的書桌。從小學時候開始，他每天放學回來，必然伏在那案上寫作業和溫習功課。婦人們帶著孩子前來理髮，進門來必然都說，哎喲你怎麼不亮燈？眼睛會壞呢。

在夢裡，細輝每次回到近打組屋，必定走進巴布理髮室，並逕自走到那一張小桌子前。迪普蒂低著頭，牆上那象頭神畫像散發的幽光如研碎的薑黃紛紛撒落，照亮她頭頂髮分線上的抹紅與畫在眉心的吉祥痣。

「阿泰，拉祖呢？」細輝聽見自己的聲音。

迪普蒂掀開眼蓋，大眼珠微微圓凸，其形如巴布腆著的肚子。她面露喜色，卻噘著嘴，在唇上支起一根食指，似是讓他別驚動在理髮椅上睡著了的丈夫，同時兩眼另有所指，瞟向巴布面前那牆上掛著的方形大鏡。細輝受她的目光驅使，轉過身，看見鏡子裡另有一個幽暗之所，彷彿被複製的半個巴布理髮室，又像是這店鑿壁開拓出來的延伸之境。那裡面也有一張包了黑漆皮的旋轉椅，椅上無人；牆上也掛著一張迦尼薩簪花掛紅喜氣洋洋的畫像；畫像下也有一張摺疊型的方桌子和兩張塑料椅，桌面上橫七豎八地放了些書籍和練習本。少年拉祖獨個兒坐在那兒，一個手肘托在桌上，手上握拳支著腮幫，正垂下眼皮在看一本攤開在他面前的書。他的另一隻手在把玩一枝圓珠筆，那表情和動作，看似正在思考書上的某個難題。

細輝喊他。出來吧拉祖。「我們不是約了下棋嗎？」

拉祖聞聲，他抬起頭來說好啊我們來下棋吧。說著他將面前的書闔上，再將一本硬底封面的精裝書從中打開，書中便是完完整整的一個棋盤，紅黑兩邊的將帥士象車馬炮以及一眾兵卒已各就各位。「你先來。」他對細輝咧嘴一笑，亮出明晃晃的一口白牙。

這些夢毫無例外，後來都同一個下場。細輝在夢的後半截千方百計要鑽入鏡子裡卻不成功，更驚醒了巴布，被他喝斥，甚至招致哥哥大輝進來要擰他的耳朵，急得他滿頭大汗。有一回他好不容易進去了，拉了一把椅子在拉祖對面坐下，卻發現棋盤上的棋子全是印上去的，無論如何移動不了分毫。拉祖說你不下嗎？那我不客氣了。說著輕輕鬆鬆地移動紅棋，步步逼近。

細輝仍不信邪，大半個夜裡都在夢中做徒勞之事，最終氣急敗壞的自夢中醒來。

銀霞曾聽他說起過這些夢。聽了只能沉默而已，或者是順勢引渡話題，說起從前他們兩個偷偷結盟，在棋盤上智鬥拉祖的趣事。只有一回銀霞在靜默了半晌後，忽然用她那冰清玉潔的聲音幽幽地說，我也夢見過他。

「不，我夢見過你們。」她糾正。「也不對，我夢見過我們，是我們三個。」她再更正。

細輝覺得不可置信，卻不敢質疑。銀霞卻像知道他心裡想的什麼，便又補上一句「我們在那些夢裡談了許多話。我們說笑，有時候還爭吵呢。」

銀霞的夢又何止如此？除了人聲，她的夢裡還充滿了巴布理髮室的氣味。迪普蒂早晚在店裡焚燒檀香，敬神辟邪，順便驅蚊，還有偶爾參與的茉莉花、酥油燈和她那一頭終年抹了椰子油的長髮及簪在髮上的雞蛋花，加上其他銀霞叫不出名堂來的香料以及剃鬚膏清爽的薄荷味。午間高溫，各種樹脂的香木的鮮花的化學的芳香混作一爐，象頭神顯然十分受用，遂把智慧賜給了巴布家的幼子拉祖。

巴布家四個兒女，唯有拉祖是讀書的料子。他與細輝同年出生，兩人每天一起步行到壩羅華小上學，卻同級不同班。小學六年裡，拉祖幾乎年年考得全級第一，而且曾幾次代表學校參加校際運動會，拿回來不少金光閃閃的獎牌，老師們都愛拿他做榜樣，暗地裡以「黑狀元」這代號談論他，並以「他那些哥哥姊姊到淡米爾學校和馬來學校上學，全都平平無奇」論證華文教育的成功。就連大輝也經常拿這個來損他的弟弟。「你看你，在華人學校考不過一個印度仔，你還不如轉到印度學校去吧。」

細輝自然感到委屈。他握緊拳頭，遮掩著兩隻被藤條鞭得紅彤彤的手掌，鼓著腮幫走到樓梯間躲起來。他一般會走到九樓，在梯階上坐著發愣，偶爾站起來倚著小窗口遙望近打河那一頭，嘗試找出壩羅華小和大伯公廟灰黑色的屋頂。銀霞在樓下早已聞得大輝的斥喝，也許還能聽見藤鞭揮下來時那劃破空氣的「咻咻」聲響。不一會兒她自會尋來，陪他在充滿尿臊與各種垃圾氣味的樓梯間坐下。

銀霞問他，樓下那個印度理髮師的小兒子，真有這麼厲害？

真的。細輝點點頭。其實拉祖外表看著與別的印度男孩沒什麼不同。他的大哥馬力和二哥卡維小時候大概也長這模樣，木炭似的一長條，身體精瘦，滿身油光；手腳細長得像四根硬綳綳的竹蔗。唯一不同的是拉祖長了一口特大號的，還特別整齊和潔白的牙齒，加上一對家族遺傳的大眼睛，這讓他在笑起來的時候看著特別狡黠特別頑皮，就像電視上那個喜歡整人的賓尼兔。

蓮珠姑姑倒覺得與一個學業成績優秀的同學為鄰，是天上掉下來的好事。於是她慫恿細輝每天到樓下去找「印度仔」，與他結伴走路到學校。後來細輝的母親到二奶巷那一頭的茶室打工，白天家中沒有大人，也是蓮珠姑姑出的主意，還親自與迪普蒂說去，讓細輝放學後留在巴布理髮室，與拉祖一起溫習功課。銀霞便是那時候開始，每天趁著母親午睡時，悄悄放下手中的剪刀和尼龍繩，摸到底層去找細輝和拉祖。

巴布和迪普蒂夫婦倆喜歡看見細輝與銀霞到來。儘管不太聽得懂華人的語言，他們聽見拉祖用流利的廣東話，甚至有時候用華語與兩人交談，仍然樂得眉開眼笑。迪普蒂常常喊住推著腳踏車進來的印度流動小販，買來炸木薯條，糖衣花生或微鹹的蒸鷹嘴豆招待孩子們，偶爾還會端上撒滿了嫩椰絲和白砂糖的蒸米粉，或是炸得香噴噴的「姆魯古」小茴香曲餅，讓他們一邊吃一邊下棋。

三個孩子最初玩的是蛇棋和飛行棋，銀霞只負責擲骰子，讓細輝和拉祖替她的棋子計步，後來兩個男孩從學校一位老師那裡習得中國象棋，還獲得老師餽贈一套棋具。有好長一段日子，兩人熱衷於鑽研這新玩意，再顧不上銀霞。銀霞倒也不吵不鬧，只是安靜地「旁聽」，時而從桌子上抓起雙方拿下的棋子，握在手心，以拇指和食指指頭輕柔地觸撫木頭上刻的字，似在逐一安撫那些在格鬥中犧牲了的棋子，召喚其亡靈。

細輝雖然與拉祖同期學的象棋，但他的腦子不如拉祖靈活，才三兩個月，兩人的棋力已明顯拉開距離。細輝的棋子越下越慢，多少次棋子走出去了馬上又被他挪回來，卻還是難免一步一步陷入敗局，輸多贏少。有一回他連輸四局，第五局很快再現敗象。他沮喪之至，竟發起橫來一手將桌上的棋局撥散。不玩了，不玩了，不玩了！

「你看！」細輝伸手指著牆上迦尼薩的畫像。神在大放光明。「你家拜象神，下象棋自然是你贏的了。」

此話一出，三人愣住了，不由得都噤聲。銀霞的手上握著一隻剛陣亡的棋子，指頭仍止不住摩娑那上面刻的字。她側耳聽，巴布放在理髮鏡前的小型收音機正播著音樂，塔布拉的鼓聲有點急躁，密如驟雨；薩朗吉的琴音略微沙啞，卻始終慢條斯理，用它蛇一樣的節奏優美而緩慢地穿梭在喋喋不休的鼓聲中；兩種樂器彷彿結褵多年的夫妻在一個屋簷下各說各話。

「這不好。被人吃了你的『雞』，你就生氣了。」銀霞輕巧地將手裡的棋子放回到桌子上，正好在被撥亂的棋盤上。那是細輝剛痛失的一輛戰車。他和拉祖瞄了一眼那棋子，再看一眼對方，嘴角開始上揚，忽然都忍不住笑起來。

銀霞沒說呢。遷離近打組屋後的這些年，她也在夢裡一再回到巴布理髮室，於伸手不見五指的黑暗中完成一盤又一盤的棋局。說了難道細輝就能理解，就能相信嗎？夢境與真實看似如出一轍，像鏡裡鏡外同一個漆黑的世界，但她就能感知和分辨出兩者的質地不同。她在那些夢裡，聽覺可要比醒著的時候更清晰，可以明明白白的聽到塔布拉裡頭有埋不住的薩朗吉；音樂之外有巴布輕微打鼾，電風扇在搖頭；店外有賣衣服的馬來婦人陰聲細氣的交談；有華人的孩子一邊在玩「快樂家庭」紙牌，一邊說著各種耍賴的話，指責別人作弊；有麻雀啁啾。

她沒說呢，她還聞得到迪普蒂在一旁走過時，掀起一陣又一陣的香風。

拉祖在那些夢中越來越少說話。偶爾他發言，夢裡夢外的黑暗便都徹底靜默，並為之顫慄。銀霞記得在黑暗中，拉祖的話逐字逐字，像從遠處接踵而至。他說：「銀霞妳唱歌吧，妳的聲音好聽得像錫塔琴。」

# 蕙蘭

這麼多年過去了，細輝還是把蕙蘭叫作「大嫂」的。也許是因為她和大輝終究沒有辦過離婚吧。六年前細輝陪她到警局去報人口失蹤，算起來她與丈夫早已分居期滿，而她迄今仍不曾向法庭提出離婚申請，那麼錫都何家便還算是她的夫家，情分還在，細輝依然是她的小叔。

當皮包裡的手機鈴聲大作，手機屏幕顯示「細輝」來電時，蕙蘭正擠在公司用來載送員工的客貨車上，闔眼小憩。她原以為只是假寐而已，沒想到被鈴聲驚醒時，嘴角吊著唾液如絲，半個靈魂已被黏糊糊的夢纏住。

每逢週末和公眾假期，酒樓營業時間延長，總是比平日要晚一個小時打烊。似乎因為有了額外的時間，人們就能相應地生出額外的金錢來，得以一併揮霍。今晚上，蕙蘭工作的「喜臨門海鮮酒家」來了好幾檯難伺候的豪客，創意無限，百般刁難。其中一貴婦竟有兩狗隨行，指明狗只吃對街黃來記的燒雞，一頓飯下來生出不少折騰人的點子。蕙蘭不斷陪笑，以致那笑僵住在臉上。回家的途中，她帶著這殘破的笑臉在坐了九個人的七人座客貨車上沉沉睡去，直至細輝打來電話，身旁的印尼女孩用手肘撞她一下，將她那逐漸融化的意識從越來越濃稠的夢中拽起來。

看見手機屏幕上的來電顯示，蕙蘭心裡先感到不妙。何家人中，她只有與姑姑蓮珠常通信息，與細輝則甚少聯絡。叔嫂二人偶爾互通簡訊，多因時節及禮節之需，問好而已。一是因為她明白細輝向來性格靦腆拘謹，不善交際；二是因為這小叔還娶了個眉尖額窄，善於算計，令人不得不忌憚的女人。

上一回細輝打電話來，蕙蘭記得是兩年前的一個清晨。電話響了許久，以為聲嘶力竭了，須臾又再響起。女兒春分忍受不住，爬起床來接了電話，伊伊嗯嗯，之後過來使勁推她的手臂，像搖撼一尊碩大的臥佛，終於將她搖醒。

「細輝叔叔打來的，說婆婆死了。」

死了？誰？蕙蘭勉力睜開眼睛。房裡翳昧，眼前的影像一片漫漶，只模糊見得春分披頭散髮，五官連成一片陰影。她瞇上眼調整焦距，春分的輪廓沉下又浮起，逐漸清晰。那過程，像是看著她在幽暗中，從一個小孩被調整成了大人。

「婆婆死了。」春分將手機塞到她手裡。

細輝說，婆婆是死在家中客廳裡的。好端端一個人，前天晚上胃口還特別好，一個人吃了大半條醬蒸金鳳魚，沒想到凌晨時分咳血死去，無人知曉。細輝黎明時下樓，發現她跪坐在地，半身伏在茶几上，桌面上一灘血漿乾成了紫褐色，老婦的口鼻埋於其中。細輝要將她扶起，卻發現母親的身體像鐵石般沉重堅硬，死亡的姿勢已被雕塑其上，成了定局。

蕙蘭向喜臨門拿了幾天假，帶著三個孩子乘長途巴士赴錫都奔喪。孩子們生下來後便與祖母分居兩城，平日甚少見面，只有每年農曆新年時，老婦人挑個日子，與小姑蓮珠坐著細輝的車子一同南下探望，卻總是臉黑口黑，寡言少語，半點沒有祖母的慈祥。孩子們都覺其難以親近，遂四下走避，在她的周圍空出一片方圓。蕙蘭百般拉攏而不得，自己也感到憋氣。那次去到細輝家裡，看見靈堂上擺的遺照，婆婆居然也還橫眉豎目，一臉不耐煩的神色。

那三天兩夜蕙蘭披麻帶孝，也和細輝的老婆嬋娟一樣畢恭畢敬，帶著兒女拈香跟在喃嘸佬身後兜圈子，循環往復，忽而下跪忽而叩首，再讓立秋以長子嫡孫的身分提幡引魂破地獄，算是克盡婦道。白天無法事時，她進進出出，總忍不住偷眼看遺照中的何門方氏，始終覺得那是張苦瓜臉，且滿是鄙夷之色。心裡禁不住想人活著如此，死後恐怕多打幾天齋也難以超渡。

蕙蘭接了電話。細輝問她，大嫂，我哥有回來過嗎？

他有沒有找妳？有沒有回家去見見孩子？

蕙蘭覺得頭皮發麻。她從車上那深凹進去的破舊座墊裡掙扎著爬起來，於兩邊乘客的挾持中挺直身子。「你說什麼？你說大輝？」

這些話，蕙蘭是壓沉嗓子說的。她甚至還下意識地舉起手來要捂住自己的嘴巴。客貨車裡歪七扭八地擠滿了酒樓的同事，她感覺大家忽然都從昏睡中醒來，屏著聲息在聆聽她說話，就連駕駛座中間那望後鏡裡的一雙眼睛，也有意無意地瞟向她。

「你見到他了？」她吸進一大口氣，囤在胸膛裡。

「沒有。」細輝靜默了一陣，像是在斟酌該怎麼說。「是一個在德士台當接線員的老朋友說的。今天有人打電話召車子，她認得是我哥的腔調和聲音。」

蕙蘭知道細輝說的是銀霞。她見過她了。當年他與大輝結婚擺酒，後來細輝娶嬋娟，這盲女都來赴宴。

「那不可能。」她吐出胸中的悶氣，頓時心裡放鬆不少。「不是親眼看見，我是不會相信的。」

細輝猶想說什麼，卻支支吾吾，把話嚼爛在嘴裡。這時候喜臨門的客貨車來到了一所充當員工宿舍的雙層排屋前，放下三個印尼女孩。女孩吱吱喳喳，惹出了不少窗戶裡的人影，蝙蝠似的在燈下晃動。蕙蘭的目光追隨她們。年輕嘛，比她的女兒春分年長不了幾歲。

「細輝，這麼多年了，警察也找不到他。」蕙蘭幽幽的說。「你哥不會回來了。」

三個女孩下車以後，客貨車裡有了餘裕，本可以乘機好好休息一陣，但接下來的路似乎特別長，像是沒了那幾個青春少艾，車子便意興闌珊，顯得特別慢。蕙蘭掛斷電話後，只覺腦袋冰涼，再無半點睡意。她怔怔地凝視車窗外的夜色，這城市已難掩倦容了，街上車子稀疏，商店都拉下捲門，只剩下電子廣告牌燈火璀璨，沿路的街燈點點滴滴，像用廉價水鑽串起的項鍊，明知虛假仍覺華美。

自從多年前開始大量聘用外國勞工，喜臨門得負責這些外來人的住宿，便在城郊兩處租了幾間排屋安置他們，再買來這客貨車用以接送。蕙蘭在喜臨門算是老臣子了，兩年前她的父親葉公也自這酒樓退休，而父女倆的住家正好離這些員工宿舍不遠，老闆便特許她每天晚上湊這順風車回家，省下一程路費。

車子到達第二棟排屋，也就是男員工的宿舍。四個孟加拉外勞沒跟誰道晚安，靜靜地下車。他們與那些洗碗刷鍋和清潔廁所的印尼女孩不同，都是一些容顏俊朗，體格健碩的青年，還能說點帶印度腔的英語，在酒樓裡當侍應，很討那些中老年貴婦的歡心，他們同鄉之間相親相愛，習慣牽著手含笑過馬路，卻不怎麼與其他同事交談。蕙蘭剛從領班升上副經理了，他們對她仍如初見，只有點頭微笑而已。

車子拐進萬樂花園，她的家不遠了。那是一棟單層排屋，老屋子，門前有破敗的長形庭院，半邊沙土半邊水泥。沙土處雜草叢生，各種野草有如八方來的難民，高高低低，全簇擁在那小小的一方土地上。有些善於攀附的已沿牆爬上了頭房的窗戶，抱著鏽跡斑斑的鐵花在呼吸自由的空氣。荒地中間有個久未被清除的空蟻巢，野塚似的巍巍聳立。一旁的水泥地大概是當初施工時用料不足或水泥砂漿拌得比例不勻，時日一久，抵擋不住雜草在地下蔓延過來的野性，已處處龜裂，遠看像被摔破了卻還湊合著躺在門前的一塊巨形碑石。

蕙蘭下車，在家門前掏出一串鑰匙，就著向街燈借來的微光，打開兩重門。

客廳裡幾乎漆黑，幾個睡房卻囤積著光明。光太擁擠了，自房門底下的縫隙溢出。蕙蘭卸下她的肩包，這才忽然發現它的沉重——重得要等它被卸下了，她的肩膀和腰背才敢呼痛。

她想要直接洗個澡上床睡覺，卻又想要敲父親的房門，和他說一說今晚上細輝打來的電話。儘管細輝捎來這消息聽著荒謬，而且毫無根據，但她聽了心頭不舒爽，也覺得該向父親報備一下。今年正是她們父女倆的流年呢，太歲當頭，諸事皆凶，沒準真會有瘟神煞星突然出現。蕙蘭的父親年事高，而且向來膽子小，早年被大輝的諸般惡行嚇出了心悸病來；退休後的這幾年，氣血越來越虛，遇事即手揗腳震，恐怕受不了這種驚嚇。

蕙蘭在父親房門外站了一會兒，想東想西；腳下踩著房裡擠出來的微薄亮光，大半個身子泡在暗中。她扭扭脖子，甩了甩頭，聽見內裡的關節「嘎嘞嘎嘞」作響，多麼像脖頸裡轉動著許多生鏽的，咬合不良的齒輪。

算了吧，這麼晚了。她想。說了又如何？只會讓老人這一晚好夢報銷，睡不著覺。

她拎起肩包，沿著一扇一扇房門排列在地上的光條，往後面的房間走去。這老式房子面積不小，格局狹長；三個房間並排，只有蕙蘭的臥房在另一邊。那房間在甬道後頭，正對小小的天井，斜對面是春分的房間，再往下走便是廚房與衛生間。蕙蘭走過春分的房門外，正巧她開門出來，兩人的目光對上，春分不自覺地揉一揉眼睛，似乎不相信自己雙目所見。

「回來了？這麼晚。」春分說了別過臉，拽著有點水腫的腿往廚房的方向走去。蕙蘭也沒有停留，她說明天也還是公眾假期呢，酒樓的生意好得不得了。說著轉身走進自己的房間，隨手亮了燈。

房裡一片凌亂。蕙蘭站在門口，有點怔忡地看著房裡的景象，幾乎覺得這不可思議。一切分明還保持著她今早離開時的模樣——妝檯上塵埃滿布，各類不同大小和形狀的梳子散置，梳子上掛著一縷一縷死亡時間不一的頭髮；用過和沒用過的脂粉口紅、護膚品，卸妝棉和棉花棒七零八落，有些掉了在地上；地上遍布一層粉狀物，不知是灰塵抑或是爽身粉。妝檯旁角落頭的收納架堆滿雜物，一隻原來光鮮整潔的毛絨兔子被擠得四肢扭曲，一隻長耳朵反折。它從架子中伸長脖子，露出一張灰頭土臉，用慘澹的眼神凝視地上一隻落單的白襪子。襪子上零星繡了粉紅色的草莓圖案，那曾經是二女兒夏至最喜愛的一雙短襪，有一天清洗了從外面的晾衣架上收回來，不知怎麼從此少了一隻。

那已經是一、兩年前的事了。蕙蘭一直沒有把它扔掉，大概是聽信父親和夏至說的，等等吧，總有一天那失蹤的一隻會無端端出現。

如此兩年過去，那落跑的一隻至今未歸。她們家一個禮拜洗好幾趟衣服，常有襪子和內衣褲不翼而飛。衣服曬乾了收回來，始終未及整理，都像現在這般全扔到蕙蘭的床上，彷彿用衣物堆了個墳頭。這其實是常態了，春分和夏至兩姊妹偶爾進來，在這墳堆裡翻找，抽出她們的衣物，以致本來就無從收拾的床鋪更形狼藉，叫人無法躺下。此刻蕙蘭卻顧不得這許多，忽然像洩了氣一樣，把自己摔出去，一屁股坐到那些衣服上。

春分小解回來，經過蕙蘭的房間時，朝洞開的房門裡瞥了一眼，看見她的母親叉開膘壯的雙腿坐在床沿，懷裡攬著她的肩包，像懷抱一個小孩。她昂起下顎，目光像一隻飛蛾，繞著牆上的燈橫衝直撞，神情竟有些癡呆。蕙蘭意識到春分的注視，但這好不容易凝固起來的身體太笨重了，她實在沒有力氣移動分毫，只能像一座擱淺的鯽魚，無意識地看著那些張羅在天花板和壁燈之間的灰色蛛網，大口大口呼吸。

母親這模樣，春分目睹好幾回了。每一次看見，她都聯想起以前上學蹺課的日子，與朋友在街上蹓躂，總是在巴士總站外頭的行人橋上看見婦人坐在草蓆或報紙上乞討，形態神情與此相似，總是昂起頭來用不確定的目光看著每一個經過的路人，懷裡也總有個稚兒；稚兒總是眨巴著天真的眼睛，臉上蒙塵，涕淚縱橫，還加上嘴邊許多醬汁污跡，像是陳舊了一直沒有被清洗過的洋娃娃。

蕙蘭知道的，女兒在房門外停下腳步，張口欲言，卻最終什麼話都沒說，轉身回到對面房裡，闔上門。儘管她連眼珠也沒轉動一下，但春分的身影在她的眼角停駐了一瞬。這女兒快十八歲了，長髮披散，像她的父親一樣長得高挑修長。她穿著印了憤怒鳥的舊T恤當睡衣，裸露在睡衣外的瘦臂細腿，讓她看著像個尚未發育齊全的跳芭蕾舞的女孩。這麼纖細的身軀，睡衣底下卻像扣了個籮子，腹部高高隆起。這讓蕙蘭忽然心疼。一陣悲傷如同硫酸從心房湧出，隨著血液流入四肢百骸。

她原想喊住春分，想問她今日弟弟妹妹有沒有出狀況，也要問她有沒有見過父親大輝，無奈她實在太疲憊了，大腦無力將指令傳達給身體，只能讓那背光的身影搖曳著淡出她的視野，然後對面的房門「吱嘎」一聲關上，門外回復暗寂。蕙蘭仍然注視著張掛在牆角的蛛網，那裡的蜘蛛早搬家了，搬得徹底，連蚊蠅飛蛾等昆蟲被抽空的屍骸也沒留下一隻。她瞇起眼睛想要再看仔細一些，眼睛卻一直調整不了適當的焦距，以致周圍的景物忽大忽小，都在漶化。她覺得自己的目光越來越輕柔，虛浮得像一根雛鳥的嫩毛，自蛛網裡徐徐飄落。她慢慢垂下頭，卻等不及那目光落到地上，只覺背上一軟，再也把持不住，霍然癱倒在床上。

蕙蘭不再掙扎了。她閉上眼睛，感覺這真奇妙。身體像裝滿液體的氣球驟然裂開，裡頭的漿汁汩汩傾出，濡溼了被她壓在身體下的許多衣物，一直滲入床墊裡。

# 嬋娟

嬋娟又看見了那個女學生。這一回是在學校的食堂，明明聽到了刺耳的下課鐘響，食堂裡卻出奇的冷清。嬋娟手裡拿著幾枚硬幣，沿著校園內迂迴的廊道，走到一座像臨時倉庫似的鐵皮棚子下，看見十來二十個賣食物和飲料的攤檔沿著棚子的東南西面「凵」形排開。白衫藍裙的人影疏疏落落，像田裡的稻草人一樣，一動不動地豎立在攤檔前。那並不是她以前教書的學校，攤販們都是生面孔，其中有一人分明在許多香港影片中出現，多演黑道莽漢。這些人賣的食物，包括束成一把一把的臭豆莢，一大瓶一大瓶的野生蜂蜜，以及在魚缸裡疊得像磚塊一樣整齊的筍殼魚和白鬚公，其實都很奇怪，但嬋娟不察覺有異，直至她在賣印度什錦豆的攤檔前碰見那個面孔長得像錐子一樣，眼距很寬的女生，嬋娟才意識到這是夢。

那女生像往常那樣穿著校服，在夢裡卻成了攤販，給她量了一包撒了細鹽的紅衣花生，對她咧嘴一笑。嬋娟認得這張長得十分詭異的臉，寬額細短下巴，兩隻耳朵有點兜風，這麼認真的笑起來有點像日本漫畫裡的裂口女。嬋娟以為她會像在以前的夢裡那樣，恭恭敬敬地喊她一聲「老師」，可這一回她卻沒有。

「江嬋娟，這是給妳留的。」女孩把包好的紅衣花生遞過來。嬋娟伸手接過，忽然發現自己身上穿著白衫藍裙，居然也是個中學生。

這驚嚇非同小可，嬋娟睜開眼來。

幾乎每一次夢見這個女學生，嬋娟都是這麼倉皇逃離，宛如壁虎斷尾，又像壯士斷臂，硬生生將夢拗斷。每一回她這麼從夢中撤出，丈夫細輝都躺在她身邊，打著微鼾，一點沒察覺她驚魂未定，總覺得自己並未全身而退，像是有些什麼遺落在夢裡了。

嬋娟起床來，摸黑下樓到廚房去飲了半杯水。水裡有冰箱的味道，像是加了什麼化學物，讓嬋娟想起泳池裡過於湛藍清澈的池水。女兒小珊今天下午上游泳課，嬋娟去接，便在那池畔聞到相似的氣味。後來小珊從池裡上來，穿著溼漉漉的泳衣直奔她懷中，這味道撲鼻而來，特別濃烈，她不知怎麼想起醫院的停屍間。

從錫都游泳俱樂部回家，路程雖短，假日的交通卻十分壅塞，途中還有幾個避不開的紅綠燈，加上許多人騎著摩哆在汽車與汽車的夾縫中穿梭，有一個莽撞的把她車子右邊的望後鏡碰了一下，發出「噗騰」一聲，像彈斷了車子裡的某根弦，令嬋娟感到十分氣悶，頻頻拿驅風油抹在人中，回到家裡更馬上要小珊老老實實再去洗個澡。「妳聞不到嗎？一身屍臭。」

晚上吃飯時，細輝提起銀霞打來的電話，說得嘟嘟噥噥；家裡的女傭在廚房盛湯，摔破一個碗公，熱湯和蓮藕豬骨濺了一地，再來是女兒的英語補習老師打電話來談加學費的事，語氣傲慢，更讓嬋娟心煩。臨睡前她上網去搜，回頭和女兒爭拗，說泳池裡散發氣味的根本不是消毒藥水，而是人們的便溺。「那是消毒藥裡混進了尿液才形成的，叫作『三氯胺』！」

她的動作和聲音顯然有點過度了，小珊對她瞪眼，一言不發的抿著嘴鑽進被窩。女兒的退讓令嬋娟警覺自己的不妥，特意多服了半顆鎮定藥才上床睡覺。那睡眠彷彿海洋，原先極淺，她朦朧聽見細輝給蕙蘭打的電話，卻不及細想，像是被一隻手於混沌中牽著，越走越急，逐漸深入迷宮一樣溝壑縱橫的夢裡，終於又回到舊時的學校，見到那長相怪異的女孩。

那女孩，嬋娟只在早年當過一年她的班主任，已經記不清她的名字，只知道她剛上初中時，班上幾個同學取其名字的首字母縮寫，喊她ＥＴ。如此流傳開來，以後一年一年，似乎一整座學校的人都這麼叫她。後來她死去，嬋娟記得有好些日教員辦公室裡所有人，要不低著頭，要不別過臉，都在竊竊私語。女孩的綽號變成一顆乒乓球，在教師們的辦公桌上彈跳不止，都說「那個長得像ＥＴ的學生自殺了。」

奇怪的是在女孩死了多年，其音容笑貌在屢屢的惡夢中一再變形；不斷被時間腐蝕溶解，又在記憶中一再被重新鑄造以後，嬋娟迄今卻仍然常常想起女孩的母親。那婦人姓林名月圓，貌不驚人，倒是有個容易被記牢的名字。女孩念初中時，這白而微胖，眉目頭髮顏色極淡，柔軟得像一團棉花的婦人，幾次為女兒的事情到教員辦公室來，向嬋娟一再請託。嬋娟便是在那時候得知女孩身罹先天性頑疾，體內的鐵質代謝不了，需要長期輸血吃藥。

「也請老師多多關照！」婦人一再鞠躬，五官平淡的臉上表情深刻，彷彿她犯了什麼錯，是來負荊請罪的。

後來女孩之死令嬋娟顫慄。女孩出殯時，她的母親刻意讓靈車開到學校，正巧看門的守衛開小差，讓一輛白色廂式車大刺刺地開進校園裡。那車子的車速極慢，飄浮似的悄無聲息地在路上滑行；先是開到食堂那一頭，發現巷窮路盡，便倒退回來，沿路繞到前面的辦公樓。車子在那裡停下來，像是要喘喘氣，大約半分鐘後忽然一陣抖擻，又再緩緩前行，還開動播音器，喪樂大作，用極大的分貝放出了老和尚念經般的喃喃之聲。

嬋娟來自信佛之家，認得那是《地藏菩薩本願經》，而辦公樓裡的人紛紛架起眼鏡，像甕中的一窩蛇聽見噴吉笛奏的弄蛇曲，都不由自主地從斜坡上的建築物裡踱步出來。嬋娟和其他教員一樣，甚至當日有好些在上課中的學生都看見了，那白色廂車的車頭以黃白菊紮了個大花圈，紮花上拱著女孩的遺照。女孩在照片中微微低頭，顯得下巴特別尖細。她稍微抿著薄唇，兩眉微揚，一雙大號的三白眼略略往上翻。那些站在高處的人們，每一個都自覺被她的目光掃過，臉上一陣灼燙，像是她在灰飛煙滅之前，要逐一記認他們的面目。

這事發生兩個月後，嬋娟辭去教師之職，到細輝的店裡幫忙，當起了「事頭婆」。婆婆何門方氏對此不甚滿意，她向來以家中有一個當上教師的「讀書人」自矜，當年恐怕也是因為如此才大力撮合，讓細輝娶一個瘦骨如柴的哨牙妹。嬋娟對婆婆的黑臉不以為意，三幾年過去，眼見店裡的生意越做越旺，何門方氏總算釋懷，逢人便說「讀過書的人還真的不一樣，連算盤都打得精一些。」

細輝倒是察知妻子心頭始終有個陰影。那學生自殺死後，她先是一段日子食不知味惡夢連連，三魂七魄不知少了哪一塊，即便後來辭去工作不去教課，丟失的魂也收不回來，人變得比當教師時暴躁許多，動輒咆哮，試過幾回半夜裡為一點小事止不住地嘶吼，劏豬一樣慘烈，還劈里啪啦摔東西，震得屋子嗡嗡作響，周邊的屋子一一亮燈，搖籃中的小珊嗚哇哇大哭。母親打開房門，抖著軟骨勞損的膝蓋，顫巍巍地爬上樓來。

如此兩、三回後，細輝的母親找了個藉口，說他與大輝死去多年的父親夜裡託夢，卻語焉不詳，故不知其所云。想想上回與蓮珠一塊兒到九天玄女廟找娘娘問覡，已經是好幾年前的事了，便囑他讓老婆休假一日，好陪她到暗邦新村走一趟。嬋娟天才矇矇亮便攙著婆婆出門。路不長，卻九曲十三彎，得越過新村裡許多小徑窄巷，每家每戶蹦出一條哮天犬似的惡狗來，再得穿過巴剎前擠得水洩不通的大路；途中兩次向人打聽，才終於來到那三合院般的娘娘廟。嬋娟本以為這種地方必然都鬼氣森森，沒想到這廟大紅大綠，一座新簇簇的「宮殿」看似剛落成不久，紅牆碧瓦，雕欄玉砌；屋頂層層疊疊，都翹角飛揚，上面鸞鳳伏竄鴟梟翱翔，每根樑柱都龍蟠虎踞，一道一道紅匾上全是金漆寫的大字，有點咄咄逼人。加上神壇上各路神仙都用近半寸厚的油漆塗了金身，看著笨重無比，整座廟宇怎麼看怎麼像農曆新年拍賀歲音樂片的場景。

問覡處在廟後一隅，一座普通房舍獨自坐落，狀似住家，彷彿玄女娘娘另起爐灶。裡頭一座普通不過的住家式深紅神龕，供的是一尊住家尺碼的白觀音。主持是個黑實婦女，穿著樸素；

白米一碗細香一炷，閉眼一陣碎碎念便請得陰魂附身，劈頭一句「不是夢裡和妳說清楚了嗎？妳老得連耳公都冇用了。」嬋娟見婆婆長嘆一聲，原來緊繃的面容忽然放鬆下來，眼裡甚至溢出了一點柔光。之後一人一鬼有一搭沒一搭，粵語與客家話參雜，除閒話家常以外，婆婆也像廣告插播似的，不止一次在談話中追問，妳在下面沒有見到大輝嗎？

那黑實婦人一再對何門方氏翻白眼，氣打牙縫間擠出來。「我沒見過這死衰仔！」眼看一柱香快燒完了，細輝的母親才忽然記起此行的主要目的，連忙說，奀仔啊，細輝的老婆這陣子很不順遂呢，行事有點不尋常，你替她看看是不是撞邪了。

嬋娟聞言一驚，有點氣婆婆冒犯她的隱私，不禁厭惡地瞅了她一眼，回過頭來正好碰上那黑實婦人的目光。這回「娘娘」不再翻白眼了，卻是兩眼直勾勾地瞪著她看了許久。嬋娟想起那眼睛裡藏著另一雙眼睛，像是要看透她這軀體裡藏著的另一個人，內心不免發毛，甚至略略感到心虛，禁不住低下頭來，躲開公公的注目。

「問我沒用。」公公在女人的身體裡發言，眼睛仍一眨不眨。「她有什麼冤親債主，她自己心裡清楚。」

從九天玄女廟回來，嬋娟關上房門，又與細輝壓著嗓子吵了一頓。那以後她開始不沾油葷，還從父母家裡拿來兩個光碟，每天清早播一回《大悲咒》。婆娑訶婆娑訶，南無阿利耶。對面屋子裡住的印度人家有意無意，總也在這時段搖響銅鈴喚醒他們的神明，燒香點燈，呢呢喃喃念他們的經。

以後婆婆再有兩回去問亡，都由姑姑蓮珠與細輝陪伴，回來嬋娟不聞不問，倒是細輝為了示好，自己忍不住吐露。「媽又問老爸，我哥在不在地卜。」

# 貓

銀霞記得曾經有一對印度姊妹花對她詳細說過，她們的母親怎樣殺死了一窩小貓。是那種剛出生的，眼睛和耳朵還沒張開的貓崽，全都沒來得及看見牠們的母親，尚未見聞這世界，就被她們的母親處死了。

銀霞那時候是個小孩，還未真懂得「死」的意思，但那兩個女孩顯然有點興奮，她們搶著把話說完，繪聲繪影，令銀霞十分不自在。很多年後她想起這事，才發現問題出在姊妹倆說話的語速上。她們兩把聲音嘈嘈切切似無窮盡，說得像塔布拉鼓一樣的明朗流暢，過於「歡快」，讓她不寒而慄。

這對印度小姊妹曾經住在樓上樓，因為父母終日不在，她們像是被放養的孩子，喜歡逐層樓探險。無意中來到七樓，在門外窺見銀霞的織女營生，姊妹倆主動開口向銀霞討一點尼龍繩，從此與銀霞結交。她們和細輝一樣到壩羅華小上學，說得一口流利的廣東話，可細輝說她們總是不交功課，天天被罰站，也經常被老師拿藤條鞭手心。兩人卻像練成了金鐘罩鐵布衫，不但沒喊一聲疼，還嘻皮笑臉，放浪形骸，令老師氣極，罰得更兇。

有一回姊妹倆從街上抱來一隻小貓，硬塞到銀霞懷中，說要讓她摸一摸。銀霞至今仍然記得當時的悸動。那隻毛茸茸的小東西，除了幾隻不安分的小爪子，通體竟柔若無骨，摸上去有體溫，還能感覺到牠的靦腆怯懦和體內微微的戰慄。

就是那一日，那一對印度姊妹花對她說，告訴妳噢——

她們家裡以前有過很多貓。自從搬到樓上樓來，家裡就不再養了。

「很多？有多少呢？」

多不勝數！姊妹倆的母親不知怎麼特別喜歡貓兒，彷彿貓兒能賣錢似的，她每天出門遇上各種機緣巧合，從街上撿來不少。有連母貓帶貓崽，遭人一整窩遺棄在溝渠邊的；有失去了母親，流連在垃圾堆裡覓食的；有瞎了一隻眼或跛了一條腿的，都被她帶回家裡放著，然後便有了循蹤而來的自來貓，來去自如，把她們的家當成了俱樂部。

那時她們一家住在城中的另一座組屋，倚著霹靂河畔。

「沒有這兒這麼高，只有四層樓。我們的家在頂樓呢！」

「真的滿屋子都是貓噢——」床上床下有，桌子底下有，衣櫃裡有，抽屜裡有，就連她們每天帶去上學的書包偶爾也會鑽出小貓來。

有一回屠妖節大掃除，母親要姊妹倆幫忙整理床鋪。她們抱起一床被子跑到窗邊，呼啦啦——把被子朝窗外一揚，居然甩出來兩隻小貓咪，從她們家的窗口飛出去！「告訴妳，是四樓噢！」她們都來不及呼叫，卻見兩隻小貓處變不驚，各自張開四條腿，像是忽然長出翅膀，又像是兩邊的前爪與後爪之間長出了薄薄的皮膜，讓牠們像風箏那樣在空中翱翔。

那是姊姊芭雅的聲音。妹妹達恩在旁像唱雙簧似的，說是呀真的好多好多貓。她們的語速很快，話說得像是用掄指彈撥出來的弦樂，行雲流水，銀霞只顧得上點頭。然後呢？兩隻變成了風箏的小貓飛到哪裡了？

「我們趕緊跑下樓去把牠們撿回來呀！兩隻貓都好好的，沒受一點傷！」「是呀，一點傷都沒有！」

「難怪大人們都說，貓有九條命。」

「也不見得噢，我告訴妳——」姊姊把聲音放沉。說著，她將小臉蛋湊到銀霞的耳邊，像是即將要說出一個天大的祕密，嘴唇已貼上銀霞的耳朵，輸送過來一股椰子油，茉莉花和咖哩混合的香氣。於是她的聲音也像一縷香，隨著她的鼻息幽幽鑽入銀霞的耳道。「我看見過我媽殺貓。一窩剛出生的小貓，五隻吧，眼睛還沒張開，也發不出聲音來。」

姊姊這祕密說得太認真，陰聲細氣，像是在朝銀霞的耳根和臉上呵氣，她感到脖頸上一陣酥癢，禁不住歪著脖子嘻嘻哈哈的笑了起來。姊妹倆卻沒有陪她一起笑，銀霞笑著笑著便覺得有點恐怖和茫然。她以為這對姊妹最終會突然爆笑，對她說「假的啦，我們只是想騙騙妳。」或者她們會告訴她，貓兒沒死，又在千鈞一髮間變成了風箏揚長而去。

「我也看到我也看到！」妹妹大聲叫嚷，聲音稚嫩而尖銳。「是一窩貓，全死了！」

那些貓崽由一隻三花貓所生，花花綠綠的一窩。妹妹先在堆放舊報紙的角落裡發現牠們，遂把姊姊召來，姊妹倆蹲在那兒看了一陣，又把貓崽一隻一隻抓起來放在手心。母貓也不知生的第幾胎了，早已習慣如此，也可能是產後疲乏，只是安靜地用嫵媚的眼睛瀏覽她們的臉龐。

那一天她們的母親到街場替人洗了幾家的衣服，趿著鞋底已經無紋的夾趾拖穿街過巷，從迪亞公園那一頭叭噠叭噠地步行回來。家裡的閘門才剛被拉開，姊姊便急忙跳起，搶先向母親報告。「我們有五隻新的小貓！」

姊妹倆的父親在一個夜裡拎了個旅行袋離開，那時已經許多天沒回家了。年幼的小弟弟三天兩頭出各種狀況，兩眼終日淚溼並積滿眼垢，睜不開來，只能在床上昏睡或者嚶聲哭泣。姊姊說，母親向她們走來，像威武的迦梨女神那樣居高臨下，沉默地看著躺在舊報紙堆後面餵奶的母貓，以及牠那一窩新生的貓崽。母貓轉過頭來盯著她們的母親，似乎都若有所思，在那裡怔忡了好一會兒。

姊姊終究稍微年長，感覺到母親的神色不對勁。她說，母親那幾天也都用同樣的一雙倦眼凝視她們家的小弟弟，悶聲不響，一動不動，好像她累得只剩下呼吸的力氣。她看著母親轉身走進廚房，回來手上拿著一個塑料袋。她彎下腰，伸長手臂探到報紙堆與牆壁間，把黏在母貓肚皮上的貓崽逐一拔起，都扔進袋子裡。

「阿媽，這是幹什麼呢？」妹妹仍然張腿蹲著，回過頭瞥見母貓仍然待在高高低低，堆積如山的報紙堆後頭，像是被困在了愁城，卻像蛇一樣昂起頭來，喵嗚喵嗚，哀求似的迭聲低鳴。

姊妹倆跟隨在母親後頭，與她前後腳走進家中的廁所，並目睹她們的母親把裝了五隻幼貓的塑料袋口套上水龍頭，旋動把手讓自來水淙淙流進袋子裡。水流很急，一眨眼便把那袋子灌了個八分飽。母貓也走過來了，在姊妹倆的身邊伸長脖子，與她們一樣翹首以待。

她們的母親將袋口旋緊，打了個死結。此刻那袋子看來幾乎像一個半透明的皮球，那些初生的幼貓仍然緊閉著眼睛，臉像皺成一團的破布，都急切地划動牠們幼小的爪子，像是在水裡游泳。姊姊說，那看起來像是剛從魚鳥店裡買回來的一袋魚。

「才不是！」妹妹的聲音插進來。「是像一袋子田雞！」

兩個女孩昂起臉，默不作聲地看著五隻幼貓在水中翻覆掙扎，划水的動作越來越慢，終至靜止。每一隻貓的臉依然皺作一團，充滿疑惑。姊姊別過臉與妹妹交換了一個眼神，又看看身旁的母貓，始終不太明白她們的母親在玩什麼把戲。她甚至一度以為貓就和眼鏡蛇或牛那樣，是一種神聖的生靈。那些幼貓在水中會變成魚，就像牠們在空中那樣，忽然施行神蹟變成了鼯鼠御風而行，令人驚嘆。

幼貓死後那一整天，母女三人不知怎麼都不想說話了。她們也不想出門，而是拉上鐵閘，在屋裡度過了靜默的一日。母親如常的給弟弟餵奶，放他在紗籠搖籃裡給他哼催眠曲，溫柔得令姊妹倆側目。她們坐在地上玩各種安靜的遊戲，不時抬眼看看母親，似乎仍期待著母親會給她們一個說法。可母親始終什麼都沒說，姊妹倆亦不敢討論和追問。直到晚上睡覺時，妹妹在被窩裡揪了揪姊姊的袖子，悶聲問她，所以，那些小貓都死了？

　　姊姊在黑暗中看了看母親睡的鐵架床，她們的母親抱著弟弟躺在其上，窗外的月光投來一個古怪而巨大的人形影子，像是把震怒中不斷跺腳的迦梨女神模糊地印在了牆上。她覺得自己像被噎住了，沒法說話。她和妹妹自有記憶以來便一起在地上打地鋪，一張單薄的乳膠床墊上透著她們長年累月的汗水味和經久不息的尿臊味。貓倒是不嫌棄，牠們在床上走動，有的鑽進被子裡，挨著她們的身體大被同眠；也有的交替夜巡，在母親的床底下大啖壁虎和蚱蜢等新鮮捕獲的獵物。那些沒吃飽的貓則在一旁虎視眈眈，引得大快朵頤者咆哮示警。至於那一隻剛生產過的母貓，那晚上以及後來幾日，仍不死心地在屋子內外四處徘徊，喉嚨裡震出一種奇怪的頻率，哀哀呼喚牠的孩子。

　　姊姊說她一直沒去問，因而也不清楚母親後來怎樣處理幾隻貓崽的屍體。她們家裡養的貓雖多，其中不少一去不返或憑空消失，卻從來沒有一隻死在屋子裡。但她與妹妹可是見過母親怎樣處置腐壞發臭的生肉，不就在袋子上打個結，扔到樓下的垃圾收集箱裡嗎？

　　直到銀霞自己也養貓的時候，她才常常想起來這段往事。那一對說話像唱雙簧的姊妹在樓上樓住的日子並不長，那個被她們說成半夜開溜的父親，以及好像隨時會死掉的弟弟，卻是一直都與她們住在一起的。直到有一天為人父者再度夜奔，便一直有人分批上門來找他。這些人大吼大叫，摔椅子掄拳頭，也曾拿嬰兒手腕那麼粗的鐵鍊和像船錨那麼大的鎖頭鎖上她們家的大門，恫言要放火。她們一家在某個晚上漏夜搬走，恐怕姊妹倆都是在半夜被大人搖醒，就和幾個行李袋以及她們那瘦小得可以摺疊起來放在行李裡的弟弟，一起被匆匆地塞進車子，只來得及透過車窗望一眼樓上樓，看見月亮像一個圓鼓鼓的包袱在它背上。她們難得在這種時分以如此角度仰視樓上樓，覺得這建築物真挺拔，像時母迦梨女神那樣的偉岸可怖。

這一家人走了以後，銀霞從來沒聽到有人說過那屋子裡有貓，倒是後來搬進去的另一戶印度人家，對馬票嫂說前一任租戶搬得真徹底，也許一直以來都家徒四壁。他們最初拿到鑰匙打開那兩道門，只見屋內空空如也，連紙屑也沒留下一張。

「卻不知怎麼搞的，遍地都是老鼠屎。」

銀霞養了貓以後，才知道貓不一定都抓老鼠。她養的貓有時候會叼著麻雀或別的小鳥，從開著的窗口躍進屋裡，偶爾還會逮到草龍或尾巴要比身體長很多的小蜥蜴，在她的面前放下來，與牠捕獲的獵物重新展開追逐，像是要為她重演一回牠的迅捷和英勇。銀霞猜想這貓並不曉得她的雙目不能視物，倒是銀霞的父親老古自稱他看見過好大一隻老鼠從這貓身邊竄過，牠瞅了一眼，竟視若無睹，「像瞎了眼一樣。」

老古說話浮誇尖酸，為人不踏實。早年住在近打組屋時，他這張攔不住的嘴巴已是坊間有名的了，他更因此在鄰里同行間得了個「講古佬」的綽號。銀霞自打出生便與他住一個屋簷下，早已習慣了不把父親說的話當回事，卻仍然明白父親言下之意：一個盲人自顧不暇，還養一隻沒用的貓？

銀霞不以為意。她想，倘若母親還在世，也許會把話說得溫和一些，亦有可能會引用馬票嫂以前常說的金句之一：「自來狗富，自來貓貧」，卻終究與父親說的是一個意思。

妹妹銀鈴偶爾從北部的島城過來探望，對姊姊養的貓十分感興趣，卻因為來去匆匆，也不曾在父親與銀霞的家裡過夜，故而與那貓始終緣慳一面。她看見銀霞放在房裡的貓碗與給牠準備的食水，問銀霞，貓叫什麼名字呢？是公貓還是母貓呵？牠什麼顏色？

銀霞養的是一隻雄貓，還真替牠取了個名字，叫作「普乃」。她們舉家從樓上樓搬到這小排屋後，母親去世，普乃便來了。銀霞晚上睡覺的時候，習慣將窗門稍微敞開，好讓房裡的空氣流通。貓便是從那窗口跳進來的，腳步無比輕柔，幾近無聲，足於逃過銀霞靈敏的聽覺。如此來了好幾回，待銀霞察覺時，牠一派泰然自若，顯然已不是初訪。

貓很快與銀霞熟絡起來。牠夜裡來總會跳上她的床鋪，靜悄悄地趴在她的被窩上。最初銀霞感到很不自在，但她實在不曉得該怎樣拒絕一隻貓，幾下遲疑和反覆斟酌之間，竟已習慣下來了。睡夢中要是感覺那貓來到，她便盡量不翻身。有時候她在回教堂傳來的晨禱聲中醒來了，貓還沒離開，銀霞也就靜靜地躺在那兒，隔著一張薄薄的毛毯，感受那貓肢體中輕微的抽搐，牠的夢，以及牠在靜寂中的躁動。

就是在那種身體動彈不了的時刻，銀霞放任自己的思緒隨波逐流，像一個漂浮的空瓶子，從某條水溝或淺溪出發，往往幾個轉折便又被捲到記憶的汪洋，再一次聽到那一對印度姊妹花的聲音。她們的祕密一說出來即化作氣流，幽幽鑽入她的耳道，又在她的腦子裡變成幼細綿長的蛔蟲，越鑽越深。

銀鈴問她，為什麼給貓取這麼個發音古怪的名字？難道它有什麼特別的意思？銀霞在黑暗中面向妹妹，告訴她，這是小時候聽過一對印度姊妹說的，淡米爾語裡，貓就叫作普乃。

「可牠是華人養的貓。」

「那又怎樣？我還想過要給牠取一個人模人樣的名字呢。」銀霞微笑，在黑暗中直視妹妹，抵達她的眼睛。

「但我知道牠不會因為這樣而變成人。」說了以後，銀霞忽然感到這話似曾相識。當時費了些神卻想不起來原話出自何人，何地，何時。彷彿記憶是個浩瀚的百子櫃，它從某個塞得太滿的抽屜裡掉落，因無憑無據而無法歸位。要到這個夜裡，銀霞毫無睏意，反覆在前塵往事中搜尋大輝；貓來了，先在床上巡過一遍，最後在她微微張開的兩腿之間找到一道舒適的壕溝，安靜地在那裡躺下來。銀霞靜靜凝視黑暗的深處，感覺到那貓所感受的滿足與安逸，不知怎麼腦中忽然閃過一念，想起多年前聽到大輝與蓮珠姑姑在樓梯間爭執，大輝便是這麼說的。「取個英文名字就會高貴一些嗎？妳一個漁村妹，渾身臭魚腥，改名叫蘿絲就能變玫瑰？」

蓮珠姑姑平日伶牙俐齒，與大輝吵嘴從不曾敗陣，可當時她卻一陣無言，似乎良久找不到話應對。銀霞在暗中感覺自己豎起了兩耳，像一隻小動物匿藏在那裡，等得好不心急，幾乎要把膀胱裡的尿都急出來了，才終於等到蓮珠姑姑一聲嗔喝，放開我！

「換名字真的改變不了什麼嗎？那你怎麼一直叫我阿珠，不叫我姑姑？」蓮珠姑姑喘著粗氣，忽然將聲音壓沉，像要說出一個祕密。「大輝，我是你爸的妹妹。這個，你改不了。」

# 蓮珠

何蓮珠，拿督馮的女人，說起來錫都的華人社會沒幾個人不曉得她。特別是那些有點年紀的中老年人，見證過本地報業的巔峰時代，自然都記得何蓮珠那時正好初登社交圈，因相貌身段姣好，為人熱情豪爽，是各大華文報的寵兒，見報率奇高，沒過多久便家喻戶曉，成了公眾人物。

細輝在母親猝死以後，特地找了一天收拾母親生前住的房間，居然翻出來一疊當年的報紙，看見蓮珠姑姑的許多舊照。母親的臥房在樓下，緊靠著廚房，她平日也不關門，於是這房間被她每天用桂皮八角黃豆醬黑豆豉辣椒糊咖哩末蠔油牛抽紹興酒花生油和其他許多香料薰出了一股複雜難解的油煙味，甚至連她放在房裡和穿在身上的衣衫也透著這麼一股味道，像是她與這房間已融為一體。即便何門方氏仙遊已兩年有餘，那味道卻經久未散，彷彿老人仍在房裡戀戀不去。

這屋子有五房二廳，樓下這房間特別窄小，按發展商的構思，想來應該是拿來給屋主當工人房用的。細輝的母親因為腿腳不便，堅持不要住到樓上，還一味強調「這比我在樓上樓的房間好多了」。細輝自然是拗不過他母親的，而且他和嬋娟也還真想不出來該怎麼解決老人家每天上樓下樓的問題，便只好遂其意，把她安置在樓下的小房間裡。

如此經年，那房間儼然成了何門方氏自己的小世界。儘管過去她的房門總是打開著的，卻因為房裡僅得一扇對著後巷的小窗，採光不佳，加上老婦人為防老鼠蟑螂或野貓乘隙而入，終年將窗口的十多片毛玻璃闔上，故那房間在白日裡看著仍像個幽深的洞穴，多年來一直被細輝和妻女視作禁地。

就在細輝擇日整理母親的房間以前，他其實已經來稍稍收拾過一回了。那時母親的大體被殯葬公司從醫院裡領了去，說要一番整頓。嬋娟從棺材街上的福祿壽殯葬服務公司裡打來電話，讓他到母親房裡找一套好衣服當壽衣，再有一些給她陪葬。

「你順便仔細搜一搜她的衣櫃和抽屜，你媽可能還藏著不少私房錢。」

那一回細輝走進那房間，才發現裡頭竟被母親布置成儲物室了。除了原來給這房間配的一張單人床，一個衣櫃以及一張帶鏡子和小木凳的梳妝檯以外，靠窗的牆角堆滿了母親囤來換錢的舊報紙，地上疊著許多準備拿來當擦腳墊用的故衣和破布。床底則是她的酒窖，除了幾瓶她自己釀的黃酒以外，還有十來瓶原封不動的洋酒，幾乎全是特級干邑白蘭地。細輝知道姑姑蓮珠自從嫁人後，每年農曆新年時來探望母親，除了禮籃和海味藥材之外，還會捎上一瓶洋酒。母親拿這些酒當寶一樣珍藏起來，不知要存到何年何月，自己仍未啜過一口。

細輝不只一回聽過嬋娟冷言冷語，說他母親把這些名貴洋酒當成女兒紅，恐怕要等大輝的兒子立秋結婚擺酒那一日才願意拿出來。

他打開母親的衣櫃，看見裡頭的許多花布衣裳，正愁著該從何下手，蓮珠來了。她俐落得很，很快挑了一條深紫色的絨布繡花旗袍，還有好幾套細輝幾乎未曾見母親穿過的衣服。

「你媽不穿它們，不是因為不喜歡，而是因為捨不得。」蓮珠拿下衣掛，把衣服一件一件摺疊方正，交到細輝手上。

「看看這房間好了，你媽囤了多少東西？」說著她環顧四周，禁不住嘆了一口氣。「以前在樓上樓她就已經這樣了，搬到洋房來住也沒用，稟性難移。」

辦完了母親的身後事，三七已過，細輝被嬋娟使喚，再回到這房裡收拾母親的遺物。他把衣櫃上的一個紙箱拿下來，看見裡頭存了許多已經泛黃變焦的舊報紙，更有兩本雜誌，忍不住一一打開，發現每張報紙都含著蓮珠以前的活動消息和照片。即便擠在群體合照裡，蓮珠在那些照片中仍顯得風致嫣然，光彩奪目。可報紙畢竟頗有年月，縱然用的是全彩印刷，此時上面的顏色卻已七零八落，看著滿眼斑駁。

細輝坐在母親的床上翻看這些舊報紙，憶起往事種種，忽然省起這房裡的家具是當年他們家新居入伙時，蓮珠姑姑整套買了叫人送過來的。細輝記得嬋娟為此大發雷霆，說蓮珠姑姑之前來了一趟，到樓下的房間掃視一輪，頭也不回，只盯著牆上一面脫了不少銀漆的舊鏡子，蹙著眉對鏡裡的何門方氏說話。「怎麼是這種鐵架床和塑料布做的衣櫃？大嫂妳真把自己當傭人，要住在工人房嗎？」

嬋娟站在婆婆背後，在鏡中與蓮珠飛快地對看了一眼。

第二天下午，傢俬店的小羅厘來到他們的新屋門前。兩個印度工人在開車的華人師傅指揮下，扛下來一整套沉實的原木家具，走的時候還問，房裡的舊家具要不要我們替你處理掉？

那天傍晚細輝聽見母親給蓮珠姑姑打電話，反反覆覆說，哎這太不好意思了，蓮珠妳太破費了呀。一句比一句殷切。他接過母親遞來的話筒，也跟著沒頭沒腦地迭聲道謝。蓮珠在電話那一頭，忽然感性地說：「細輝，姑姑以前在你們家住了八、九年呢。家裡明明沒有地方，你媽也硬生生給我弄個房間出來。」

「姑姑，妳這是說的什麼話。」細輝聽得耳根發熱，不禁撓了撓頭。「我們這房子，是妳付的頭期錢呢。」

「那不一樣，那是我給你的結婚禮物。」

他放下電話後，被嬋娟一把拉到樓上，先是細聲說，後來大聲嚷，甚至還哭叫起來，頓足捶胸，一直說蓮珠姑姑欺人太甚。「她花大錢弄這麼一場戲，就是要演給我們看，故意讓我們難堪！」

這些話，細輝與他的母親自然守口如瓶，不敢讓蓮珠聞知。到了他們家設自由餐擺入伙酒那天，新家門前搭了布棚，蓮珠攜著拿督馮一同出席，十分賞光。細輝記得其時盛況，一輛銀灰色的捷豹豪華轎車停在路旁，像是一隻渾身發亮的銀豹子，又像電影裡蝙蝠俠的座駕似的，引得多少人圍觀稱奇。車上下來的蓮珠，也一身銀光閃爍　風姿綽約，更令人嘖嘖。嬋娟第一個迎上去，說姑姑和姑丈，你們實在太給面子了。

那時候拿督馮是社會名流，經商之餘也從政，當過州議員。為了把各種名銜陳列齊全，他特地找人設計了對摺式名片，比普通名片要長一倍。他給細輝遞了一張，同時大著嗓子說「明年恐怕要印成三摺式的了。」蓮珠則夫唱婦隨，也活躍於社交場合，在好幾個華團的婦女組領了職銜，也在孩子就讀的學校當上家教協會主席，三天兩頭便有照片出現在報紙上。他們兩人站到布棚底下，像是馬上在那裡形成一圈磁場，牢牢吸引住每一個人的目光。那晚上到來祝賀的，一半是近打組屋的街坊鄰居，一半是嬋娟學校裡的同事，無論相識與否，幾乎無人認不得這對夫婦。細輝瞥見人們交頭接耳，卻都無法從蓮珠與她的夫婿身上移開目光。

細輝在母親留下來的舊報紙中追溯，竟覺得那年代像個盛世。那些年經濟發展大好，人人都不愁賺錢的門道，連馬票嫂此等婦人亦不惜放棄正職，不寫萬字票了，改了去炒股，每天花幾個小時在股票行裡翹首以待。國內的華文報章被各種商業廣告擠爆，連訃告輓辭也特別壯觀，不得不加紙張，每天印成厚厚的一冊。除了送禮促銷讓讀者撿便宜以外，地方增版更是全彩印刷，隨便翻開一頁，都只教人覺得歌舞昇平；裡頭的色彩毫無節制，把新聞照片裡的男人一個兩個灌得腦滿腸肥；婦人亦多豐美，攜兒如抱肥藕。細輝回想，那時候他真覺得人們都圓滾滾，像五彩繽紛的氣球滿街飄浮。

蓮珠當年初嫁，雖已二十六歲了，卻明豔照人，猶如一輛剛落地的新款車，每天被拿督馮帶出門去炫耀一番。她先是在各種不同名堂的酒宴上亮相，被簇擁在一群手握酒杯，身著長袖峇迪衫的商賈和政要之間，後來不知怎地成了許多選美賽的評審，頻頻上台給得獎佳麗戴上桂冠，再稍微彎腰輕吻她們的臉頰，在各報章的對開版彩頁上留下倩影。細輝的母親每天翻報紙看圖片，但凡見著蓮珠，必然一陣愕然，嘴上碎碎念，似是始終不相信世情可以如此幻變。

「你的蓮珠姑姑啊，以前住在樓上樓，豆腐這麼一點大的地方，她居然沒憋死，還等到這一天脫胎換骨了。誰想到呢？」

細輝記得母親過去對蓮珠有頗多怨言，一直沒少給她臉色看。想當年蓮珠姑姑提著兩個旅行袋，穿著漂亮的寬襬花裙子來到他們家裡，近打組屋落成尚未滿一年，他們一家從經常淹水的河畔村落搬到樓上樓，也才幾個月的事。母親讓這小姑子在客廳的藤製沙發上睡了一個晚上，等父親在南部新山卸了貨回來。當天傍晚父親帶大家到舊街場鴻圖酒樓吃桂花麵和滑蛋河。母親在那一頓晚飯裡幾番暗示，說我們家才豆腐這麼一點大，又說家裡有男性三人，浴室一所，蓮珠一個年輕女孩住進來必定諸多不便。細輝那時才七歲呢，筷子也沒拿穩，一直低著頭在吃碗中的廣府伊麵和炸魚滑，沒注意到父親母親多少次相互交換眼色，倒記得哥哥大輝忽然插嘴，令人一陣愕然。

「難道你們要她一個女孩自己出去租房嗎？」

「你收聲！大人談事情要你來插嘴？」細輝把埋在碗中的臉昂起來，看見母親面色鐵青，先是怒瞪著大輝，卻又瞟眼看了看一旁的蓮珠。

蓮珠住下後，細輝的父親夭仔待這小妹一直和顏悅色，幾次因為不堪老婆對她數落而出聲喝斥，氣得何門方氏說話時聲音都顫抖了，繃著臉轉身走進房裡，等丈夫出門後她再到樓下找銀霞的母親訴苦去。銀霞後來給細輝傳話，不免鸚鵡學舌，模仿何門方氏咬緊牙關，尖著嗓子說「真激氣啊」，「氣死人啦」！

後來細輝的父親車禍遇難，何門方氏好幾日失魂落魄，大輝則未經世故，都難免手足無措，虧了蓮珠奔走操持，加上樓上樓的好些鄰居如寶華哥和修鐘錶的關二哥，以及馬票嫂等人熱心幫忙，才順利完成喪事，把夭仔像瓜果一樣摔破了再修補過來的肉身送到拿乞鎮，長埋列聖宮義山。銀霞與妹妹跟著母親一起坐父親老古的德士去送殯，記得母親對她說，這兒是萬里望了，再過去就到拿乞鎮；這一路往下走，我們可以去到布仙鎮，我的娘家。

夭仔去世後，馬票嫂給何門方氏在二奶巷興發茶室找了一份雜役，細輝知道從那時起，蓮珠姑姑每個月拿到綽約照相館發的薪水，都會給錢母親，說是交房租。母親對蓮珠姑姑的態度自此改變了不少，甚至偶爾會把她拉進房裡，輕聲細語，對她說體己話。直至以後住十樓的寶華哥追求蓮珠姑姑，母親喜極，出了大力氣撮合而不成事，似乎因此撕破臉，對蓮珠姑姑又冷淡起來。

這些往事過去許久了，細輝當時年少，雖感覺到他們在近打組屋八樓的小單位裡許多隱晦的變化，卻實在搞不清楚所為何事。當時家裡許多事情，都是銀霞相告他才知曉的。那些年，銀霞像個犯了什麼天條的織女，終日坐在她家客廳裡唧唧復唧唧，將一輪一輪的尼龍繩變成一摞一摞編織得扎扎實實的網兜子。她左耳聽著收音機裡的廣播劇或時代曲，右耳聽的是她的母親與何門方氏或其他別的婦人坐在飯桌旁，一面擇菜，一面訴苦。

銀霞記得細輝的母親有一回到她家來，與她的母親竊竊私語，說起蓮珠在外頭被一個開車行的富商看中，「快要做人家的二奶了。」

那一回兩婦人說話的聲量特別小，銀霞便分外警覺事態嚴重。她本想裝著不經意地將收音機的音量調小一些，卻因為那時正好播著粵語歌〈今宵多珍重〉，她一時不捨，等到曲終，卻已是蘇州過後，飯桌旁的兩人已轉換話題，正說著大輝在日本打工的事。

真的呢。細輝凝視著舊報紙裡笑靨如花的蓮珠姑姑，忽然也生起了母親以前的嘆喟。那時候誰曾料到呢？蓮珠姑姑一天下午靜悄悄地從樓上樓搬出去，等在樓下的是拿督馮的馬賽地豪華轎車以及他的馬來司機。細輝坐在巴布理髮室內，與拉祖一起被厚厚的暗影覆蓋，看見蓮珠俐落地把兩個行李箱交給司機。她打開車門，矮身鑽進車中；頭也不回，竟就這般脫了胎，換了骨。

# 迦尼薩

蓮珠搬離近打組屋，住到錫都東區的獨幢小洋房時，大輝已在兩年前遠赴東洋，跳飛機到日本了。樓上樓的家裡只剩下細輝與母親同住，驟然冷清了不少。自從父親去世，母親到茶室打雜，而大輝與蓮珠姑姑每天都得各自上班，細輝便已習慣了一個人在家，因而並不特別感到難過。而且那年他正要應付初級教育文憑考試，每天放學回家，巴士停在休羅街大路上，他沿著鹹魚街走，路上買一包豬腸粉或兩塊印度煎餅，頂著把人烤出一層泥巴來的大太陽回到家裡，囫圇吃了午餐，馬上又背起書包直接到樓下巴布理髮室，與拉祖一起在象頭神的注視下溫習功課。

拉祖說，象頭人身的迦尼薩是智慧之神，有四條手臂，卻斷了一根右牙；在蓮座上翹腿而坐，以老鼠為使者。細輝每每功課做得不耐煩了，總習慣抬起頭來與象頭神對視，看祂的一身圓融如嬰兒肥，臉上依稀有著迪普蒂的神態，之後再一一打量祂手上拿的各種法寶。這些物品背後的意涵，雖得拉祖解說過，細輝卻總是無心記牢，倒是銀霞只聽過一回便記全了，拉祖也不讓她鬆懈，隨時還會突然考她：

「告訴我，迦尼薩右手結的手印代表什麼？」

「那是『唵』，宇宙初始之音。」

「另外一隻右手呢？拿的是什麼？」

「那是守護三界的斧頭啊。」

「斷掉的是哪一根象牙？」

「右牙。象徵為人類做的犧牲！」

細輝看著面前的兩人你來我往，眼珠禁不住往上翻，隨著他們的問答逐一檢視畫像中的法器。那蓮花，代表純潔和神聖，前面的左手還捧著疊得老高的一盤甜點，銀霞說，那代表富裕豐饒的生活。細輝每次聽到這兒，總覺得那盤裡盛的是北方島城的特產淡汶餅，便感到胃中轆轆，忍不住吞下一口唾液。

細輝小時候便知道了銀霞的記憶力非比尋常，他也曾經像炫耀似的，促銀霞當面給拉祖表演，把一本《大伯公千字圖》倒背過來，再讓拉祖隨機抽號發問。那一回不僅拉祖被唬得瞠目結舌，連在一旁給顧客理髮剃鬍子的巴布，以及那斜躺在理髮椅上，半張臉沉沒在奶油般的剃鬚膏泡沫裡的印度大兄，也睜大了眼睛，連聲「哎喲喲」，驚嘆不已。

那一次銀霞「技驚四座」，讓拉祖對這瞎了眼睛的女孩刮目相看，以後銀霞再來，他讓她參加他與細輝的蛇棋和飛行棋遊戲，更讓她跟著他們一起背課文和乘法表。銀霞笑嘻嘻地跟著一起念，不過兩三遍，似乎把那些數字和文章都嚥進肚子裡了，不怎麼費勁便能將它們流利地背出來，直教拉祖自愧不如。他的母親迪普蒂對這女孩憐愛有加，多少次撮手捂胸，像是頸子裡裝了彈簧似的，對著銀霞搖頭晃腦，說哎喲喲，這真是個迦尼薩大神眷愛的孩子。

「她要是能上學，那真不得了。」這話，迪普蒂不知說過多少回了。銀霞似乎感知拉祖和細輝的目光都聚焦在她臉上，不免害臊，便抿著嘴，訕訕地垂下頭去掩飾自己的歡喜。

「她不就是記性好嗎？」拉祖不以為意，對銀霞皺了皺眉目口鼻。「靠的死記硬背，沒用的。」

銀霞默不作聲，倒是細輝在一旁狠狠瞅著拉祖，伸了伸舌頭回敬他一個鬼臉。拉祖忍不住咧嘴一笑，一口特大號的白牙光如瑩玉。

細輝記得有一回他與拉祖下象棋，銀霞坐在他們之間，一如往常的沉著，只是低下頭安靜把玩被他們兩人從棋盤裡擠出去了，橫屍在桌面上的棋子。她用指頭觸摸那上面的紋理，動作很輕，彷彿在安慰它們，又像在施法想讓它們復活。

那一局細輝自然是不敵拉祖的。拉祖在學校裡是驕子，得眾老師歡心，便常常私下向授棋的年輕老師討教，棋藝比細輝進步許多。那時他已懂得排陣布局，幾乎像變魔術似的，一再引細輝陷入同樣的幾個陷阱。細輝明知拉祖下的棋會坑人，卻實在想不出迴避的辦法，往往才剛進入中局便已折車損炮，明顯露了敗象。細輝盯著面前那些茫然四顧，畏縮不前的棋子，感覺到自己的腦子一片凝滯，像是腦漿都凝固了，臉皮也越來越緊繃，卻瞥見對面的拉祖雖然巧妙地以手遮掩嘴巴，眼裡仍溢滿得意之色，不由得心中一蹙，嘆了一口氣，頹然癱倒在椅背上。

他想開口認輸，卻又覺得連認輸的勇氣也還沒湊足，唯有盯著棋盤四面八方再審度一會兒，更確認了自己的棋子處處被對方箝制，無論怎麼走都橫豎一死。他再嘆一口氣，重新坐直身子，正準備要隨便移動一個棋子時，銀霞忽然在桌底下踢了踢他的小腿。細輝一愣，銀霞的上半身已斜傾過來，在他耳邊細聲說：「把你的馬送前去，引他的象過來。」

細輝一時會不過意，怔怔地望著銀霞。銀霞再將臉湊得更近一些，聲音更細。「那樣你的仕可以吃他的車，還有機會用車把炮送過去，將他的軍。」

銀霞在說的時候，細輝的眼球滴溜溜地轉，在棋盤上找到她所說的路線。尋思一陣後，竟然真覺得此路可行，起碼絕對可以讓他暫時打破困局，心下不由得暗喜，卻只撇了撇嘴，皺著眉說：「妳咿咿哦哦在說什麼呢？說得像鬼吃泥！」說著拈起一隻紅馬，往敵陣更邁進一步。

拉祖臉上閃過喜色，又露出他那特大號的笑容。「嘿嘿，你這不是在送死嗎？」說著，他拿起炮邊上的黑象，跨了個田步，一把騎在那被對方送來當祭品的紅馬上。細輝強壓住興奮，他撓了撓頭，仍裝著苦苦思索，又弄得像舉棋不定，卻其實是按銀霞指的路再走了五步，竟第一次將拉祖的棋子逼出險象來，歡天喜地的喊了一聲「將軍！」

這一下拉祖大為驚訝。細輝記得他揚了揚眉，像是在棋盤上看見不可思議之事，還得凝神回想剛才走的幾步是怎麼回事。銀霞極力忍住笑，她抿著嘴稍微轉過身來，又對細輝一番耳語。當時拉祖未覺有異，以為兩人故作嘲弄的姿態，待他最終察覺銀霞是細輝背後的軍師時，他的黑棋已在險象環生中折損不少，還又讓細輝出其不意地行了個殺著，再喊了一聲「將軍」。

這一局棋讓細輝極為得意，以後無論過了多久，每每與銀霞提起，他仍禁不住眉飛色舞。儘管他後來已記不清楚其中的過程和細節，卻一直沒有忘記當時的狂歡。他記得自己與銀霞樂極忘形，手拉著手在巴布理髮室裡亂蹦亂跳，還不住歡呼，像是在給象頭神獻上豐收之舞。因而不管銀霞後來怎麼否認和糾正，在細輝的記憶中，那一次對弈最終由他與銀霞獲勝。「哼，把拉祖殺得片甲不留。」

銀霞不想掃他的興，而且也明白再無人可以驗證這記憶的真偽，遂不與他爭。她忘不了的是那天拉祖追問她何時又如何學會下的象棋。銀霞彼時年幼詞窮，儘管費盡唇舌，卻越說越覺得世間道理越簡單，便超出人類的語言越遠，最後唯有放棄解說，對著黑暗中的拉祖傻笑。

拉祖問不出所以然來。他呆了半晌，忽然嚴肅地說：「我媽說得對。妳要是能去上學，真的不得了。」

「這不是麼？」細輝堅持，正是在那一次弈棋中拉祖輸了個措手不及，他才心悅誠服，當時便答應銀霞，要了她心願，帶她到學校走一趟。

這事自然不獲銀霞的父母准許，母親德士嫂尤其反對得緊，還特地到樓下去小小地警告了巴布，要他好好管住家裡的男孩。巴布回身瞪了小兒子一眼，揚起鏟子那樣的一隻手掌，喂你聽到人家怎麼說了嗎？此事因而拖了許久，等到有一天銀霞催得急了，拉祖才夥同細輝，在一個下午放學後，將銀霞從近打組屋偷渡出來，沿著錫米巷轉到錫米路，一路偷偷摸摸地行到壩羅華小。

這路，細輝與拉祖平日走，不消五分鐘就到學校了，可帶著銀霞卻像牽著一頭牛或趕著幾隻羊，細輝只覺得它忽然變得十分漫長。似乎走了許久，他們三人的影子從這一頭挪到那一頭了，才終於來到學校門口。柏油路上的三個影子越走越靠攏，像是連成一體，有點鬼祟地穿過了那牌樓式的校門；三對小腳齊步跨過它傾斜的影子。

那時候是下午班的上課時間，細輝記得他與拉祖把銀霞夾在中間，領著她走過兩排校舍，偶爾應銀霞的要求稍微停下腳步，讓她聽聽課堂裡的聲音。壩羅華小的下午班，上課的都是低年級的學生，那些孩子十分敏感，容易被門外的人影驚動，像路邊的野草花看見陽光，紛紛抬起頭或轉過臉，睜大了眼睛好奇地等著門外的影子現形。站在黑板前或坐在講台上的老師受這股引力感召，總是最後一個擰過頭來，也默默等待他們顯現。

細輝記得後來學校的校長忽然出現，在校舍三樓大聲呼叫拉祖，聲音之洪亮，猶如晴天霹靂，又像高空中的一盞探照燈，突然把強光打在了他們三人的身上。細輝昂起頭，看見高高在上的校長在走道上探出半個身子，像掛在那裡的一支大喇叭，正對著全校大聲播報，拉祖！拉祖古瑪，你上來！

拉祖三步併作兩步跑到三樓去見校長，也不知談的什麼，半天沒下來。細輝領著銀霞走到校園中央一口不知已多少年無水，池裡積的塵垢也不知有多老的噴水池邊，與她坐下來聊天，東拉西扯談的一鱗半爪。說到無話時，銀霞抬起頭，微笑著讓陽光敷在臉上，似是在領受某種神聖的施予；他則低下頭，看著他們的四條腿懸在池畔一晃一晃，節奏整齊得像四根鐘擺。

拉祖從三樓下來，細輝與銀霞已經不在校園裡了。他之前和校長站在走道上說話，明明還瞥見兩人坐在噴水池邊上。他到學校旁的大榕樹下轉了一圈，還走進大伯公廟裡，無視廟祝詰詢的眼神，朝神壇上許多灰頭土臉的神像看了一眼，再跑到對面的人民公園，遠遠便看見了銀霞坐在鞦韆上，細輝站在背後推送，還笑得咕咕嘎嘎，一個勁說真的嗎？妳真的不害怕？說著不斷使勁，把她盪得一下比一下高，像要將她送到天上去。拉祖後來說，即便隔得那麼遠，他仍然看得見鞦韆上的女孩縮著脖子，面如死灰，還像受驚的貓那樣頭髮豎直，背也弓起來了。

「我立即跑過去，但太遲了。」他眨巴著大眼睛，表情極為誠懇。事實確是如此，他一邊跑一邊喊喂細輝——小心啊喂——細輝循聲望過來，正是這時候銀霞一個失神，雙手再抓不牢兩條鐵鍊，便如有一條巨腿在背後狠狠踹了她一下，讓她在空中被鞦韆一把甩開。拉祖不由得停下腳步，張大了嘴巴，眼睜睜看著銀霞的橙紅色裙襬隨風揚起，如撐開一朵小傘，又像一株風裡的蒲公英，形態近乎優美，而她最終卻像是一隻被彈弓射中的飛鳥，在飛翔中猛然摔下，一把撲跌在前面的草地上。

細輝看到的這一幕，與拉祖說的並不相同。他望向拉祖，想要辨明他的叫喊，眼角卻瞄到一張影子飛氈似的在地上疾趨而過，銀霞從空中躍下，彷彿武俠片裡的高手從高處縱身奪馬，又像巡捕逮人，竟不偏不倚地撲倒在那氈子上，彷彿她捕獲了自己的影子。

銀霞後來是由學校的一位老師送回近打組屋的。她的雙手和膝蓋擦傷得厲害，處處血痕；

大腿上一片紫紅，手臂上幾處瘀青，一隻手肘還腫起來。拉祖飛跑到學校裡求助的時候，細輝怔怔地站在鞦韆架旁，看著銀霞坐在地上，巍顫顫地向前舉起兩手，就像馬來人祈禱那樣，真主在上，彷彿掌中捧著一本厚重的隱形之書。他趨前一看，那兩隻掌心塗了泥巴，撒了草屑，露出的皮肉血痕如鞭，血色鮮豔得令人目眩。他說妳怎麼了銀霞，很痛嗎？

銀霞哭喪著臉，明明痛得她咬牙切齒了，肩膀微微抽搐，涕淚也止不住地流了個滿臉，她的哭聲卻細不可聞，像是那聲音早在她體內被痛楚吞噬掉了。細輝自己也感到手腳僵直，他攥著拳頭，咬了咬牙，彷彿已經開始在忍受人們的斥責與打罵。

「這次我死定了。」他看著被自己踩在腳下的影子，覺得他被釘在那裡，逃不掉了。

拉祖領來了教他們象棋的老師。那是個長得特別高壯的青年男人，也沒多問便一把將地上的銀霞抱起，跨著連拉祖也趕不上的步伐，回到學校裡替她清理傷口，塗上藍藥水，貼了些膠布，再開車把他們三個一起押返樓上樓。

那時候接近傍晚，組屋裡已經聞得到油煙和飯香，聽得見菜刀砧板與鍋碗瓢盆等各種烹煮之聲。大人們在老師面前都十分恭敬，一味點頭；銀霞的母親頻頻拱手，她的父親老古更握著這青年老師的手不住稱謝，直至老師告辭，也許未及走到停車場坐上他的汽車，老古已經開始發飆，用手指戳著銀霞的太陽穴痛罵。蠢貨，活該。細輝的母親也不落人後，儘管銀霞搶著聲明是自己要求到學校去盪鞦韆，拉祖也用他代表過學校參加比賽的演講技能試圖為細輝開脫，她卻不為所動，像擰個什麼開關似的，使力揪住細輝的耳朵，直把他的眼耳口鼻都擰得扭曲過來，也擰出了眼淚與嚎啕。

比起稍後被大輝「兄代父職」的一頓痛打，母親那兩根陰狠的手指不過只是奏了個簡短的序曲。要不是蓮珠動手阻止，甚至擋在大輝面前攔他，不慎被他的加粗藤鞭在手腕上抽了一下，讓大輝呆在當場，細輝覺得自己終於會被打得皮開肉綻。事實上，這次的禍闖得太大，就連拉祖也無法倖免，被巴布在他頭上敲了兩記爆栗，將他痛斥一番，還罰他禁足——除了上學以外，一個禮拜不能踏出家門。

那晚上細輝賭氣不吃飯，哮喘病又像要發作，十分難受。夜裡蓮珠把他帶到她那窄狹得只堪一個床位的小房間，拿了冰塊給他冷敷腿上和臂上的鞭痕，之後再用熱毛巾輕揉，說是能消腫。何門方氏煮了一碗金旦麵端到房裡，看見細輝坐在床上攢眉苦臉，便說你這下受到教訓，知道疼了麼？

細輝悶不作聲，強撐著不去看母親一眼。只是何門方氏手上那一碗快熟麵加了麻油，還有晚飯剩下來的幾片炸肉，香氣兇猛，把他逼得胃中鼓譟，禁不住嚥了嚥口水。蓮珠看在眼裡，笑著說，好啦你吃麵吧。「這沒多大的事。一點皮肉傷，小孩子很容易復元。」

細輝記得母親冷哼了一聲，把麵遞到他面前。他抬起頭，母親的一張乾癟的瘦臉滿是譏誚之色。

「你運氣好，沒把人家的臉摔傷。」母親將一雙快子也塞到他手上。「要是破了相，哼，老古和他老婆肯定要你娶了這盲妹。」

細輝撇了撇嘴，悶聲不響地低頭狼吞虎嚥起來。儘管飢腸轆轆，他仍然覺得這碗麵聞著香，送進嘴裡卻一股油膩和死鹹，遠非想像中的美好滋味。

# 大伯公

以前有好多年，銀霞以為壩羅國民型華文小學與壩羅古廟像一枚硬幣的兩面，二為一體。她以為學校旁邊有一間廟宇，大概就跟近打組屋樓下停車場有一座供奉土地公的小神龕一樣平常，無非是為了祛邪驅鬼，保人出入平安。一所學校人那麼多，細輝與拉祖在那兒上學的時候，學校裡每個年級有六班，每一班四十餘人，加上學校附設的幼稚園，還有老師校長，人數可沒有比二十層樓高的近打組屋少，而壩羅華小的歷史到底比組屋悠久許多。建一座像樣的廟宇，把大伯公請來多加關照，到底是合理的事。

直到銀霞出來社會，到錫都無線德士公司上班，她才知道壩羅華小雖與古廟接壤毗鄰，過去許多年只以一棵榕樹相隔，彼此卻毫不相干，而且那古廟建於十九世紀，早晉百年身，要比壩羅華小年長四十歲以上，自是不可能為了庇佑學校的師生而建。

這些事，要不是報紙上寫著，銀霞也許一輩子都不會曉得。那些年各華文報競爭激烈，電台老闆因人情難卻，訂閱了兩份半買半送的報紙。同事阿月閒時給銀霞念一念報紙上的大字標題，遇上她感興趣的，便再念上幾段內文，於是銀霞才得以稍知壩羅古廟的身世，也才知道大伯公其實就是后土爺，平日多屈居在樹下和路旁；幾塊木板或磚砌的簡陋小亭，刷上紅漆，蓋上鐵皮即為神龕，住所簡陋得可以處處為家。這不過是住進了廟裡，像是自己置業，有瓦遮頭，便堂堂正正，叫作了福德正神，還把妻子土地婆也接來一塊兒坐上神壇，接受香火。

阿月平日說話犀利，讀報時卻總是左支右絀，好些字不知其音，更不明其義，遇之只能含糊其辭。銀霞也不開口糾正，總是沉著聆聽，不時點頭以示會意。

儘管壩羅古廟就在近打組屋腳下，銀霞在那兒住了二十多年，到那廟裡的次數卻寥寥可數。她家裡神檯上供著觀音和祖先牌位，父親老古與母親梁金妹俱非善男信女，每年只在陰曆九月初，帶著小女兒銀鈴擠到萬頭攢動的斗母宮去給九皇爺上香祈福，求財，湊熱鬧，從不曾正眼瞄一下近在咫尺的壩羅古廟。細輝和拉祖在壩羅華小上學六年，除了每年大伯公誕期間，廟前燒了擎天巨香，更有人大鑼大鼓地唱戲以外，平日難得察覺廟的存在，因而都說那廟以一棵大榕樹為屏障，在樹蔭下自成世界，隱蔽得像是不稀罕人間煙火。要不是他們說起廟裡有一所義校，還信誓旦旦，聲稱見過好些身罹殘疾的孩子穿著校服到廟裡上學，銀霞可真不會想要到那裡走一趟。

那一回是蓮珠姑姑帶著她去的。蓮珠到她家裡說情，說二月初二大伯公誕呢。廟就在腳邊，怎麼能不去拜一拜，求一支好籤？還打包票，說會把孩子毫髮無損的送回家裡。銀霞至今仍然感念蓮珠的好，也仍然記得她像海洋送來浪潮那樣，說得一波未平一波又起，終於讓母親動搖。她說：「德士嫂，妳以為這孩子看不見就沒想法了？她心水清呢。」

她們去的那一天也不知是不是二月初二，銀霞只記得午間新聞剛播完，蓮珠帶著一陣爽身粉的香氣來到她家門外，說走吧，上了香正好趕上細輝放學，可以和他一起回家。路上蓮珠一隻手撐傘，一隻手牽著她，走得滋滋悠悠。銀霞把母親給她準備好的一袋子線香拎在手中，聽到蓮珠的鞋跟敲在路面上，叩門似的，敲響了一條街，於是這邊有人吹起了走調的口哨，那邊有人說，靚女，去拜神吖？廣東話說得五音不全。蓮珠都沒搭理，銀霞卻感覺如沐春風，不禁張嘴微笑，步子越走越輕快。

「笑什麼呢妳？這麼傻頭傻腦？」

「蓮珠姑姑好漂亮，像個大明星。」

「胡說，妳沒見過明星，也不知道我長什麼樣子。」

「我知道的。我眼睛看不見，我心水清。」

她們走進壩羅華小的大門，直接行到那棵遮天蔽日的榕樹下。那時辰廟門前已經搭起了戲棚，還有樂師在給二胡調音，橫簫隨之，像是馬上要演大光戲。蓮珠帶著銀霞走入廟裡，找那廟祝要詢問古廟義校的情況和招生條件。廟祝是個醜臉乜嘴的男人，忙著，只瞥了銀霞一眼便向她們擺擺手。走吧走吧，我們不收盲人。銀霞早料得如此，因而心裡不過略感失望，倒是蓮珠不願干休，還要追問下去，那男人便沒好氣，連說幾句不中聽的話。妳盲的不如去學按摩吧，也可以去拉二胡啊。銀霞聞之煩鬱，又聽得外頭大戲開鑼，便揪了揪蓮珠的裙子，說我們走吧。

「我想去聽戲呢。」

那一場天光戲，銀霞始終不知道演的哪一齣，卻坐在席上聽得有滋有味，直至壩羅華小鈴聲大作，細輝背著書包來到戲棚前，看見那裡有二、三十張摺疊椅排成四行，空空落落，除了兩個翹著腿的男人坐在後排一邊抖腳一邊聊天，以及一個老傴坐在邊上心不在焉地抽菸以外，便只有銀霞端坐在前排正中的椅子上，臉透微笑，神情莊重如菩薩低眉，似在細心聆聽台上的哭訴。

那戲其實唱得十分馬虎。台上一男一女都老態畢露，臉上的妝卻畫得潦草；身上穿的戲服紅的殘綠的褪；亮片掉了不少，斷線仍掛在原處，加上背後的布景簡陋而陳舊，整台戲一副氣數已盡的模樣。細輝實在也聽不懂戲裡的唱詞，唯見銀霞入迷，不忍干擾，而又舉目不見姑姑蓮珠的身影，便在銀霞身旁坐下，爾後拉祖也來了，正要坐下時，原來坐在一旁抽菸，無休止地噴出煙霧來將自己纏繞的老婦，忽然站起身來破霧而出，說你們幾個小鬼去去去，前面這兩排椅子你們坐的麼？說著揮手彈掉指間的菸蒂，一張癟嘴念念有詞。有怪莫怪，細路仔唔識世界。

蓮珠在廟裡上了香，求了籤，因多次不能連續擲出聖杯，搗騰了許久，之後與那解籤不得法，弄得人一頭霧水的廟祝多談了幾句，出來時仍滿腹疑團，抬頭看見三個孩子直立在戲棚外的背影。拉祖與細輝一高一矮，背著書包，天兵神將似的將銀霞護在中間，一人給她挽住一條手臂。二月初呢，陽光如火如荼，一把舔去了他們身上的顏色，世界便似乎不分青紅皂白了。

回家的路上，蓮珠特地帶三個孩子繞了點路，沿著車來人往的鹹魚街走回組屋去。銀霞自然特別欣喜，一路上聽著車聲人語等各種市井噪音，又與細輝拉祖笑鬧，似乎全然不把入學不成的事放在心上。蓮珠看著寬心，掏出小荷包來給他們各買了一根冰棒。銀霞不知陽光的厲害，待他們走到樓上樓，她的紅豆冰棒只吃了三分二，其餘的都被太陽舔過，融在了手上，好不狼狽。蓮珠把她送到七樓，將一張籤紙塞到她的衣袋裡，囑她對德士嫂說，求到一支好籤了。

銀霞回到家中，用黏答答的手掏出那籤紙來，交給了母親。德士嫂雖不怎麼識得上面的許多字，卻還認得那是吉籤，又鍾意「凡事平常，求財六分」兩句美言，因而甚喜。

第二日下午銀霞從家中神檯的抽屜裡找出這一張黏人的籤紙，拿到樓下讓細輝解讀。籤文曰「三姓俱相伴，祥光得共生，更宜分造化，百福自然亨。」細輝與拉祖研究了半天，僅一知半解，卻都知道紙上一再提到「大吉」、「如意」和「亨通」等字眼，好話說盡，必是上上籤無疑。三人亂解一通，玩得高興，翌日細輝從家裡再找來另外一張籤紙，說是這粉紅色紙條昨晚被大輝扔到了紙簍裡，被他撿起來。

比之銀霞拿到的第廿五籤，此卅一籤像是難度跳升六級，艱深了許多。細輝與拉祖不得不翻字典，卻仍讀得面面相覷。銀霞要他們朗讀一遍，拉祖便念了「履薄登水池，危橋得渡時，重重憂險過，春色自芳菲。」籤紙上附有白話淺釋，什麼有如牛郎織女渡銀河，相對咫尺，卻隔天涯；又云曠日廢時，行行有險地，步步有危機，讀之令人心驚。三個孩子本來貪圖好玩，碰上此等籤文不免意興闌珊。銀霞遂回家去繼續織網幹活，拉祖看著她走出理髮店，剛好迪普蒂從外面回來，在陽光下摸了摸銀霞的臉蛋，伸手順了順她的頭髮。迪普蒂走進店裡，開口便問，這女孩不是要到河邊的廟裡去上學嗎？結果怎樣了？

這事，銀霞之前沒對幾個人透露，從壩羅古廟回來後也未再提起，卻不知怎麼傳到了許多人的耳裡。父親老古說妳呀怎麼不知自量；幾次在樓道上碰到大輝，都被他笑說盲妹阻街，不如去學按摩，幫人掭骨啦。有一回馬票嫂上門，銀霞聽得廚房那頭兩把女聲，母親聲細如蚊，馬票嫂倒是磊落，一字一句清楚分明，說那古廟義校裡上學的非傻即戇，全是些精神失常的孩子。

「妳女兒要是到那裡上學，遲早也會變癡呆。」

多年以後銀霞坐在錫都無線德士台的辦公室裡聽同事阿月讀報，才知道當年馬票嫂說的不全是唬人的話。報紙上說那古廟辦學原是要扶助清貧子弟，後來教育普及，人們上學不怎麼花錢了，會送到義校去的無非都是些無處安置的智障孩子，而且學生人數逐年減少，終至學校停辦。古廟理事會將辦學准證歸還政府，隨即把破落的校舍拆除，在原地建了一座色彩繽紛，造型古色古香的嶄新牌樓。

銀霞對阿月說起小時候她到壩羅古廟求學遭拒的事，不知怎麼竟忍不住往那廟祝身上加油添醋，編造了好些他當時沒說過的惡毒言語。

「盲妹還怎麼上學呢？讀了書又有什麼用？以後找一個盲人嫁了吧。」

「樣子長得還可以，不如去按摩院，學揸骨吧。」

「不如去拉二胡，自己顧自己。」

銀霞自覺這樣不好，可若不是這麼說，她便不曉得該怎樣讓阿月明瞭她當時感受到的挫折，以及她後來好長一段日子揮之不去的惱怒與沮喪。若不是這麼說，她真不知道要如何理解自己坐在戲棚下低頭聽戲時，腦子裡的混沌，以及後來回家，她一邊走一邊吃著紅豆冰棒，想到自己終究不能與細輝及拉祖一起，每天一同上學，一同走這一條回家的路，忽然心頭一緊，像是被一隻冰冷的手攥住了咽喉；胸臆間一口翳氣吞吐不得，使難過得吃不下去，只有任那冰棒不住淌淚，一串一串滾落到手裡。

# 美麗園

細輝的女兒小珊出生那一年，銀霞一家在西北城郊美麗園買了一間排屋。房子比近打組屋七樓的單位稍大，也沒怎麼裝修，拿到鑰匙後即找人翻日曆挑了個吉日，再找來一輛小羅厘把樓上樓屋裡的東西全搬過去。

買房子的錢是銀霞與母親多年的積蓄，屋契上寫的是銀霞和銀鈴姊妹倆的名字，說是銀鈴畢業後得與姊姊一起還貸款。屋子入伙時，正好老古買馬票中了頭獎，贏得一萬塊錢，銀霞的母親梁金妹明白機不可失，便軟硬兼施，前所未有地執著和堅持，包括幾天不給老古留飯，並恫言以後不讓他住到新屋，才終於逼得丈夫讓步，拿出五千元來投到新屋裡，小事裝修，還買了一套像樣的沙發。

雖說自己置業是喜事，但美麗園這麼一幢小房子，還偏遠，搬家實在沒有什麼好鋪張的。銀鈴那時剛畢業不久，在都城一家會計行工作，特地在週末趕回來與家人吃了一頓晚餐，當是慶祝入伙。銀霞記得母親那天特別興奮，在新廚房裡施盡渾身解數，還瞞著丈夫，從鹹魚街的乾貨行買來上等的冬菇海參，把那一頓飯弄得比年菜更豐饒，直讓老古吃得半張黝黑的瘦臉全是油光，騰不出嘴巴來說話。除了他們一家四口以外，馬票嫂是唯一被請來的座上客，她也真開著車子，帶著成套的精緻陶瓷碗盤禮盒過來了。席間婦人倆說起過去二十多年在近打組屋租房的日子，梁金妹竟覺得像多年的媳婦熬成婆，忽然激動起來，好幾句話的尾音都抖落在哽咽中。

銀霞自然不覺得那些年在樓上樓的生活有母親說的那麼苦，反倒還懷念著那時候的許多人與事。只是她們一家搬走的時候，樓上樓人事全非，已不復往昔。細輝與他的母親搬走了不說，拉祖自打到都城上大學後，便像鳥兒羽翼豐足，飛出去了再沒回頭。銀霞家中也有妹妹飛了出去，她自己在無線德士台上班，早出晚歸，每天沒多少時間待在家裡。七樓家中的暗黑一成不變，而她聽著樓上樓人來人往依舊，新搬進來的人們也還在各個角落小聲搬弄各家的是非，卻覺得都與自己無關了，繼而感受到這幢大樓經過許多的日子和遭逢，逐漸熬煉出來的孤寂與清冷。

於是房子買了，說搬走便搬走吧，銀霞竟沒有一絲留戀，以後也再沒有想要回去樓上樓。倒是她的母親在美麗園住下來以後，久了，因交通不便，鄰里之間也都疑神疑鬼不相往來，才慢慢懷想起近打組屋的諸般好處。偶爾她問起，其實那裡挺好的，妳不想念麼？銀霞便笑。我有什麼好念想的呢？這裡或那裡，都一樣的烏漆墨黑。

母親或者啐她一口，「怎麼會一樣呢？」她說。或者長嘆一聲，一口氣悠長得像是來自五臟六腑。有一回，她輕輕拍了拍銀霞的手背，手便擱在那兒了，良久無語。

馬票嫂說新屋子好，要比樓上樓更適宜銀霞居住。「那裡住的人太雜，又要上樓下樓的，不方便。」奇怪的是住在組屋的人家，不管住了多久，似乎都將那裡當作暫居地，離開後鮮少與那地方再有任何交接。馬票嫂雖不住那兒，反而多年來一直往樓上樓跑，與各家維持聯繫。她與銀霞緣分深，老說「看見她總會想起以前的自己」，因而與老古一家也特別親近。入伙這一夜大家興高采烈，因銀霞的母親力促，加上老古賣力敲邊鼓，飯飽後他們讓銀霞給馬票嫂端茶上契。馬票嫂也不推辭，從荷包裡捻了幾張五十元鈔票，包在紅紙裡給了銀霞，算是結了誼親，以後便讓銀霞叫她作契媽。

銀霞記得那一晚母親興奮得像是把她嫁出去了似的，破天荒地使喚父親到外面去買回來三大瓶啤酒，還被那苦得像王老吉一樣的黑狗啤嗆得差點沒把肺咳出來。銀霞聽著那一團急亂，當中居然有母親的笑聲，還一個勁說沒事，我沒事。妹妹銀鈴在她耳畔輕聲說，媽像嗑了藥，咳得眼淚都流出來了。

自從有了自家的房子，銀霞感覺母親像是有了底氣，人變得剛強，與父親說話也不像以前那樣瑟縮，甚至有了膽子敢與他吵嘴，後來更因為嫌他口臭鼻鼾聲大加上一雙臭腳味同發霉鹹魚，某天下午忽然把他的東西都挪到尾房去，以後夫婦倆便分了房，又像撕破臉，從此待他猶如房客，一週說不上十句話。銀霞銀鈴都不記得從哪一天起，母親但凡在她們面前提到丈夫老古，都以「死老鬼」指稱。父親也以牙還牙，銀霞聽他在人前人後提起梁金妹，稱的是「家裡的包租婆」。

以前可不是這樣的。銀霞自懂人事以來，便知道家裡什麼事都由父親說了算，而母親唯唯諾諾，對街場以外的世界所知甚少，因而對丈夫言聽計從，甚少有忤逆他的時候。以前很多屆大選，梁金妹要把票投給誰，都得由老古授意，他說火箭便火箭，說秤砣便秤砣。搬到新家以後，梁金妹不知怎麼像是有了主張，再去投票便不管丈夫的意思了。

有一年大選，銀霞記得那天是三月八日，銀鈴一大早開車回來載著她與母親一起到舊街場投票。那一輛國產車買來已一年多，雖然車裡放了氣味極濃的薰香膏，仍還透著一股如膠似漆的新車味道。銀霞一個人坐在後頭，一路抓緊車門的扶手，聽見母親猛誇這車子多寬敞多舒適，冷氣也虎虎生風，「比死老鬼的車子好一百倍不止」。她倒是想起老古的德士以前也曾經是新車，當初他把新車開到近打組屋，他們一家人歡天喜地，都下樓去坐到新車上，幾乎威風凜凜地繞城一週，還開到了象石鎮，又在小埠美羅買了幾包薩騎馬和雞仔餅。彼時銀鈴年幼，印象淺，這記憶被歲月曬一曬就蒸發掉了。銀霞卻記得清楚，多年前的新車像現在的一樣充滿了膠漆的味道，車子的冷氣一樣風聲虎虎，母親也一樣的欣喜和多話，像個孩子走進了遊樂場，一路上不斷問老古，這兒是什麼地方了？

密山新村。

噢，就是這裡賣的包子很有名呢。

這兒呢？

沒看見三寶洞嗎？我們在五兵路。

這兒？

金寶啊。

回來錫都時，天色已暗，在街上列隊的路燈抖擻著挺直身軀。梁金妹與女兒一起坐在後座，她把小女兒抱在膝上，以胸脯作枕，讓她歪著頭沉沉入睡，自己則凝望窗外，藉著路燈的亮光，努力要辨識街上的建築物。比起她初嫁過來的時候，錫都似乎有了些變化，黑夜變得不那麼黑暗了。直至經過華人接生樓，她轉過頭對銀霞說，阿霞，我們經過華人接生樓了。

「是嗎？我就在那裡出生的呢。」黑暗中，銀霞面朝路的另一邊，對著那裡的一片荒地使勁地點頭，神情興奮得像是她也看見了，喏，就是那一座燈火通明的大樓。梁金妹怔怔地看著大女兒，看她鑲了金邊的剪影，忽然想起那年在這所大樓裡，銀霞只是個剛呱呱墜地的嬰兒，她把她抱在懷中，一直盯著她那像是被縫起來了，卻找不到線頭的一雙眼。以後幾天她心裡仍抱著一絲希望，覺得女兒也許會像那些初生的狗崽貓崽，時候到了自會睜開眼睛。

那天在回家的路上，老古興致高昂，在張伯倫路與休羅街接交的十字路口，忽然方向盤一擺，拐到姚德勝街去買了一包月光河和一包及第炒米，再一路哼著小曲把車開回家。銀霞記得那兩包炒麵讓父親的新車充滿了豬油，生抽和峇拉煎辣椒的香氣。那香氣似含酒精，薰人欲醉，銀霞聞了一陣便覺得臉紅心跳，回到家裡已有點頭昏腦脹，步履不穩。那美好的感覺飄浮在她的腦子裡，當晚隨她入夢，翌日醒來母親對她說，阿霞昨晚妳夢遊了，在廳裡來來回回走動，還咕咕笑呢。妳知不知道？

銀霞有夢遊症，這事在樓上樓很快傳開。按德士嫂說，銀霞夜半爬起床，逕直走出睡房，竟無需探手摸索，而是像一隻焦急的母雞，步子碎，卻走得健步如飛，在客廳和廚房之間往返來回，為時數分鐘；中間還在飯桌旁拉了把椅子坐下，最終又像在跟誰玩鬧似的，笑著彈起身，一溜煙回到被窩裡。德士嫂正巧在灶頭旁傍著電冰箱飲水，目睹夢遊全程，驚詫得說不出話來。翌日她追問女兒夜裡夢到什麼了，盲女銀霞茫無頭緒，只依稀記得自己在夢中與人對弈，陷入苦戰，卻已想不起來對手是誰。

樓上樓人口甚雜，一年到頭不乏各種傳聞和笑談，誰也沒把銀霞夢遊當回事。倒是後來銀霞夢遊時走動範圍越來越廣，聲響越來越大。曾有一回闖進父母的睡房，站在門邊不斷玩弄房裡的電燈開關。老古被驚醒，跳起來摑了她一巴掌；銀霞乍醒，撫臉大哭；更有一回她拿鑰匙打開家門，逕自乘電梯到樓下，在瑞成五金鋪和麗麗裁縫店門外，鬼打牆似的團團轉，正好被夜歸的十樓住客寶華撞上，親眼見證了傳聞，也證實德士嫂所言非虛——夢遊中的銀霞行動自如，動作敏捷，根本看不出來是個盲人。那以後德士嫂不敢掉以輕心，夜裡睡覺得將大門鑰匙帶在身上，倒不是怕銀霞出門遊蕩，而是怕她在走道上遇到野鬼找替身，會被怨靈慫恿，從七樓躍下。

那一年那個三月八日，銀霞與母親和妹妹到舊街場吃過早餐後，一起走到壩羅華小的投票站。在銀鈴的陪同下，銀霞順利走進課室裡，在兩張選票上打叉，完成了投票。過後母女三人在附近逛街，有意無意地走到近打組屋，在樓下流連了一會兒，居然沒碰上幾個舊識。只有在麗麗裁縫店門前，年老的麗麗趿著木屐出來相認，閒聊間說起當年銀霞夢遊的事，竟像歷歷在目，說寶華是夜加班歸來，剛停好摩哆，被夢遊中的銀霞嚇了一大跳。據他說，銀霞當時披頭散髮，在原地不斷兜圈子，還嘻嘻哈哈，像是在跟他看不見的「人」玩耍。氹氹轉，菊花園；炒米餅，糯米糰。阿媽叫我睇龍船，我唔睇，睇雞仔。寶華心裡一寒，以為見鬼。

# 鬼

近打組屋鬧鬼的傳聞，由來已久。樓上樓裡「內部傳聞」頗多，銀霞從小聽過不少；細輝與拉祖也經常見到樓裡的婦人，無論種族，三三兩兩，怪聲怪調地傳說這些聳人聽聞之事。農曆七月是傳播這類流言的旺季，別說婦女，就連男人們也難免深受感染，加入到這些繪影繪聲的怪圈裡。

銀霞是不相信這些傳聞的。儘管她以前也常常把在樓裡道聽塗說的一些靈異事件轉述予母親梁金妹和她的好朋友細輝及拉祖，卻也因為如此，她發現每一次轉述，自己都無可避免地給這些傳聞添枝加葉，最終創造了她自己的版本，而後聽到母親再與別人說，又發覺不盡相同，顯然有了新的枝節。

後來到無線德士台上班，與同事混熟了以後，銀霞才知道外頭一直盛傳近打組屋鬧鬼，而且坊間流傳的鬼故事，要比樓上樓裡的精采許多，也更駭人。想來這是合理的，近打組屋的位置多少有些偏隅，而且樓裡住的人龍蛇混雜，拜什麼神的都大有人在，自然也就有不同的鬼流連其中。再說，這麼高的一幢樓，三百多戶人家，誰家沒有一本難念的經？曾有人在屋裡產下孩子，也有過不少人在樓裡斷了魂。這些人有不少活著困頓，在外頭難以立足；死了成鬼，又能往何處去？

在樓上樓流傳過的許多「鬼話」當中，銀霞和細輝印象最深刻的，不約而同，都是那個「有眼無珠的女鬼」。此鬼是最早期的傳聞之一，確切年份不易追溯，反正是在樓上樓第一次發生跳樓事件之後。據說跳樓的是個外面來的風塵女子，午間從十四樓跳下，砸壞了一輛車子，死得玉石俱焚。此後便有人說在樓上樓這裡那裡看見一個形跡可疑卻難以描述的女人，逢人便問「你有看到我的眼睛嗎？我把眼珠給弄丟了。」聲稱見過此女的人後來總會生一場怪病，因而有很長一段日子，組屋裡無論誰生病難癒，總會被暗示成「剛碰見過無眼女鬼的人」之一。儘管無人言明這女鬼的出處，但大家心領神會，都知道她就是那個在近打組屋首開先河的自殺者。人們當時閱報看了新聞，說死者留有遺書，字字俱淚；恨自己有眼無珠，一再錯愛薄倖郎。

以後多年，這無眼女鬼像是在樓上樓住下來了一樣，樓裡的住戶換了一代又一代，仍不時有人說看見她。其實自她以後，也許是近打組屋的名氣打響了，有許多生無可戀的人慕名而來，各隨己意選了個心水樓層一躍而下，每一個都順利而決斷地當場死去。久而久之，由這些跳樓者引發的各種事件和傳聞，都成了老生常談；無論是鬼抑或是人，似乎都再想不出新花樣來——倘若有鬼，無非是在陰暗之處乘人不備，披頭散髮地亮一亮半截影像，但無眼女鬼終究不同，有關她的傳聞歷久不衰，而且三不五時總有人聲稱見著她，以致大家說起這女鬼，幾乎像在說一個老鄰居了。

選擇到近打組屋來跳樓的，大多是華人，而且十之八九都是女性。這些死者化作鬼魂，似乎也像活著的時候一樣，都靦腆內向，不善於與友族打交道，因而一般只對樓上樓的華裔同胞現身。有一年，樓上樓的居民受夠了這些喜歡在陰處出沒，專挑華人下手，頻頻令人生病和當衰的冤鬼，組屋的睦鄰計畫委員會因而決定募資，由樓裡的華人住戶掏錢，請來法師超渡累積的亡魂，化解她們的怨恨，還在樓下安置了一座寫上佛號的石碑，以收鎮壓之效。

關於那一場法事，外面的人傳說得厲害。銀霞後來從阿月那裡得知，什麼烏雲蔽日颳風起雨，完事後馬上青天白日之類的，逗得她笑疼了肚子。

「那法事和石碑到底有沒有功效？」阿月追問。

「我怎麼曉得呢？我連人都看不見，鬼才懶得來嚇唬我。」銀霞笑說。

那一場法事後不久，市政府出錢在近打組屋各樓層安裝鐵花，將樓上樓改裝成一幢巨大的籠屋，再不讓尋死者有隙可乘，以後便再沒有人跑到這城中最高的建築物來輕生了。樓上樓此後雖不添新魂，但舊日的冤鬼不見得就此消散，至少那鼻祖一般的無眼女鬼猶在。樓上樓居民中有的略懂茅山道術，說此鬼無眼，法事當日不及離去，爾後被變成了籠子的組屋囚困，從此滯留。她後來仍經常在不同的樓層徘徊，仍然黑髮白臉，面無二兩肉；眼窩只有兩個深邃的黑洞，卻似乎對樓裡的生活意興闌珊，不再問人有沒有撿到她的眼珠。

銀霞年少時還真經常幻想自己終有一天會碰上這女鬼。細輝問她要真碰上了，妳要怎麼辦呢？

「她要問我有沒有看見她的眼珠，我會說，大姊，我連自己的眼珠都還沒找到呢！」

哇哈哈。他們笑得前俯後仰，細輝還坐倒了在地上。

這事終也有不好笑的時候。在近打組屋被改裝成籠屋以前，那一場讓天雨栗，夜鬼哭的重大法事尚未舉行，一個剛考過初級教育文憑考試的年輕女孩，在會考的最後一天來到樓上樓，從八樓跳下，創下了近打組屋落成以來跳樓史上的「最低紀錄」。據說那女孩長得纖細，身輕如燕，選擇從八樓跳下，實在風險極大。要是死不了，而是摔斷手腳或摔壞腦袋，不知會有多難堪。

女孩跳樓時是個中午。樓裡的居民上學的上學，上班的上班，剩下來的人聽到「碰」的一聲沉重的悶響，馬上意會到發生什麼事了。那是樓上樓建好六年來的第十八樁跳樓事件了。組屋裡的人沒有一絲驚慌，而且也都知道會在這兒跳樓，對近打組屋社區沒有一點公德心和愛護之情的，都是外面來的陌生人。銀霞在屋裡一邊織她的網兜子，一邊跟著收音機裡播的旋律，用鼻腔淺淺哼唱。那一聲悶響讓她吞下歌聲，手上的活兒卻沒有停下來。她的母親在廚房裡剁肉，節奏戛然而止。兩人都不作聲，好像在確認這聲響是真的。

這回死的是一個女學生，身上還穿著中學生的白衫藍裙，馬上讓人聯想到正在進行的初級教育文憑考試，以為身著校服自殺是為了向學校和教育制度抗議。警察處理這種事效率很高，很快領著黑車來到。兩個馬來警官像是在研究一道幾何題似的，拿著記事本站在屍體旁埋頭抄寫和計算。之後幾個臉戴口罩，兩手套了塑料袋的印度漢子，用極快的速度將那女孩的遺體盡量撿起來，全湊在一個黑袋子裡打包帶走。

細輝和拉祖放學回來時，載著遺骸的黑車剛離去不久。他們站在紅色的警戒線外，看著那用白色粉筆畫在瀝青地上的古怪人形，竟覺得她蠢蠢欲動，像要從地上爬起來。蒼蠅已聞風而群起，頂著烈日的高溫，在那人形裡盤旋不去，像一群弔唁者一一上前去親吻死者的血肉。傍晚時巴布被睦鄰計畫委員會召喚，帶著長子馬力到門外幫忙清理死亡現場，將凝固在地面上的血液和腦漿刷洗得乾乾淨淨。

女孩的死訊出現在翌日的報紙上。樓上樓的居民但凡家裡有買報紙的，都拿出來供大家傳閱，讓大家看看她的遺照，並慨嘆這麼一個相貌可人，看著乖巧的女孩，怎麼一聲不吭，一個字也沒留下就尋死了呢？

那天晚上寶華到八樓去找蓮珠，邀她到外面去吃宵夜，也給何門方氏帶上一份當天的報紙，還捎來最新消息——昨天墜樓的是一屍兩命。那女孩肚裡懷著胎兒，母子倆都肝腦塗地。

「哎呀，啋！」何門方氏把臉皺成苦瓜，手上像碰到了燙手山芋，一把將那報紙甩到桌上。細輝正坐在一旁趕作業，抬頭瞥了一眼，看見照片中的女孩清湯掛麵，巧笑嫣然，頓時打了個激靈，渾身發軟，心頭像是轟隆隆滾進來一塊巨石。已經好幾年沒發作的哮喘病，忽然就在這個炎熱的夜晚發作起來了。

細輝這一場病，因為來得不尋常，而且曠日持久，五天裡尋醫三回，中西藥都用過了，人卻仍然迷迷糊糊，偶爾還會說渾話，坊間自然將之歸類為「怪病」。所謂怪病，非凡夫俗子能治。第六天，何門方氏託人找來方士，那人五短身材，一張臉鐵板似的方方正正，穿了件印著肉乾行招牌的黃色T恤，也不乘電梯，從底層一路蹬上八樓，來到何家門前忽然雙目圓睜；嘴上一聲暴喝，腳下一跺蹬！方士上半身一邊捏指訣一邊念咒語，下半身步罡踏斗；咿咿哦哦，宛若一場獨角戲。待他完事後收回手印，氣息已粗，大汗淋漓，兩腋一片漫溼，彷彿剛經歷了一番苦鬥。

「妳家裡有陰人。」黃衣方士瞪一眼門內的何門方氏，也不管此婦人呆若木雞，有沒有把他的話聽進去。「她帶著孩子來找父親。」

那天方士還沒離開，臥病多日的細輝自行爬起床，從房裡走出來。除了臉上一副茫然不知人間何世的神情，他能走能跳，像個沒事的人。方士走後不久，蓮珠來探問，細輝承認他之前有兩日放學回家，在門外見過那個後來跳樓自殺的女子。

「她是來找大哥的。」細輝不忍姑姑直視，緩緩垂下眼睛。「她問我，你哥要躲我到什麼時候？」

當天晚飯時分，銀霞聽得樓上大輝家裡一陣凌厲的吵罵，又聽得碗碟摔破和細輝的哭聲，好不容易等到後來爭吵停止，鴉雀無聲，她尋了個時機，摸索到九樓與十樓中間的樓道，以為會在老地方找著細輝。細輝卻不在那兒。銀霞在布滿塵灰的梯階上坐等了一會，聽到八樓的防火門被人推開，力道甚猛，便知道來人不是細輝，卻沒料到防火門關上以後，響起來的會是蓮珠與大輝兩把聲音。蓮珠說，你會有報應的。

要妳管？妳管得著？

他們站在八樓的樓梯間。那樓道的防火門都關上後，實在就像一支豎起來的巨大管子，譬如煙囪。兩人雖壓著嗓子，但說話的聲音由下而上，都灌進銀霞耳裡。她不期然屏住呼吸，可聆聽了一陣，卻覺得越聽越糊塗。大輝與蓮珠兩人像是在各說各話，對話之間說的事八竿子打不著。蓮珠說你連工作都換了，你敢說你不是在躲人家？大輝說妳忙自己的事吧，去跟那個報紙佬拍拖吧，快點把自己嫁出去吧。

冤有頭債有主呀，大輝。她生前你躲得了，她死了你還想躲？

妳真當自己是我家裡的人啊？妳有何蓮珠不當，卻改名叫蘿絲了。妳以為我不知道？

人家是一屍兩命呢。你一人做事一人當，難道還要賠上你弟弟？

取了個英文名字就會高貴一些嗎？妳一個漁村妹，改名叫蘿絲就能變玫瑰？

銀霞豎起耳朵等了一會兒，沒聽見蓮珠回嘴，樓道忽然一片靜寂，只剩下幾隻游兵散卒似的蚊蚋在周圍巡邏，振翼有聲。她心裡疑惑，又感到小腹鼓脹，晚飯時飲下的一大碗蓮藕湯已經輸送到膀胱了。躊躇為難之際，蓮珠的聲音霍然響起。

放開我！你放開我！

銀霞心裡緊張，腰背一挺，有點懷疑自己是不是聽到了「啪」的一聲響，像是有人被打了耳光。樓下兩人像兩隻動物搏鬥過後各自喘著粗氣。蓮珠說，你一直喊我阿珠，不叫我姑姑，不是在騙自己嗎？

大輝一時無言語。蓮珠不等他回應，忽然嘆了一口氣，其聲近乎慈悲。

「大輝，我是你爸的妹妹。這個，你改不了。」

這事以後沒幾日，五短身材的鐵面方士再來到大輝家裡。這回他帶齊架生[1]和一老一嫩兩個幫手，依然穿著印了「我來也」的黃T恤及黑長褲，腳踏厚底帆布鞋，入屋後即披上黃黑道袍，再把一頂八卦九梁巾往頭上套。「肇禍者」大輝那天奉命待在家中，等著向冤魂認錯請罪，弟弟細輝則因生辰八字相沖，必須迴避。於是細輝來到銀霞家中，挪了把椅子，靜靜待在她身旁。銀霞在黑暗中對細輝笑了笑，她說你再靠近一些吧。細輝便挪了挪屁股，往她靠攏。

他們那天都安靜得近乎肅穆。銀霞一絲不苟地編織那無休止的羅網，細輝瞪大了眼睛，眼神卻不在任何物事上頭。因為如此安靜，兩人都聽到了樓上作法的聲響。有個法器叮鈴鈴叮鈴鈴的，竟令人心蕩神馳，彷彿魂兒被吸引過去。那法器搖了許久，終於有人聲響起，一把男聲念起了八大神咒，卻五音不純，不知說的是粵語抑或是客家話。銀霞禁不住抿嘴微笑。

那一場法事搗騰的時間長得出乎眾人意料。鐵面方士與女鬼斡旋，從上午至下午，念的咒冗長而單調。其中有一段，方士命大輝跪在地上，額前貼符，兩手持香，跟著他一句一句地念，賭了許多咒，其實是在細數自己的罪狀。也許是因為知道一整幢樓的人都豎起耳朵在聽，大輝的聲音越來越細，連銀霞都難得聽仔細了。終於那方士惱火，身子一旋，桃木劍一揮，對大輝來了一下當頭棒喝。

「死打靶仔，真有心悔改就給我一字一句大聲念清楚！再這麼鬼吃泥，看你這條小命還要不要！」

那真是一個奇幻的午後。銀霞想像樓上樓的人們全肅靜下來，都在屏息以待。她的母親梁金妹跟平日一樣在家裡走動和忙活；蹲在浴室裡洗衣，在門外的扶欄上晾衣服；在廚房裡洗切和做飯，給放學回來的小女兒開門。午飯後也一如往常，坐下來與銀霞一起編羅織網，可大半天說話極少，偶爾言語則聲量極細，顯然也在悄悄留意著大輝家裡的動靜。

法事終了已接近下午四時。黃衣方士這麼一涌長袖善舞，據說對女鬼軟硬兼施，使盡法寶，還焚香燒錢調遣天兵神將，最後逼得女鬼答應離去，跪在地上的大輝已站不起來，方士也筋疲力盡，累得差點往後一倒，幸好兩個幫手一左一右及時攙扶。

這麼嘔心瀝血的一場法事，可惜除了大輝與他的母親和姑姑以外，樓上樓再無其他人有緣目睹。那方士收了酬金，在大輝家中各角落及房門貼上鎮宅符篆，再給何家每人分發一個緘封在透明塑料套子裡的靈符，囑他們務必要佩戴在身上，又云以後七天必須全家茹素，還得連續七七四十九天在門外撮米插香等等，指示甚多，門道繁苛。

銀霞的家在大輝家正下方，只隔一層鋼筋水泥，憑她的聽力，幾乎像收聽廣播劇一樣，聽

1 粵語「工具」之意。

得頭頭是道。就在法事快完成時，唱咒者止聲，剩下那掛著鈴鐺的法器兀自搖曳，叮鈴鈴叮鈴鈴。銀霞忽然打了個冷顫，手指停在尼龍繩上。細輝察覺，怎麼啦？

聽到嗎？有女人的哭聲。

細輝傾耳聽了一會，說沒有啊，哪來的哭聲？誰哭？

銀霞卻明明聽到了，女子的哭聲如一縷細煙，嗚——嗚——嗚——幽幽穿梭在那法器的叮嚀中，彷彿與那鈴聲對話，欲斷難斷，如泣如訴。銀霞有點毛骨悚然，手指仍掛在網上。她幾乎以為那女子終於會用哭腔訴她的苦，將平生唱成一段苦情的折子戲。

興許那鐵面方士給的符篆奏效，那天的法事以後，大輝一家確實人畜無傷，連細輝那麼孱弱的身子，此後也不怎麼犯病了。只是法事後不久，樓上樓即有早起的居民聲稱看到了一個穿校服的女子，黎明前坐在不同樓層的扶欄上；身體輕飄飄的，把扶欄當作搖椅，在上面大幅度地前後搖晃，如同馬戲團的單槓雜技表演。不同於之前的其他女鬼，這一回大家似乎都不忍將其醜化，因而傳說中的她頭臉俱全，眉目清白，秀髮齊耳，身上穿的白衫藍裙也都整潔乾淨，唯偶爾有人見她抱了個血紅色的襁褓；不見嬰兒，但聞啼哭嚶嚶；音質粗糙，像是來自發條式的發聲洋娃娃。

由於出現了這女鬼的傳聞，又適逢樓下的盲女銀霞頻頻夢遊，其狀詭譎，樓上樓裡不免許多的危言聳聽，大輝在古樓河口的叔父輩們都認為他不宜在近打組屋久留，故建議他越洋到外地，「過一過冷河」。於是不知誰出了個主意，讓大輝拿他父親死後留下的保險賠償金作保，到日本使館辦了個簽證，再給他買一張到東京的往返機票，讓兩個堂兄帶著他到日本跳飛機。那可是大輝生平頭一回有機會出國，在他看來無疑是因禍得福，因而沒有怎麼遲疑，當即辦妥一切手續，跟隨堂兄混進一個旅行團裡，朝東出發去了。

銀霞一家多年後搬到美麗園的新居所，她的母親不時說起樓上樓的這段往事，總說她那時候就想著要搬走了。「那地方風水不好，一大摞白鴿籠，把人和鬼都困在裡頭，誰也出不去。」

也許是從未真遇見過鬼，銀霞習慣了樓上樓的駁雜，總覺得那兒煞氣大，打罵哭鬧與討債恐嚇之事從來不少，那些孤魂野鬼相對而言倒是都孤僻安靜；鬼與鬼之間從不串聯，也不結黨，與她們共治一爐似乎沒有多大的難處。有的時候她甚至覺得這些鬼魂如熟人般可親。譬如她在組屋的長廊上走動，感覺有陰風撩人，又聽得嬰兒唧唧哼哼，必會想起那個穿校服的女鬼。銀霞暗地裡為她慶幸呢——既然帶著一個孩子，應該不至於像別的孤魂那樣寂寞而無所事事。

# 所有的路

美麗園那麼偏遠，搬過去以後，銀霞每天乘父親老古的德士到街場上班，下班後也等父親來載她回家。也許是因為父女間話題甚少，也可能是因為路況不良，銀霞總覺得路途漫長，叫人難熬。老古早上載她出門，路上要遇上有人招手，只要順路，他便讓人家上車，除了賺回路費，或許還能找到一個說話的對象，好驅走車子裡的悶氣。銀霞亦樂得如此，即便許多時候，上車來的乘客並不怎麼說話，但多了個人，她就覺得自己與父親之間的無話不至於那麼尷尬。

從美麗園到街場這麼長的路，銀霞在路上百無聊賴，只有在心中默想這一路的所經之處，彷彿在心裡攤開她的路線圖。從九洞新村大街開到與斯里賓路交接的大圓環，路過文冬新村與麗華花園入口，即吳永合路的路口拐進去，有一所智障者收容中心在路旁。她坐的車子卻不在這路線上，而是得繼續往前開，經過衛理公會中學，對面有一所天主教堂，過了橋就是巴士總站，隔著一個圓環與之相望的是美丹傑市場，那兒幾乎全是馬來人開的小店……銀霞這一路想下去，如箭離弦，與老古的車速不成比例，自然很快抵達錫都無線德士台的辦公室。可她常常不往電台的方向去，總是中途轉到別的路上，譬如取道梁文水路直往斗母宮，再拐到廟後，經過德記酒樓去到彬如港新村，「見到」在大樹下賣客家釀豆腐的攤子與排隊的人龍；有時候她在巴士總站前已然開溜，左轉經火車站門前直駛，再右轉到波士打路，然後在市區的大街小巷穿行，經過熱鬧的中央公市和近打超級市場，再到高溫街……

老古的車子開到電台樓下時，銀霞往往已經去得很遠了。更多時候，她不在市區流連，而是在休羅街與波士打路的交接口，沿著那豎著一個巨形夜光杯的圓環，取長長的五兵路往南，經銀州蘇丹的行宮，越過淺窄的賓宜河，或者走小路經過錫都游泳俱樂部與皇家高爾夫球場，或者不，直接從大路左拐，進入密山新村。

錫都六百多平方公里，不是個小地方。銀霞自從在電台上班，像記譜一樣，把這些地名路名以及大致的方向記下來，心裡熟門熟路，像畫了一張錫都的地圖，但她實在到過的地方卻沒幾個。搬到近打組屋以前，她與父母及妹妹住在文冬新村，卻由於當時年幼，記得的不多，只記得那地方雞犬相聞，門前一條坑坑窪窪的破路，廁所與沖涼房分開，都在木屋後頭。屋前薄有土地，母親種了些莧菜羊角豆番薯葉，偶爾還養上幾隻雞鴨，便經常有蛇從菜地鑽進屋裡來。

以後二十二年她以樓上樓為家。那樣一幢磚砌的大樓，寸草不生；家家戶戶各得其所，共享門前一條走道，與新村裡的屋子不可同日而語。母親倒也住得安穩，也依然能用幾個陶罐種出小辣椒和班蘭葉等小作物來，除了家裡自用，還不時拿些收成去與鄰里套交情，換回來這家給的一小瓶青草油或那家給的幾塊芋頭糕。更好的是這組屋建在舊街場，樓下即為鬧市，有許多海味鋪，也有百貨公司、布莊和照相館，還有幾家出名的茶室，一城的人都到那兒去喝白咖啡。再走幾步路，有學校，有神廟，有公園，有樹，有河流，應有盡有。

銀霞自然是十分喜歡那地方的。樓上樓下左鄰右里，無時無刻不充滿了日子的聲息。小時候父母只讓她在組屋用鐵絲網圈定的範圍內活動，後來她長大，組屋的圍籬改成了磚砌的矮牆，但只要有可靠的人作伴，母親便同意讓她出門，最遠可行到壩羅華小和人民公園一帶。她也曾偷偷越界，橫越車水馬龍的休羅街，到舊街場另一邊去吃豆腐花和雞絲河粉，甚至「遠行」到新街場，買了她一直想吃的葡式蛋撻。她也冒險去過小印度，淹沒在那兒的鼓聲中，被大寶森節浩浩蕩蕩的遊行隊伍捲走，差點與拉祖和細輝失散。

比起以前的住處，美麗園雖然房舍密集，每一座長長的瓦片屋頂如同一條脊椎，聯絡著幾十間住屋，人們算是住在同一屋簷下，卻人人清虛自守，老死不相往來。銀霞一家住的那條路上，除了附近回教堂每日五回的頌經聲，有個婦人每天下午在家開響伴唱器材，以〈苦酒滿杯〉開始，用傷風鼻塞般的聲音連唱兩小時的卡拉ＯＫ，此外終日難得聞見人聲。這住宅區還所在偏僻，前不著村後不著店，公共巴士一天沒來幾趟，生活上很不方便。梁金妹弄來一台腳踏車，除了到兩公里外的菜市場買點食材，便沒有其他地方可去；銀霞更是每日乘父親的車子來去，幾乎沒有走出過大門。梁金妹以後總後悔自己把房子買在這種地方。「都怪自己貪便宜，以為撿到寶，有這麼大的蛤蟆隨街跳。」

「省口氣，看開些吧。」母親發的牢騷，銀霞聽多了心煩；再多聽幾回，也就坦然。「這房子要建在別處，我們怎麼買得起？」

除了這些住處，錫都裡銀霞比較熟悉的，唯有密山新村了。那是她的誼母馬票嫂出生和長大的地方，後來還嫁給了新村裡的大戶人家，直到以後改嫁才告別那裡。馬票嫂的娘家卻一直在密山新村，其母以前帶著幾個小孩，向村長買了塊地，就在密山新村橡膠廠附近。親友憐她孤苦，湊了點錢幫她建了一所簡陋的木屋，以後便在那兒終老。

馬票嫂確實姓馬，全名馬彩燕；自出生懂事以來，只知道家徒四壁，有母無父。她上有長兄大姊，下有一個弟弟，兄弟姊妹四人分成兩個姓別。母親邱氏少年時被族中長輩從廣東沿海的老家拐到南洋來，草草養了幾年即婚配予人，帶著幾件舊衣裳嫁給了一吳姓男子，生下長子長女。吳男為製鞋工人，天性懶怠，曠工時有，換過許多東家，且又染上賭博惡習；無能養家不說，更三不五時發窮惡，對妻兒拳打腳踢。邱氏養豬種菜和接各種雜活，等於獨個兒擔起一頭家，還得經常遭丈夫嫌，被他暴打。這日子過了幾年，長子剛五歲時，吳男在外頭為錢與人糾紛，招呼不打一聲便躲得無影無蹤，以後三年音訊全無，不知是不是被日本軍兵打死了。邱氏只知含辛茹苦，自求多福而已，不料那將她拐來南洋的親戚，見有機可乘，又收了別家茶禮，將她改嫁予一馬姓中年男子。

邱氏的第二任丈夫為密山新村橡膠廠工人，為人老實溫和，待邱氏以及她與前夫生的兩個子女也算良善。婚後第二年邱氏生下女兒馬彩燕，翌年再誕下小兒子。此時丈夫接到中國梅縣老家寄來的書信，當晚對邱氏坦言自己渡海下南洋以前，在老家早已婚配，並育有三名子女。如今鄉裡的妻兒託人來信，指月明千里，靡日不思；信中一字一淚，喚起了他的思鄉之情。馬男交代完畢即收拾行李，三日後一大清早揮別邱氏與孩兒，說是回去探望老母妻兒並一解鄉愁，豈料孤帆遠影，竟有去無返，邱氏與孩子們此生再無緣與他重逢。

這兩段婚姻譬如朝露，留下的卻是幾個沉沉實實的擔子。邱氏心灰意冷，矢言再不嫁人。她拿了馬姓丈夫留下的五十元去找密山新村村長，買下一塊地皮，在親友與鄰人幫忙之下草草蓋了間屋子，從此獨立更生，靠著過人的意志和勞力將四個孩子撫養成人。

馬票嫂自懂人事便知道家貧，母親邱氏無日不辛勤勞動，除了養豬種菜，還每日趕在太陽前頭，步行好幾公里到山裡砍竹；好幾根十來尺長的大竹管紮成一綑扛在肩上送回密山新村，等買家來收。山中的猛虎長蛇固然令人心戰膽慄，那些來收竹子的買家更有不少壞心眼，欺負邱氏目不識丁，經常做假賬剋扣她的貨錢。邱氏雖心中有數，卻因為看不懂人家賬面上的數目而有口莫辯，心裡恨極，覺得家中不能無人識字，遂與長子長女商量，決定挑兩個孩子送到學校念書。

「讓小妹去吧，她比較聰明，一定學得比我們快。」長女說。其時她已是妙齡少女，每天上午在密山新村巴剎裡幫人家顧攤子，賺點養活不了自己的小錢幫補家計。

「是啊，還有小弟。反正他們兩個年紀小，在家也出不了什麼力。」長子也覺得自己學齡已過，羞於與那些七、八歲的孩童擠到一課堂裡上課考試。

馬票嫂與弟弟便這麼被送到了密山華小上學。她天性聰穎勤奮，七歲起便每朝踩著小板凳上灶頭做飯。待飯菜煮熟，學校的上課鐘聲多半已經響起，她提著裝了書本的籐籃子飛跑到學校上課。那時候家裡窮得飽食沒有一頓，好衣服沒有一件，就連兄弟姊妹四人穿的內褲也由人家施捨。小學一、二年級時，馬票嫂因為只得一件內褲，每天起床後第一要事便是將小內褲脫下來匆匆搓洗，再晾掛到屋外晨光最盛之處。那些年赤道上的陽光比較年輕，沒有如今這般暴躁兇惡。到了上課的時辰，那三角褲往往來不及乾透，她別無選擇，只能穿著它去上學。

「我坐下來上課，裙子和椅子都溼成一片，留下水印。同學們給我取花名，叫我瀨尿燕。」

許多年後馬票嫂對誼女銀霞說起這童年往事，說得戲劇感十足，忍不住拍了拍自己的大腿哈哈大笑；笑得眼角擠出淚水，那淚流到她的嘴角，被她伸舌舔了去。銀霞想陪她一起笑，無奈心裡揪成一團，只覺五味雜陳，彷彿那故事裡也包含了她自己的身世，便無論如何弄不出一張笑臉來。當時銀霞的母親也在場，禁不住連聲哀嘆，唉，真淒涼，冇陰功。

當年坐在課堂裡的女童馬彩燕當然不覺得這綽號好笑，卻也沒感到這事有多淒涼。畢竟她那時年紀小，像是身體感官尚未發育齊全，既不太能感覺語言的尖銳，被那些話刺傷了也不太有痛感。再者，雖然同學一般待她不友善，學校的老師卻都疼她憐她，一是欣賞這孩子勤勉好學；二是老師們也聽聞她家境窮困，時不時送她一些舊文具和舊衣物。

「我那時臉皮薄，心裡想了一百次也不敢開口說──老師老師，能不能給我幾條舊內褲呢？」

在老師的憐惜與幫助之下，女孩馬彩燕順利完成小學六年的學習，成績優異。當年的校長帶著一位老師騎腳踏車到她家裡，對邱氏費了許多唇舌，說服她每個月擠出兩塊錢來，讓女兒彩燕到金寶路的女子中學繼續念書。

那學校頗有氣派，是城中的名校之一，卻離家六、七公里以外。少女馬票嫂得以鐵馬代步，每朝忙了家事農務後風風火火趕著上學，多少次騎得腳踏車鏈條從牙盤上飛脫，在路上著著實實地摔傷過幾回，還差點沒把兩個輪子旋成火圈。儘管如此，一個月裡總免不了幾天遲到。中學的老師比較嚴厲，遠不如密山小學的師長那麼好說話，總是在課堂上當面奚落，彼時馬票嫂正值青春期，臉皮還薄得很，但所有的感官都長齊全了，心裡又像是有許多舊傷未癒，容易被這些話觸痛，難以自已。直至多年後對銀霞提起，心裡猶有餘恨，欲笑不成。

原來那麼聰慧而專注的一個女孩，上了中學後漸漸識得人間疾苦，百憂叢生，學業成績便不如從前了。尤其是中三那年，家中的姊姊嫁作人婦，少女馬彩燕不得不頂下姊姊留下的活兒，每天起得更早，放學後馬不停蹄，替母親準備好翌日要拿到巴剎裡擺賣的瓜果蔬菜，再無餘力顧及學業功課。如是者她仍不言棄，一直強撐至中學畢業，因家中情況依然惡劣，母親圈養的每一頭豬都為這個家背著一屁股賒賬，馬票嫂明白深造無望，便收拾心情接下母親的爛攤子，在密山新村巴剎當起了菜販。未幾，被巴剎內開茶室賣包子的陳姓人家相中，託人來向邱氏說親。

陳家在密山新村是大戶，祖上開米鋪，百年開枝散葉下來，有人劏豬賣肉，在巴剎裡占了兩個攤位；有人當爐賣肉包，其包子因味鮮肉美，遠近馳名，光顧者不計其數。因家道昌旺，陳家氣焰極盛，家中的婦人更是出了名的潑辣囂張。看中馬票嫂的是陳家幼子，性格木訥，常常到菜攤來藉故親近，卻支支吾吾，言語乏味，倒曉得每天送上好吃的包子或加了上好燒肉的湯麵。馬票嫂本來瘦削，不到半年即被此君養得膘滿肉肥，臉上有光。待說親人上門，她自覺欠人太多，加上母親與兄長大力贊成，她便點頭答應。當時年華未足雙十。

少婦馬彩燕在陳家待了三年，產下一子。那三年裡陳家人對她百般奴役，讓她吃盡苦頭；丈夫又怯懦苟且，對她的哭訴與埋怨無動於衷，令她齒冷。以後每每說起，馬票嫂都覺得那是十八層煉獄走了一圈，等於不見天日，給陳家做牛做馬。儘管與娘家只隔了幾個路口，卻因得不到婆婆允許，那三年馬票嫂只回去過兩趟。第一趟回去時人已瘦了一圈，眼袋裝著兩泡哭不出來的淚水，與母親相顧無言；第二趟懷著孩子，更形憔悴，精神恍惚地聽母親唉聲嘆氣；最後一趟她抱著孩子逃回去。孩子完好無損，她腳下穿的人字拖丟了一隻，甫進家門即與邱氏抱頭痛哭。

逃離陳家的那一日，馬票嫂記得陳家門前的陽光撒得均勻，天空一片和顏悅色。她做完上午的家務，懷抱年幼的兒子去見婆婆，請求她的批准，讓她回娘家探望母親。老婦人卻如常擺著臭臉，眼睛不抬，嘴巴不張；一尊老菩薩似的不動聲色，僅僅用鼻子「噴」出她的回答。妳敢回去？妳給我試試看！

明知婆婆不會答應，馬票嫂卻還是愣了一下。也許是因為那輕蔑人的語氣，也可能是婆婆臉上一點不掩飾的鄙夷之色實在太令人難堪了，馬票嫂忽然羞憤莫名，一股怒火在胸腔裡豁然冒起。她深深吸一口氣，沒想到竟像拉了拉風箱，立即催動了火勢。

「我就是要回去。我已經一年多沒見過我媽了。」馬票嫂挪了挪懷中的孩子，調整他的高度，像是把他當作盾牌，好護住她噗通噗通，呼之欲出的心臟。這麼做的時候，她感覺到胸中的火焰已經竄上大腦，把腦漿燒得沸騰起來，渾身的血液也隨著升溫。

「不管妳答不答應，我現在就帶孩子回去。」

「妳敢？」陳家老太太面不改容，卻終於正眼看她；一對眼珠撐得像兩顆乒乓球似的，彷彿要從眼窩裡蹦出來。

「妳就看我敢不敢吧。」馬票嫂再挺胸吸了口氣。不知怎麼，心頭的怒火燒得熊熊，她卻開始覺得渾身冰冷，像體內有一層厚冰在融化，禁不住牙關打顫，身體發抖。「我們明天回來。」

馬票嫂說了轉身就走，從婆婆的房間一直走到客廳，昂首闊步，越走越急。陳家的雙層獨幢洋房，在密山新村屬少有的豪門大宅，馬票嫂每日跪著擦亮一屋子的地磚，尚且不覺得這房子有這麼寬敞，大門有如此遙不可及。她聽見陳家老太太在房裡叫罵，還像召喚惡犬似的，大聲疾呼她的兩個女兒，心裡咯噔一下，兩腿頓時有點發軟。

陳家老太太出身米鋪世家，年輕時帶著豐厚的嫁妝下嫁賣包子的小販，因而陳家以母為尊。兩個女兒最為仗勢，像是自出娘胎便能張口咬人，平日聲大夾惡，言語惡毒，都爭著為母親做各種欺人之舉，行諸般淩虐之事。馬票嫂在陳家最畏懼的正是這兩個大姑子，平日只要遠遠聽到她們的咆哮，她便膽顫心寒，不由自主。

當日天色祥和，天空湛藍得像蘊含著一個美好的隱喻。馬票嫂打開前門，陽光如一群撒歡的白鳥朝她飛撲過來。她抱緊懷中的男孩，匆匆穿過院子。那些今早才被她清洗過的衣物，男左女右，分別掛在院子兩側的晾衣繩上，在陽光下如許多沉默的人影目送她離去。馬票嫂拉開門栓，一把推開沉重的鐵花大門，便開始往前奔跑。兩個大姑子一尖一粗的吆喝聲在背後響起，她頭也不回，在那亮著白光的路上越跑越快，拐了個彎，盯緊橡膠廠的煙囪，往家的方向跑去。

那橡膠廠的煙囪正冒著白煙，煙極濃稠，一團一團地輸送到天上，像是在給天空製造雲朵。馬票嫂覺得整個密山新村出奇的靜謐，除了她自己的呼吸和心跳聲以外，村狗不吠，車笛不響，懷裡的孩子也不哭鬧，就只有背後隱隱約約的婦人叫囂。那叫罵聲越來越近，越來越響，馬票嫂回頭一看，兩個大姑子之其一騎了腳踏車來追趕，一邊蹬車一邊斥喝，叫她打炮貨，給我追上了妳就死。

眼見來人這般勢兇，那一刻馬票嫂明白了這路沒法回頭，只能往前走了。她咬了咬牙，又再往前跑了一小段路，在路口被騎腳踏車趕來的大姑子追上。那大姑子身材肥胖，嘴巴一刻沒閒，還沒停下腳踏車即已伸出一隻胖爪來，要搶馬票嫂懷中的兒子。那孩子忽然受驚，「哇」的一聲大哭，還揪著馬票嫂的衣袖，使勁往她懷裡鑽，像要掙脫大姑的魔爪。馬票嫂聽見孩子哭，心頭一震，不知哪裡生出一股力氣，揚起腿來往大姑子的腳踏車狠狠一踹，摔飛了腳上的一隻拖鞋，卻將那胖婦與坐騎一併踢翻。

馬票嫂的這位大姑子，雖一身橫肉，卻終究嬌慣，受不得皮肉之苦，又因身形笨拙，兩腿夾著腳踏車摔倒在地，猶如烏龜翻肚，一時半刻爬不起來，只知呼痛與詛咒而已。趁著這時機，馬票嫂想也不想便抱緊孩子逃開了去，一個轉彎跑到密山新村大街上，見路旁一小店門扉半掩，她自知識得看店的老媼，便闖了進去，只能淚眼相求，不及細說，逕自尋了個陰暗角落藏身。

下午回到娘家，邱氏正蹲在屋前修理豬圈，看見女兒推開柵門進來；蓬頭散髮，面色慘淡；懷中伏著稚兒；步履蹣跚，還光著一隻腳丫，狼狽得不知如何形容。她緩緩站起身，像火雞一樣的伸長脖子，顫聲呼叫女兒的小名，阿燕，阿燕，阿燕呀。馬票嫂聽見母親的叫喚，只覺恍如隔世，豆大的淚珠潸然落下。她邁步上前，邊走邊涕泣回應，媽，媽。

# 密山新村

密山新村有一座盲人院，這與吳永合路上文冬新村入口有一座智障者收容中心一樣，在錫都鮮少人知道。大家只知道城外東北部紅毛丹鎮有一座精神病院，據說是國內第一間精神病醫療所。那病院如此古老而廣為人知，以致整座紅毛丹鎮成了它的代名詞。誰家有人發瘋或患了精神病，人們會說，送到紅毛丹去吧。

關於紅毛丹，銀霞與細輝小時候常聽大人說起。樓上樓有個鐘錶匠關儀光，是個鰥夫，人稱關二哥，在近打組屋樓下守著半爿店鋪，賣點鐘錶和電池什麼的，也替人修理鐘錶。那店鋪光顧者稀，連盲頭蒼蠅也過門不入，他因而十分清閒，鎮日對著滿壁停擺的掛鐘，店裡似乎因此囤積了過多的時光，他只有不斷找人聊天，近乎無助地將時間一點一點消耗了去。關二哥聊天不拘對象，就連細輝與銀霞，從孩提時候就常被他逮住，東拉西扯，問長問短，拿他們逗樂子。細輝記得自己曾經有個綽號叫「孱仔輝」，背了好些年都甩不掉，便是從關二哥那兒得來的。

他還記得關二哥常問他，孱仔輝，你長大了是不是要娶銀霞做老婆呀？

他也問銀霞，霞女霞女，長大了妳要嫁給孱仔輝抑或是印度仔？

待銀霞和細輝稍微年長一些，關二哥對他們說話也就正經了些，再不問這種無聊問題了。他喜歡問起細輝的學業成績，華文馬來文有沒有考好？年終測驗考第幾名？又輸給印度仔了是不是？見細輝神色不爽，他便說沒關係啦，書讀太多也不好，會讀壞腦子。

關二哥來自舊街場一打石之家，父親替人鑿石刻碑，養活一家九口人。關二哥有一弟弟，據他說是家中七個兄弟姊妹中，唯一的讀書人；自幼耳聰目明，在學校成績優秀，後來還考上大學畢了業，在銀行謀得好工作，幾年間便升職當了分行副經理。有一天這弟弟突然失常，在銀行內狂喊一通後離開，從此沒去上班。家人聞訊後上門找人，殊料他見家人如見鬼，倉皇跳窗逃去。以後他成了流浪漢，穿著灰撲撲的T恤短褲，戴著厚框眼鏡，長年在錫都各處遊蕩；偶爾打些零工，在街上給賣油條和鹹煎餅的攤檔幫活，也曾在一雞飯檔幫工，搵兩餐。

銀霞的父親在城裡開德士，見過關二哥這弟弟許多回，說此君走路腳跟不著地，顯然後面跟了個吊靴鬼。

關二哥與家中其他兄弟想盡辦法要把他捉回去，可但凡家人上前，他必先自警覺，丟下工作揚長而去。如此數回，家人心灰之餘，不想一次一次破壞他的生計，遂決定由得他去。如是十餘年，後來再無人見過他的形跡。

「可能被送到紅毛丹了。」關二哥如斯總結，說得無限唏噓，像是那地方就該是弟弟的歸宿。「所以讀書不能太勉強。腦子負荷太重，不知哪一天會跳掣，再也扳不回來。」

那時候在銀霞的想像中，紅毛丹就是一所建造成村鎮模樣的瘋人院。誰要做不了正常人，患精神病的也好，被鬼纏久了不放，活得人不似人，鬼不似鬼的也好，也聽說有的露體狂和天生的智障者，統統都被押到那裡，集中處理。直至後來她到密山新村的盲人院去，在那兒上了十九個月的課，才第一次聽說紅毛丹精神病院有個正式名字，叫著「幸福醫院」。告訴她這個的，是個因視力神經壞死而失明的馬來婦人，與另一個失明的馬來男人結婚，膝下有三個孩子；長子半夜脫光衣服攀上人家的窗戶，被人群起而圍之，再讓警察捉起來送到幸福醫院了。

「你們有去探望他嗎？」銀霞問。

「在紅毛丹呢，那麼遠。」那婦人回答。「聽說醫院臨著一道鐵路，環境應該不錯。」

「去了又如何呢？」婦人的丈夫說。「縱使我們去了，總是看不見他的。」

紅毛丹到底有多遠呢？銀霞感覺那就像月亮裡的廣寒宮一樣，遠得只能聞其名。它幾乎像在另一個時空，唯有一條神祕的甬道銜接那裡。正常人尋它不著，只有神智失常者才能做到駱駝穿過針眼，抵達那小鎮，見到那傳說中的醫院。

至於密山新村的盲人院，那是馬票嫂告訴銀霞的。那年細輝與拉祖升上中四，學校活動增加，他們還要為翌年的會考做準備，放學後總是一起參加補習班；回到樓上樓則有許多功課要趕，生活裡再沒有多少空間可以讓銀霞加入。妹妹銀鈴那時剛升上中學，每天到金寶路的女子學校去上課，交了新朋友，常煲電話粥，與母親及姊姊再不如從前般親近。銀霞的生活一成不變，仍然每天坐在堆滿紅黃色尼龍繩的客廳裡，有時候開著收音機，有時候開電視，心思隨著導入耳道的聲音翻滾飛舞，身軀卻只有手指在動。馬票嫂一週有兩天來寫萬字，看見了總要說，夠了夠了，整個錫都所有的柚子檔加起來也用不上這許多網兜子呀。

編網兜子這工作，當初可是馬票嫂給銀霞介紹的呢。那時她對銀霞的母親說，好歹是一門手藝吧，說不定以後也是長遠的活計了。當時銀霞只覺得好玩，就像有了新玩具一樣，有一陣幾乎如上癮一般愛著這玩意，在黑暗中想像著童話裡日以繼夜為十個天鵝哥哥趕織衣服的公主，連睡夢中也止不住手指抽動。她的母親說，像是睡著了在彈琴。

上門來收貨的人都讚嘆銀霞的手指靈巧，哎呀這孩子，她織的網兜子工工整整，既細緻又扎實。

後來也是馬票嫂說的，銀霞妳這樣不行啊，成世流流長，就這麼過嗎？

馬票嫂說密山新村有一所盲人院，就在她的母校密山華小附近，離福德祠不遠。銀霞掙扎了好幾天，終於戰戰兢兢地向母親提出。「馬票嫂說的，有那樣的一所學校。」梁金妹那時坐在廳裡，不知在追看哪一套連續劇，聽了銀霞說的也不回答。銀霞心裡像有一隻青蛙活蹦亂跳，等了好一陣不聞回音，那青蛙便逐漸乏頓，局促困守。

「媽……」銀霞再提一口氣。

「不要說了。」母親截停她。「妳爸不會答應的。」

銀霞並非沒有做好被拒絕的心理準備，她甚至早盤算好了一番話，打算一步一步地解釋和請求。卻沒想到母親先發制人，竟用這樣的語調一口回絕，冷而鋒利。銀霞像是剛舉棋即被人喊「將軍」全盤封殺，感到意想不到的錯愕與難受。她覺得喉嚨堵著一口氣，許多話悶在胸腔裡；幾次欲言又止，良久也擠不出來一句完整的話。她終於忍不住垂下頭嗚咽起來，一雙手竟還不歇，猶在編織著網兜子。紅色的尼龍繩宛如細長的蛔蟲纏住她的手指，眼淚卻潸潸流了一臉，從下巴滴落到衣襟。

這樣哭了許久，銀霞的臉龐和胸口全被涕淚沾溼，她也沒有伸手去揩，仍然一吸一頓，頭越垂越低，嘴巴裡全是眼淚的苦鹹。

梁金妹嘆了一口氣。

「何苦呢？」銀霞知道那是母親在說話，卻覺得那聲音遙遠，彷彿是電視裡某個演員從另一個時空，用另一個時代的語調說的話。「妳哭成這樣了是要折磨誰？」

銀霞依然低著頭，任由涕淚直垂；黑暗如一副厚厚的頭罩套在她頭上。「我十六歲了，從來沒有鬧過什麼。」

「我有吵過要新衣服嗎？有嗎？我有要過漂亮的鞋子嗎？有要過玩具嗎？」她說著，忽然一陣委屈湧上心頭，眼淚再如決堤般嘩嘩淌下。這下她的手指卡在編織了一半的網兜子上，一時不知該如何解除，便緩緩抬起頭來面對母親，像要讓她看清楚這張淚流滿面的臉。

「妳看，我什麼都沒有！」銀霞對著眼前這漆黑的世界，以及那溶解在黑暗深處的母親，大聲哭喊起來。

梁金妹沉默半晌，別過臉去怔怔地看著電視上另一張梨花帶淚的臉，忍不住自己也抽了抽鼻子。「妳怎麼不能安分點呢？」她的聲音從黑暗中傳來。這一回很近，彷彿就在耳邊，又像是這句話已聽過許多回，老早在銀霞的耳道裡落地生根了。

那天馬票嫂上門，看見母女倆這般模樣，便拉著梁金妹坐下來談了許久。馬票嫂是這個世界上少有的，充滿說服力的婦人之一。銀霞聽見她反反覆覆的說，你們讓她多學點手藝，她就有多幾條活路。

「不然以後妳和老古不在了，她怎麼辦？」

馬票嫂這人，有種種的好，銀霞以後多年一直對她特別欽佩，並且心懷感激。她最初到密山新村盲人院報名上課，正是由馬票嫂領著去見那馬來主管。她能言善道，話沒說上幾分鐘即與人家打成一片，成了老朋友。銀霞的父母因為只識得些粗淺的馬來語，只好站在背後，一味唯唯否否。

在盲人院裡，銀霞獨對點字閱讀和書寫感興趣，其他的所謂生活技能，不外乎學習編織各種籐器。這一點難不倒銀霞，而據說院裡的其他盲人也大多得心應手，都能一邊聊天一邊編織，很快就能弄出點小東西來到處兜售。那一對長子被送進幸福醫院的盲人夫婦，平日都靠這個維生。兩人從盲人院裡出來，各背著大大小小的籐籮籐筐籐籃，丈夫在前，手持盲公竹；腰上縛了一根繩子，像是伸出一條細長的尾巴，讓盲妻牽著它跟在後頭，也不像別的流動小販那樣弄出點什麼聲息，就默默地走，足跡遍布密山新村各街衢巷弄以及周圍的住宅區。

那盲人院設有宿舍，裡頭住的清一色馬來人，銀霞不住那兒，每天由父親接送，因為需要早起，便經常在車上聽他許多抱怨。即便如此，銀霞仍然喜歡這段「上學」的時光，不啻那地方有書可讀，院中同仁友善；也因為她出生以來難得與家裡離得這麼遠，非父母的耳目所能及，便像是有了自己的朋友與生活。細輝偶爾開著他哥哥留下的摩哆，載了拉祖來找她，帶她到密山新村大街上找好吃的，或者在福德祠的籃球場上坐著聊天，聞到了從橡膠廠那頭吹送過來的惡臭。有時候銀霞賣掉她織的籐器掙了點錢，會到巴剎裡買些包子帶回家。那家茶室賣的叉燒包香甜味濃而不膩，大包皮薄餡靚，遠勝街場各大茶樓；下午總有人八方來集，在店外排隊等待新鮮包子出爐。細輝總沒這份耐性，銀霞說就等一下吧。

「馬票嫂老說這家包子好，我想買幾個給她呢。」

那時銀霞萬萬料想不到，十餘年後，馬票嫂成了她的誼母，有一天到美麗園的小屋子來探望她與臥病的母親，不知怎麼對她們說起往事，竟也提到密山新村的包子。

# 南乳包

密山新村巴剎裡賣的包子遠近馳名，滿城皆知。真計較起來，這家小店賣的包子其實沒有什麼特色，無非一般茶樓常見的包點，但勝在真材實料，肉鮮味美。儘管只賣叉燒包、南乳包和大包，而且店在巴剎一隅，與殺雞的攤子靠得極近，雞屎鴨屎的臭味與血腥之氣撲鼻，店面還一片幽暗邋遢，桌椅都泛著厚厚的一層油光，但人家賣的包子，價錢敢與街場最有名的富士茶樓一比，還能門庭若市，每天包子出爐，很少不在當日賣個精光。

那店賣的三款包子之中，馬票嫂最鍾愛南乳包。陳家賣的南乳包，用的是上好的五花肉，夾精夾肥，肉嫩汁多，叫人想起不免嘴饞。她記得自己逃出陳家以後，在母親家裡待著，好多天忐忑，等不到陳家有所動靜。終於她按捺不住，有一個晚上抱著孩子摸到巴剎裡，趁著那茶室還有一扇門板未闔上，便瞧準時機，像隻老鼠閃身入內。果然店裡只剩下她的男人，仍然木訥得連吃驚也不形於色，只在一盞昏黃小燈投射的幽光中盯著她看了一陣，結結巴巴，半天說不出話來。

「沒抱抱孩子嗎？」銀霞問。

馬票嫂冷笑。她放下孩子，讓他喊爸爸，孩子怯聲喊了，她便默默等著男人表態。當時聞到店裡滿室南乳豬肉的濃香，馬上覺得飢腸轆轆，才想起自己來之前只吃了一碗豉油撈稀飯，配幾張菜葉子。她說你不給兒子一個包子嚐嚐麼？男人回答說孩子這麼小，牙沒長齊，怎麼吃？

「等他再長大些吧。」

馬票嫂說，等什麼呢？我不等了。

男人抬眼看她，臉上一副不解的神情，卻囁嚅著不敢問，好像怕女人身上帶著炸藥，他問了就會觸動什麼，被炸得粉身碎骨。

「我們母子都出來了；那個家，我們回不去了。」馬票嫂直視眼前的男人，自覺臉上的皮肉不由自主，越來越僵硬。「你也出來吧。」

男人不語，只微微別過臉去。馬票嫂柔聲說，我知道你害怕。

「別擔心，我們有手有腳，不會餓死。」

馬票嫂說男人躊躇了許久，目光閃爍。雖大半張臉被暗影覆蓋，卻仍看出來為難之色。

「其實我心裡清楚，他根本不是在遲疑著該不該跟我們走，他只是想著該怎樣拒絕我。」

如此等了一會兒，馬票嫂終於死心，頹然對男人搖了搖頭，吐出胸腔裡憋了許久的一口悶氣。

「好吧，我不等了。」她抱起孩子，回身從來時穿過的門洞走了出去。

夜晚的巴剎不見幾個人影，倒還疏疏落落的亮著幾盞長燈。馬票嫂沿著水泥鋪的走道走了一段，在賣菜的攤子那一邊回頭張望，看見陳家的茶室已經完全闔上門，周邊燈光慘白，不知摻了多少月色。她心裡一沉，彷彿心臟掛不住，忽然從胸膛墜落，再也提不上來。她打了個哆嗦，只覺四肢發軟，舉步無力。

「前幾天我還以為自己逃出了陳家，那一刻我才明白，是我被他們一腳踹開了。」

馬票嫂這麼說的時候，頭髮已經白了七成，是個六旬老婦。她追憶往事，每翻開一頁都覺得自己被時光推到了局外，不讓她回在原處，而是將她安置在別的地方，讓她像個旁觀者般看見當年的自己。譬如這一段，她分明成了巴剎裡高掛的一盞燈，也可能是樑上的一隻燕子，以俯瞰的角度目睹少婦骨瘦如柴，穿著她姊姊給的過於寬鬆的衣衫，聳著肩膀飲聲抽泣。她對銀霞說，這角度真奇怪，看得見巴剎裡一地菜葉，鼠輩橫行，蒼白的燈光下少婦的影子淺薄而巨大。她懷裡的稚兒抬起頭，一臉認真地端詳母親掛著兩串淚珠的臉，幾度欲語還休，終於忍不住張開小嘴打了個很深的哈欠。

「媽媽，回家。」孩子困乏慒了，一頭栽入她的懷中。

那一晚以後，馬票嫂對夫家再無指望，亦不再擔心他們會來搶走孩子。陳家那一對雙響炮似的大姑子，每日在密山新村巡邏，仍然對人齜牙咧嘴，在她背後說盡刻薄話，說她跟男人跑了，之前生的孩子說不定是野種云云，又言這種貧賤女子，我弟弟隨時可以娶回來一百幾十個。

馬票嫂見母親怕事，甚至將巴剎裡的菜攤子轉讓給別人，她為避免與陳家衝突，只有硬著頭皮到街場去找工作。她賣過鞋子，當過清潔工，也在旅行社當過文員；幾經輾轉，竟把臉皮練厚，膽量也大了不少，後來被人介紹去給一地下萬字廠收工，在那兒認識了後來的丈夫梁蝦。

梁蝦即銀霞的誼父。此人以前在江湖上混，因為長得黑實，粗口說得比母語流利，在道上有個名號叫「爛口烏鴉」，替幕後老大打點地下錢莊和萬字廠，算是有點頭臉。銀霞最初與他碰面，是在一個小而隆重的儀式上，下午她與父母帶備香燭和豬頭到梁家正式上契，之後兩家人湊起來在樂園酒家擺了一席。彼時梁蝦老矣，已非昔日人物，還因舊患所累，稍微瘸了一條腿，卻仍不失豪邁，一晚上笑聲朗朗，三番幾次以「獨腳烏鴉」自嘲。他按道上規矩，給銀霞打了一個足金飯碗，加一對金筷子，笑言自己雖已退出江湖，卻還有點人脈。「若有人敢欺負妳，一定要讓我知道。」

銀霞在飯桌上聽了一個晚上，沒聽見梁蝦說半句粗話，倒是她的父親老古兩杯馬爹利藍帶下肚，有點作態，說話隔三岔五夾了些半生不熟的粗口，又學人豪飲，酒酣耳熱，胡話說得更多，弄得人十分尷尬。梁金妹頻頻以眼神示意，卻遏阻不了丈夫一再失態，這頓飯吃得她坐立不安，筵席散了便握住馬票嫂的手一個勁兒說不好意思。女兒銀霞在回家的路上溫言安慰，說有什麼好擔心的呢？人家見慣場面，會沒見過爸這種人？

馬票嫂當年下嫁私會黨徒梁蝦，在密山新村巴剎掀起過一番熱議。本來馬票嫂與舊日婆家已撇清關係，她的前夫據聞也已另結新歡，正與茶室裡一個新請來的年輕女工眉來眼去。可陳家聞訊後仍覺得有失顏面，昔日的一對大姑子主動出擊，如吼天犬般脫閘而出，到處散播謠言，以「狗男女」指稱馬票嫂與梁蝦，更編造種種往事，明提暗示，要街坊相信二人早有奸情。這些風言風語傳到馬票嫂母親家裡，邱氏且怒且悲，她卻不善訴苦，鬱結難伸，終至一個早上忽然發病，握住鋤頭倒在了自家菜園。

邱氏在中央醫院躺了幾天，人尚未下床，梁蝦已帶著幾個兄弟，抄了傢伙去到密山新村，直闖陳家大洋房，給兩個多嘴婦人連摑幾個大巴掌，讓她們捂著臉，罵不出，哭不得。陳家老太太眼見不對頭，火速將兩個賣豬肉的兒子召回家。兄弟倆丟下豬肉檔，從巴剎直奔家裡，喘著粗氣以兩把加厚的木柄斬骨刀相迎，可人家畢竟拿的是砍過人的凶器，而且來人拜過師吃過夜粥，都有些身手，還都經歷過實戰；肩上臂上攀著幾條凸肉疤痕，狀似紅頭蜈蚣，叫人觸目驚心。兩個豬肉販吼了幾聲，見梁蝦等人撇嘴冷笑，便自知不是對手，心裡洩了氣卻不知該如何收科。正尷尬處，平日龜縮在家，甚少機會發言的陳家老先生，彎著腰在三代同堂中排眾而出，顫巍巍地走前來；好聲好氣，怪自己家教不嚴。「是我們對不住阿燕。」並提議擺兩席和頭酒賠罪。

「死老鬼，誰稀罕你老母擺的和頭酒？」梁蝦皮笑肉不笑，一條肌肉僨張的手臂搭在了老人的肩膀上。「阿燕說過，陳家上下就只有你把她當人。今天我給你面子，你也就只有這點面子了。以後再讓我聽到你們家有人吃了屎，屄癢，敢在外面亂噴屁，我絕對不會再像今天這麼好脾氣，跟你們玩明目張膽的了。」

與梁蝦同去的兄弟們，後來到醫院裡向馬票嫂描述當時的情景。一人一把口，難免加鹽添醋，把梁蝦說得神勇而瀟灑。「烏鴉哥說，你們好自為之吧，不要等到邱家劏了來怪我。」

馬票嫂的母親在病榻上聽到這些，本來還憂心忡忡，可出院後回到密山新村，當天傍晚陳家人竟帶著生果糕餅茶葉美祿煉奶，還有海參干貝和白製臘味等等，再加兩塊細軟光滑的布料，藉詞探病，實則上門來賠禮。來的人是稍微駝背的陳家老先生，一個賣豬肉的兒子帶著老婆隨行，全程對邱氏與馬票嫂眉開眼笑，告辭時老先生便將一個紅包塞到馬票嫂手裡，兩人推來搡去，最後老先生逼得快沒聲淚俱下，說收下吧阿燕，妳要結婚了，這是給妳的賀禮。

「以前我走，兩手空空，他的兒子連包子也捨不得給我一個。」馬票嫂邊說邊笑。「這下他們卻逼著我收下一個大紅包。」

沒隔多久，梁蝦迎娶馬票嫂，特地在密山新村福德祠設宴。一張繪了龍鳳爭珠圖的大紅請柬送到了陳家，粉紅色信封上只寫了「烏鴉娶彩燕」五個大字。陳老先生便又不辭勞苦，帶著另一對兒媳一同出席，見證了黑白兩道濟濟一堂的盛況。當晚坐在主家席的，除了一對新人與家中長輩以外，還有好幾位社會聞人，包括梁蝦的後台老闆人礦家馮氏，以及當時得令的華人行政議員等等。馬票嫂的母親原先不鍾意女兒與私會黨人扯上關係，可囍宴上見如此形勢，再看看女兒臉上流光溢彩，她身旁坐著的男孩衣履光鮮人模人樣，小臉蛋上難掩對繼父的景仰之情。邱氏心裡豁然開朗，陰霾盡散；對走上前來的長女說，阿燕這回苦盡甘來了。

馬票嫂對誼女銀霞說，她年輕時一心仰慕讀書人，做夢也想著以後要嫁一個當校長的，或至少是個老師吧，萬萬沒想到後來會嫁給一個撈偏門的大老粗。「以前嫁到陳家，那是年幼無知，想吃安樂茶飯，沒想到卻上了賊船。」說了她沉默一陣，銀霞快以為沒有下文了，馬票嫂才接著說「也好，受了個大教訓，逼得我上梁山。」

銀霞聞言噗哧一笑，說梁山有三個女好漢啊，契媽妳是哪一個？

梁山好漢有女人嗎？妳說我是哪一個？

母夜叉孫二娘吧？

那是誰呀？

菜園子張青的老婆，和老公一起在十字坡開酒店賣人肉包子。

馬票嫂哈哈大笑，在銀霞臂上狠狠拍了一下。「我老公不賣包子了。」

再婚後不久，馬票嫂從梁蝦那兒拿來一筆錢，將母親邱氏住的木屋拆掉，原地建了一座磚房，雖算不上豪華，但屋裡有抽水馬桶；廚房和沖涼房的牆上鋪滿瓷磚，屋外的菜地還豎起了方便澆灌的水龍頭，邱氏心滿意足，也讓密山新村的街坊鄰里將這對「鴉燕配」引作美談。

梁蝦比馬票嫂年長不少，早年喪妻，有過不少露水姻緣，再娶時前妻生的一對兒女業已成年。銀霞便問，那妳為什麼嫁給契爺？他有哪一點讓妳喜歡呢？

「我也這麼問過他。」馬票嫂的聲音在黑暗中傳來。那是一把滄桑的聲音，仍不禁歡喜。「我問他，你身邊那麼多女人團團轉，燕瘦環肥，要有多風騷便有多風騷，為什麼要娶我呢？」

「啤，誰要娶風騷女人了？」梁蝦向來說話不太正經，那一刻卻態度嚴肅，臉色剛正。「我要娶的是良家婦女，況且妳還識字識墨，重情重義。」

銀霞從小就喜歡這種好人有好報的故事，還有惡人受懲，就只差沒人痛改前非，不然就活脫脫一個童話了。她與梁蝦雖不怎麼投緣，但以後逢年過節到誼父誼母家裡拜會，她都因為這故事而對梁蝦敬重有加，打從心裡叫的一聲「契爺」。梁蝦亦如過去一樣愛屋及烏，每回見面必然都說一遍，要有人欺負妳，一定要讓我知道。

梁蝦去世時，八十有三；壽終正寢，在家設靈。那喪禮的場面，想來不如當年娶馬票嫂時那般盛大墟冚，卻仍來了不少人；當中不少樓上樓的居民，都衝馬票嫂的面子而來。銀霞按規矩到梁府盡孝，守靈三天，在那兒重逢許多舊日鄰里。難得的是細輝帶著母親與妻女過來，正巧碰上拉祖，便與銀霞在一地花生衣和瓜子殼上小敘了一陣。銀霞心裡暗數，三人上回相聚是在細輝的婚宴上，此時細輝的女兒小珊已經三歲，坐不住，讓母親嬋娟窮追不捨，便頻頻催促丈夫，我們走吧，使得一旁的何門方氏甚為不悅。好在大輝那天從都門回來，也帶著妻女出現。蕙蘭那時懷著立秋，腹大便便。他們七歲的長女春分一副小大人模樣，主動與鄰桌不認識的孩子打交道，不屑與幼童玩在一起；幼女夏至與小珊同齡，正好湊成玩伴，兩個小女孩比賽剝花生，將去了殼的花生米投到面前的半杯茶水中。之後蓮珠過來打招呼，氣場大，座上不少人聞雞起舞，聲量和動作都變大了，不知怎地就弄翻了小珊的杯子，淫淋淋的花生米一桌子一地上，小女孩放聲大哭，引得周邊的大人紛沓而至。人太多，聲音太亂雜，銀霞吸收不過來，只覺得自己像被扔到了聲音的汪洋中，前塵往事如漂流過來的浮木，一一圍上來，撞擊她。

要到了梁蝦出殯，靈柩送到富寶山莊墓園，回到梁宅來，馬票嫂讓兩個姪子從外頭買來午餐招待送殯的親友。銀霞那時才感到身心俱疲，不願多留，誼母便塞給她一個打包的飯盒子，再把一個沉甸甸的小布袋放到她的手上，說是誼父臨終時分了些身外物給子女留念，誼親也有一份。她得了一個金鑲玉的大戒指。

「這戒指給泰國高僧開過光，跟了他幾十年，保平安。」

銀霞坐父親的德士回家，車才拐了兩個彎，她便累得半夢半醒地睡著了。那時老古的車子已十分破舊，冷氣時有時無，必須攪下車窗引渡空氣，再靠著一個搖頭小風扇居中推送，即便如此，車裡仍熱氣蒸騰，銀霞放在膝上的飯盒子被薰出一股酒肉香氣，老古為之垂涎，中途趁著紅綠燈前的一個空檔，打開飯盒子，在方向盤上狼吞虎嚥。銀霞聞香醒來，認得那氣味。想起以前自己在密山新村上課後，到巴剎去買了包子，坐著父親的車子回去樓上樓。那時這車子沒這般破損，車窗緊閉，包子的香味無處可去，能薰得人的頭髮和衣服一股甜香。爾今十餘年過去，不知是不是因為車窗開著，街上的烏煙瘴氣擾人，這包子的香聞著不如以前那樣殷實。

老古囫圇吞下一個南乳包，吃得油水四濺，襯衫衣襟開了幾朵褐色油花。他用衣袖擦了擦嘴巴，說這包子味道不錯呀，只是比起密山新村那家老店，還是差了幾個馬鼻。

銀霞說你吃的包子就是在密山新村巴剎買的呀，老古卻說不是，那家包子的味道我會認不得？我食鹽多過妳食米呢。於是父女倆在路上爭拗了一番，並在車子開進美麗園之前，兩人打了個賭，讓銀霞過兩天向馬票嫂問明，看這是密山新村的馳名包子不是。銀霞說好，輸了的人得請吃姚德勝街的月光河。

# 百日宴

梁蝦去世後翌年，大輝就失蹤了。在他失蹤以前的大半年，細輝家裡特別的不安寧。蕙蘭三天兩頭從都城打電話過來向婆婆投訴大輝的惡行，何門方氏煩不過來，憋著一肚子氣發作不得，常常不等細輝回家，便把電話打到店裡，投訴蕙蘭這樣那樣的不好，家裡一團糟，還好意思把長輩扯下水，不給老人過安靜日子。

細輝的店鋪那時只雇了一人幫忙，店小事情多，時時刻刻有得忙，卻不好打斷母親，只有把電話夾在頭頸之間，咿咿嗯嗯，沒怎麼分神，所以也沒真聽清楚母親的抱怨。晚上妻子追問，他費神回想，總說不上什麼具體的細節來，嬋娟不由得惱火，說他們一家有事情都瞞她，一直把她當外人。說了要麼繼續數落出一堆有的沒的，要麼拉起被子閉眼睡覺，夢中仍然臉色鐵青。

總是在這種時候，明明四周再無人擠兌，細輝卻覺得世界像個銅牆鐵壁的機關，不斷的往裡收，把他迫得寸步難移；無論他面向哪裡，都只能面對一堵冷冰冰的欺人太甚的牆壁。他帶著這種感受入眠，經常會做惡夢，在夢中屢屢掉入水裡或被捲進流沙之中，最終在夢裡窒息，於現實中醒來。

細輝自小與哥哥不怎麼親近，對他極少念想。大輝到日本打黑工時，細輝才十四歲，約略知道哥哥在樓上樓待不住了，需要遠走他方，他心裡尚且竊喜，知道以後家裡再沒有人一天到晚裝模作樣地教訓他。大輝走得倉促，那段時間也心神不寧，沒對他說上什麼話。細輝只見他用幾天時間收拾行李，把春夏秋冬的衣食住行全塞進一個行李箱。那行李箱好大，少說可以摺進去十個小孩，有一個禮拜就那麼擱在房門邊上。有一天他放學回來，家中無人，他見行李箱沒了蹤影，便知道哥哥走了。細輝記得有那麼一瞬，他心裡有點難過，如同幾年前在父親的喪禮上，他無動於衷，直至法事完畢，人們將靈堂中放了幾天的棺木抬起，移到靈車上，他才忽然認知到父親的死，便像兒時親眼看見母親將他慣用的小抱枕扔掉那樣，望著那落空之處哀哀慟哭。

大輝去國五年，細輝獨占一個房間，還真過得自在。倒是後來姑姑蓮珠搬走，他才覺得了傷感和寂寥。蓮珠離開前有一個晚上走進他的房裡，交代了幾句話，無非叫他好好讀書和照顧母親之類的，讓他想起以前在父親的葬禮上，人們也這麼叮嚀大輝。只是那時的陣仗要大許多，那些叔父輩一圈一圈，圍成人牆，將大輝堵在裡頭，讓他進退不得，無法轉身。

細輝還記得蓮珠姑姑把話說完後，在他的小房間裡遊目四顧，又伸手摸摸他的床架和那嚴重傾斜，眼看快要坍塌的舊衣櫃，一副感嘆不已的神色。她甚至還打開衣櫃，細輝阻攔不及，被她找出藏在櫃裡的一摞陳年《龍虎豹》，驚得他一顆心臟跳到了喉嚨裡。蓮珠搖著頭翻了翻那些紙張發黃的舊書本，只是歪著嘴巴笑。

「哎，連你也長大了。」

「那是哥哥的東西。」

「我知道，這些書都要發霉了。書裡的女人大概也都老了。」

也許正因為蓮珠這麼交代過幾句吧，像是告別一樣，細輝便對她的離去特別有感觸。蓮珠走的那天，他在巴布理髮室坐了一下午，傍晚回到八樓，母親正在做飯。等他洗過澡後，母子倆坐下來，安靜無話的將一盤茶脯煎蛋和一小盤隔夜的青椒炒肉絲配著飯吃光。過後何門方氏站起來收拾飯桌，低頭嘟噥，說以後就兩個人吃飯，還怎麼煮呢？

以後何門方氏真不怎麼做飯了。她每天在茶室打工，放工後帶著兩包雜飯回家，稍微弄熱了便算作一餐。細輝嘴上不說，但心裡總覺得沒了一頓正正經經的晚飯，就像是少了一個必要的儀式，家便撐不下去，沒有了家的樣子。倒有幾回蓮珠過來帶他與母親出去，吃的是酒樓菜，似乎每次都有什麼事情值得慶祝，譬如她炒股票有斬獲，有一回是為何門方氏慶祝生日，再有一回她在飯桌上喜孜孜的說，大嫂，我懷孕了。

第二年，蓮珠生下一個兒子，百日宴辦得十分排場，將樓上樓不少人家請到她那帶庭園的豪宅去，多少要彌補之前嫁人擺不上喜酒的遺憾。酒席上除了抱出來一個米其林輪胎人般的胖嬰兒示眾，另有兩大冊蓮珠與拿督馮在影樓補拍的婚紗照在來賓手上傳閱。拿督馮那幾年商場政壇皆得意，據說正爭取要在來屆大選中上陣，打算撈一個議員名頭光耀門楣。他不久前剛從銀州蘇丹手裡領了個拿督徽章，報紙上的賀詞一連登了好幾天，什麼「功在社會」、「實至名歸」和「族會之光」等俗套大字，配上他頭戴宋谷帽，肩披勳章帶的照片，臉上神情似在睥睨眾生，賓客們記憶猶新。滿月宴上細輝和銀霞及拉祖坐在一起，聞得不少婦人拿這事當笑話，說蓮珠厲害，入廚房，出廳堂（有人插嘴說「還上得了床」），但人家受封，不就只能帶著元配夫人進皇宮？

「那個官方身分，恐怕她再生幾個孩子也換不回來。」

這些難聽的話，蓮珠這麼玲瓏的人，細輝猜想她雖沒聽見，心中也必可想而知。銀霞卻不知怎麼那晚上特別傷感難過，跟他說細輝你聽見麼？聽見麼拉祖？人言可畏啊。為此她還灌了兩杯悶酒。雖說只是白啤酒，但那年她十八歲，初嚐酒滋味，喝了兩杯便耳根脖子全紅了，有點站不住腳。蓮珠帶著胖嬰兒過來時，座上的婦人們彷彿在迎財神，都不甘人後，搶著要輪流抱一抱孩子。到銀霞那兒時，她卻畏縮著不敢伸出手來，說自己眼睛看不見，怕會失手弄傷嬰兒。大家說別怕啦有我們在，便有婦人兩邊夾攻，硬把那軟綿綿的一大團肉塞進她懷裡。銀霞走避不了，只有伸手接過孩子，一張臉驚得發白。小傢伙大概覺得不舒適，在他的錦衣華服裡稍微蠕動，銀霞嚇得兩手顫抖，大聲叫嚷起來。「快把他抱走，快抱走！」

銀霞的叫喊聲那麼尖厲，周邊幾個人反射性地衝前去搶過孩子。細輝與她一同長大，從沒見過她如此驚慌失措，因而他雖然坐在銀霞身旁，靠得那麼近，反而失之恍神，動作沒別人迅速。銀霞把嬰孩歸還了出去，神色稍緩，卻怔怔地坐在那兒，像是在等丟了的魂兒回來，還莫名其妙地掉下眼淚，聳著肩在那兒哭泣。眾人見不對勁，一邊怪誰讓盲妹喝酒，一邊叫人去把銀霞的母親找來。梁金妹正與小女兒銀鈴跟隨一伙鄰里在豪宅各處觀光，像在逛博物館似的覺得眼前的一切精美得可望不可及。接到通報後，她帶著銀鈴趕來，見狀氣急敗壞，一邊將銀霞扶起帶走，一邊數落細輝和拉祖，怪罪他們沒好好看緊銀霞，

何門方氏在旁聽了很不高興，待梁金妹扶著銀霞走開以後，她左右對人說這德士嫂怎麼這般不講理？她女兒喝醉了居然怪到我兒子頭上？

「她以為細輝是誰呀？拉祖又是誰呢？她以為他們是盲妹的老公嗎？」

這一通牢騷，何門方氏反反覆覆說了一個晚上。酒宴後回到樓上樓，她像上了發條停不下來似的，吟吟沉沉，止不住將老古一家四口都批評了個遍，大意是說這家人既不自量也不要臉。其聲單調如蟬鳴，有些用詞又特別尖銳刺耳，聽得細輝十分煩躁，又擔心銀霞在樓下會聽見。他那陣面對近在眉睫的全國會考，身體又被歲月大肆拉扯改造，身心適應不過來；一臉青春痘密密麻麻，每天對著鏡子擠出膿血，都要對自己感到一陣噁心。他忍不住出聲，說媽夠了吧，我聽的人耳朵都累了，妳說話就不用歇歇嗎？

何門方氏掀起眼蓋看看面前的兒子，像是有點吃驚，怎麼他這樣往前一站，個頭居然擋住了頂上的燈光，像憑空豎起一棵樹，往她身上套下一罟陰影，讓她忽然矮了一截。她愣了一下，就像不斷打嗝的人突然受驚，狀況便停了。這麼一頓挫，之前在她腹腔內生生不息滾滾而來的怨氣竟戛然消停，無以為繼。

「你這麼說話，跟你哥一模一樣。」何門方氏再看了細輝一眼，說了深鎖眉頭往一側轉身，繞過擋在面前的兒子。細輝愕然無語，看著母親拖著衰頹的身影踽踽步入房中，徹夜悶聲不響。

何門方氏那陣子心事重重，細輝沒問，卻心裡清楚。大輝在日本待了四年，眼看護照的使用期明年就要期滿；四年來他每三兩個月從日本電匯過來的錢，母親都替他存著，就等他明年回來，買汽車房子也好，做點小生意也好，反正有了重新做人的資本。與大輝同去的堂兄弟中，有一個兩個月前因家事提前回鄉，叔叔嬸嬸帶著他到樓上樓來拜訪，拐彎抹角地說了許多大輝的事。

那堂兄黝黑精瘦，在日本待了幾年，回來仍保持著古樓河口的漁村男丁模樣，說話鄉音無改，頻頻忘詞。他被雙親押著上來搬弄是非，像是被挾持的人質，顯然局促不安；敘述中不時移動屁股更換坐姿，又加插聳肩和抓耳撓腮等許多小動作，努力要表現得輕描淡寫，讓大輝的事聽著像是不那麼嚴重，不過就是那傢伙長得太俊，到處惹桃花。

「我們不知有多羨慕呢。」堂兄說著撓了撓後頸，看一眼何門方氏，又別過臉看看他自己的母親，彷彿在等著看她的眼色行事。

這一回大輝惹上的是一個越南來的女人，比大輝年長幾歲。據說在家鄉與丈夫離異，兩年前來到橫濱，與堂兄和大輝一伙人在同一家機械零件工廠打工。儘管語言不通，這女人來了沒幾個月即與大輝出雙入對。按堂兄的說法，「簡直像中了愛情降一樣」的對他癡迷，後來還因為大輝賭球失利，被人追債，一身瘀傷；這女人自願到東京的歌舞伎町當陪酒女郎，賣肉替大輝償債。

「債還清了，大輝卻與工廠裡另一個女孩好上了。聽說還被人家捉姦在床，在宿舍裡大打出手。」說著，堂兄從襯衫口袋裡掏出一盒香菸，打開來抽出了半根，想想覺得不妥，又收了回去。他再看看何門方氏，一臉抱歉。

「大伯娘妳說，那女人怎麼可能輕易放過他？」

堂兄與他的父母走後，何門方氏那晚上做無數惡夢，睡睡醒醒，一夜間白髮增生不少。以後許多天如熱鍋上的螞蟻，等著大輝打來長途電話。好不容易等到了，她沒等大輝說完那幾句循例要說的問候語，即把堂兄的供述和盤托出，要他一五一十交代清楚。細輝在一旁，聽不到大輝在電話裡如何辯解，卻見母親先是在電話旁站立著的，後來緩緩坐下，默默聽了好一陣，之後咿咿嗯嗯，繃緊多日的臉皮逐漸鬆弛，不住的點頭稱是。他便知道哥哥把母親給穩住了。

「不要等明年了；夜長夢多，你現在就回來吧。」那一通電話十分耗時，何門方氏說的話卻不多，而且都壓抑著聲量，不讓對話過牆。這一句細輝卻是聽得清清楚楚。

第二天細輝向母親打聽，哥哥什麼時候回來呢？何門方氏瞪他一眼，有點沒好氣的說，一個打工仔有說走就走的麼？

「他得請示老闆，又要等月底出糧和買機票什麼的，一堆手續；他又不懂日文。哪有這麼容易？」

「所以……他不等明年了？」

「該回來的時候他自然會回來。」何門方氏翻了翻白眼，好像怪他多事，說話便有點疾言厲色。

「還有這種事你不要到處跟別人說，連印度仔和盲妹也不能讓他們知道！要不然人家唱通街，你哥還能回來麼？連我跟你都待不下去了！」

細輝心裡清楚，哥哥對母親用的是緩兵之計。果然那兩個月裡，大輝來回用著相同的幾個藉口，回國之事一拖再拖，緩不過來時便索性連電話也不打回來，讓何門方氏發作不得，寢食難安。

細輝見母親悶悶不樂，一直忍著不問，也真沒有對誰說起這事。他十八歲了，縱然不清楚箇中細節，也明白這事情並不光彩。四年前大輝與一個純情女學生之間的恩怨情仇，給近打組屋添了最後一樁跳樓事件和兩個冤死的亡魂，這事的陰影在樓上樓比油漆塗得厚，水洗不清，甚至事到如今，只要盂蘭節近了，樓裡便不乏人宣稱自己碰見那個懷抱嬰兒的落寞女鬼，讓大家又想起他們家的往事；多少人忿忿不平，多少人嚼爛舌根。他的母親為此幾年落落寡歡，只盼著大輝日本歸來後有點出息，為家裡一洗前恥。爾今大輝在那麼遠的地方竟再踩上另一坨桃色大便，花女人的錢，還傷女人的心；倘若又迫得落荒而逃，別說樓上樓的居民會鄙視他們家，恐怕連那帶著孩子冷眼旁觀的可憐女鬼，也要大發雷霆的。

要是在少年時候，無論母親如何叮囑和警告，細輝猜想自己很難忍得住不把這事情告訴拉祖和銀霞。尤其是銀霞吧，那是兩小無猜的交情，他與她之間無所謂祕密，何況兩人的母親往來甚密，銀霞對他家裡的人和事了解甚多，她又那麼聰慧敏感，根本用不著他多說，只憑幾句九不搭八的話她就能理出頭緒，說出個八九不離十。

只是他與銀霞都不再是無事可幹的小孩子了。隨著年紀增長，生活的版圖漸漸擴展，他學校裡的功課和活動一年比一年多，再說人長大了便男女有別，打乒乓也好，釣魚也好，露營也好，這些汗流浹背的經驗總也活色生香，讓細輝覺得眼前的世界多姿多彩——明處越來越鮮豔，暗處越來越混沌；街上的女孩越來越漂亮，令人眼花繚亂，也就越來越難以向銀霞這樣一個的盲人形容和言說，因而兩人間話題漸少，不如小時候那樣無所不談。

銀霞終究也是不甘寂寞的，也想辦法走出去，讓她那黑暗的世界多有些內容，不像以前那樣終日死守樓上樓。前兩年她到盲人院學習，細輝偶爾與拉祖結伴到密山新村去探看，後來慢慢疏於走訪，銀霞的心也漸行漸遠，一整天記掛著盲人院裡的書籍和點字機，見面時與他們說的也盡是院裡的人事，好像恨不得住到那裡去。連拉祖也曾當面開著玩笑說，銀霞妳怎麼變成這樣呢？只願意與盲人為伍。

細輝記得當時他們站在盲人院外頭，就在路旁一棵枝葉扶疏的矮樹下。銀霞剛參加了院裡的一個公開活動，頭髮新近修剪過，髮尾剛過耳朵，兩邊各自打了個小勾；誰又替她在鬢邊別了一朵淡黃色的雞蛋花。她身上穿的是馬來女人的及膝寬袍和長裙，料子輕薄，顏色溫柔，陽光和葉影在那面料上婆娑起舞，勾勒出她的體態，竟有點動人。她也開著玩笑似的回應拉祖，你以為當盲人容易嗎？

細輝與拉祖相覷無言，其實兩人都不知該怎麼回答。這時候盲人院裡有人喊她，阿霞，阿霞。發音如同「阿哈」，不用回頭看也能聽出來是馬來人的腔調。銀霞說我走啦，臉上帶著微笑，陽光為那笑描上淡淡的影子，然後她就轉身離開了矮樹的庇蔭，應著那呼喚走回盲人院裡。拉祖用手肘碰一碰細輝，說你發現嗎？銀霞跟以前不同了。

細輝點點頭。女大十八變。不就是這樣嗎？

銀霞在盲人院學習的日子並不長，不過就是兩年間的事。大輝在日本出狀況，說要回來，那時候她已經不去盲人院了，算是輟學吧，又回到七樓的居所裡日以繼夜地織網，偶爾也編織籐器，讓梁金妹拿到樓下馬來人的店裡寄賣。細輝覺得那段日子她幾乎足不出戶，人還消瘦了不少，就像是神話故事裡的蜘蛛精被打回原形，道行全失，又得躲進洞窟內重新修練，但那些在光陰裡發了酵變了質的東西，終究是修不回原樣的；以後銀霞對他與拉祖雖仍友好，卻很少主動到巴布理髮室來找他們了。偶爾碰面，三人學著大人那樣相互問候，都感覺到這形式裡頭的生分，並為此感到特別尷尬。

要不是蓮珠姑姑月子剛坐滿便到樓上樓來廣邀昔日鄰居，還親自走進老古家裡，不理銀霞的推搪，硬把喜帖塞到她手中，細輝猜想，近打組屋裡應該沒人有這本事，可以讓銀霞走出家門，到蓮珠姑姑的豪宅去吃那一頓百日宴。

# 新造的人

大輝坐的飛機從東京直達吉隆坡，在梳邦國際機場著陸。他包了一輛德士，從那裡上了南北大道，往北直驅錫都，一直開到舊街場近打組屋。南北大道那年剛竣工，不久前才全面通車。一路上藍天白雲，豔陽高照；大道兩旁像兩幅新完成的布景，油漆未乾，盡是油棕樹鋪展出來的綠意盎然，加上一百二十公里的時速，全程通暢無阻，直讓坐在車裡的人感覺到一種衣錦還鄉的氣勢。也許是心裡得意，大輝下車時，拖出兩個大行李箱，付車費，用馬來話道謝，甚至關上車門，都弄出了極大的聲響。巴布在他的理髮室裡給一個剛停止哭鬧，臉頰還印著淚痕的幼童剃頭，兩人都被那聲響引去了目光。隔壁時時鐘錶店的老闆關二哥正坐在一壁停擺著的掛鐘前，像獄卒似的看守著被囚禁在掛鐘裡的時間。他手裡拿了一個有待修理的小鬧鐘，嘻皮笑臉地與一對路過的印度小姊妹說話，問她們爸爸昨晚又喝酒了，又揍妳們的媽媽了？說時他聽見大輝用半鹹不淡的馬來語說的那一句「謝謝啊」，便往外面陽光如火如荼之處瞟了一眼，馬上認出來了那是死鬼羅厘佬孓仔的大兒子，孱仔輝的哥哥。

「回來過中秋嗎？時間過得真快啊。」關二哥昂起臉來喊住大輝，問他這一去多少年了。大輝沒有走前去寒暄，只是站在陽光中大聲回話，像是他與那一排坐落在暗影裡的小店鋪隔著一條跨不過去的壕溝。

「五年了。」他說。關二哥點頭作了悟狀，小聲再說一遍，像是說給他自己聽的。時間過得真快。

銀霞也聽到了大輝回來的聲息。她那時坐在家中的小客廳裡，用紅色尼龍繩編織網兜子。這些網兜子是要給錫都的土產商裝柚子用的，有點像是籃球用的便攜網袋，但形狀稍微不同，網眼也比較密，每一隻正好可以並排放入兩顆柚子；成雙成對的意思，方便人們拿來送禮。銀霞的父親老古常常語帶猥褻的說，這是在給柚子織奶罩。

還有幾天就是八月十五了，柚子的形狀渾圓飽滿，意涵甚美，正是拿它送禮的好時節。錫都的柚農早算準時機，把樹上甜的酸的果子都摘了個乾淨，城中各處賣柚子的果販也都豁盡全力促銷清貨，正需要許多網兜子備用，因而銀霞也奮力趕貨，每天一早吃了母親到樓下買來的早餐以後，便坐到她的專屬籐椅上，啟動工作模式，又像人家冥想靜坐，心無旁騖地用手指與滿室尼龍繩展開無窮的對話。

大輝回到樓上樓，那是晌午時候。銀霞的父親回來吃了午飯，小睡一陣後抓了車子鑰匙便走，妹妹在學校上課，說是放學後還有課外活動；母親躺在父親剛做過夢的懶人椅上，閉上眼睛編織另一個截然不同的白日夢。只要不在週末，一日中的這種時分，光陰總像特別黏稠，樓上樓裡所有的生物都特別慵懶；蟑螂和老鼠都酣睡在不可及之處，連鬼魂也像被黏鼠板逮住，出不來活動。銀霞在這片濃稠的靜寂中，清楚聽到樓上響起行李箱在走道上拖行的聲音。硬梆梆的塑膠輪子碾過水泥地，轆轆作響，從電梯門口一直吵到細輝家門外。

「媽。」大輝身上沒帶家裡的鑰匙，人與行李都堆在門口，朝屋裡高喊一聲。銀霞立即聽出來那是大輝的聲音，不禁精神為之一振。何門方氏正蹲在廁所裡，也赫然彈起，在裡頭應聲「喂——來了來了，你等等！」接下來開門關門移動行李以及母子倆說話的聲量都極大，何門方氏更是大呼小叫，像是刻意為之，要讓整幢組屋的人都知道大輝從日本淘金歸來，毫毛沒少掉一根。梁金妹的午間好夢被這人聲鑿穿，在懶人椅上乍醒，睜大著眼睛聽了一會兒，方才確認這不是夢外之夢。

「大輝回來了！」那摺疊型懶人椅是舊家之物，頗有些歷史，椅背已嚴重凹陷。梁金妹像個翻不過身的甲蟲，猛力划動四肢掙扎了一下，才成功從懶人椅上脫身。

接下來大半天，銀霞心裡再不能入定；本來波瀾不驚的腦海總是被各種細碎的聲音，小石子一樣的從耳道投擲進去。這些干擾的聲響倒也不一定來自樓上的房子——除了最初那三五分鐘的刻意嚷嚷，後來大輝與何門方氏都回到了正常的說話模式，也許還因為警覺了什麼，或是為了製造某種更聳動的效果而刻意壓低聲量；即便銀霞挺直腰背，伸長脖子，把自己的身體當作天線似的盡量伸張，也再難聽清楚母子倆的對話。她倒是因此察覺出了樓上樓裡輕微的騷動，人們從各自的住家裡探頭探腦，有的還拉開門站在走道上；鄰居間有的目光相接，訕笑迴避，有的門裡門外交頭接耳，彷彿連藏匿在水道和各個幽閉角落裡的生物也為此竊竊私語。銀霞的母親好不容易等到馬票嫂來收萬字，開門第一句話便是「妳聽說了嗎？」說著伸手指一指頭頂上方，搭配一個擠眉弄眼的詭譎表情。馬票嫂心領神會，含笑點頭。她從樓下店鋪一路上來，裁縫店的麗麗，跌打鋪的張師傅，鐘錶店的關二哥，雜貨鋪的順利嫂，甚至是巴布的老婆迪普蒂，都把這當今日頭條，又像是號外一樣免費派發。

「難怪她今天沒去茶室洗碗，原來是特地留在家裡等兒子。」梁金妹扯一扯馬票嫂的衫尾，眼睛斜睨，一邊嘴角扯歪了去。「之前完全沒聽到一點風聲呢，有這麼神祕。」

這一日，樓上樓的婦人最羨慕馬票嫂了。她以收萬字的名義，大剌剌地走到八樓，在門外大聲喊何門方氏，便名正言順地被接待到屋裡，看見了被日本水土養得壯實健碩，容光煥發的大輝。馬票嫂老江湖了，大妗姊[1]似的鼓舌如簧，短短十來二十分鐘裡說盡吉利話，讓大輝母子喜不自勝，大輝更掏出兩百大元寫了一張萬字票。後來馬票嫂下樓來對人說，日本好呢，能將人鍛鍊出氣度來；這大輝啊，如同新造。

後來見到大輝的人都一致認同，真的呢，以前這小子高高瘦瘦成一支竹竿，這下竟有點虎背熊腰了，穿的衣服還稍微貼身，站立時挺直脊樑，隱約可見衣衫底下的六塊腹肌，加上日本文化在他那白玉般的臉龐薰陶出來的精緻笑顏，宛如畫在細白骨瓷上的水墨，說不出的風雅。樓上樓裡幾個少年見了都驚為天人，說天呀怎麼竟有幾分像《風雲》裡的步驚雲。

細輝前一年考了大馬教育文憑試，成績不湯不水，便跟隨幾個同學在工藝學校裡找了個電路設計課程報名修讀。那天他下午回家，被那魁梧的人影嚇了一下。那一聲「哥」黏在喉嚨裡，像一口濃痰，吞也不是吐也不是。倒是大輝昂了昂頭，還「嗯」的一聲應答，彷彿他聽到了細輝那一句喊不出來的招呼。過去五年，大輝只與母親聯繫，兄弟間連話也沒說上過一句，這下見面了，兩人的外貌都變化極大。大輝固然令人眼前一亮，細輝也從當日那剛甩掉哮喘病的瘦弱孩子變成了赤褐色皮膚的大青年，頭髮特別濃密特別乾燥，一臉暗瘡如同許多活火山噴薄欲出。兄弟倆都沒想過如此，因而微感吃驚，還覺得陌生，半天過去都只能說些乾巴巴的話，不知該如何交談。

銀霞一直留心在聽，聽到了細輝回家，也知道剛要播晚間新聞時，樓上一家三口一起出門，想必是出去吃晚餐，為大輝接風。他們回來時，電視上播的是本地製作的連續劇，一眾演員說著發音可笑的廣東話。樓上有鄰人與何家三口打招呼，故作大驚小怪，哎呀大輝回來啦？一整個脫胎換骨了呢！回到屋內後，大輝連打幾通電話，過後便帶著一陣古龍水的香氣出門去了。後來好幾天，大輝成了樓上樓的話題人物。人們議論紛紛，對這被日本人重新打造過的男兒好評如潮，說得好像一輛火柴盒般的本土國產車飄洋過海到日本，回來就變成流線型的新款本田雅閣了。只有銀霞的父親唱反調，拐著彎揶揄這故人之子，說他被日本人調教成姑爺仔模樣，滿身脂

1 廣東婚嫁習俗中新娘的守護神，指的是女家跟隨新娘，幫忙打點婚禮習俗和流程的角色，又名「好命婆」。

粉味，大有本錢吃軟飯。

銀霞家裡時有婦人串門，這些圍繞著大輝的議論，她聽了不少，越聽心裡越覺得奇怪，這時節竟沒有人說見到那楚楚可憐的女鬼與她的孩子。她不由得替那一對母子感到悲涼，並生氣那女孩如此懦弱，生前尚且敢獨自上門來尋大輝，死了成鬼，卻反而諸多顧慮，處處迴避，不敢見他一面。

中秋那一日，何門方氏向茶室老闆求情，特地提前兩小時回家，也像別家一樣做大日子，忙前忙後，還使喚細輝當了兩回跑腿，讓他下樓去扛回來一罐煤氣，再去補買蠔油和烏醋。因為買來的醋不是她要的蘭花牌，何門方氏在廚房裡發了一陣火，被細輝稍微頂撞，之後又不慎失手摜壞一個沙煲。她見諸事不順，禁不住老毛病發作，滿腔怨氣和牢騷源源不絕；切菜吟哦，洗米吟哦，斬雞吟哦，煲湯吟哦，調味吟哦……直至鍋裡的生米煮成熟飯，她沐浴在那一陣一陣暹羅米飯的香氛中，才茅塞頓開，忽然氣消，並略略自責，站在電飯鍋前自問自答，我這是幹什麼了？鬼上身麼？

眼看要開飯了，樓裡人家都把各自的小孩喚回家裡，促他們洗手吃飯。細輝深受節日的氣氛感染，又想到家裡好幾年沒認真過節了，便滿懷興奮地幫著盛飯端菜，在小小的飯桌上布置出盛宴的景象來。大輝在外頭會友回家，洗了個澡，光著膀子從房裡出來，對忙於裝置的弟弟說，嘿你，下樓去替我買一包萬寶路。

細輝瞄他一眼，說我不去，低下頭繼續擺弄桌上的碗筷。大輝說你去吧，少跟我耍個性。

說著從褲袋裡掏出二十元，遞到細輝眼前。「就一包萬寶路，剩下的錢你拿去。」細輝頭也不抬，說誰稀罕呢？我不去。他說得堅決，又顯出輕蔑的意思，大輝始料不及，不禁一陣錯愕，回過神來張嘴便吼，你這是什麼態度？細輝回嘴，說我能是什麼態度呢？你把自己當大佬了吧？我可不是你的小弟。兄弟倆便這麼相互挑釁著吵起來，你一句我一句。何門方氏幾次想要打圓場，說都要開飯了，等吃過飯才讓他去買吧。細輝竟也罔顧母親的好意，大聲重申一遍。「我說了不去，吃過飯也不會去！」

這一頓中秋節團圓飯，被這麼一騰噪，雖有為人母親者苦苦壓場，軟硬兼施地逼得兩個兒子坐下來，但兄弟倆像貼錯門神，只能三扒兩撥，食不知味了。飯後大輝甩下筷子，隨即穿了件上衣出門，何門方氏捧著一個大碗公追到門邊，不顧湯水四濺，說你不要太遲回來，晚一點還要拜月光呢。

大輝冷哼一聲，說你們拜吧，我約了朋友。

大輝家的這一場吵鬧，聲量不大，音質不佳，左鄰右里一般只聽見轟轟隆隆，如同劣質音箱播出來的貝斯聲音，內容難辨，倒是銀霞在樓下多少聽出些端倪。午夜前拜月光，組屋各層都有人家搬出摺疊式桌子，焚香燃燭，擺上月餅菱角和糖果柚子等物。中秋祭月可不同新年接財神，人們向來不怎麼講究，甚至都有點不知從何著手，無非只是一家人坐在屋前嗑瓜子，吃蒸熟的小芋頭，孩子則提著燈籠到處跑。銀霞一家也湊這熱鬧；她被妹妹拉到在門前的走道上，挨著圍欄坐了好一陣，終於聽見樓上大輝的家門被推開，卻不覺有人搬桌椅設供桌，猜想何門方氏必然是被晚飯時的吵罵掃了興，寧願早點上床，今晚上不拜月光了。銀霞凝神再聽了一陣，儘管沒聽到樓上的聲響，可不知怎麼她心裡篤定，覺得這一刻細輝就站在她頭頂的走道上，也許正凝視著被鐵欄擋在外頭的月亮，也可能在看周邊鄰居的熱鬧，或是眺望舊街場在中秋夜裡的景觀。

這種篤定也不是沒來由的，銀霞想起小時候她多少回尋到樓梯間，憑的都是這種直覺，只要推開那一道門，她便能感知細輝在或不在，少有落空的時候。細輝小時候有點玩性，也有時候是哭了覺得難為情，或是真的在鬧彆扭，明知她來卻故意不作聲，假裝不在，但銀霞會摸上九樓找個梯階坐下來，她說你不想說話那就別說吧，我在這兒陪陪你。細輝甚是驚訝，問過好幾次了，妳怎麼知道我在呢？

我鼻子靈，你身上這麼大的味道；我聽不到你，也聞得到的。

亂說了妳，我有什麼味道？

嗯，這味道麼有個大名堂，連你哥都知道。

什麼名堂？你胡說八道。

「耳」（乳）臭未乾啊！

說到這兒，大概就能博得細輝一粲，值得他吃吃地笑，銀霞便也笑起來，像是為他那微弱的笑澆點油加把火。細輝也許一輩子都不會曉得，銀霞也以為不可能對他說得清楚，他笑或不笑，樓梯間的氣味是不一樣的。就像一隻佇足在指尖上的飛蛾，牠安靜地一動不動，或是牠微微地振顫翅膀，周遭的空氣是不同的。所以，此刻銀霞就像以前坐在樓梯間一樣，默默感受著細輝的存在；心裡想，你不想說話就別說吧。

我在這兒陪陪你。

# 十二歲以前

以前拉祖在，銀霞覺得細輝要比現在快樂多了。他們是樓上樓最要好的一對哥們，馬票嫂和關二哥總是取笑說，都好到這分上了，你們怎麼不結拜作異姓兄弟？

「對啊，你們兩個要結拜，以後就是一對黑白無常了。」

「怎麼結拜呢？」拉祖聽了總是笑嘻嘻，露出他的大白牙，讓人覺得不太認真。

「找個公證人，插幾根香，拜拜天地。」

「哎喲，不會要割破手指歃血為盟的吧？」

「那倒不必，你以為是黑幫嗎？發點誓就好了，誰違背誓言，誰天地不容。」

兩個男孩聽得笑彎了腰，細輝說幸好不用飲血呢。血不是一股甜腥味嗎？像西瓜一樣。光想想就覺得反胃了。拉祖便忍不住調侃，說你還怕血腥味？你連羊屎都吃過了。

哇哈哈。馬票嫂和關二哥捂著嘴笑，細輝羞得滿面通紅，掄拳頭追著拉祖跑。銀霞在七樓也能聽到他在樓下停車場發出的咆哮。

細輝是真吃過羊糞便。小時候他身子弱，哮喘病像前世跟來的一隻小小的吊靴鬼，打他出生便纏住了他，並與他一起長大。這病有點像風溼症　逢陰雨天發作。病發起來心胸翳悶，動輒咳嗽；站時雙腿無力，躺下睡覺則胸腔大起大伏，肺臟和氣管如同一組老舊的風箱，操作起來十分隆重。按細輝自己的形容，就是胸口裡裝的臟器「很重很重」，叫人難以負荷。細輝的父親長年在路上，沒怎麼看過他病發時奄奄一息的樣子；母親何門方氏在許多個雨夜裡守在他身邊，看著他那瘦薄的胸膛裡，動靜之大，像是五臟六腑都馬力全開，總覺得這孩子隨時要不行了。

錫都坊間素來有一傳聞，說孩子患的哮喘病，非得在十二歲前治好不可，否則等於病入膏肓，此病將一輩子相隨。為此，在細輝的十二歲大關來臨以前，何門方氏用盡方法，甚至可謂不擇手段，將親戚鄉里和鄰人提供的正方偏方都試了個全。正經掛牌的西醫不說，中藥也不知已服過多少帖，後來還找上術士燒過符水，又騙細輝喝了兩口他自己的童子尿；一次一次花錢卻傷心徒勞。最絕望時不得不走極端，聽取了一個退休老師給的方子，花十元讓一個家裡養了一窩羊的錫克男孩替她撿來一小罐羊糞便，置於煲湯袋中泡水，文火烹煮三個小時。

煲這羊屎水，程序並不複雜。羊屎形態頗似市面上賣的盒裝巧克力，一顆一顆葡萄般大小，乾燥結實，相當容易處理，也無需配上別的什麼藥材，但煮的時候惡臭難當，何門方氏趁著丈夫在外運貨，兩個兒子都在學校，闔上全屋門窗，拿了塊毛巾蒙住口鼻，像煉毒似的躲在家裡製這一帖藥。煮藥的時候自己一個人忍受那中人欲嘔的奇臭，不禁委屈得流下淚來，覺得屋子成了個大煉爐，她好像把自己也投進去，與那羊糞熬作一鍋。

細輝那天放學回來，在八樓的走道已隱隱覺出空氣裡一股難聞的怪味。那時他家中門窗大開，臭味多已流散。何門方氏好不容易將羊屎水三碗煎作一碗，倒入罐子裡密封，自己還洗過澡換了衣服，更與早一步回家的長子大輝串聯，兩人故作自然，不讓細輝察覺有異。待細輝卸下書包，她將他喚到沖涼房，拿出藥罐，向大輝使了個眼色。大輝毫不遲疑，伸出手來從身後一把按住弟弟的肩膀，將他的兩手反到背後。細輝不明就裡，只覺雙臂一痛，本能地張嘴便喊，站在面前的何門方氏已經擰開藥罐蓋子，正好把微溫的羊屎水往那洞開的嘴巴裡灌。細輝但覺一股暖流從口中湧入，覺得臭時，那烏黑的惡水已沖進他的喉嚨。他使勁扭動身體想要閃避，但兩手在背後被大輝牢牢箝制，幾乎動彈不得。他便只有頓足哭喊，卻反而讓母親順勢把更多藥水傾入他嘴裡，直到他換不過氣，被一口臭水沖入氣管，頓時眼前一黑，身體一陣痙攣，沒命地嗆咳起來。何門方氏怔在當場，不得不住手。

這一次強灌羊屎水，細輝與母親兩敗俱傷，都弄得渾身濁臭，母子倆蹲下來邊哭邊嘔，沖涼房裡一片狼藉。大輝倒是無事，任務完成後捏著鼻子全身而退，還讓母親和弟弟快點善後。

「我得洗個澡。」

羊屎水的氣味，像一個人死在了糞池裡，陰魂不散，帶著一身屎臭在細輝家裡徘徊了好幾天。細輝的父親回來不到半日，不理老婆反對，皺著眉又出去趕下一趟車。就連樓上樓下的住戶亦深受困擾，多有抱怨。何門方氏怕遭鄰居非議，不敢對人說起這事，但細輝在家裡躲了好幾日，確認自己嘴裡再無屎臭後，有一天到樓下玩耍，被關二哥逮住。關二哥一臉關切，有此一問：「喂孱仔輝，喝了羊屎水，病有沒有好些？」

細輝聞言如遭五雷轟頂，心跳猛然停頓了一下。他不由得抿緊嘴唇，轉眼看看一旁的巴布與迪普蒂，再看看另一旁的涼茶鋪老闆，還有從雜貨鋪裡探出半個身子來的某個面善的馬來胖婦。他們都紋風不動，像是陳列在那裡的蠟像，日頭發出強光在扭曲他們的面容，細輝只覺得每一個人都瞇眼睛盯著他看，一臉壞笑。他一言不發地轉過身，朝電梯口那一端走，想要回家。太陽實在太猛烈了，他覺得腳下的柏油路像是被烈日烤成了滾燙的泥漿；他踩進去，一腳深一腳淺，必須很使力才能把腳拔起來。關二哥在背後喊他，喂問你呢孱仔輝，怎麼不說話？一旁插進來一把年輕的，摻著邪笑的聲音，說這小孩吃了屎，變成了屎蚶嘴。

「你才吃屎！」細輝猛然轉身，對著一街融化中的蠟像嘶吼。「你全家都吃屎！」

銀霞聽到這一聲吼叫，覺得那聲音聽起來就像在喊「救命」一樣。那時候梁金妹帶著銀鈴不知到哪一層樓串門去了，銀霞自己拿了鑰匙開門出去，在走道盡頭推開防火門去到樓梯間，卻比平日多爬了半層樓，在十樓那裡背挨著牆蹲下來。沒過幾分鐘，果然聽到樓下的防火門被推開，有人拾級而上，停在了九樓與十樓中間的拐彎處。她知道那是細輝。果不其然，不一會兒，那裡響起了細長的哭聲，十分淒切，有點像小狗的嗚咽。銀霞覺得自己該去安慰那哭泣的人，但實在想不出來有什麼好說的，又覺得自己此時現身討不了好，徒添難為情而已，便忍著不動，想要等他哭夠了才下去逗他開心。豈料這麼蹲著久了，中午吃的一大碗番薯糖水起作用，肚子裡慢慢囤聚了一股胃腸氣。銀霞咬著牙苦忍，可到了一個點上，腹中氣流像滾雪球一樣，挾帶各種雜質衝到出口，在那裡化成一串，勢不可當地擠了出去。噗噗噗噗，其聲如機關槍。

細輝坐在梯階上垂頭哭泣，正悲憤中，忽聞頭上這連珠炮發的聲響，一時驚愕，不禁止了哭泣。這時候一股異味在樓梯間裡隨空氣擴散，抵達細輝鼻端時，氣味已淡，說不得有多臭，卻終究難聞。他拭了一把眼淚，抬頭探看，思疑著聲息的來處。

「是我。」樓上傳來一把女孩的聲音，細輝自然認得是銀霞。

「我放屁了。」女孩悶悶地說。

細輝不知該如何應對。他別過臉去，用衣袖在臉上擦了一把，又抽了抽鼻子，隨即雙手在膝蓋上交疊，把臉埋進去。如此一會兒，上面又傳來噗噗兩響，彷彿屁成顆狀，一顆一顆滾了出來。

「對不起。」女孩在樓上幽幽地說。

細輝仍然埋首於兩膝之間，心裡卻興起一股止也止不住的笑意，先在他的胸膛內翻滾，再噴湧到他的臉上。他哈哈一笑，又忍不住再哈哈哈一笑。樓上的銀霞雖覺得尷尬，也禁不住嘿嘿笑了起來。樓上樓下，兩個人的笑聲相互挑撥又互相刺激，幾乎一發不可收拾，他們便像比賽似的竭盡全力，都笑得東歪西倒，一整個樓梯間充斥了嘿嘿哈哈的笑聲。

那時候多好，要逗細輝笑，讓他忘憂，是一件多麼容易的事。何況除了銀霞，他還有拉祖這麼一個死黨。拉祖的性格和腦子要比細輝複雜許多，既聰明又好動，雖然只是早出生了兩個月，細輝卻是把他當作兄長般敬慕的。他們一起在壩羅華小上學的時候，細輝簡直像個跟屁蟲，每天追逐著拉祖的影子跑。尤其是在他喪父以後，大輝不知得了誰的授權，在家中的地位擢升，從此對他裝腔作勢，做各種恫嚇，更使得他不愛留在店裡，情願天天待在巴布理髮室，追隨拉祖。那時候樓下有多少好事之徒出言調侃，哎細輝你說，你是誰家的兒子？

大輝聽過這種玩笑話，說是樓下馬來茶室的瑪吉給細輝取了個印度名字，當街當巷喊他「細輝・巴布之子」[1]。大輝氣得暴跳如雷，回來出動藤條，逼迫細輝發誓以後不再到巴布的店裡，「給人家當契弟」。何門方氏攔他不得，說發什麼誓呢，你當家裡是私會黨麼？姑姑蓮珠倒是眼明手快，一把搶走大輝手中的「家法」，說你怎麼不看看？細輝天天和印度仔一起溫習功課，成績要比以前好多了！

蓮珠說的是有憑有據的事實，還有何門方氏在一旁迭聲附和，是呢是真的啊老師也說他進步很多了。正議論時，細輝移形換步，像隻雛雞似的被母親悄悄挪到身後，大輝最終無可奈何，唯有虛張聲勢地把家中所有人都警告了一番。

不管人們怎麼說，說他跟屁蟲也好，說他小跟班也行，甚至像瑪吉那樣叫他「巴布之子」，細輝都覺得無損他與拉祖的交情。他們念五年級那一年，拉祖在校際運動會上跑得飛快，

---

1 在馬來西亞，印度裔姓名（無論男女）一般以「本人名字＋父親名字」結構，如 xxx anak lelaki（之子）yyy，或 xxx anak perempuan（之女）yyy。

拿了個金燦燦的，形狀如火車站那頭的大鐘樓，像他本人那樣高的一座大獎盃。細輝興高采烈，幫著他一起把獎盃捧回樓上樓，幾乎沒挨家挨戶地叩門炫耀。銀霞在家中已聽得樓下眾聲譁然，便先自打開門鎖，拉著妹妹一起站在門口等待。細輝在走道上已忍不住高喊，銀霞銀霞！

「妳沒看見拉祖跑得有多快！妳不知道他有多厲害！」

銀霞笑嘻嘻，說我知道呀，像風一樣快，像飛毛腿一樣快，像哪吒踩著風火輪那樣快。說著，她伸手去摸那獎盃，細輝和拉祖順勢一讓，把獎盃送到她懷裡。雖然是那麼一座堪比人高的大獎盃，捧在手中才發現它出乎意料的輕，以致銀霞差一點要失去重心，身體往前一個趔趄。細輝馬上伸手扶著——不是扶她，而是抓住那獎盃，說妳小心點啊。銀霞臉上仍然笑吟吟的，心裡卻不知怎麼一陣不高興。她說你緊張什麼啊？這不是拉祖的東西嗎？

「皇帝不急，太監急了。」她使了點力搶過獎盃，兩手往前一送，將它還給拉祖。

銀霞自己覺得奇怪，小時候她幾乎無所求，不與人爭，連家裡一起長大的妹妹她也少去相比較，卻不知怎麼一直嫉妒著拉祖，總想做些什麼事情證明自己勝過他。以前在巴布理髮室裡與拉祖及細輝一起背書，她表面把這當作遊戲，卻心心念念，把拉祖一個認作對手，無論如何要贏他。後來與細輝在棋盤上聯手，也是為了要對付拉祖，要聽這個「厲害的人」慘叫，把他擊敗。久而久之，連細輝也察覺她對拉祖懷著莫名其妙的敵意，竟當著拉祖的面，一點不修飾地問她，幹嘛妳這麼討厭拉祖？

「我沒有討厭他。」銀霞愣了一下。那時巴布和迪普蒂都在附近呢，馬票嫂也在，三個人正圍著那一台理髮用的旋轉椅在談論上一期的頭獎號碼與其典故。她低下頭要找說詞，只覺得耳根發熱，恨不得腳下有個地洞讓她遁逃。「真的，我沒有討厭他。」她把話說得再清晰一些，自己覺得像在表明心跡，就像用點字機打出來的凸字，每一個字都刻骨銘心。

「我也沒覺得銀霞討厭我。」拉祖說。「我還很喜歡她呢。她是我見過的最聰明的女孩了。」

拉祖這麼說，銀霞直覺巴布的店裡幾個大人都轉過頭來盯著她看，就連牆上的象頭神聽了也笑咪咪，在舉頭三尺的空中凝視她，讓她覺得自己像在審訊中與誰對質；大家都急切等待，要看她如何回應。正不知怎麼辦好，馬票嫂站在店的另一頭替她解圍，說真的是那樣呢，銀霞這女孩真不得了。

「她要不是眼睛瞎了，我看拉祖你讀書也未必贏得過她。」

「正是因為瞎了眼睛，她才會這麼強啊。」拉祖說。銀霞覺得他一定在展示他的招牌笑容。細輝對她形容過拉祖的笑，說是像鼻子下有兩排麻將，全是白板。

「嘿，她哪有很強呢？」細輝說。「她只是好勝而已。」

「那不叫好勝，」馬票嫂說著停了半晌，轉過頭去看了看自己在大鏡裡的影像，像是一時找不到適當的用詞。拉祖迫不及待，替她把話接下去：「那叫倔強。」

「倔強」這個詞，在拉祖脫口而出以前，銀霞已經想到了。她覺得自己終究是比拉祖強些的。她懂的詞彙要比他多，她的記憶力比他強，她的思維比他敏捷，腦筋比他靈活。然而光是這樣，顯然還不能讓細輝推心置腹，把她當作最要好的朋友。細輝要的人，是一個比他本人更高的一座大獎盃，可以讓他捧著四處去炫耀，而且還得是個男孩，可以和他一起到戶外玩耍追逐，甚至到河邊冒險，釣魚，捉蟋蟀，還有會打架的「豹虎」[2]蜘蛛，或是形態顏色漂亮得可以拿來選美的鬥魚。這些，拉祖都能做到，以致細輝成天說，妳不知道他有多厲害！

她怎麼會不知道呢？近打組屋裡沒人不知道巴布家的小兒子，入水能游，出水能跳；參加各種比賽拿回來的獎牌和獎盃，擺在家裡，比時時鐘錶店裡的時鐘和手錶還要多。除了這些，他還幹過好些事情令人稱道，有的甚至在多年後仍被人一再重述，說得像是童話故事一樣，其中一樁即是替何門方氏一連捉了十隻翠鳥，神奇地治好了細輝的哮喘病。

藥方是舊街場一個風塵女郎給的。此女來自古樓河口，真計較起來，算是何門方氏娘家的親戚。那時細輝的十二歲大關將臨，何門方氏之前屢屢遭遇失敗，連羊屎水也不見效用，難免鬥志盡失，因而拿到那藥方以後，她只是隨手塞到神檯抽屜裡，許久不見行動。倒是給她方子的人一再敦促，甚至說了「妳看不起我一個賣笑的，所以我給的藥方，妳就當旁門左道了？」此等重話，何門方氏消受不了，加上那一陣細輝頻頻發病，她無計可施，只好死馬當活馬醫，從一堆雜七雜八的舊紙裡把藥方找出來。藥方上寫的無非是北芪、黨參、杞子和茯神等幾味常見藥材，但藥引子用的卻是生鮮「釣魚郎」，也即翠鳥。她向別人借來一輛腳踏車，從舊街場尋到新街場，問了好幾家雀鳥店，人家都說釣魚郎是受保護動物，不能賣，連私自捕捉也是犯法的。

何門方氏垂頭喪氣地回到近打組屋，在樓下歸還腳踏車時，對人說起這一日的失意，唉聲嘆氣，用了許多感嘆詞，聽到的人都覺得像是細輝命不久矣。那裡就十來二十間店，消息流傳的速度比一把火燒過去更快。用不上兩個小時，迪普蒂不過出門走了十幾步，買了一包燕米粉，回來時把這新鮮消息捎上，對拉祖說細輝的母親買不到釣魚郎呢，你的好朋友可能活不了多久。噢，那個可憐的孩子。

拉祖以前住的舊家在礦湖邊上，他幼年時每天光著腳跟隨附近的大孩子遊山玩水，見過人們怎麼捕捉這種顏色亮麗的小鳥，也知道牠們的習性。這種水鳥只有麻雀大小，擅長捕魚，不僅五臟俱全，還桀驁不馴，不吃人們給的食物，因而只能野生。拉祖想起往時捕鳥之樂，按捺不住當天傍晚便溜到近打河岸，在臨水的陡坡上細細檢查，果然找到了翠鳥鑿的洞，探囊取物般擒來兩隻藍背橘肚的漂亮鳥兒，裝在布袋裡送到細輝家，親自交到何門方氏手上。

「這種鳥養不活呢，要吃就盡快吃了吧。」

何門方氏當即殺了一對同命鳥，一隻放進冰箱，只一隻投入藥煲，按著方子把藥煎了，讓細輝在睡前飲下。第二天早上細輝醒來，竟神清氣爽。自從五歲開始為哮喘病尋醫吃藥以來，他第一次主動對母親說，媽，我的胸口舒適很多，裡面的心肝脾肺好像沒那麼重了。何門方氏大

---

2　豹虎，又稱為金絲貓（Thiania subopressa），為某些蠅虎科蜘蛛的俗稱。台灣又稱為細齒方胸蛛，在一九〇七年發現並命名。

喜，馬上又一番工夫，當晚讓細輝再服一劑。翌日細輝再表示自我感覺不錯，而且觀其氣色，顯然真的好轉不少，何門方氏激動不已，下午親自到巴布店裡道謝，也懇請拉祖再施援手，說這藥得服上十帖，方能保孩子的病斷根。

「你去抓，每一隻我都付錢買。」

接下來的一個月，拉祖每週到近打河岸去搜捕釣魚郎，也不怎麼費工夫，每次捉來一對即送上八樓。最後一次他帶上細輝，兩人沿著近打河走了兩、三公里，弄得一身泥污，除了拿回來兩隻翠鳥以外，還弄到了幾隻兇悍好戰的豹虎，以及一隻拿來捉弄銀霞的蟾蜍。那時候細輝的身子比以前健朗不少，這麼出門半天，頸背和衣衫汗溼，竟不怎麼氣喘，臉色還有點紅潤。何門方氏看在眼裡，說不出的安慰，便把兩隻釣魚郎與藥材投進沙煲，熬了藥讓細輝分兩天服下，以後他果然不再病發，只有在兩年後近打組屋發生一屍兩命的跳樓事件，細輝受驚，莫名其妙地得了場急病。何門方氏以為是舊患捲土重來，再讓拉祖去捉翠鳥——這一回不比從前，也許是近打河的河床越來越淺，河水越來越髒；渾水無魚，翠鳥遂不來棲居。拉祖行了好遠的路才找來一隻孤鳥。何門方氏依法炮製，待藥煎好，她已看出來細輝的病情古怪，心裡知道那不是哮喘。

細輝一整個童年被哮喘病綁架，為此學校裡常遭人笑謔，稱之肺癆鬼，樓裡則有人叫他孱仔輝。最終他以十隻釣魚郎換來氣血，成功擺脫病魔，除了那提供方子的遠房親戚以外，拉祖總是占了最大的功勞。何門方氏因為付過酬勞（當初作藥的翠鳥按件計酬，一隻五元），不至於把拉祖當作兒子的救命恩人，卻仍將他視為何家的貴人。小姑蓮珠再贊同不過，說這種朋友百利而無一害，怎麼一個「貴人」了得？簡直就是福星了。

銀霞知道自從拉祖捉翠鳥建功以後，就在蓮珠姑姑搬走以前，細輝家裡幾次做大日子，都將他請回家裡一起過節，把他當家人相待。銀霞的父親老古甚至為此當面嘲笑，說細輝呀你如果是個女的，你媽早把你嫁給印度仔，讓你以身相許了。

# 仨

那一年教育文憑考試放榜，銀霞記得，拉祖成績輝煌，連華文一科也拿了A，因而被學校大肆宣揚，媒體也十分配合，說那是本國有史以來第一個在教育文憑考試中華文考得「卓越」佳績的非華裔考生。國內僅有的幾家中文報章都即時報導了這新聞，其中兩家還特地派了記者走訪巴布理髮室，兩旁的幾個店家與當時的路經者都目睹那昏暗的小店裡鎂光燈一直閃個不停。過後馬來報和英文報，甚至淡米爾報也及時跟進。刊出的報導中，除了拉祖笑得見牙不見眼的個人照以外，也配上他與雙親的合照。那幾日銀霞聽得她的父親老古說了不少酸話，形容照片裡的三個人「笑得像烚熟狗頭」。

拉祖自小學開始便被人叫作「狀元」了，中五會考有這成績，銀霞以為是意料中事。出乎意料之外的倒是這事成了國內要聞，讓拉祖一再曝光，鋒頭遠遠蓋過了當年真正的會考狀元。那一陣拉祖的姊姊依娜正好剛訂下親事，家裡上門的親友極多，巴布理髮室的光顧者亦絡繹不絕，以致近打組屋的各族人家都莫名其妙地感到喜氣洋洋。

在這片喧譁和騷動之中，銀霞倒是分外感覺到了細輝的沉寂。前一年考過會考後，拉祖到都城一個富貴親戚的店裡學做錢幣兌換，細輝則被姑姑蓮珠安排到拿督馮開的一家五金店裡打工，再不能像以前那樣與拉祖形影不離。數個月後考試成績出爐，兩人雖都辭了工，但拉祖忽然成了新聞人物，有許多人要應酬，忙得不可開交，再不可少不更事。他還被安排與全國各地的會考狀元一起，與首相共進午餐。拉祖與首相握手拍的合照，姊姊依娜讓人放大了框裱起來，與其他嫁妝一起帶到夫家。都城那做錢幣兌換生意的有錢親戚與有榮焉，也要了一張，鑲在金漆雕花的厚木相框裡，弄得比巴布理髮室牆上的象頭神迦尼薩畫像更耀睛奪目。銀霞問細輝，巴布沒在自家的店裡也掛一張嗎？細輝說那怎麼可能，巴布和拉祖兩父子都是反對黨。

銀霞不過說笑而已，為的是引細輝說話，打開他的話匣子。她可沒忘記拉祖從小受巴布的薰陶和影響，最崇拜的是反對黨裡的明星級人物卡巴爾辛格，「日落洞之虎」，還曾經帶著細輝去聽了一次他的政治演講。細輝沒聽懂幾分，回來仍吹噓了當時的場面，說人山人海，以後幾天耳朵一直「嚶嗡」的響，好像耳道裡藏了一支麥克風。銀霞沒這情意結，倒是少年時初聞「日落洞」這地方譯名，十分喜歡。拉祖問她為什麼，她說這名字很有點氣勢和意象不是麼？

「它讓我想起百鳥歸巢，萬佛朝宗。」

拉祖聽得大悅，彷彿銀霞這麼說等於也讚美了他的偶像卡巴爾辛格；便說嗯，這名字確實配得上他。細輝忍不住笑，說你怎麼這般得意洋洋？日落洞之虎又不是你爸。

後來都城的富親戚有意栽培，給拉祖贊助了一筆獎學金，把他辦到都城去升學，還讓他住到他們建在半山上的豪宅裡。也許是因為都城不遠，與錫都只隔著兩百公里的路，而且那建了許久的南北大道，據說即將全程通車了。細輝那時不覺惆悵，還一再譏嘲，說富親戚有心招婿。「以後你只管替他們家數鈔票。」一直至拉祖臨行在即，有個早上細輝來找銀霞，與她站在門裡門外，說拉祖這一去鵬程萬里。「我們三個一起長大的呢，也該為他餞行吧？」

銀霞以前從未聽過細輝這麼說話，那時她和細輝廿歲未到，總認著他是以前那個愛躲在樓梯間生悶氣的少年，卻第一次覺得他的話裡透著人情世故，好像一夜之間成熟了不少。她說好啊，我們一起吃個飯吧。說了忽然憶起，上一回與細輝及拉祖一起用餐，已是去年的事情。那時他們與樓上樓的許多鄰居湧到蓮珠姑姑家裡吃百日酒，她酒後失態，醒來方知窘迫。因為怕被鄰人笑話，不得已將自己冷藏在家；數月深閨，頗感厭世，就連細輝與拉祖她也避之不見。

那天他們本來約好了到鴻圖酒樓，卻不知怎麼被蓮珠知曉，下午一通電話打來，堅持要請他們三人與何門方氏到海外天，還不由分說，親自開了車子來接。海外天在錫都是頂級飯館，銀霞和拉祖頭一回光顧，蓮珠特意給每人點了一碗蟹肉翅，還有黑豉油叉燒、花膠鵝掌、清蒸筍殼，以及銀魚仔炒飯，全是招牌菜。菜極好，蓮珠顯然常來，酒樓派了個副經理來給她打點，殷勤地喊她「馮太」，讓她十分喜悅，一晚上話語笑聲不絕於耳。銀霞原先期待著自己與細輝作東，請拉祖吃桂花麵，之後再像少年時那樣，行到街角去吃糖水糕點。爾今飯局這麼一擺，她變成了陪客，而且飯局上沒多少機會與細輝和拉祖說話，心裡感覺很不自在，也對蓮珠感到莫名的厭煩起來。

這頓飯銀霞吃得悶悶不樂，不僅話少，笑亦無聲。細輝和拉祖夾了大魚大肉不斷往她面前的盤子上送，堆得菜汁都快溢出來了，她卻都淺嚐即止，只是一小口一小口地吃著碗裡的白飯。細輝意識到她不開心，身子湊前去小聲問，銀霞妳不舒服麼？銀霞搖頭，說我沒事。

等到飯局臨近尾聲，拉祖向蓮珠道謝，說這一頓吃得太好了，蓮珠姑姑妳太破費了。蓮珠笑說你可是和首相一起吃過飯的人呢，你的大好前程是在那一頓飯開始的；今晚這頓飯，是我沾你的光。

銀霞聽了忍不住插話，說蓮珠姑姑以前哪會這麼說話呢？今時不同往日，說話特別的有紋有路，像官話一樣，聽得人好舒服。

說了這話以後，銀霞注視著眼前的黑暗，看不見各人的反應，卻覺得氣氛裡好大一個疙瘩，像是大家都一時無語。片刻以後才聽到蓮珠說，銀霞妳也不一樣了；以前妳好純樸，才不會這麼說話。

「以前她還是個小孩嘛。」何門方氏說。「現在她爪子和牙齒都長齊了，不過是平日收起來，不露鋒芒。人家都變成老虎了，蓮珠妳還把人家當小貓呢。」

蓮珠開車將一行人送回近打組屋，拉祖下車後，拉著細輝和銀霞，說我們找個地方聊聊天吧，晚一點再一起去吃宵夜。於是何門方氏獨自上樓，拉祖則掏出鑰匙開了巴布理髮室的店門，亮燈，讓細輝和銀霞一起進去。儘管是熟悉不過的老地方，銀霞卻從不曾在巴布的店打烊後走進來，因而竟感到有點新鮮和陌生。夜間這店裡沒了白天的聲息，沒有剪刀起落開闔時「咔嚓」「咔嚓」的清脆聲響，沒有巴布午睡時的鼾聲，沒有他與顧客用淡米爾語小聲交談，沒有袖珍型收音機播放著印度歌曲和音樂；沒有塔布拉，沒有薩朗吉，沒有錫塔琴和嗩吉笛；沒有人走過門外，沒有人探頭進來與巴布打招呼，沒有人在外面給剛停好的腳踏車上鎖；沒有迪普蒂哼著小調走到陽光裡收起她曬了一個下午的香料或小扁豆，沒有她與別的婦人閒聊或與路過的印度孩子說話；沒有車輛開進停車場，沒有摩哆車噴出巨大的噪音行駛在外面的街上。沒有了這些，巴布的店裡只剩下日光燈發出高頻而單調的雜音，聲量奇大，像是那裡有一台大機器，發出一聲永無止息的吟哦。

拉祖說，銀霞妳在想什麼呢？臉上竟有這種悲傷的神色。

我想到你走了以後，我應該沒什麼機會再到這店裡來了。有點難過呢。

拉祖還會回來的呀。細輝說。

銀霞苦笑。真的嗎？你真的覺得他會回來？

會的。這是他的家，他的父母都在這裡。

銀霞仍然苦笑。她說這組屋算什麼呢？只是個白鴿籠。拉祖是注定要飛出去的。他飛出去才好呢，我替他高興。

我也很替他高興呀。細輝搶著說。剛才蓮珠姑姑不是說了嗎？他前程遠大，這裡只是個開端。

是呢，你們都前程遠大，有一天你也會離開樓上樓的。只有我，哪裡都去不了，連這理髮店我以後也不能來了。

細輝原來想說，妳前幾年不是每天都到密山新村的盲人院嗎？在那裡不是交了許多朋友麼？可後來突然就不去了。話到舌上，無端覺得不妥，使忍住不說；嘴裡分泌了一點唾液，讓話溶解。

拉祖倒是說話了，他說，銀霞，銀霞。

什麼？

告訴我，迦尼薩斷掉了哪一根象牙？

銀霞一怔，臉上的表情哭笑不得。她說你還拿這種小孩子問題考我，我們都不是小孩了。

所以，妳記不得了？拉祖問。

她一定還記得。細輝說。

我當然記得，斷了的是右牙。銀霞笑。說著豎起右掌，舉到胸前靠近肩膀處，是為象頭神的手印。

斷掉的右牙象徵迦尼薩為人類作的犧牲。她說。

這麼說的時候，銀霞忽然憶起小時候拉祖時常與她玩這種問答遊戲，有一回問到迦尼薩的斷牙，她也這般作答，迪普蒂在旁大聲叫好。「妳看啊銀霞，迦尼薩斷一根牙象徵犧牲呢，所以那些人生下來便少了條腿啊胳膊啊，或有別的什麼殘缺的，必然也曾經在前世為別人犧牲過了。」

這一番話讓銀霞大為震撼，如雷貫耳，又像頭頂上忽然張開了一個捲著漩渦的黑洞，猛力把她攝了進去，將她帶到一個前所未聞的，用另一種全新的秩序在運行的世界。一旁的拉祖和細輝也瞠目結舌，陷入沉思。

坐在理髮椅上看報紙的巴布忽然轉過身來，用淡米爾語對妻子說，妳胡說什麼呢？她只是凡人，不是象神。

「她若是象神，她身邊那男孩就是前世跟過來的一隻老鼠了。」巴布說了摺起報紙，銀霞聽見他跳下理髮椅，腳上穿的橡膠拖鞋「叭嗟」一聲落地，往事便在這兒熄滅。

日光燈仍然噪音不斷，銀霞回過神來，說拉祖啊，這兒還有象棋嗎？我們三個好久沒一起下棋了。

拉祖說當然有啊，便從店中的小櫃子裡找出兩盒棋具來，給了細輝一套，兩人在桌子上各自將棋盤擺好。銀霞坐在兩人之間，仍然像以前那樣，由她的紅棋先走。她微微抬起頭，兩手扣著置於桌子邊緣。細輝順著她的頸項與下顎的線條投去目光，覺得她正與牆上的象頭神對視，彷彿出戰前請求天啟，神情莊重得像在進行什麼宗教儀式。

準備好了嗎？銀霞問。

準備好了。男孩說。

那我開始啦。銀霞說。細輝，炮二平六；拉祖，兵七進一。

這讀棋的方法是拉祖教會銀霞的。小時候拉祖從老師那裡借來一本象棋術語大全，每天給她念一頁半頁，大概只念了半本，因為書的主人要被調到別的學校去，不得不把書歸還。銀霞沒用半天便掌握了讀棋的法門，再憑著過人的記性和許多練習，很快做到了同時與兩人對弈。細輝棋力平平，棋盤於他極小，總是磕磕絆絆，沒走幾步就便困在老路上，因而一開始就不是她的對手了。以前銀霞會讓他雙馬，開局時炮二進二；若不讓子，則只會用「當頭炮」和「過宮炮」等最常見的手法開局，免得把他嚇窒。拉祖的實力遠在細輝之上，而且棋路開闊，應變力強；說是以一敵二，銀霞暗地裡只對他集中火力，也喜歡挑戰他，用的開局手法變化多端。這一下兵七進一意向莫測，有種刺探的意味，銀霞記得其名堂，叫「仙人指路」。

拉祖不像銀霞那般記得這許多棋路的名目，倒是明白銀霞這一著等於讓出先手，先開馬前兵，後續可以有不少變化。自從升上中四以後，拉祖像其他學子一樣著力備考，學校裡參加的活動也多，發展出各種別的興趣，再不怎麼騰得出時間來下棋，此時自覺有點生疏，而他知道銀霞深謀遠慮，腦子裡千迴百轉，每一舉棋總已想好前面五步十步，便不急著走炮二平三，以兇悍的卒底炮相迎，而是穩打穩紮，起飛象應對。

象三進五。他先替銀霞移動棋子，再報上自己的棋步。

炮八平五。細輝也在另一邊報告。

銀霞笑了笑，幾乎不假思索地說，拉祖，馬八進七，細輝，馬二進三。

既然拉祖擺飛象局，銀霞打算來個進攻型的雙馬盤頭，橫衝直撞。至於細輝，銀霞不怕與他糾纏，甚至想要像御貓三戲錦老鼠那樣，盡量拖延，偶爾忍讓，待玩夠了再來收拾殘局不遲，因而每下一著都像與他跳舞，暗地領著他走。細輝自然絲毫不覺，這一晚上他和拉祖各自與銀霞下了五盤棋，每一盤他都沒覺出銀霞那棋路裡一股微妙的引力，只以為自己在苦苦支撐，卻又幾次柳暗花明，絕處逢生，成功破解了銀霞的殺著，甚至最後在銀霞先讓雙馬的情況下，意外贏了一場。最終四負一勝，比起拉祖勉力戰和兩盤，似乎不特別丟人，還值得小喜。

拉祖的兩盤和局確實得來不易。他這三勝二和如梅花間竹，每輸過一盤，便得一和，但都戰到殘局方休，耗時傷神。相比之下，細輝下的五盤棋少來這般僵持不下，定了勝負他便在旁觀戰，偶爾喝采，說看你們下棋，覺得這棋盤變成了棋海。最後一盤到殘局時膠著許久，拉祖眼看自己的火力明明比銀霞稍強，但剩下的雙車都被對方的單炮瞄準，其他棋子也受箝制，情況凶險，有滿盤落索之相。他一隻手掌擱在桌子上，食指在桌面一下一下叩敲，發出簷前滴水般的聲響。銀霞聽著這想像中的雨後雨，耐心等候良久，終忍不住說，你再這麼想下去，剩下的棋子都要睡著了。

中局明明好好的，現在生殺大權卻落在妳手裡了。拉祖嘆了一口氣。我在回想，自己是怎麼走到這地步的呢？

銀霞說你要想知道，我們可以逐步退回去，讓你看清楚。

兩人真的就這麼做了。銀霞口述，拉祖一步一步將棋子挪回去；死去的棋子重生，逐一在棋盤上歸位，看在細輝眼裡就像倒帶一樣。那棋盤很快退回中局時的場面，果然那時黑方形勢大好，拉祖的雙車雙炮俱在，銀霞損失了一輛戰車，再往回退，又丟失一炮。

啊！拉祖喊。是這裡！我中計了。

細輝聽得糊塗，正待看清楚狀況，銀霞笑著說，不對，你再往後退兩步。

這回拉祖用不著銀霞讀棋，一對眼珠由左而右，日光在棋盤上巡迴一遍，忽然又喊起來。

難道是馬？妳故意獻的一隻馬？

不等拉祖把話說完，銀霞已經笑了。她說，這一著叫「馬獻九宮」。

細輝仍然摸不著頭緒，便問你們說的什麼呀？到底哪裡中的計？

你不懂，你不懂！這是心理戰。拉祖說。銀霞她懂得讀心術！

這一盤棋下完以後，已接近午夜，早過了銀霞平日上床休息的鐘點。她久未如此用神，今晚這般左右腦並用地大戰了幾個回合後，竟覺得四肢發冷，背上一片虛汗，便慘著臉對細輝和拉祖說我不去吃宵夜了，我頭昏腦脹，只想睡覺。細輝陪著她，把她送到七樓。兩人無話，竟覺得一路的走道上和電梯裡，頭頂上亮著的每一支日光燈都在發出煩人的噪音，像是這些燈用某種共鳴連接起來，讓樓上樓籠罩在一種漫長無止境的詛咒之中，把這幢組屋變成了一台頂天立地的大機器。

是鎮流器發出來的，這聲音。細輝說。他還說，這種燈用久了都難免這樣。銀霞這才想起來，他那時在工藝學校裡讀著電路設計的課程。

銀霞說難怪呢，她家裡也有燈如此，就在廁所裡頭。說來這樣的燈就像每一間屋子裡都難免有一個喋喋不休的婦人，也像家家有本難念的經。後來這一路走去，在抵達家門之前，她與細輝談的都是日光燈的噪音問題。這燈能修嗎？該怎麼修呢？是要換鎮流器抑或是換燈管？兩人討論得十分仔細，彷彿這事真值得他們鑽研，以致銀霞心裡覺得荒謬，開始發慌，好像無聊是一潭深不知底的泥沼，他們明明知道這樣拉拉扯扯只會越陷越深，卻不知道該怎麼掙脫，才不會被它沒頂。

到了家門口，銀霞問，那你以後畢業了是要當電工嗎？

不知道呢。細輝說。等畢業了再看吧。

如果只是要做個電工，何必去念書？到電器店裡當學徒就好了。

不知道呢。細輝還說。我哥馬上要回來了，我媽說看看到時能不能兩兄弟搭檔做點小生意。

你哥回來？今晚吃飯時你媽說的話不少，沒聽她提起這個。

不知道呢。細輝再說。我媽不想讓別人知道，連蓮珠姑姑她也忌諱，不讓我說。

銀霞咬了咬下唇，問他，你媽沒叫你別跟我說嗎？

有的，千叮萬囑，叫我別跟妳說。

銀霞含笑低頭，摸索著打開家門。那好吧，她說。我當自己從來沒聽你說過。

上床休息以前，銀霞先去漱洗和解手。要走出廁所時，她兀地想起自己與細輝這晚上無端端繞著日光燈說了許多不著邊際的話，禁不住伸手去碰牆上的電燈開關，不過須臾，果然聽到細輝說的「鎮流器發出的聲音」，與外面的世界應和，將她的家與整幢組屋接通起來。銀霞在那兒站了一會兒，覺得這聲音聽著竟不那麼令人討厭了，只像是有一隻蟬或飛蛾什麼的被困在燈管裡；每一有光，便哀哀鼓譟。

於是她明白，聽見這聲音，便知道有光了。

# 良人

美麗園的發展商在錫都是老字號，早年聲譽極好，不曾聽過有偷工減料，或是工程爛尾的事；城中好些老住宅區都是這家發展商建的房子，有口皆碑。那發展商林某是個低調的殷實人，十分愛惜自家招牌，即便是小排屋也建得固若金湯，好像真可以代代相傳，一點不辜負業主手上的那一張永久地契。那時候人們說起這家公司，都以老闆林某的名字代稱。細輝買的房子也就同一個發展商，儘管那時林某已經退休，公司由幾個兒子接手，政府也收緊土地政策，只給新房子發為期九十九年的租賃地契，但那畢竟是建在好地段上的高價房屋，房子有型有款，門面用了當年罕見的仿石瓷磚，看著奢華大氣，很討人歡心。銀霞的母親當年執意買下美麗園的房子，多少是衝著對這發展商的信任；口口聲聲說，那可是林某建的房子呀。

銀霞以前見識過母親的這種執拗了。那些年安利直銷大行其道，幾乎像個邪教組織，光近打組屋裡就有不少安利的會員。梁金妹聽許多上門來的婦道說安利賣的東西怎麼怎麼的好，美國貨呢，什麼清潔劑洗衣粉都勝人一籌，尤其是一套號稱七層式鋼鋁結構的鍋具，更被她們說得像能分金斷石，無堅不摧。說的人有不少帶著這二十一件套的「安利皇后鍋具」上來，獻寶似的一一展示，梁金妹耳濡目染，竟像中蠱一樣，覺得家中要沒有這麼一套廚具，縱稱主婦也枉然。

為這一套鍋具，銀霞記得母親幾番從老古那裡下手，卻始終榨不出錢來，之後把心一橫，實行節衣縮食，硬從家人的牙縫中剔出些零碎，日積月累，或許有兩年光景，最後還不惜出言誘哄，讓銀霞從織網兜子的收入裡拿一些錢出來，成全她這心願。「以後我死了，這套鍋具是遺產，全留給妳。」

銀霞說好啊。兩週後一套亮鋥鋥的鍋具被送上門來，梁金妹將六個鍋子和鋼杯及蒸濾鍋等大大小小的器具全擺在地上，一件一件拿起來擦拭乾淨。女兒銀鈴看不過眼她那癡人模樣，出言譏誚，說她把鍋具當傳家寶。梁金妹白她一眼，說怎麼不是呢？等我死的那一天，這些都成了古董。

老古免不了也冷嘲熱諷，說我們家這點環境，加妳媽這點廚藝，有了這套鍋我們還是一樣只能吃粗茶淡飯。

以後許多年，梁金妹真沒因為這套鍋具而對烹飪生起丁點的激情和野心，倒是每年農曆新年前家中大掃除，她仍然會把那二十一件不鏽鋼器皿從櫃子裡拿出來細細擦拭，一一把玩，再而重之地放回原處。銀鈴後來嫁人，與丈夫在島城買了房子，梁金妹讓她從中挑幾個鍋子帶去，銀鈴稍微推卻，最終拿走了三個長柄鍋和一個焙碟。梁金妹之後嘟嘟噥噥，說這女兒真會挑；那三個鍋子白璧無瑕，買回來後根本沒上過爐灶。

至於剩下來的三個鍋子，一組六個的小鋼杯和承托架，再加一個蒸濾鍋，自然都放在美麗園的廚房裡，算是留給了銀霞。梁金妹把其中最大的一個湯鍋拿來作日常用途，其他的依然放在廚櫃裡，也仍然每年一度拿出來擦拭一番。這種時候，銀霞總在一旁守著半桶水，一邊把母親用過後遞來的抹布搓洗擰乾，一邊聽她嘀嘀咕咕，說起這套鍋具如何得來不易，她又如何地排除萬難，彷彿那是她人生中不可抹煞的成就之一。

「媽真對不起妳，把半套鍋子給了妳妹妹。」那一次大掃除，梁金妹又再重述這套鋼鍋的身世，終於提到銀霞當年也湊了一份錢。她說，我那時說過會把這套東西留給妳。銀霞笑笑而已，梁金妹也不說話。銀霞兩手伸到桶裡搓洗抹布，聽到水聲漾漾，像是隱藏在沉默裡的嘆息。

「全給了銀鈴也罷。這麼貴重的鍋子，我要來有什麼用呢？」銀霞把洗過的抹布遞給母親，換來一塊沾了許多塵灰的髒布。「我也只能煮個金旦麵，煎個不像樣的荷包蛋。」

那時梁金妹已被診斷出直腸癌，終日腹痛便血，人越來越乾癟，藥越用越重，已自知將死，仍想撐著再過一個新年。趁著那天精神稍好，拉著銀霞一起清理飯廳的櫃子，將裡面珍藏著的許多餐具和廚具拿出來，一一分配，說這些妳妹妹家裡用得著，讓她帶走吧；那些給妳，還有那套碗碟是妳契媽送的入伙禮，上面許多花鳥，還滾了金邊呢，看著像清朝皇帝用的東西，妳妹妹看見肯定會眼紅，但妳一定要留著。銀霞不禁失笑，說媽妳太多東西放不下了。說了覺得此言失當，便轉過話鋒，緊接著說，漂亮的東西對我有什麼意義呢？

那確實是梁金妹過的最後一個新年了。儘管大半時間她都昏昏沉沉，躺在床上雪雪呼痛或是說著連串滾燙的囈語。只要人還清醒，她總要躺在廳裡的懶人椅上，目光貪戀著電視，並經常有許多話忽然想起來要對銀霞說。

「以後千萬記得晚上家裡要亮燈，讓人知道屋裡有人。」

「就算白天家裡沒人，開著電視或收音機也是好的。」

「屋子外面放兩雙男人穿的鞋子。」

「以後妳爸也不在了，妳仍然要洗幾件男人衫褲，和妳自己的衣服一起晾在外頭。」

銀霞覺得奇怪，明明電視上播著的是台灣的鄉土電視劇，演員們哭鬧不止，母親看得投入，偶爾還會出口痛斥這郎太狠那郎無良心，卻三不五時蹦出這麼一兩句不相干的話，聲聲叮嚀；銀霞妳不知道外面的世界多麼可怕，妳要懂得保護自己。

「男人很賤，一腦子壞水；不要輕易相信他們了。」

那些閩南語連續劇都極盡苦情之能事，所有對白都包含大把的眼淚和鼻涕，劇情更是婆婆媽媽，讓人失去耐性。梁金妹那一年多少次出入醫院，死去活來，終於嚥下最後一口氣，倒是劇裡的人始終兜兜轉轉，死去的角色莫名其妙地以各種形式一再活過來，終於都變成了鬧劇。母親死後，銀霞偶爾於午間打開電視，驚覺這些戲居然尚未休止，戲裡的第一代人猶在為年輕時種下的恩怨情仇和亂作一團的倫理關係，在第二第三代人面前歇斯底里地叫囂哭喊和相互廝打。她聽了忍不住笑；想起母親，若有輪迴，興許已經投胎了。

美麗園這屋子，雖然還掛著同一家發展商的名字，說起來已經不是林某建的了。據說他耄耋新娶，深居簡出，把家業交給了兒子，連一眾孫子也逐漸摻合進來，建的房子越來越時髦，農曆新年時在報紙上刊登的巨幅廣告越來越花俏，到了美麗園這兒，房子已不那麼堅實，沒住上兩年即出現屋頂漏水，外牆發霉和油漆脫落等等狀況，業主們到發展商那裡投訴也不怎麼受理，梁金妹在世時為此好不鬱悶，覺得自己上了林某的當。銀霞只覺得這一列排屋的牆壁特別單薄，似乎還不如近打組屋。她無論是躺在床上或是坐在自家客廳裡，都能聽見兩旁人家的作息，知道他們在收看哪一台的電視節目；甚至更遠一些，有一戶馬來人家養了許多貓，每一隻貓都戴著掛了鈴鐺的項圈，叮鈴鈴叮鈴鈴，響徹日裡夜裡。

梁金妹以前活著，在美麗園總住得不習慣，老說這地方風水不好；對面的一大片荒地不知有主無主，多年不建房舍，偶爾有人在那裡放養水牛，一隊龐然大物在斜陽中以慢鏡頭播放似的速度行過，默默拉下一坨一坨溼答答的牛屎，再被烈日烤成一塊一塊墨綠色艾粄[1]狀的大餅。她們家與那空地隔著一條馬路，路上突起許多沒塗上反光漆的路墩；夜裡經常有車子減速不及，司機在路上急踩煞車器，擦出的尖響有如狗被輾過時的哀鳴，也有車子被震蕩出散架般的巨響。前門貓多，後巷野狗成群；貓有貓屋頂上爭春，狗有狗攔路掠食，兩種聲響各自擾人。美麗園的人們卻都寡言，碰面了連目光也不打招呼，只躲在屋子裡各說各話。

梁金妹死去以後，家裡沒了說話的對象，銀霞覺得自己的聽力比以前更好了一些，兩隻耳朵無時無刻不是豎起來的，幾乎聽得見左右兩邊屋子裡人與人之間幽微的關係，好像她聽的是兩部截然不同的連續劇。左邊住的一家四口動作比較人，女主人每天大清早拽著一對兒女趕去上學，開門關門發出粗暴的噪音。她家的男人早出晚歸，開的顯然是一輛破車子，吱吱嘎嘎，人卻無聲，連走路都像躡手躡腳。

右邊的房子住了個單身漢，因後腦勺一絲不掛，被老古稱作「光頭佬」。其人刻板，日子過得小心翼翼，每天早晚給屋裡屋外供著的天神地祇上香，出門前不忘扭開收音機，假裝屋內有人。梁金妹以前曾試圖攀談，略知其背景，說是四十出頭一條寡佬，與姊姊合力經營素食館，長年茹素，家裡打掃得一塵不染。她還向人家借過梯了，讓人家過來幫忙搬動衣櫃什麼的，一邊道謝一邊查家問宅。銀霞曉得母親的意圖，卻不作配合，人家亦冷冷淡淡，一回兩回以後，梁金妹也就意懶，加上丈夫老古沒少說刻薄話，一說男人老九宅成這模樣，十分可疑，「不是同性戀就是個和尚」；二嫌人家說話口吃，言語無趣。這點銀霞還真同意。梁金妹啐她一口，翻眼瞪著老古說，說話好聽有什麼用處？男人今天給妳說甜言蜜語，以後就給妳吃大苦頭。

銀霞苦笑。她想起來以前自己贈過細輝這麼一句話——難得木訥是君子，難得靜默是良人。

那是很久以前的事了。細輝在工藝學院裡上學，對一位女同學有意，說沒見過女孩子這般爽朗帥氣，十分青睞，出了些力氣追求，人家卻嫌他木獨，拒之。細輝仍不服氣，大概也是對那

1 又稱青糰，清明粿和草仔粿，是清明粄的其中一種；屬客家菜，以糯米粉和艾草等做成。

女生喜歡得緊，想要寫信表白，拿了紙筆到七樓去諮詢銀霞，想要把信寫得漂亮一些。細輝害臊，自然說得磕磕絆絆，銀霞凝視著眼前的黑暗，不知怎麼想起更久以前她坐在壩羅古廟的戲棚前聽戲，臉上應該也是這麼淺淺笑著的；人們以為入神，其實她根本聽不懂台上唱的是哪一齣。等細輝說完，她收斂笑容，說嗯，你寫這一句吧，「難得木訥是君子，難得靜默是良人。」

「就這一句？」

「一句就好了。她懂的話，就懂了。」銀霞等不著細輝的反應，補了一句。「話說多了，沒力道。」

細輝還真寫了，銀霞猜想他當然還寫了些別的，像在學校寫作文一樣，把這一句當名句精華似的鑲嵌在裡頭。果然那女孩獨鍾意這句子，來對細輝說，這句話有點墨水，是唐詩麼？細輝回答不上來，人家就失望了，說你抄來的句子也該查一查出處，怎麼能如此馬虎？說了把信還他。細輝因而歸咎於銀霞，半個月悄無聲息，等銀霞來問，便說都是妳這一句惹的禍，讓她發現我沒這水準，反而更看不起我了。

以後再碰上心儀的女孩，細輝都不再寫情信了。那時候時興打電話，因為怕被何門方氏掃興，他便買了電話卡，下樓去用街上的公用電話，支支吾吾，也能說上十來二十分鐘。銀鈴出去買宵夜，回來仍在街燈下看見電話亭裡的身影，回到家裡說，細輝一定是在談戀愛了。

梁金妹正皺著眉頭，咬著牙追看《包青天》。其時驚堂木一響，且聞包拯吆喝，便有薄倖人喊冤，被連拖帶拽地押到了虎頭鍘上。她猛地回過頭問，妳怎麼知道？

「要不是談戀愛，用得著在樓下電話亭裡煲電話粥？」

「阿霞，他有告訴妳麼？」梁金妹的脖子扭不過來，便轉動屁股，擰過身來盯著銀霞看。

銀霞正坐在飯桌旁，桌子上攤開了好大一本盲文書。這書她從密山新村的盲人院裡借了沒歸還，變成她的私人珍藏；已閱讀無數遍，熟知書中字字句句，但那是她唯一能讀的書了，閒時仍然喜歡打開它，用指頭細細觸撫紙張上的點點滴滴。

「妳以為我們還像以前那樣兩小無猜嗎？這些事他怎麼會跟我說？」銀霞的手指仍在書上摸索，感受著那些紙張的一身雞皮疙瘩，以及故事中的紋理。

「你們什麼交情？他等於在瞞妳。」梁金妹冷哼一聲，說細輝這不是心虛嗎。

銀霞有點不耐煩，她說妳胡說什麼呢，人長大了不是都這樣，有許多的難言之隱嗎？「我自己不也有許多事不能對他說。」

梁金妹回頭去看電視。一顆人頭木雕似的軲轆軲轆滾下虎頭鍘，不見血。她再冷哼，小聲說男人啊，活該砍了頭去。

銀霞想不起來什麼時候開始，母親常常用這種口吻評價和總結男人，像是她已閱人無數。事實上，除了她在布仙小埠的父親以及兄弟以外，梁金妹一生中實在接觸過的男人，只有老古而已。老古自然不是個正人君子，儘管沒發生過養情人包　奶的事，但在城中開德士，常遇單身女子，尤其是開夜車時更不乏占人便宜和揩油的機會，他總是不會錯過的，因而也鬧出過好些桃色笑談。以前銀鈴念小學時，有一回出外參加繪畫比賽後坐父親的德士回家，途中上來一個袒胸露乳，用一襲橘紅色緊身裙將身體束成葫蘆形狀的變性人。那人坐在副駕駛座，銀鈴可是親眼看見父親的手從變速器上移到人家的大腿。對方吃吃浪笑，也回敬一手；搓來捏去，尺度之大，把後座的銀鈴嚇得瑟瑟發抖。回家後她悶聲不響，直至晚上睡覺時熄了燈，她鑽進被窩，在一張薄被的掩護下對姊姊道出下午在父親車上的見聞，說了後姊妹倆不知何故感到傷心恐怖，便在被子底下相擁哭泣；哭聲婉轉，終於引來母親。梁金妹問明詳細後大怒，一再追問，妳爸後來有沒有收那人妖的車錢？銀鈴搖頭，其實是不知，梁金妹更怒不可遏，當即坐在暗黑的廳裡等丈夫回家。老古進門來，未及亮燈，老婆已撲過來打罵，如狼似虎，老古痛得嘰哩呱啦怪叫，震得七樓的住戶紛紛亮燈，樓上樓下也有燈亮起，人們在窗前揉眼睛探看。

老古這般夜裡回家遭襲，銀霞記得至少有兩、三回了，每一次都與女人有關。這些女人都是老古某個時期的固定乘客，據說除了風騷冶豔的變性人，也有過良家婦女模樣的泰國女子，以及凌晨時半醉歸家的陪酒女郎，無非都在不得已時拿身體抵了車資。這些事情本該保密，卻總是老古當作韻事，在外頭對別的德士司機自吹自擂，傳聞遂如漣漪一圈一圈蕩開，最終傳回家裡來。如此一而再，銀霞與妹妹長大，逐漸無感，連梁金妹也已麻木；也是因為她看穿了丈夫不成氣候，這些女人譬如朝露，經不得太陽底下蒸一蒸，不值得她傷氣勞神。

也許就是受這些事情的啟發吧，梁金妹覺得男人不可靠。銀霞記得母親某日忽然立下心志，決定以後無論如何要買一幢房子。銀霞見識過母親那欲得之而後快的決心了，但買房子千難萬難，可不同買一套不鏽鋼鍋具。此後多年梁金妹發憤掙錢，在家當爐，為新舊街場幾家茶室製作她家傳的菜粄和芋頭糕，每週七日無休。銀鈴偶爾笑說，媽忙得拿糯米粉當爽身粉用了。

銀霞到錫都無線德士公司上班的第二年，表現優良，入息穩定，眼看有一份職業可託終生。有一日她休假在家，梁金妹拉了把椅子在她身旁坐下，向她提議母女倆合力買房子。「以後我死了，妳冇人冇物，至少有瓦遮頭。」

銀霞甚少聽得母親說話如此語重心長，她說好啊，我們買哪裡的房子呢？

梁金妹像老早已打定主意。她說，我們先把錢存夠，以後買林某建的房子。

# 那個人

父親這人太天真，太容易相信人。再這麼下去，蕙蘭知道早晚有一天會出事。她從年輕時就懷著這想法，如此忐忑了許多年，等父親終於出事時，她已經是半百的人，父親也已過了古稀之年；頭髮掉了不少，眉目轉灰，臉面卻仍白淨，幾乎無鬚，人們總說他有幾分像電視上的白面太監，因而在背地裡給他取綽號，諢稱為「葉公公」；當他的面，則叫他「葉公」，謂之對老行尊的敬稱。

以前在百利來酒樓當經理時，人們已經這麼取笑蕙蘭的父親了。也有的說他的粵語字正腔圓，調子古怪，活脫脫粵語殘片裡走出來的人。大輝剛到百利來見工時，正是葉公給他面試。下午蕙蘭來值班，父親便對她說起有這麼個年輕人快來上工。他說這人不得了，儀容秀麗，俊美得像三國裡的周瑜。蕙蘭曉得父親的情趣和品味，聽見他這麼出力誇一個男子的容貌儀表，自然以為那是與父親一個路子上的人，就像家裡當時住的兩個房客一樣，都細瘦，說話有氣沒力；在髮廊工作，頭毛三五天換一個顏色。

兩天後她初見大輝，被這麼挺拔的一個身影嚇了一跳。父親殷殷地拉著人家的手走來，就像現如今那些孟加拉外勞那樣，在他鄉重逢相認過了，牽手含笑，說蕙蘭我給妳介紹，這是大輝。蕙蘭抬起頭，說你一日三餐吃的什麼呢？怎麼長得這麼高？

「三餐怎麼夠呢？」大輝說。「我一天吃五餐的呀。」

當時站在大輝身旁的，除了葉公，還有一個把他介紹到酒樓來的後生，是大輝的表弟。這表弟雖然肥頭耷耳，五短身材，但在酒樓裡打工多年，見的人多，機靈得很。他見蕙蘭當時那種眉眼，幾近含羞答答，轉身便對大輝低語，說這領班和她的老爸都喜歡你，你以後有好日子過了。

蕙蘭那時一點不知道大輝的底細，只曉得他在日本打過幾年工，回來後嫌錫都落後，生活指數低，找不到像樣的工作，毅然到都城來謀生。這樣甚好，不正說明他有志氣麼？也許是因為在日本的大都會浸淫過，這人的儀容顯出修養來，一點沒有小埠來的人那種土裡土氣。而他本來就長得好看了，穿上酒樓指定的白襯衫深色西褲，加上黑皮鞋，在一眾侍應當中鶴立雞群，特別儀表堂堂。蕙蘭一點沒掩飾對他的歡喜，還說服父親給他一個優惠價，免付按金和上期，把家裡最後一個空房出租給他。大輝搬進去後只交了一個月房租，在房裡隨地鋪了一張廉價床墊；月中買的床架尚未組裝起來，月底就搬到蕙蘭房裡，成了自家人。

這些事，一五一十，都在葉公眼皮底下，他卻始終沒說過半句不中聽的話。以後事情變酸，再變苦，終於一發不可收拾，變成一個扛也不是扔掉也不成的爛攤子。蕙蘭無力時也曾埋怨，說你呀明知前面有個凼也由得我一腳踩下去，怎麼當父親的呢？葉公便像受了極大的委屈，苦著臉說是呢，阿爸是我，阿媽也是我，兩個角色我演得再成功，都只能拿五十分。說著瞄一眼他的外孫女春分，說妳不知道自己從小有多叛逆，多橫蠻；哪一次不是我說不能做的事，妳偏要做？

事實卻是葉公當時也很滿意大輝這個「未來女婿」。蕙蘭以前交往過的幾個男朋友，都是些面黃肌瘦，臂上畫龍描虎的人；收賬的有，斵木的有；之前一個廚房佬，女兒覺得有男子氣概，卻滿口髒話，一言不合即拎起菜刀揚威耀武。蕙蘭的脾氣暴躁，也不是省油的燈，這些男友都不能長久。眼看要三十歲了，好不容易遇上大輝，這麼個人模人樣，穿起龍袍真像個太子的，難怪女兒一見傾心，他自己亦甚具好感，還怕一招引君入甕捉不牢這麼好的水魚，會讓他逃脫了去。女兒從小在他腳邊長大，是被他慣壞了的人；葉公深知其性格，卻還真沒料到她對大輝會這般生滋貓入眼，一往直前，最終用力過猛，自己一頭栽了進去，差點翻不過身來。

下午三點鐘酒樓午休時，蕙蘭召了一輛車飛趕回萬樂花園。三個孩子都坐在廳裡。夏至架著大得像兩面放大鏡的一副厚眼鏡，伏在飯桌上做功課；立秋坐在電腦前打電動，大女兒春分坐在沙發上看電視，一支六、七人的韓國美男合唱團在台上載歌載舞。她見了母親，朝外公的房間努努嘴。那房門是闔上的，蕙蘭瞧兒女們這種動靜，知道事態沒有多嚴重，不由得舒了一口氣。她問春分，妳在電話裡不是說外公流了很多血嗎？

「止血了，我替他包紮了傷口。」春分說。「那個人也走了。」

蕙蘭在門口說，老爸我進來了。說著推開房門，先看見房裡一片凌亂，衣衫扔了一地，一張椅子倒在那裡。葉公在床沿坐著，一雙蒼白的腳丫觸地，腳上青筋暴凸，狀似薄土底下的一撮蚯蚓，又有點像蝦背的腸泥。葉公還穿著睡衣，淡藍色的褲子上有血跡，星星點點，像畫得拙劣的紅梅；衣衫上更多，襟前一大片，紅得過時，帶著點褐色。蕙蘭想到這麼多血從一個老人身上傾出，不由得心驚。她的目光再往上移，葉公正垂下眼皮在看那倒地的椅子，像是在審視一個被處決了的人，又像是一具僵硬在那裡的屍體。他那張臉失血，比平日顯得灰白，雙目無神，彷彿靈魂還在流失中。傷處在頭顱，大概比額頭稍高，在髮際線一帶；亂纏的繃帶看來像一頂馬來人戴的哈芝帽，有血一層一層滲出，暈染成玫瑰般的一朵紅色印花。

「你還好吧？」蕙蘭走前去，「流這麼多血，不需要縫針嗎？」

葉公搖搖頭。他說那個人走了，以後不會回來了。說著，他仍然神情呆滯地凝視地上的椅子，彷彿「那個人」就躺在那兒，倒地不起。

蕙蘭說走了就走了嘛，難道你還以為他會跟你過人世嗎？她在父親身旁坐下來，伸手整一整纏在他頭上的繃帶，問他這是拿什麼敲的呢？你不要去看看醫生嗎？沒弄好會破傷風呢。

「這一次被拿走多少錢？」蕙蘭問。

葉公搖搖頭。

「沒有？」蕙蘭馬上皺起眉頭，聲音變得尖利。「騙鬼啊？沒拿你的錢，你會氣得跟他拚命？」

這種事不是第一回了。自從葉公從酒樓退休以後，靠著申領出來的公積金養老，便三番四次被人盯上。來的人都比他年輕許多，甚至年紀比蕙蘭更小，形形式式，無不是外州來的異鄉人，都像街上的流浪貓狗似的被他收留，最終搬進來與葉公共用一個房間，許他好夢，讓他好一陣春風得意，於是每次出事，便有某個「那個人」被掃地出門，剩下葉公滿腔怨憤，以後三五天至三五個星期不等，蔫頭蔫腦，說各種喪氣話，怎麼逗他都一副哀莫大於心死的模樣。這卻是頭一回鬧得見血，可見災情前所未有的戲劇化。春分打電話來，十萬火急，說外公與那個人在房裡爭吵纏鬥，不知怎麼老人手裡忽然變出一把美工刀來，恫言要一齊死，不料被人隨手推倒，敲崩了頭，血流如注。

春分在電話裡報告這等事，竟沒顯得多慌亂，似乎連她也早已預見會有這一日，葉公會出事。她說媽妳要不要回來看看情況？妳不回來，我也可以帶外公出去看醫生。蕙蘭心煩意亂，說妳腹大便便還要跑出去？不怕在街上生孩子嗎？

她沒敢向上司請假，只能熬著等到午休時間，兩個半小時內風風火火地來去一趟。她過去在酒樓裡事急請假的次數多，同事頗有些微言；要再請假，可以想見經理會擠出怎樣一張臉，說怎麼就妳家這麼多事？上一回女兒失蹤，這一回又換誰倒楣？蕙蘭還真難以說明，總不能說七十多歲的老父遭人騙財騙色，在家中要死要活。何況父親葉公一輩子在酒樓打工，行內許多人識得，甚至還曾經被這經理尊稱為前輩，蕙蘭自然不敢在他面前洩漏一點風聲。

這兩個半小時，平日她可是要在酒樓的廂房裡，搬動幾張椅子排成一列，躺在上面睡個覺的。她總是那麼累，隨時隨地躺下來就能睡死了，像夢裡蟄伏著一隻巨大的章魚，只要她一闔眼便硬生生將她吸進充滿墨汁的肚腹；那裡漆黑而沉靜，讓她睡得像個胎兒。幾個曾與她共用一個廂房午憩的女同事批評過她的睡相，說女人睡得四仰八叉，還打鼾，十分不雅。蕙蘭笑說我睡覺時不接客，要雅給誰看呢？那些女人便說哎呀妳還得找個男人再嫁吧，總不能為一次失敗的婚姻自暴自棄呀。

蕙蘭要麼朝她們翻一個白眼，要麼搖頭苦笑。心裡萬分不服，想想自丈夫跑了以後，自己一個女人在都城這麼個地方獨力養育三個孩子，咬牙而已，沒對她們哼過一聲，怎麼叫著自暴自棄呢？有些相熟的老朋友則好意勸她去驗血，做個身體檢查吧。「看看是不是血糖高了，不然怎麼會一天到晚疲乏到這地步？」

人們這麼說的時候，蕙蘭知道他們接下來要說的是什麼。她搶先把話說了，說我應該減肥才是，這些年什麼都掙不到，只長了一身肥肉。

確實如此，自從大輝離開家裡，蕙蘭不得已重新出來工作，回到酒樓日日端菜斟茶，體重便逐年遞增，三年後她升級當領班，身形已經又回到十一年前在百利來初見大輝時的等級。人們在背後譏笑，叫她「小河馬」；也有的拐著彎揶揄，說她當年曾為情消瘦，而今又打回原形。「為情消瘦」這話說得輕佻，聽來就像減肥不費吹灰之力，蕙蘭嗤之以鼻。她當年為了甩掉一身贅肉，可是投入不少金錢和時間，費了大功夫的。那時她買了許多瘦身產品，一日三餐吃的都是粉末泡水後弄成的流質食物，再加上用開水燙熟的蔬菜瓜果，吃得連拉出來的屎都成了綠色，還像牛糞便一樣散發著草青味。

她這一輩子只這麼一回豁出去，為一個男人挖空心思，施盡渾身解數。倒不是大輝對她說過厭棄的話，也許正是因為他沒說，蕙蘭更因此為他而忍不住嫌惡自己。那些年大輝在她眼中是一個會發光的人，只應天上有，配得上更好的東西。她那時半點忍受不了任何與他不匹配之物，於是給他買了真絲襯衫，名牌西褲和小牛皮做的皮鞋，還願意在每週休假時主動給他熨衣服和擦鞋子，一心一意，深怕他身上出現半點瑕疵。父親葉公有看不過眼的時候，說她對自己的親生父親都未曾如此用心，蕙蘭眉眼含笑，說我連對自己都不曾這麼好過呢。

蕙蘭向來在父親面前沒大沒小，常說許多不當真的話。但這一句她可是真心說，「對自己我也沒曾這麼好過。」只是當時只感到濃情蜜意，心裡甜滋滋，好像要她為大輝流落成一灘爛泥，她也覺得合乎自然，是心甘情願的。因而即便大輝沒說，她站在鏡子前看見自己腰圓背厚的樣子，想到大輝挽著她這熊掌似的手去逛街看電影，心裡替他感到十分難堪。那以後她便下定決心減肥，半年後有了顯著的效果，穿的衣服小了兩個碼，她才敢跟著大輝回錫都過年，見到了他的母親與弟弟，還有標緻得令人吃驚的姑姑，以及她那顯赫的丈夫和年幼的兒子。

那次拜年，由於酒樓新年無休，蕙蘭與大輝要趕回都城開工，因而來去匆匆，只在錫都逗留了一個晚上，但她拎的禮厚，其中多是從百利來的供貨商那裡買來的海味，加上都城才買得到的馳名肉乾和甜點，便覺得何門方氏十分歡喜，待她也十分客氣。回到家裡，葉公問她未來婆家人好相處麼？蕙蘭竟說了幾句好話，把何門方氏說得像個容易打發的鄉下老婦。葉公不以為然，當時便出言警誡，說放長雙眼吧，這世上怎麼可能有好相處的寡母婆？

後來真應了葉公所言，何門方氏雖是個鄉下人，卻一點不好對付。最初她把蕙蘭當大輝的上級，說話客客氣氣，有一種「拜託妳多多關照」的意思。以後蕙蘭仍每年隨大輝回去，不過換了個身分，何門方氏的嘴臉便一年一年不同，言語越來越冷淡；到後來大輝出狀況，回家裡向母親要錢，她從此更沒有給蕙蘭好臉色看，好像把大輝犯的錯都怪到了她的頭上。

大輝走了以後，她連委靡的時間也沒有，父親葉公每個月一整份薪水都給了她持家，讓她養孩子，而他還有一年就要退休了，便對蕙蘭說妳再不出來工作，以後我們一家老老幼幼只能吃穀種。蕙蘭不作他想，馬上給幼兒找了保母，把五歲的夏至交到托兒所，至於春分，那時快十歲了，蕙蘭再無餘力，只有聽天由命，讓她每天自己摸黑起床漱洗上學，放學了自己坐校車回家。那時間葉公和蕙蘭均已上班，她端著蕙蘭出門前買好的飯盒，疊著腿坐在沙發上，一邊看電視一邊用力咀嚼已經變涼變硬了的米飯。

那時期蕙蘭沒有特別瘦，卻十分憔悴，而且一整日都覺得餓。酒樓裡一日管兩餐，但她總覺飯菜倒進食道，在胃裡稍作停留，來不及被消化分解，就直接滾到腸裡，像滾進了無底深淵。夜裡下班回到家中，看見飯桌上擱著春分沒吃完的半盒飯，無非冷飯菜汁，她總是不顧父親阻撓，把飯放進微波爐裡稍微弄熱，拿了個湯匙使勁刨挖，一勺一勺傾入口中。

有人見過這情景，說妳知道這模樣像什麼嗎？蕙蘭只瞟了那人一眼，沒答理，那人卻自鳴得意，自顧自的說下去。「像一台水泥攪拌機呢。」

那人是誰呢？蕙蘭依稀有些印象。那是她與父親商量後，為了幫補家裡，決定像以前那樣把一個房間清空了租出去。經朋友介紹，這人便來了。說是東馬來的人，有點原住民血統，黑黑實實，到西馬來後走南闖北，一直在建築工地上幹活。蕙蘭與家人原來都叫他阿東，直至有一天春分告訴她，她早上準備上學時，天猶未亮，她在廳裡擰亮一盞燈，碰見阿東赤裸上身，只穿一條四角褲從外公的房裡出來，一邊打哈欠一邊說，上學啦？

自那以後，蕙蘭與春分每每在說話中提及阿東，便都以「那個人」為代號。春分從小看著電視拌飯吃，對人世的術語十分精通。蕙蘭雖然從未說白，但春分對那個人與外公在房裡做的事已有眉目，竟也像大人一樣的心照不宣。半年後，阿東雖然還住在他的房間，卻已經三個月不交房租了。蕙蘭本不管房租的事，無意知曉後大為光火，矢言要追討欠租，被葉公阻止，把她拽到百利來的後巷，父女倆咬著牙小聲爭執。蕙蘭越說越氣，禁不住抖出些難聽的話，說父親幹的事不可告人。葉公頓時臉色刷白，身體像驟然萎縮，止不住簌簌地抖；半晌才說，阿東的房租我付總可以了吧？我付！

「你說什麼傻話呢？」父親的反應讓蕙蘭愕然，由不得一陣躊躇。「你是房東，收不收人家房租是你的事。」

那天晚上下班，她與父親一同乘車，本來默默無語，蕙蘭見司機是個不諳華文的馬來人，還開響了收音機聽著馬來歌曲，便覺得車裡比哪兒都安全。她拿手肘碰了碰葉公，見他仍然別著臉，還挪了挪手臂作狀迴避，便倚過去再碰一碰；像少女時那樣，做錯了事回頭討好他，對他說別生氣啦。爸，你知道我也是為了你好。

「你這樣不行呢，你太天真了。」這麼說的時候，蕙蘭忽然感到怪異，怎麼自己說的這些話似曾相識，聽著多麼的老氣橫秋。她想了想，分明是許多年以前父親對她這麼說過的。在某些她已經無法想起來的場合，父親諄諄告誡，說妳這人太容易相信人，總是被人占便宜。

「真的，早晚有一天會出事。」

# 春分

直到後來春分出生，大輝仍然懷疑之前那懷上的胎兒並不存在。他會在各種時刻，出其不意地表現出他對這事始終持心存質疑。他也曾經用半開玩笑的口吻問蕙蘭，其實春分之前那一胎是假的吧？

「怎麼說？你以為我在騙你？」蕙蘭瞟他一眼，臉上的表情也沒太認真，眼角有調情的意思，好像沒有很嚴肅的回答他的問題。

「難說呢，妳這女人有點心雞（計）啊。」大輝的目光輕浮，笑時吊起一邊嘴角，口裡朝蕙蘭噴出一縷白煙，模糊了她的視線。他們的女兒被蕙蘭抱在懷中，是個剛出生沒兩天的小東西；皮膚赤紅，臉上有點皺皺的，沒有眉毛；看起來很醜，像造物者十分草率，用一個過大的皮囊隨便裝了一點血肉和骨頭便塞給她，敷衍她。蕙蘭說怎麼會這樣呢？這孩子看起來一點也不像她的父母。她的父親葉公啐了一口，說妳剛出生時就長這模樣；一模一樣的眼睛和鼻子！她簡直就像個複製人。

「放長雙眼吧，女大十八變呢。」葉公這話是逗著春分說的。她那麼小，還沒想好該取什麼名字。葉公興之所至，隨口喊她「多莉」，大輝聽了皺眉，說你怎麼把我的女兒叫成小狗了。葉公說，這哪是小狗的名字？你都不讀報紙嗎？這是綿羊！

第二天，由葉公出馬，帶著一張笑臉走進百利來的貴賓廂房裡，請一位老熟客給他初生的外孫女取個好名字。那熟客過去是個華校校長，因妻了擅於經商投資，早年與人合作買下許多耕地種植油棕，家中暴富，孩子一個一個被培育成醫生和會計師什麼的。他早早退休，在家寫寫文章，出了許多書，文名越盛，眾望所歸地成了華文作協的會長，出錢辦自己的文學獎，在社會上德高望重。葉公以前在別的酒樓工作時就已認識這家人，算是站在飯桌旁看著那幾個未來醫生和會計師長大，人家自然不好推辭他這微小的請託。再說那位作協老會長也真喜歡被這般逢迎，十分欣喜，便問明詳細，用了一頓飯工夫，想出這麼個名字來。

「叫春分吧，是廿四節氣裡的第四個節氣。」老會長塞給葉公一張餐巾紙，上面用黑筆工工整整地寫了「何春分」三個字。他還說春分是好時節，春分以後陽光明媚，雨水充沛，正好播種。「寓意以後孩子陸續有來，你兒孫滿堂。」老會長笑吟吟地說，以後第二第三第四個孫兒出生，你還來找我，我給你弄個四季全套，再風雅不過。

蕙蘭其實並不喜歡「春分」這名字。她雖然只有中三的教育程度，卻總知道「分」字不祥，似乎不宜用作人名。她說不如用「芬」字代替吧，畢竟是個女孩呀。葉公無可無不可，沒想到卻是大輝反對。他說人家大貴人取的名字肯定有道理，妳沒見他家的孩子一個兩個都成材，滿門昌隆嗎？那必然跟他取的名字有關連。蕙蘭一想也是，而且她知道大輝原想要一個兒子，見生下來的是個像小沙皮狗一樣的女兒，多少有些失意；難得這名字像給他注入一支強心針，她亦不禁寬心，便欣然替女兒接受了這名字。

春分滿月後不久，蕙蘭抱著她，坐著大輝的車子一刻不停地直驅錫都，讓何門方氏親眼看一看這何家內孫。何門方氏可沒她原先想像的那樣興奮，儘管她也像別的長輩和老人那樣把臉湊前來，嘰哩咕嚕地說些打趣話逗那嬰兒，表情姿態卻生硬得很，像是她這輩子從未逗弄過小孩一樣，也沒有顯出迫切要抱一抱孫女的意思。那時候小叔細輝剛結識了一個女教師，兩人正開始交往，何門方氏談起這個倒是眉飛色舞，說她是怎麼拜託了許多朋友，才終於給細輝介紹了這麼一個好對象。她趁著大輝一家回來，特地安排了一次家庭聚餐，算是給春分擺滿月酒。這種場合自然有小姑蓮珠一份，還讓細輝把那個叫嬋娟的教師帶來，儼然已把人家當作未來兒媳。

蕙蘭自從與大輝在一起，已見過蓮珠好幾回，每一次都見她盛裝打扮，笑靨如花地出現，卻又總是坐不得久，往往等不及一頓飯吃完就得夾著香風匆匆走人，說是有別的活動要趕著出席。什麼華教籌款義演，什麼社團八十週年紀念晚宴，或者是跑馬會辦的什麼殘障人聚餐等等，也有「馮家那邊」的喜宴或聚會，譬如老太爺九十老壽或小外甥碩士畢業慶祝會之類的；又總不忘迂迴地向大家強調，儘管重要的事情那麼多，她仍然不惜在百忙中擠出點時間，抽身來「見見自家人」。

像蓮珠這種手段的闊太太，蕙蘭在都城的酒樓工作，見過不少了。只是大輝家畢竟出身漁村，親戚雖眾，但那些人大多一股泥腥氣，還被海上的烈日烤得焦黑，像泥鰍一樣上不得檯面，難得有一個這麼大方貴氣的，讓蕙蘭十分側目。她的家婆何門方氏與這年紀看著像她女兒一般的小姑十分親近，一席飯的時間，幾次問起對方的孩了，還眉開眼笑地對嬋娟說，蓮珠啊有個兒子六歲了，一出生即白白胖胖，手臂大腿一節節，還有雙下巴，彌勒佛也般，十分討人喜歡。細輝在旁幫襯一句，說是呢，我給那小表弟取了個英文名字，叫米其林。蓮珠啐他一口，說妳別聽他胡說，我兒子的英文名字好聽呢，叫羅勃·馮。何門方氏點頭稱是，說就是嘛，明明就叫蘿蔔。

這麼一種團圓和睦的氣象，連那個不知底細的女教師也能敞開來捧腹大笑；蕙蘭手抱春分，這晚上女兒又特別扭計，許多不合時宜的哭鬧，使得蕙蘭坐立不安，尷尬得很，竟覺得自己有點擠不進這氛圍裡。倒是大輝對大家的一團和氣提不起勁參與，話很少，打了兩個哈欠，期間還藉詞解手，兩次站起身來走到酒樓外頭去抽菸。蕙蘭從以前第一趟跟大輝回家，就發覺他對這小姑姑特別不領情，甚少與她直接對話；偶爾說了，也單單打打，像是話裡藏著什麼機鋒。這晚上大家提到蓮珠的兒子，說這胖小孩食神托世，懂得投胎，今生不怕沒有好東西吃云云，正值春分哭聲又起，蕙蘭顧著安撫，聽不得仔細，待回過神來，聽到大輝揚聲，說女人跟男人不一樣。

「女人有沒有投錯胎並不重要，重要的是以後有沒有嫁對人。」大輝說。

「我說得對吧，蓮珠姑姑？」

蕙蘭瞥了一眼蓮珠，再看看身邊的丈夫，這麼一環目，感覺到一桌子的人雖還在臉上掛著笑，臉色卻都在改變。那女教師顯然也察覺不妥，抬起頭來詳加視察，正好與蕙蘭的目光對上，便露出一排暴牙衝蕙蘭一笑，問她，妳這女兒好可愛，叫什麼名字呀？蕙蘭便報上女兒的名字，叫春分，廿四節氣裡的那個「春分」。女教師似乎會不過意，表情有點迷茫，嘴上卻說啊春芬，這名字很好聽呢。細輝在旁幫了一句，其實只是重複蕙蘭所言，說是廿四節令裡的那個「春分」哦。女教師斜眼瞟他，說我懂呀，你以為我不懂嗎？

「我們學校也有一支廿四節令鼓隊，又打鼓又吶喊，像跳舞一樣的好看。」

這種飯局，蓮珠以前總是遲到早退；這晚上卻一直坐到甜點都吃過了才站起來，說好啦，該曲終人散了。說著，她施施然走到蕙蘭身邊，稍微矮下身子逗弄她懷中的女嬰，說這一對鳳眼長得真像妳。蕙蘭意識到蓮珠是在對她說話，便歡喜地答應，說是呀我老爸也這麼說，說她長得跟嬰孩時候的我一模一樣。

「希望長大了會比她的媽媽好看吧。」蕙蘭說。蓮珠撇一撇嘴，說媽媽也很漂亮啊，不然大輝這傢伙會願意安定下來，老老實實的結婚生子？說時不知怎麼手裡變出了個紅包，輕輕塞到春分的懷裡，說是給孩子的滿月禮。蕙蘭代為接過，看見是金碹行印的紅包封，心裡十分高興，便嘬口學著童音說，姑姑送妳禮物呢，快說「謝謝姑姑」吧。蓮珠說妳搞錯了，她摸摸春分的小臉蛋。

「有了這小女孩，我升級當姑婆了。」

那紅包裡裝了個小盒子，裡面有一條金項鍊加一個沉甸甸的小兔金牌，916金，造工甚好。那晚上回到房裡，蕙蘭讓大輝看看，他只瞥了一眼，不屑地說，這女人只會拿錢收買人心。

蕙蘭才想起來，她與大輝結婚時，蓮珠做的禮也很輝煌。白天敬茶時她與丈夫拿督馮同來，推搪了許久才肯坐下受禮，除了給她一個金鐲了，也給大輝一個金戒指。晚上的喜宴，拿督馮有三個場要趕，分身不下；蓮珠一個人帶著三歲的兒子赴宴，隨行的還有一個負責照看孩子的印尼女傭，給了她與大輝一個九百九十九元的大紅包。那紅包，她當著大輝的面塞到她的手心，說我這姪子脾氣臭，不容易伺候，以後要辛苦妳了。

「還有，」她傾前來小聲說，「我們女人流產和生產一樣的傷身，妳要好好補補身體。」

蕙蘭結婚時，蓮珠的丈夫前一年才剛在大選中第一次代表秤砣聯盟出陣。那幾年市場發展蓬勃，政府祭出了「二〇二〇年先進國宏願」，像一帖春藥似的令全民亢奮難耐。人民過上好日子，一心求穩，大選狂吹秤砣風，拿督馮還真一出師即告捷，贏了個議席，如願當上州議員，好不風光。蓮珠榮升議員夫人，每每與丈夫一同在場合中曝光，報紙上刊出圖片來，一律稱之為拿督馮賢伉儷。大輝看過的，報紙一甩，鼻裡冷哼一聲，說還賢伉儷呢，名不正言不順。

「這叫『水鬼升城隍』了不是？」

蓮珠嫁作人妾，但這二奶當得風光無限，還豔光四射，所到之處無人敢不賞臉，蕙蘭覺得女人如此實在也不枉了。她在大輝面前自然三緘其口，不敢這麼說。以前她說過些什麼對蓮珠表示欣賞，大輝氣得叉起腰來罵她，說妳們女人都愛慕虛榮。蕙蘭那時脾氣還有點犟，敢在語言上衝撞他，兩人不免張聲大吵。直到她第一次懷孕，也許是荷爾蒙作祟，偷偷改造了她；也可能是三十歲才將為人母，她陷入莫名的恐懼和焦慮中，像是意識到人生到這兒算怎麼一回事，便忽然覺出自己多麼害怕失去大輝，從此對他順從了許多。父親葉公有所察覺，說太陽從西邊出來了；蕙蘭笑，說要你管嗎？我心甘命抵。

那孩子，在她肚子裡住了將近四個月，醫院的護士說胎兒有一個手掌這麼大，已經長出了手指和腳趾，卻尚未知道是男是女，就在她結婚的兩週前讓她給弄丟了。她聽到大輝給他母親打電話，特意走到屋外大門口那裡小聲的講，說孩子沒了；說不曉得什麼原因，可能是婚禮的事情太多，她精神緊張，反正就是流產了；說沒有啊，一直都在控制著，沒有吃生冷的食物呀。何門方氏似是覺得不可置信，堅持讓大輝把電話轉交給她，要問個清楚。蕙蘭接過電話，也一五一十，說自己一直都在留意飲食，沒吃生冷水果，沒有喝冷飲；有在吃醫生介紹給孕婦的牛奶粉；沒有啊沒有減肥，這時候補充營養都來不及了，當然不會減肥；腰瘦的時候就服六味地黃丸呀，這六味地黃丸是媽妳推薦的吧。

她這麼說，何門方氏就不高興了。日後有話傳回蕙蘭耳裡，說她的家婆對好些鄰里說，兒媳婦丟了肚子裡的孩子，居然怪我！

大輝見她煩悶，那時也忙著籌備婚禮，沒對她說過半句不好聽的話。只有在夜裡兩人一起躺在床上，凝視著掛在對面牆上的結婚照時，他問她怎麼知道小產的呢，蕙蘭便說有血啊，一塊一塊的滑下來。「我就知道他走了。」說的時候，她看著結婚照裡的自己，穿著蓬裙，腹部被隆起來的裙子遮掩，孩子就在底下。

「不痛嗎？」大輝問。

「不痛的。」她說，只像有時候月經來得凶猛，那孩子就隨著經血流出來了。她從百利來的廁所裡出來，逕自去找大輝，說我下面流血，孩子好像沒了。大輝一驚，說那怎麼辦？那時段百利來辦著兩個喜宴，樓上樓下正忙得不可開交，蕙蘭說那我叫一部車子去醫院檢查一下吧，還真的去與經理說了一聲，自己一個人坐上德士去了醫院。醫生真說孩子沒了，把這叫著「自然流產」。蕙蘭眉心微蹙，想問這怎能叫「自然」呢？但醫生說了就走，把她交給一個態度有點粗暴的老護士處置。老護士一邊替她清理，一邊問她是不是明知懷孕了還與丈夫行房。蕙蘭說我怎麼知道呢，從來沒人跟我說過懷了孩子不能行房。那護士撇著嘴瞪她一眼，轉身找來一份《妊娠需知》之類的手冊，全彩印刷的幾頁紙，上面有巫英華三大語文，讓她拿回家認真讀一讀。

「現在才給我這個有屁用嗎？我的孩子都死了。」蕙蘭說。

那護士被蕙蘭的反應嚇了一跳，說妳還中氣十足啊。之後她轉過身，在一堆鍋碗瓢盆似的鋼器上忙別的什麼，用一個微駝的背脊對蕙蘭說，妳自己不懂，難道不能問問妳的母親和姊妹嗎？

「我沒有媽媽。她不等我斷奶就跟男人跑了。」蕙蘭不明白自己怎麼會在此時此地，跟一個不認識的老護士說這些，聲音卻由不得哽咽。「我爸只有我一個孩子；女兒是我，兒子也是我。妳叫我問誰去呢？」說了，她禁不住躺在那護理床上，兩腿大張地放聲大哭起來，像是這時候才想到要埋怨那多年以前已經離開，把她丟下了不管的女人。

父親葉公總是隱晦地說，其實怪不得妳的母親，怪不得她。

蕙蘭哭得很兇，哭時腹腔不斷使勁，好像這樣可以讓一個有了手指腳趾的孩子，帶著屬於他的黏液和血塊走得乾淨些。那老護士似是不為所動，好像蕙蘭這般激烈的表現於她已司空見慣。做完她的工作後，老護士說妳哭夠了就擦擦眼淚走吧，這張床還有人要用的呢。

「妳還年輕，好好調理一下身體。以後還有得生的。」老護士從床上撿起被扔到一角的《妊娠需知》，皺著眉抓起蕙蘭的手，將手冊一把塞到她手裡。這老護士的動作如此粗野，態度肆無忌憚，幾乎像個關係親密的家人；蕙蘭仍然掛著滿面淚珠，哭意猶像一股氣流似的在胸口伺機而出，卻不知怎麼被老護士這動作和她說的話逗得噗哧一笑。她伸手拭了一把眼淚，說是的，我很快會再懷上孩子。

老護士翻眼瞪她，眼珠像金魚眼似的暴凸，一字一字緩緩的說，流產後一個月內不能進行房事！

蕙蘭回到家裡，想起那老護士的言行舉止依然忍不住笑。大輝和葉公人未回到，已打過電話來問。她便對著話筒說孩子沒了呀，聲量大得出乎意料，像是那不由得她控制，一屋子迴盪著她朗朗的話聲與回音，孩子丟了，孩子丟了，丟了。

後來三十多天，甚至在她與大輝結婚的洞房之夜，她都沒有與大輝行房，直至月經恢復以後，她才主動去撩撥。手往他胯下掏，雙唇銜著他的耳珠，說我不甘心呢，我要追回我們的孩子。那兩年她與大輝性事頻密，春分卻姍姍來遲，兩年多後有一陣她忽然胃口奇佳，日日夜夜都覺得餓，就像身體裡生出另一張嘴和另一個胃。她算算月事才遲了幾天，仍然去藥房買了檢孕棒，清晨特地爬起床來用第一泡尿檢驗，居然正如她所料，孩子回來了。

到了這時候，大輝才偶爾會拿那個流掉的孩子開玩笑，吐著煙問她，其實當初那一胎是假的吧？蕙蘭看著那些白煙在她面前繚繞，聞到了煙裡微苦而嗆辣的味道，她說，你抽菸走遠一些，別讓我和肚子裡的孩子吸你的二手菸。她的聲音語調聽著像命令，有種不容拂逆的意味；大輝一愣，就那麼一瞬，眼前的煙霧再無法凝聚，蕙蘭臉上的表情在裊裊散去的煙霧中清楚浮現。儘管眉目含情，一隻上揚的嘴角隱約帶笑，但她堅定的說，我是認真的。

「我要把孩子平平安安的生下來。」她揚起一冊翻舊了的《妊娠需知》，對大輝再說一遍，我是認真的。

# 夏至

何門方氏為春分在錫都擺的一桌滿月酒，蓮珠獨自來了，為丈夫沒有出席說了許多抱歉話。由於要在即將來臨的大選中出陣，拿督馮正忙於備戰和造勢，這邊廂在小販公會辦的週年晚會上，與幾個同僚如車輪戰似的，逐一上台激昂陳詞，各展風采，那邊廂要趕到防止虐畜協會的籌款宴會上移交道具支票，拍照存證；據說之後黨裡有大人物到來，晚上臨時召開祕密會議，他也被點名出席。蕙蘭記得蓮珠說到這些，一味搖頭，說她一直以為拿督馮參政不過是玩票性質，沒想到他竟然玩上癮了。

「做生意的男人再忙，忙不過搞政治的男人。」蓮珠嘆了一口氣。「我兒子幾天見不著他爸爸了。」

直到夏至出生，那是五年過去了。那幾年裡事情很多，像排著隊似的，一樁接一樁的發生；生活裡許多大大小小的變化，以致蕙蘭回想起那五年來，總覺得它過得比實際的時間要漫長許多。但這五年裡，在經歷的當時，她也曾覺得拖沓無比，令人喪氣。她記得自己那幾年常常對人說，怎麼會這樣呢？結婚前沒想要孩子，一時情急忘找，沒用上杜蕾斯，馬上就懷孕了；結婚後想要孩子嘛，每個晚上不設防也等不來動靜。

「好像上面有個生孩子的配額，沒輪到妳，妳就是再努力也沒用。」

酒樓裡的女同事多已十分熟稔，無不笑話她，說會不會是妳老公留了力沒讓妳知道？

等到夏至終於被分配來到這世界，在她的肚子裡像一顆種子抽出嫩芽，那時候另一屆大選又將來臨，國家還剛換了新的首相，把蕙蘭記憶中幾乎「一直都豎立在那裡」的舊首相換下來，簡直就像給一家老店換了個新招牌。彼時金融風暴過去不久，經濟才剛從災難中爬起來喘口氣，猶自跌跌撞撞，市面不如之前繁榮。這時候換個新人當家，像是能賦人以新希望，正好振奮人心，因而由新首相領軍的秤砣聯盟，氣勢看似銳不可當，像什麼電療法似的，多少刺激了一下市道。人們摸摸口袋，又有了點信心再回到高級酒樓裡吃香喝辣。

那時候都城的高級酒樓可不如以前那樣隨處可見。春分出生前那一場金融風暴，幾年裡摧枯拉朽，弄垮了許多半大不小的酒樓。那些挺得下來，也多半裁員減薪，還得像小餐館似的推出許多偷工減料薄利多銷的優惠套餐才能熬過去。蕙蘭好歹年輕，人也話頭醒尾，還能留在百利來當領班，倒是酒樓的兩個經理必須被裁退一個。葉公因年事較高，不甘不願地領了一筆裁退金，在家待了些時日，終於得朋友相助，給介紹到喜臨門分店當起了副經理。以後父女倆每日一起出門，卻在中途轉站時分道揚鑣，各自到不同的酒樓上班。蕙蘭未滿十七歲便經葉公引薦到酒樓端盤子，這還是出道以來第一次與父親分事二主，不在一個地方當同事了。他們每天一起乘的輕快鐵，葉公先到轉換站，蕙蘭總在擁擠的車廂裡向父親昂一昂下巴，等於說了再見。然後車門闔上，她的視線穿過車廂裡人與人之間的縫隙，盯著父親在月台上的身影，見他顯得特別瘦小，總在人來人往中舉目張望，像是毫無方向感的樣子，心裡便釐不清一股什麼酸酸苦苦的滋味。

大輝說過不只一回，妳爸一輩子就這樣了，在酒樓打的第一份工，以後便想在酒樓裡老死。蕙蘭說喂你指桑罵槐嗎？我不也在酒樓打的第一份工？

「妳不一樣，妳是女人。」

「我爸跟你也不一樣，他沒你這樣的志向。」蕙蘭說。「他一心只想把我養大，過安安定定的日子。」

大輝早已經不在酒樓打工了。金融風暴剛發生那一陣，百利來的生意額驟降，門面冷清；樓下大廳只靠特價套餐和週末的家常飯撐住場面，樓上則除了偶爾辦喜宴，平日總是不營業的；顧客給小費時，出手也不比以前闊綽了。大輝眼見如此，又被一個酒樓的熟客鼓動，說酒樓生意做不住，但人們在經濟好景時被鮑參翅肚吃撐了的胃口卻還是得餵飽的，因而街上的熟食生意非但沒被金融風暴擊垮，反而比風暴以前更欣欣向榮。

「街上買賣都用現金交易，一不怕被壓賬，二不容易被查賬，當個小販都比當酒樓老闆好！」

人家說的不無道理，君不見就在全國各地的高級食府一家接一家倒閉的同時，城鄉各處反而建起了許多帶停車場的大型小食中心；一日三餐時段，停車場裡的車子總是多得快滿了出來？

大輝深受啟發，於是在春分出生後不久即辭去酒樓的工作，參了點小股與人合作，弄來二十輛流動車賣起了串串鍋。串串鍋這名字新鮮，其實就是一般的街市小食「淥淥」[1]。那大股東，當時人稱「淥淥王」，據說出自淥淥世家，一家三代人都靠著一輛加篷三輪車，在街頭剁血蚶串魚丸，再數竹籤收銀角養家活口。到了大股東這一代，他有點生意頭腦，覺得賣淥淥也該與時並進，便把傳統的三輪車弄成了用小貨車改裝的現代化流動餐車，負責經營餐車的人都得衣衫整潔，還得穿上統一的工作圍裙，一洗這街頭小食的鄉土氣和市井味，至少比起黑篷三輪車加一個身穿薄背心，腳踏夾趾拖，還滿脖子滿手臂汗珠的肥佬經營的傳統淥淥攤檔，視覺上看來可要衛生了許多。這大股東還雇人在流動車上畫上手持淥淥串的哈囉吉蒂、小叮噹、美少女戰士和別的什麼漫畫角色，配個對話框，用些趣怪的字體寫上「　級棒」之類的廣告語，再給這湯和藥都沒換過，僅僅換了個包裝的舊式小食取個新名字——串串鍋，既有點東洋味又有點寶島味，光這名字便可見紫氣東來。果然這二十輛車子推出後，在都城和客朗谷一帶大受歡迎，成了夜市新寵。

作為小股東，大輝出的錢微薄，便只有多賣點力。他每週有六天下午都得到「總部」，也就是餐車的集中處理中心去報到。大股東淥淥王多半已在那裡監督著五、六名外勞把各種食材和

1 馬來西亞特色街邊小吃，類似火鍋；食客挑選預先以竹籤串起的食材，自行燙熟沾醬吃。

醬料都處理好，裝上車子，清點過了再讓各餐車的負責人——大輝便是其一，開到各自的點上去開始買賣；直至晚上十一點左右收攤，他把餐車的各層門閭上，它便像變形金剛似的摺疊自己，變回了一輛四四方方的小貨車，讓他開回總部，交了賬，回到家裡子夜已過，然而屋裡的人，包括兩個在髮廊工作的房客，無一不是夜貓子，因而家中仍燈火通明，人們坐在沙發上捧著盤子在吃宵夜，電視上的藍光一閃一閃，就連春分，不過是個幼兒，也經常還眼睜睜的盯著螢幕，像貓守著魚缸一樣，癡癡觀看裡頭的魚。

看見大輝回來，蕙蘭問他，要吃宵夜嗎？還是要先洗澡？大輝每次出門回來總是要先洗澡的，以前在冷氣酒樓工作時尚且如此，如今在露天夜市站了一晚上，他更是巴不得家裡有個浴缸，可以讓他從頭到腳泡一泡，洗去一身塵埃與汗酸；「尤其是那些血蚶和魷魚的腥臭味」，這麼說時，他總必五官皺起，一臉憎厭之色。蕙蘭倒不覺得那味道有那麼難聞，因而不以為意；儘管她也覺得可惜，以前大輝在酒樓穿的衣褲皮鞋比經理的還要光鮮，每天上班時亭亭玉立，誰都覺得他一表人才，如今他雖然衣履整齊，頭髮梳得醒目，蕙蘭也總是把他穿的圍裙洗得乾淨，卻終究是個街邊小販，再比不上往日那瀟灑。

即便如此，朋友和同事中不少人光顧過大輝賣的串串鍋，包括兩個房客，幫襯了都回來說，妳老公的餐車圍滿了女客，搭訕者眾。從穿大花衣裳配緊身褲，說話吱吱呱呱，聲如群鴨的家庭主婦，到穿素色上衣配深色半身裙和黑色粗跟包鞋，戴著近視眼鏡看人含情脈脈的悶騷白領，還有一些小清新模樣，三五成群的短裙或熱褲少女，以及不少風韻猶存的異國勞工，特別是那些口操過度流利之華語的「祖國同胞」，都手執幾串魚丸和血蚶，垂涎欲滴，一邊燙一邊蘸醬一邊與大輝調笑，甚至半真半假地公然向他討手機號碼。

蕙蘭去視察過幾回了。休假時與葉公父女兩人輪流抱著春分，轉兩趟車，山長水遠地去到那裡，美其名探班，順便逛逛夜市場，一晚上來來往往地盯緊大輝的餐車。有一回碰上她們家的兩個房客——兩個瘦削得像影子一樣的男孩，手牽著手，如同一張剪紙般出現在熙熙攘攘的人群中。早上他們的頭髮一個紫一個紅，晚上已成了一個藍一個綠。藍色頭髮的說，嘿嘿，抱著孩子來宣示主權嗎？蕙蘭瞪他一眼，但笑不語。綠色頭髮的便接茬說，沒用的，沒看見這裡是公海嗎？妳家這座碼頭坐落在這裡，每一艘船都可以來靠一靠。妳就算插上了國旗也無效。

蕙蘭也瞪他一眼，卻不笑了。

賣串串鍋雖不比在酒樓當招待那麼好的賣相，但賺錢確實比以前多，家裡換了個大電視機和一組音響器材以後，大輝正一門心思想著要把當初從日本回國後買的國產車換掉，買一輛全新的日本車子。那一輛國產車用了不過六年，感覺已有點破落，蕙蘭也覺得換車可行，卻沒想到忽然有一天大輝真開著新車回來。蕙蘭說你怎麼去挑車買車也不帶著我？大輝揚起眉鋒，說買車又不是買衣服，妳反正不懂。

「你就不能等一等，跟我好好商量一下嗎？」

「我這人說要做就去做了，還等什麼呢？等到花兒也謝了。」

蕙蘭的不快和疑慮沒有維持多久，待坐上那車子，大輝踩了油門，她便感受到了大輝心裡的自豪，不禁也覺得快樂起來。新車子就有這種好處，能讓人感覺到生活的豐足，好像它能應許一個美滿的前景。蕙蘭便是那一趟坐上新車以後，心裡滿懷憧憬，覺得大輝真要出頭了，便一直尋思著該再生一個孩子，最好是一個男孩，與春分湊一個「好」字。

就在他們買了新車後不久，何門方氏打來電話，說細輝與女教師嬋娟聯名買房子打算結婚，快要入伙了。大輝一般睡得很遲，不喜歡爬起床來聽他母親囉嗦，那些電話多由蕙蘭應付；之後轉述，你媽說啊，那房子多好多好，發展商是林某呢；四房三浴，客廳飯廳再加乾溼廚房，一應俱全。大輝嗤之以鼻，說妳別羨慕人家，那是蓮珠在背後出的錢。

「不然，靠細輝開的那間小店，賺的蠅頭小利，買得起這樣的房子？」

「他的店雖然小，地點很好。」

「那也是蓮珠替他弄來的呀。」

「怎麼你蓮珠姑姑那麼偏心，就只對細輝好？」

大輝側目睨她，半晌才說，因為細輝從小就喜歡給她當小弟。我可從來沒把這女人當姑姑。

細輝與嬋娟新居入伙，據說辦了個相當氣派的自由餐會，買來兩條錫都有名的文冬巴剎燒豬；燒豬檔老闆親自揮刀分豬肉，見者有份，人人都拿了一包燒肉當手禮。蓮珠與夫婿像一對明星夫婦般駕臨，為場面增光不少；氣象之盛，何門方氏幾乎以為會有報館派記者來追蹤。大輝推說串串鍋的生意忙，大股東不讓請假，沒回去湊興；蕙蘭倒是很想去看看何門方氏口中說的那一幢好房子。大輝便許諾說等細輝和嬋娟明年結婚吧，到時一定舉家回去，那房子橫豎總在那裡，跑不了。

說來那五年裡發生的事情之多，每個人都難免牽涉其中，但論生活變化之大，大概沒有人比得上細輝了。人若真有三衰六旺，蕙蘭覺得小叔細輝命中得貴人扶持，那五年裡像是完成了所有的人生大事。她分明記得自己坐滿月子抱著春分回錫都時，小叔才剛與那暴牙女教師交往，初次帶著她一一見過親人與家長。那時小叔還在電子廠裡工作，在聚餐中說到自己即將辭工，要在市區開一家便利店。一旁的蓮珠姑姑說店鋪是現成的，開便利店也是她的主意；至於資金，沒人說清楚。大輝猜想也有蓮珠背後出的力，蕙蘭則以為婆婆何門方氏態度可疑，便皺著鼻子說，你媽肯定是把老本掏出來了。大輝於焉記起父親死後留下的保險賠償金，第二日帶母親出去喝早茶吃點心，點了一壺何門方氏喜歡的菊普，再給她點一客糯米雞。此家糯米雞做得香軟，趁她吃得口舌糊塗，假牙被軟綿綿的糯米飯黏得不可開交時，向她訴說世道之艱難與養家之累，故他打算辭去酒樓的工作，與人合資做點小生意。

「妳不能只幫弟弟，不幫我。」大輝說著，給何門方氏斟了滿滿一杯熱茶。何門方氏嚼著滿嘴糯米雞啜了一口茶。燙呢，欲吞不是欲吐不能，唯有瞇著眼睛，搗蒜般點頭。

那以後，幾乎每年一件大事——便利店開張，新居入伙，與嬋娟結婚，生下女兒小珊；細輝馬不停蹄，連著當了老闆，屋主，丈夫和父親。蕙蘭與大輝回去祝賀了，一是便利店開張大吉，第二回是細輝娶老婆；因何門方氏在電話中力邀，葉公便也跟著去湊熱鬧，在細輝的新房子裡住了三天兩夜，背地裡與女兒說，房子真不錯，就是女主人頭尖額窄，還齙牙聳舺，長得有點醜。蕙蘭四下細顧，示意父親說話輕聲些。

「一張臉算什麼呢？人家命好。」

是呢，命好，蕙蘭想，那五年細輝有多順景，嬋娟便也有多如意。她與細輝婚後一年餘，何門方氏有一天打電話來報喜，說嬋娟懷孕了。老人家興高采烈，既沒叫大輝來聽電話，也沒問起孫女春分，倒是鉅細靡遺地向蕙蘭說她怎麼發現嬋娟的各種害喜症狀，讓她去檢驗，果然中了。「這種事情，她教書的也沒我懂得多。」蕙蘭陪著歡喜，說了一疊的「好啊」，「真好」。好不容易放下話筒，她吁了一口氣。大輝正好從睡房裡出來，光著膀子，仍睡眼惺忪，夫婦倆沒說話，就那麼對望了一陣。

春分那時四歲了，面孔五官已大致定型；依然長得跟母親有七、八分相似，只是身體四肢瘦長，不像是會長成胖妞的樣子。蕙蘭與女兒極親近，喜歡與她在床上繾綣玩鬧，又經常讓女兒伸手摸一摸她的肚皮，說媽媽給妳生一個弟弟好不好？春分露出兩隻小虎牙，笑得一臉狡黠。她說我才不要弟弟，我要妹妹。

被春分的一雙小手摸過許多回以後，夏至便像聽到姊姊的感召，在蕙蘭的肚皮底下生成。她出生時，細輝與嬋娟生的女兒小珊剛滿月不久，何門方氏因為怕大輝說她偏心，便讓細輝開車，載了她以及她自己釀的十來瓶黃酒，到都城萬樂花園來給蕙蘭陪月。那一年的大選便是在蕙蘭坐月時舉行的，果然新首相帶領的團隊大舉勝出，萬樂花園許多食肆為此通宵達旦；人們就像吃「串串鍋」那樣，似乎能在舊物事中感受到其中的新氣象。何門方氏沒回去錫都投票，她也不關心選情，依然像平日一樣，晚飯後與孫女春分坐在沙發上看一陣連續劇或動畫片，九點鐘便從沙發上爬起來，到屋後漱洗，準備上床休息。接近午夜時家裡的電話響起，蕙蘭去接，是小叔細輝打來的。她說你媽已經進房裡睡覺了，細輝便說那算了，別叫醒她。蕙蘭說有要緊事嗎？這麼晚了你打電話來。「沒事的。」細輝說。「我只是想告訴媽，姑丈輸了；輸給了反對黨。」

# 公仔紙

細輝記得住在大輝與蕙蘭家裡那兩個頭髮一直在變色的房客。他見過他們幾回了，每次見的都是一對，形影不離。他的母親以前去那裡給蕙蘭陪月，給這一對房客取了一個代號，叫「孖公仔」。他們一個來自東海岸某漁村，一個來自北方的稻米之鄉，確實地點連蕙蘭也說不準，反正是兩個很難讓人記得住名字的小埠。兩人少年時各自來到都城，亂打工以餬口，輾轉來到同一個髮廊。髮廊有行規，所有學徒必須由洗頭學起，除了洗廁所和處理毛巾等雜活，就只替顧客洗頭按摩。一個新的學徒來了，之前負責洗頭的便自然「升級」，開始去學別的技藝。這一對孖公仔便是這樣的一種師兄弟關係。

孖公仔在葉公那裡住了許多年。他們是一起來找葉公的，彼時兩人都十分青澀，說話怯生生，也不敢公然牽著手。葉公說你們是髮廊那個某某介紹來的嗎？他們點頭，兩個人都蓬鬆著一頭茂密的頭髮，像頭上各頂著一窩焦黃的鳥巢。

蕙蘭那時也很年輕，但站在這一對少年模樣的男子面前，老氣得不行，宛然老大姊了。兩人租了一個房間住下來，按時交租；每週髮廊休息，他們以工作時培養出來的默契一起打掃房間，晚上和葉公及其他人一起坐在廳裡看電視吃宵夜；每隔兩個月替葉公將變灰了的頭髮染回黑色，妥貼得像兩片影子。葉公對兩人十分厚愛，口頭上把他們叫作誼子，吃喝都不忘他們一份。蕙蘭待他倆雖不似父親般濃情厚意，卻也因為住在一個屋簷下，算相互照應，久了便多少培養出家人一樣的情誼。

那樣的一對好房客，葉公幾乎以為他們會永遠住在他家裡。可他們有一天卻來到葉公面前，提出要搬走。兩人是在交房租的時候說的，說這房子有了兩個小孩；蕙蘭辭去了工作待在家裡照料孩子，脾氣很壞，終日吆喝；春分與夏至兩姊妹，大的慣常把電視開得很響，小的又這麼愛哭，一屋子噪音。他們晚上睡不好，身體一再出狀況，不得不走。再說，蕙蘭不是還要追生一個男孩麼？這房子將來只夠你們一家用。

葉公聽著兩人的陳述，不住點頭。他們那時的染髮技巧比以前進步多了，用上了挑染的功夫，大概還得漂白洗色，十分複雜而費時，因此不再像以前那樣經常更換色彩。這時候兩人的頭髮顏色都不再單純，像是紅黃藍綠兼而有之，還有漸層效果，很難被形容，葉公也沒有去分辨，他總是把這兩人當作一體，搞不清楚誰是誰的影子。他說我房租減收一點好不好？

「不是的，真的不是房租的事。」

葉公仔細看看兩人，還真覺得他們神色憔悴，眼皮打摺，隱隱透著黑眼圈，像是眼窩一處的皮膚染了一抹深色。他嘆了一口氣，說你們要搬去哪裡呢？這麼多年同屋主，我真捨不得你們。

「髮廊就在附近嘛。我們不會搬得很遠，會常來探望你的。」兩人說著，彼此交換了一個眼神，不期然又牽起手來，那意思像是同心攜力，一定要抵抗葉公的挽留。

他們後來當然是不會回來的。葉公明白得很，所謂同屋主，就一個屋簷罩住的情分。以前這兒住過這麼多房客，時間最短的未住滿一週，其他的三、五月有之；一、兩年的有之，也有住過超過三年的，雖不及這一對孖公仔住得久，卻從不曾有人搬走了還找得到回來的理由。葉公甚至在外面碰見過這些離去的房客，有兩回就在酒樓的餐桌上，一個遠遠看見他，點了點頭便別過臉去；另一個則如遇陌生人，徹頭徹尾的相忘於江湖。蕙蘭聽不得父親這般如怨如訴，說你悲觀個什麼呢？這一對不一樣，他們跟以前的住客不同。

其實也沒有什麼不同，兩人也和以前的所有房客一樣，走了許久不聞音訊，連電話也沒打來問候一下。在他們搬走的前一天晚上，葉公可是買了兩大包滷麵和幾包摩摩喳喳[1]回來當宵夜，當作給兩人送別。蕙蘭見大輝過了時間尚未回家，給他打電話，大輝說正與大老闆淥淥王談事情，語氣頗為不耐煩。「不就走兩個房客嗎？用得著全家來給他們餞別這麼大陣仗？」

就那個晚上，大輝臭著一張臉回家，洗了澡，給他留著的宵夜也不吃了，進房裡倒頭便睡。黎明時夏至彷彿被一個別人聽不見的鬧鐘吵醒，如常地醒來哭鬧，餵了奶後仍不休止，蕙蘭抱著她在床前來回踱步，不斷將她吐出來的奶嘴反覆堵進她嘴裡去，彷彿那是個塞子，能堵住汨汨流出的哭聲。如此折騰了半刻鐘，大輝原是拿被子蒙住頭的，忽然掀開被子，從躺姿中坐起，猛地抓起一個枕頭朝蕙蘭擲過去。他吼著說，吵死人了！給我滾出去！

蕙蘭沒見過大輝這麼暴躁失控，不禁呆了一下，說你瘋了嗎？夏至雖只出生了半年，卻也從來沒見過父親如此猙獰，因而哭得更兇，流出了真的眼淚。蕙蘭不得已把孩子抱出去，帶上房門，在逼仄的客廳裡來回的走，試圖以言語撫慰，說妳這囡囡是怎麼回事呢？是不想來到這世上嗎？怎麼一出生到現在哭個不停？

「大家都被妳哭煩了，人也被妳哭走了。」

孖公仔第二天早上搬走以後，大輝起床漱洗，對著鏡子細細梳理頭髮，像是確認自己已經清醒，才對蕙蘭說他與淥淥王因故鬧翻，以後不做串串鍋了。蕙蘭竟不感到十分意外。過去一年賣串串鍋因競爭激烈，景氣大不如前。城中許多人跟風抄襲，就連原來賣淥淥的傳統小販，也懂得棄三輪車而改用裝置現代化的餐車；這邊一檔「滾滾吧」，那邊一攤「淥淥一品鍋」；餐車上也都張燈結采，經營者也都穿圍裙戴帽子，乾淨企理，有模有樣。串串鍋沒了優勢，被人一杯接一杯地分了羹，剩下來的生意等同雞肋，再分不出來以前的利潤。蕙蘭之前已聽大輝說過，幾個股東為此鬧意見，吵過幾回。說時，他彈掉手上的菸蒂，「早晚做不下去了。」

沒做串串鍋，大輝在家裡待了幾個月，說要謀定而後動。與淥淥王拆伙拿回來的錢，要供

1 馬來西亞（和新加坡）的特色甜湯，主要原料有椰奶和西米露等等，加上番薯和芋頭等，也可以做成冰品。

一家四口開銷，就那幾個月便花得七零八落，最後一個月還差點擠不出錢來給車子還貸款，不得不由蕙蘭開口向父親商借。於是葉公知道情況不妙，說你們這樣不行啊，坐吃山空；我一份糧銀怎麼養活得了這麼多人？

再有一個月，蕙蘭把結婚時拿到的金飾，還有蓮珠姑姑給春分做滿月禮的項鍊和小兔金墜子都拿了去當鋪，分成兩張單子，心裡想無論再怎麼不濟，春分的那一份終是要贖回來的。直到後來她給細輝打電話求助，訴盡種種難處，也提到這一樁，說家裡的金飾全進了當鋪。「兩個孩子這麼小，我去不了工作；家裡的房客也走了，留下的空房一直租不出去，沒有房租可以幫補。」

「啊，那一對孖公仔呢？沒住妳家了嗎？」細輝想起來這一對長得像孿生兄弟那樣的孖寶，嬋娟也曾見過他們一回，暗地裡給兩人取了個代號，叫「紅綠燈」。那時她說，葉公這樣的房東遇上紅綠燈這樣的房客，正如蕙蘭這樣的女人遇上大輝這種男人，都叫「物以類聚」，是個簡單不過又違背不得的原理。

那是蕙蘭頭一次給細輝打電話呢，細輝因而知道事態緊急，也知道這意味著蕙蘭不想讓何門方氏知道她家的窘境。他終是沒對母親說的，只說妳還記得大哥家裡住的那一對頭髮五顏六色的房客嗎？他們搬走了。何門方氏說啊那一對孖公仔，我曉得呀，他們搬走好幾個月了。

「你大哥告訴我的。」何門方氏眼也不抬一下，只兢兢業業，努力在咀嚼嘴裡的晚飯。

「他今日下午打電話來了。」

「他還說蕙蘭一天到晚在家裡發脾氣，他受不了，打算要回酒樓去工作。」

那些優質的襯衫和西褲便又從衣櫃裡拿出來了。即便是極好的料子，又套上了塑料袋，白襯衫掛在衣櫃裡久了仍難免微微發黃，而且都散發著一股樟腦丸的味道。蕙蘭從銀行提出了細輝轉賬過來的錢後，第一件想要做的事便是到商場去給大輝買幾件白襯衫。這一回買的不像以前的那些矜貴，卻也都繡著噴水鯨魚和綠色短吻鱷等喊得出名字來的牌子。她讓大輝把衣服穿上，她自己坐在床沿；懷裡抱著夏至，身邊站著春分，母女三人目光一致地看著大輝在房裡的全身鏡前昂首挺胸，由下而上地將鈕扣逐一扣上。那鏡子是從附近的馬來小店買回來的廉價商品，也許是鍍銀技術不好，鏡裡的影像總顯得有點乖張，而且會把人照得稍微寬扁，蕙蘭說這是照妖鏡，平日最恨站到鏡前。可是鏡裡的大輝卻一點不受影響，仍然像十年前初見時那樣的俊美和挺拔，而他顯然也自覺如此，下頜昂起，不時斜乜背景中的母女三人，一副君臨天下的神色。

蕙蘭不知怎地想起以前上小學時，她特別喜歡玩的一種換衣紙娃娃，她的父親葉公將之叫作「公仔紙」。就三幾角錢買的一張硬卡紙，上面印著穿了泳裝的窈窕女孩，附上各式衣裙、帽子和包包，沿著切割線撕下來便可以替女孩換裝，為她設計各種場合。那時她拿葉公給的零用錢買了許多這樣的公仔紙，都一一撕下來收藏在舊雜誌的書頁裡。平日葉公上班了，家裡無人，她便把這些紙女孩拿出來當玩伴，給她們名字和身分；讓她們到皇宮裡參加舞會，最終成為皇后。

那一刻她記起來，小時候她也曾是個被嬌慣的女孩。雖然身邊只有父親，但葉公待她極好，無處不想滿足她，也給她買過許多蓬蓬裙和閃閃發亮的心形髮夾什麼的，讓她將自己妝扮成公主。直到她長大成為少女，被所有的鏡子告知她，妳不是這世上最美麗的女孩，她一氣便變成了個男仔頭，從此不屑於一切女生的玩意兒，直至大輝出現在她面前，她心裡驚呼，真體面的一個人啊，穿什麼衣服都好看，像她小時候最鍾愛的一套公仔紙。

大輝扣上袖口的鈕扣，問鏡中的蕙蘭，怎麼樣？好看吧？說時揚眉，蕙蘭覺得鏡中人挺俊得幾乎像一座雕像。她禁不住也看一眼雕像背後那目醉神迷的女人。女人身邊站著一個頭大身小，長髮稀薄，懷裡抱著一個邋遢洋娃娃的小女孩，也和她一樣像看見明星似的兩眼熠熠生輝。

「好看極了。」蕙蘭癡癡地點頭。「真該死，忘了給你買一條皮帶。」

皮帶買回來的那一天，也正是大輝重回酒樓上班的時候。依然是以前那肥頭耷耳的表弟替他說項。彼時這表弟已是某酒樓的副經理了，對他的老闆說我這表哥相貌堂堂，光讓他站在門口也能招徠不少食客。如此又把大輝帶到另一家酒樓，讓他當了個副領班。蕙蘭覺得這樣甚好，從此葉公上班便有半程順風車可坐，而且酒樓這圈子她有不少耳目，宜於照應，不至於像之前在夜市那樣，把人放到了「公海」。

她記得的，她把大輝要穿的衫褲早早熨好，那一天又逼著父親替她顧孩子，自己坐了車出門去給大輝買一條嶄新的皮帶。她再三跟店員確認那皮帶用的是真的水牛皮，那婦人把一捲皮帶舉到她鼻端，讓她聞一聞那一股真皮的味道，還說她要不相信，回家拿火灼一下便可知真偽。蕙蘭當真這麼做了，在那皮帶上挑了個不顯眼處，拿大輝的打火機烤它一烤，果然皮革沒有被燒熔，也沒有釋出刺鼻的氣味。她十分高興，獻寶似的拿出來，說祝你開工大吉。大輝只看了一眼，說皮帶這種東西，以後還是讓我自己挑吧。蕙蘭覺得這話刺耳，一時不知該不該發作，這時候夏至在房裡嗚哇嗚哇哭起來，蕙蘭便咬了咬牙說，這是真牛皮呢，不便宜。

她說了站起來走向臥房，在房門口忍不住回身。「買皮帶這事不同買車子，你懂個屁。」

這種小齟齬是慣常事。自從辭去工作留在家中帶小孩，蕙蘭便覺得自己的脾氣越來越乖張。大輝待業在家時也常無名火起，多嫌她不稱職，總說妳做了家庭主婦，怎麼家裡反而比以前更亂七八糟？地上滿是孩子的玩具，屋裡滿是電視的聲浪與孩子的哭鬧。

「女兒邋邋遢遢，妳自己也不修邊幅。」

兩人為此吵起來，葉公搖頭嘆氣，避難似的趕緊抱著頭躲進房裡；春分仍然坐在沙發上看電視，手裡抓著一塊威化餅，上面塗的草莓醬都融化在她手中；夏至猶自抓緊兩隻小拳頭，在搖籃裡蹬腿哭泣。

那一天上午大輝沒時間跟她吵。他花了將近一個小時洗澡和整理儀容，戴上蕙蘭買的新皮帶，穿戴整齊走出臥室。蕙蘭瞥他一眼，氣就消了，不禁一笑，大輝順勢擁她入懷，說老婆待我真好。蕙蘭依偎在他懷裡，聞到新襯衫和新皮帶的味道，還有他用的古龍水，覺得如此甚美，像是預告著一個風浪過去了，生活即將回復平順。她替他將衣物拉扯整齊，一再交代，你醒醒定定啊。

大輝與葉公出門以後，蕙蘭不知怎麼覺得心情極好，彷彿心裡解下了一塊繫之已久的大石，遂趁著夏至入睡，將客廳及廚房認真收拾了一番，甚至也將廁所的抽水馬桶刷洗乾淨。忙完後她走進睡房，看見春分像隻小狗似的蜷縮在床上睡著了，臉上手上沾著餅乾屑和草莓醬。房裡果然像大輝說的，一團凌亂，但四周竟難得地十分寧靜；空氣裡氤氳著一縷古龍水的芳香，似有若無，像是鏡裡久久不散的一個回眸。蕙蘭盯著春分的睡臉看了一陣，依稀看見自己的眉目。她想起自己童年時也曾這般，在如此靜寂而慵懶的下午，父親不在；她一個人伏在父親的床上玩公仔紙，哼著小曲，或是給那些紙人配上對白，往往等不及把女孩都變成皇后，便睏極了不支睡去。這些回憶像是伴著慢曲，誘人入眠，她忍不住也躺下去，在那一床許多天未收拾的被窩中，抱著女兒，像抱著一個骯髒的，臉上還畫了塗鴉的布娃娃；聞著那床鋪透出的汗酸與尿臊；並不是累，只是說不出的滿足，便沉沉睡去。

# 遠水與近火

搬進來這麼多年以後，隔壁的鄰居要給屋子來一次大整修。嬋娟心裡計算，十七年了，連這麼堅固牢靠的一幢房屋，發展商可是林某呢，也不免開始出狀況。屋頂滲水，石膏天花板出現裂痕，有一段邊框逐漸脫落；樓上樓下有兩個水龍頭怎麼也旋不緊，滴答滴答，滴答滴答。夜半她起床解手，再躺下去便睡不著了。那些水珠像是不偏不倚，一顆一顆滴落到她的耳窩裡，濡溼她的耳朵和脖子。她便又爬起來，走到浴室裡試圖旋緊水龍頭，不果，最後唯有拿了一塊抹布放到水龍頭下方，讓它柔順地承接那些水珠，吸收它們摔落的聲響。這一招管用，嬋娟走到樓下，叫醒女傭幫忙她移開浴室裡裝滿了水的水桶，也這樣用一塊抹布放到另一個漏水的水龍頭底下，像是用它堵住了房子的咽喉，然後她回房裡去上床等了一陣，確定滴水無聲，她下意識地捏著被子的一角揩了揩耳窩，感覺兩耳被擦乾了，終於能安心入睡。

早上未及八點，隔壁來了一隊工人，由工頭領著，與屋主夫婦站在門前大聲商討裝修工程。嬋娟早已醒來，也已經開響了《大悲咒》，一屋子婆娑訶婆娑訶，神檯上的白瓷觀音垂首聞香。她在廚房裡監督女傭使用洗衣機，怪責她倒了太多柔軟劑，洗過的衣服穿得她與小珊皮膚發癢。然後她坐下來吃早餐，聽著鄰居家那擾人的談話聲，工頭在吹噓，屋主在笑；她無比厭惡，竟不知怎麼覺得自己是被這些聲音吵醒的，便喃喃地對女傭抱怨，說我們這裡的人沒比你們那裡文明些，都一腳牛屎，沒有公德心。女傭微笑而已。

女傭是在何門方氏去世以後才雇來的。家裡總得有人做家務，尤其是需要人給細輝和小珊兩個葷食者做飯。這女孩還受過培訓，外面晾乾了收回來的衣服，摺疊得像商店裡擺賣的新衣；她十分勤快，比誰都早起，也不讓自己閒下來，並且不多說話，正合嬋娟心意。女傭來了以後，這房子鎮日窗明几淨一塵不染，嬋娟說，終於有了它該有的模樣。

但這房子畢竟老了。十七年，屋裡開始出現水漬和裂痕，水龍頭旋不緊，各個犄角旮旯印著蛛網的痕跡，外牆則油漆剝落。隔壁的人家正是因為如此而決定整修，順便將屋子裡外重新髹漆，也把門廊的老氣地磚打掉換過，還要換一對會隨著戶外光線變色的門柱燈。工人們的動作很大，加上機器助威，弄出許多聲響，嬋娟尤其不能忍受的是他們聊天時都像隔空喊話，彷彿喉嚨都放開了，沒有調節聲量的閥門。儘管都是些閒話，內容毫無意義，卻比強力電鑽或瓷磚切割機銳利的尖叫有更大的穿透力，更為干擾。

嬋娟與女傭到巴剎走了一趟，回來時隔壁的噪音更大，她能在那聲音中聽見沙石塵土飛揚，彷彿那房屋馬上要被挫成塵灰。細輝偏在這時候打來電話；他的聲音鈍鈍的，嬋娟覺得她這邊的天地都要被電鑽和切割機大卸八塊了，他卻在那頭小心翼翼，慢吞吞地措詞。嬋娟來氣，對著電話吼，你說話大聲一點行不行啊？細輝便大聲說了，春分啊我大哥的女兒……妳聽到嗎？她剛生了；生了一個女孩。

一個女孩。嬋娟想起春分，上回見她不過是兩年前的事。那時婆婆何門方氏去世，蕙蘭攜了三個孩子回來服喪。春分十七歲，挺著瘦長的軀幹和四肢，行路搖風擺柳，淡色的長髮薄薄地垂下，模樣神情竟有點像《驅魔人》裡那個被惡魔附身的女孩。她在幾個孫兒輩中以成人自居，臉上卻還有著孩子氣，如今竟已成人母。嬋娟禁不住冷笑，說這是在報喜嗎？細輝語窒，半晌才回得出話來。「是大嫂打電話來通知的，說母女平安。」

蕙蘭這電話自然不是打來報喜的。嬋娟記憶所及，自從大輝失蹤以後，蕙蘭打來的電話只有求助而已，像是她家裡衰事無盡，接踵而來，而她總是強調「我一個小女人」，卻忘了自己長得比細輝壯碩許多。何門方氏過世以前，每次接了蕙蘭的電話總像是嘴裡銜著黃蓮，一張臉皺成苦瓜樣，久了成其自然，直至她人躺進了棺材裡，眉心打的結仍一直解不開。家婆不在了，蕙蘭便把電話打到姑姑蓮珠那裡，每一次都像火燒眉毛，說得不知是在嘶吼還是在哭。上一回，大約是一年前的事，春分與蕙蘭爭吵後離家出走，蕙蘭幾乎歇斯底里，敲鑼打鼓地找女兒，當然也給細輝和蓮珠打了電話，要他們幫忙。他們能幫得上什麼呢？遠水救不了近火，只能說些安撫的話；叫她去報警，也說春分若到這兒來了，我們一定讓妳知道。春分卻始終沒來。嬋娟當時便說，那女孩怎麼會來呢？她膽敢出走，外面一定有人接應。果然大半年後她落拓而歸，蕙蘭氣急敗壞地打來電話，說人回來了，肚子裡還攜帶著一個。

「那怎麼辦？」嬋娟說。「讓蕙蘭帶她去找醫生打掉吧。」

「蓮珠姑姑也這麼建議，但大嫂說太遲了。」細輝搖搖頭。「胎兒已經五個月大，醫生不敢冒險。」

後來那兩天他們都在電話中密議這事；不知誰說的，把孩子的父親揪出來，讓他負責任吧。姑姑蓮珠甚至為此親自開車到都城一趟，與蕙蘭一起去見了孩子的父親，回來不住嘆氣，說這行不通。

「那孩子的父親也只是個孩子，還不學無術，沒一份正經工作。」蓮珠說。「蕙蘭吃夠這種男人給的苦頭了，深知其害。」

那一回的「談判」說來倉促草率得很，彷彿除了風塵僕僕趕過去的蓮珠以外，兩造都沒有多大誠意。蓮珠陪著蕙蘭一起，捎上垂頭無語的春分，老遠去到了約定的茶室。蕙蘭見來人那模樣——金頭髮古銅色皮膚，一隻眉角扣了兩個銀色小環；腰下穿的一條寬鬆的牛仔褲，褲襠快碰到地面了，她不禁扣緊眉頭，問人家你沒家人陪同嗎？對方搖頭。她只與對方匆匆交換了幾句話，問明其教育程度、謀生能力和經濟狀況，彷彿人家是來應徵工作。最終她看了蓮珠一眼，搖著頭揪著春分一起離開。

在蓮珠的汽車裡，三個人悶聲不響，實在是不知從何說起。春分坐在後座，仍然像一個發條用盡的木偶，四肢像脫了臼似的懸掛在軀幹上，頸項再支不起來，全程垂著頭凝視自己那隆起的腹部。蕙蘭則瞇起眼睛放眼前路，外面的日光浪一般無聲地衝向她，裡頭一定挾著往事的碎屑。她終於開口說，蓮珠姊妳記得麼？

「什麼？」

「有一年我跟大輝回去錫都，回來時我和孩子坐了妳的順風車。」

蓮珠記得。她說時間真不饒人啊。「妳說等春分生下孩子，我變成什麼輩份了？」

蕙蘭聞言失笑，兩人便在車子前座你一言我一語，什麼曾姑媽、太姑婆，越說越不明白，也越笑越喧譁。蕙蘭笑著笑著，眼角像失禁似的淌下淚來。那淚珠一串串，如樹之碩果纍纍，她伸手去摘，卻拉拔出來更多，不得已將蓮珠遞給她的一包紙巾一張一張抽光。她說怎麼辦呢，我好不容易才將這女兒養大，現在她又要生出一個孩子來，有完沒完啊？蓮珠不禁鼻酸，叫她別鑽牛角尖，把母女倆載回萬樂花園，又從皮包裡掏出錢來塞給蕙蘭，對她說，船到橋頭自然直。

那天蓮珠回到錫都，先到細輝的店裡找他，說春分的事只能這樣了，等她瓜熟蒂落。彼時已近黃昏，街上下起細微的雨，雨絲染著夕照，仿似天空拋下來許多魚線，如眾神在垂釣。兩人站在店門後，一時恍惚，都側過臉看人們在路上疾走。斜陽照得每一個人都面泛油光，一臉倦容。細輝看見蓮珠臉上化的妝已經融化；眼蓋上色彩斑駁，難分青紅皂白；眼睛下方掛著兩個發黑的、鬆垮的眼袋。

「蓮珠姑姑妳累了。」

蓮珠對他苦笑，那慘淡的妝容讓她露出底細，忽然顯出了年紀。

「我餓了。」她說。「你要不要陪姑姑吃個飯？」

細輝說走吧，我請姑姑吃一頓好的。蓮珠笑，她說好東西你姑姑吃過不少，你給我找一處安靜的地方吧。細輝撐了一把大傘領著她越過馬路，走到附近的為食街上，找了一家越南餐館。店裡冷清，但那穿著越南長襖的本土老闆娘異常熱情殷切，拿著餐牌介紹了老半天，逼得細輝不得不多點兩道小菜，又要了一杯她極力推薦的冰咖啡，把她對付了過去。蓮珠等那老闆娘轉身走開，便說細輝你不能老這樣，耳根軟，容易被人占便宜。細輝憨笑，說哪有什麼人占我便宜呢？

「女人啊。」蓮珠說。

此話尾音極長，細輝聽出其中饒富深意，彷彿蓮珠說出來的是一筆總數，背後有的是厚厚一部賬本。他收斂笑容，說姑姑何必奚落我，妳沒被女人占過便宜嗎？

蓮珠白他一眼，說女人能被女人占多少便宜呢？說了，她長嗟一聲。唉。

「女人只怕被男人占便宜呀。」

那一刻細輝以為蓮珠想起春分，但蓮珠想到的卻是蕙蘭。她問細輝記不記得有一年，大輝一家回錫都來，後來因車子故障，讓她載著蕙蘭母女三人回都城？細輝記得的。那時蕙蘭懷著孩子，渾身是肉，肚子鼓起來像一座小山，已臨近預產期了，竟出人意表地與大輝一起出現在馬票嫂家裡，為馬票嫂剛死的丈夫弔喪。春分那時剛上小學；夏至是個沒有表情的幼兒，有股犟勁，只知道往水杯裡投花生米，誰也阻止不得。這麼舉家大小一起出動，嬋娟不得不起疑，在背後叮囑細輝留意，說你哥要來打你媽的主意了。兩天後他們本該回都城；上班的要上班，上學的該上學。大輝卻說車子壞了，不得已留下來修車；恰巧蓮珠那日有事南下，便順道載了蕙蘭母女三人回去。

「是呀，那一路上我與蕙蘭不知說了多少話，她尤其滔滔不絕。」蓮珠說。「其實都是在說你大哥的事。」

大輝重回酒樓上班後，翌年即識得了一個老闆，又被人家說動，不等酒樓年終發花紅便辭工了去替人家跑腿辦事。據說那半年掙錢很快，大輝躊躇滿志，一度抓住蕙蘭的手，對她說「我以前這麼多年走的都是冤枉路。」蕙蘭感受到丈夫手中的力度，大受鼓舞，像是真看到了大輝向她描繪的未來生活的願景。當時她在車上向蓮珠轉述，說她與大輝要在都城買房子，要湊齊春、夏、秋、冬四個孩子，還有要讓春分去學鋼琴和芭蕾舞等等，全都十劃未有一撇，卻已有了十足的喜悅，急著要與人分享。

「我忍不住潑她冷水，說世上哪有容易賺的錢。」蓮珠說。「除非走的是旁門左道。」

蕙蘭聽了良久無語。有一段時間因為找不到別的話題，她頻頻回過身去逗春分說話，說我們快要回到家囉，公公在家裡等著呢。直至車子快要開進都城，路收窄，大道收費站已在望，蓮珠憋不住冒出一句話來，說蕙蘭啊，妳讓大輝去走夜路，不怕風險嗎？

「她怎麼回答呢？」細輝問。

蓮珠抬起頭看著對面牆上掛的一幅極為俗氣的風景畫，對那色彩濃豔的壯麗山河端詳良久。

「她對我說，蓮珠姊，我不知道自己為什麼這麼喜歡大輝。我真的很愛他。」

蕙蘭用了「愛」這個字眼，這叫人多麼難忘。那是蓮珠人生中第一次聽到有人說「愛」。這是多麼拗口而不真實的一個字眼啊。她一直只有在戲劇和電影裡才見過有人用上它，說得臉不紅氣不喘。那些秦漢和林青霞般的俊男美女情深款款說的「愛」，與那一刻因懷胎而過度進補，以致渾身臃腫，一張臉脹得有如發酵麵團的蕙蘭所說的，竟是同一回事，聽起來一樣的動人，竟沒有讓她覺得滑稽或起一身雞皮疙瘩。蓮珠吞下一口唾沫，將蕙蘭這一句話，連著「愛」這個難以消化的字眼嚥了下去，竟覺得微酸。她冷冷的說，那妳是遇上命中的剋星了。

「那一年立秋出生不是麼？」細輝沉吟片刻。「立秋現在是十歲了，抑或十一？」

「還在上小學呀。再過幾個月，他要當舅舅了。」蓮珠說。

「姑姑妳十歲的時候，不也當了我的姑姑嗎？」

蓮珠莞爾，啐他一口，說真算起來，我三歲就當人家的姑姑了。

那一天的蓮珠特別善感，細輝不無所覺。她在談話裡不斷的打撈往事，從十年前那一段去都城的路說到古樓河口的童年回憶，把一頓飯拖延了許久。飯後街上已垂下黑色的天幕，雨倒停了。蓮珠卻意猶未盡，又隨著細輝回店裡待了好一陣。店裡不時有顧客三三兩兩地走進來，她囑細輝忙自己的事吧別理會我，她則坐在收銀檯後頭，疊著手呆呆地凝望外頭五光十色的大街。直至又下過了一場帶雷的驟雨，蓮珠最終拿起皮包離開，細輝搶出去陪她走到停車的地方，忍不住問她何事心煩，蓮珠打開車門，苦笑說女人還能為什麼事煩惱呢？

「你的姑丈在外頭有女人了。」

細輝沒有把這消息告訴嬋娟。他回到家裡已經很晚了，屋裡全黑，只有門廊的一盞日光燈還亮著；在燈裡老去的鎮流器不住鼓譟，像在抱怨工時太長。他走到廚房，經過女傭的房間，透過虛掩的房門，聽見裡頭有很細的說話聲，像是女傭在與家鄉的女兒談電話，說話的調子十分甜蜜。細輝不知怎麼記起以前聽過拉祖與銀霞討論印尼語與馬來語的差別；銀霞的形容極妙，說印尼語比馬來語黏膩；人們說話像在嚼著麥芽糖，有一種親暱的，像是在向親密的人嘟噥的味道。拉祖聽了露出一口白牙，隨即搖頭晃肩哼了一小段歌曲。細輝覺得甚為耳熟，他問這是馬來歌抑或是印尼歌啊？無人回答。這時候他驀然記起那些歌詞，覺得自己似乎明白了銀霞的意思，不期然哼起了那調子——

蜜糖在你的右手，毒藥在你的左手，
我不知道你將要給我的是哪一個。

他走進房裡，才知道嬋娟雖然躺在床上了，卻並未睡著，眼睛明晃晃地睜開著。細輝以為她見了他，必然又要投訴屋裡屋外各種擾人的雜音。那時候隔壁人家還沒動工裝修呢，但總有別的什麼困擾她，譬如水龍頭該換了，你聽不到嗎它溜下的水珠，滴答滴答；譬如後巷那些發情的野貓，日夜在模仿嬰孩的哭聲；譬如對面的印度人家來了人客，一屋人說話鏗鏗鏘鏘；譬如女傭房裡開著何門方氏留下的收音機，一整晚沒完沒了的馬來歌曲。她卻什麼也沒說，只是盯著天花板，目光虛浮，魂魄像脫臼的四肢懸掛在軀幹上。細輝便知道她剛從惡夢中逃出來了，必然是那個死去已久的女學生又在夢裡拽著她，喊她老師，要與她說話。他躡手躡腳地在她的夢境邊緣走過，去洗了澡，出來時嬋娟已然闔眼；窗外略有雨後之聲，四周仍一片寧靜。

那張床是一潭沼澤，細輝躺下去便緩緩下沉，被濃稠得讓人睜不開眼睛的黑暗所淹沒。他睡得極沉，夢也被灌飽了墨汁，如魚睡在水中，沒聽到夢境外頭的聲響，也沒發覺身旁的嬋娟掀開被子，嘀嘀咕咕的爬起床來，像過去許多個晚上那樣走進浴室，彷彿要滅口，又猙獰著臉逐一對付那些守不住祕密的水龍頭。

# 立秋

春分，銀霞記得是一個聲音嬌嗲的小女孩。那時她跟隨父母到梁蝦的喪禮來，大輝把孩子帶到銀霞面前，說要叫人啊，叫銀霞阿姨吧。春分像是遲疑了一下，也許正打量著銀霞那一雙異於尋常的眼睛，最終仍嗲聲嗲氣地喊，銀霞阿姨。另一個女兒只有三歲，死活不肯開口，幾乎被逼得哭了。他們說這女兒名叫夏至，銀霞說兩個女孩的名字好特別，是廿四節氣之名，真美。

「肚子裡還有一個呢，快要出生了。」蕙蘭頭一次聽見有人對孩子的名字表示欣賞，十分高興。「已經照了超聲波，是男孩。」

「男孩呀？那給他取什麼名字呢？」銀霞說。「立秋嗎？」

那正是孩子的名字；蕙蘭的父親葉公涎著一張臉請求國內一個老作家給想出來的名字。人家還是前作協會長呢，雖已垂垂老矣，與滿堂家眷兒孫坐在貴賓房內用餐時，一副懵懵懂懂苟延殘喘的樣子，耳朵也不靈光了，卻仍對葉公請他為孩子取名感到莫名的高興，彷彿葉公是拿來了他的著作請他題字簽名。這名字依然是寫在餐巾紙上的；筆跡顫顫巍巍，遠不如以前寫「春分」時蒼勁有力，甚至也比三年前寫的「夏至」委頓了不少。這回因為蕙蘭才剛驗得有孕，胎兒的性別未卜，葉公怕再碰不上這位老會長，便請他男女名字各想一個。於是餐巾紙上便寫著「男：何立秋，女：何白露」。

在蕙蘭識得的人之中，銀霞第一個說出了這些名字的出處，不僅她十分驚訝，大輝也為之側目。但銀霞知識之廣，記性之好，那可是上過報紙，許多人都曉得的事。她在錫都無線德士電台工作，用了三年記下來一整個錫都大街小巷的路名，鉅細靡遺，電台的德士司機們無不為之譁然並廣為傳頌，常對乘客說「我們電台有個阿霞……」，很快的便有報館和其他媒體跟進，派人來採訪。當年來訪的人當中，有的甚至帶上一冊錫都路線圖，挑一些馬來甘榜之類的偏僻之地來考她。銀霞氣定神閒，不光是這些連當地人都多不知曉的巷弄之名，她還能細數錫都許多街道的前世今生，把那些一長串的馬來路名背後有過的中文或印度名字，以及它們的坊間別稱一一說出來。這堪稱特殊技能了，各報的地方增版都曾大幅報導；大報寫「盲人之光」，小報寫「人肉地圖」，後來還有國營電視台邀請銀霞上了一檔午間播出的女性節目，讓她在全國觀眾面前即場表演一番。主持節目的翹腿女主播一再喝采故作大驚小怪，一旁正襟危坐的禿頭腦科專家則不斷講解各種腦部功能，以說明銀霞的博聞強記合乎科學常識，不值得過分驚訝。

當然，那是好幾年前的事了。銀霞出的鋒頭不過一年半載，當時甚至曾有人聯繫她，想找她替某個品牌的奶粉拍電視廣告，也有個兒童珠心算學院邀她當代言人，還有社會福利局的官員曾找上門來，企圖說動她拍張歡天喜地的照片放在他們的宣傳冊子上。這些事最終都不了了之——奶粉廣告企畫人只打過一通電話來便沒了下文；珠心算學院不準備付費，卻謂之「雙贏」；社會福利局那裡則無關付不付費，卻是銀霞親口回絕的，說這麼多年你們絲毫沒有幫助過我，如今竟好意思要我幫你們呢。

儘管廣告沒拍成，但銀霞那時還與家人住在近打組屋，大家可是為她歡騰過一陣的。樓上樓的居民但凡見到老古和梁金妹，無不說哎呀呀當了這麼多年鄰居，居然不曉得你們家銀霞這麼厲害。梁金妹聽了笑得合不攏嘴，老古則說這算什麼本事呢？耍雜技而已，賺不了錢。

被各大報炒作成傳奇人物以後，銀霞有一陣成了城中紅人，連在茶室裡吃午飯也會被人認出來。不少人上前拍過她的肩膀，對她說了許多讚賞和鼓勵的話，或是在她面前對自家小孩說，看，人家眼睛瞎了都比你強。

在梁蝦的喪禮上，細輝與拉祖都憶起當年這些事，說他們在報紙上看見銀霞，兩人都連忙給銀霞打電話。拉祖直接撥了電台的號碼，不說召德士，而是要找「你們的電台之花」。那是阿月接的線，含笑轉給了銀霞。拉祖在電話裡嚷叫，說銀霞銀霞妳知道自己有多上鏡嗎？那時拉祖在都城的律師行執業，仿傚他的偶像日落洞之虎，專攻刑案，已小有名氣，細輝也已經搬到了新屋子。聽到他們兩人的聲音，銀霞不知怎麼突然激動起來，她說拉祖我好想念你，我也好想念細輝。拉祖聽了說我下個禮拜回去，我們出去喝酒！細輝卻聽到銀霞說的話夾著顫抖的哭音，他頓了一頓；電話那一端良久才傳來他回的話，說，我也很想念妳。

這一句話，銀霞知道細輝是不會記得的。他倒是記得拉祖果真回錫都來，約了他和銀霞出去，三個人叫了幾客辣食，魚蝦蟹皆有，又喝了兩大瓶啤酒，之後兩男像挾持似的，將銀霞帶到歌廳裡唱卡拉OK。銀霞拿著麥克風不敢開口，拉祖說唱吧唱吧，妳唱歌好聽呢，聲音就像錫塔琴。

銀霞也記得這些。就在誼父梁蝦的喪禮上，細輝將妻女撂在一旁，與她和拉祖輕聲說笑，懷緬舊時。拉祖說那你還記得銀霞唱了什麼歌嗎？細輝說記得的，她唱了〈月亮代表我的心〉。他的女兒三歲了，在布棚下踩著會發出吱吱聲的小鞋子亂跑，甚至鑽到桌子底下去撿花生殼。嬋娟不住追趕，小珊小珊；回來對細輝說，我管不住這女兒了，我們走吧。細輝說妳等等吧，我們三個難得一聚。細輝的母親也忍不住出聲，說是呢，他們三個從兒時就是好朋友了。

然後大輝一家便來了，春分是個七歲的小大人，不願與小珊及妹妹夏至為伍，自己到鄰桌去與年齡相仿的孩子攀談。銀霞記得在座各人對這小女孩給的各種說法。嬋娟說天呀蕙蘭，這女兒跟妳是一個餅印做出來的吧？梁金妹說不盡然相像，媽媽的皮膚比較白；何門方氏說是呀明明父母都細皮白肉，怎麼生下來的孩子會是這顏色？誰的聲音插進來，說小女兒倒是粉嫩雪白，得父母真傳；另有一人說你們看看大女兒這腰肢，像水蛇。蓮珠姑姑來到，乍見春分坐在鄰桌一對小兄弟之間，與兩人談笑風生，便說看吧這女孩年紀小小，論交際手腕，我們一桌人誰都比不上她。

許多年以後，當細輝說，春分啊我大哥的女兒，妳記得嗎？銀霞記得的就是這麼個眾說紛紜的小女孩。她說我記得啊，她怎麼了？

「她懷孕了。」

這事不光彩，細輝卻不假思索地對銀霞說了。那是幾個月前在店裡，他接到銀霞的電話，聽到那久違的聲音，仍然如往昔般叮叮咚咚，清脆好聽，像是哪個電台主持人在說話。銀霞說，細輝，我剛接了個召德士的電話，那是你哥哥的聲音。細輝覺得難以置信，仍說那我向大嫂打聽一下，看看她那裡有什麼消息。然後他便說了，大嫂近來家裡事情多，她很煩亂。

「什麼事呢？」

「春分啊我大哥的女兒，妳記得嗎？」

銀霞聽他把事情說了。這聽起來多麼老套，一個叛逆期的懷春少女與人私奔，弄出了一個負擔不起的小生命。她不期然想起那個懷著孩子到近打組屋來跳樓的女學生，後來成了野鬼，被困在了組屋裡。那是將近三十年前的事了，若這鬼是真的，也該老了。

「還好她知道該回家，那是不幸中的大幸。」銀霞說。「她要是不回家，也許會發生更可怕的事。」細輝聽了沉默。銀霞說你怎麼不出聲。細輝便說妳講話就像個電台主持人，有條有理。

這些話，銀霞聽得很高興。她在電台裡是出了名的「台柱」，多少客人打過電話來都留下深刻印象，對德士司機猛誇，說你們台裡有個接線的，聲音好聽極了，說話也很有風度和禮貌，我還以為自己把電話打到哪家電台的叩應節目了。司機們在線上向銀霞轉述，等於廣播一樣，大家便一哄而起，七嘴八舌，說霞女可是我們錫都無線台的台柱。阿月總會適時作姿態，說些帶醋味的辛辣話，猶如火上添油，線上鬧成一片。

曾經有十年八年，錫都無線德士台一天能接上千個電話。電台旗下兩百多輛德士應接不暇，經常有顧客等得發火。電話打到台裡興師問罪。老闆怕阿月得罪人，便讓她把這些電話都轉給銀霞處理。銀霞的聲音有股安撫人的作用，往往連那些滿口粗言穢語的粗俗人也被她懾住，不自禁將聲音放軟；同事們視為奇蹟，老闆亦把銀霞當作瑰寶。德士司機們更笑說我們的霞女啊，前世一定是個傳教士，天天對人講耶穌。

在這些笑鬧中，老古倒是出奇的靜默。同業們偶爾出言撩他，老古也只是冷哼而已，或是噴出兩句粗話，叫大夥兒噤聲。

那可是段大好日子，銀霞每天早上都精神奕奕地上班，也不在意加班到晚上；幾乎就像以前到密山新村盲人院去上學那樣，每天充滿期待的出門。吃午飯的時候，她到樓下沿著五腳基走到同一列店屋的茶室裡；一路有人招呼她，阿霞，阿霞。有人領著她找桌子，有人替她挪來椅子；端上一杯她常點的唐茶，問她今天要吃碟頭飯抑或是咖哩麵。有陌生人來拍她的肩膀，對她說，啊妳是那個上了報紙的電台接線員吧？身旁總有賣麵飯的攤主或端茶水的婦人起鬨，嚷著說就是她呀還有誰呢；古銀霞，全國上下只此一家。

這時期有一段時候，細輝尚未與嬋娟結婚，偶爾會來找她一起吃飯。說是去辦事時路過電台樓下，看看手錶，正巧是吃飯時間。銀霞說那我們走遠一些吧，我正好換換口味，吃點別的。

細輝有時候用車子載她，有時候領著她走路——常常是輕輕扯著她的袖子，越過馬路去到別處，與她安安靜靜地吃飯。也遇過不識趣的人上前來指認，妳是那個盲人接線員吧？銀霞不由得靦腆起來，細輝微笑而已。人家便問，這是妳男朋友啊？

不是的不是的。兩人都使勁搖頭。

當細輝在電話裡說「春分啊我大哥的女兒，她懷孕了」，這時候錫都的德士行業已不同從前。儘管城中開德士維生的依然是原來的那一批人；卻正因為是同一批人，這行業成了一片老兵死守的荒地。城裡十之八九的司機與老古一樣，都七老八十，已過退休年齡。多年的開車生涯將身體折騰出腰疾、胃下垂和肩胛骨炎之類的各種毛病來；他們的車亦如此，外殼脫漆，座墊爆開，也有的冷氣一再故障，經不起維修，不得已架上一台電動小風扇，聊勝於無。反正這些車一路殘喘，像在喊痛，令銀霞聽著覺得整個錫都已破舊失修，不知丟了哪些零件。當然也有的司機因老因病，不能不退下；城中的德士越來越少，而打電話來召車的，除了沒有交通工具代步的外勞以外，也只剩下老人——單憑他們的聲音，聽他們的措詞以及他們用的街道名字，銀霞就聽出來了。

銀霞的父親這時候算是過著半退休的日子，一天沒多少時辰在路上。大日頭時人家嫌他的車子像火爐，坐進去了能熬出一層油來，下雨天則他嫌錫都處處淹水，路都成了河，「我開的是車，不是船」，因而他多半只開夜車，載幾個深夜下班，會在車裡抽菸甚至嘔吐的常客。反正他已無需養家，便給自己賺點伙食費和零用錢。同事阿月對銀霞說，人家看見妳爸每個晚上載了個中國女人去吃宵夜，銀霞不以為意，說我爸的事我不管，他的老婆都已經死了。

那中國女人在市區裡一家按摩院工作，銀霞與她碰過面了。不就是那一連五日的連假麼？從八月三十一日國家獨立日開始，連著哈芝節，週末，還因為東南亞運動會上我國運動員取得好成績，首相再宣布週一放假。大家都急著把這些日子花光，連平日值夜班的兼差女孩小晴也告假，電台裡只得銀霞一個人工作，每天晚上下班時等老古來載她。有一晚車上的副駕駛座上已有乘客，老古讓銀霞坐到後座去。她聽出來那乘客的古老口音，秦腔似的，一路尖著嗓子說個不停；語速之快，腔調之百折千迴，連銀霞都難得聽仔細，她知道父親大多是聽不明白的。老古果然咿咿哦哦而已，表示在聽。銀霞在後座竊笑，想起母親梁金妹逝世前的兩、三年，對老古視若無物，幾乎不與他說話了。老古恨她十問九不應，偶爾會爆粗口，說屌你老母。

「生了一個女兒是盲的，現在連老婆也變啞巴了。」

這回好，這女人坐一程車，即把人家幾年說話的份額都用了去。

當細輝在電話裡告訴她，蓮珠陪著蕙蘭去見了「春分的男朋友」；說是那樣一個人，獐頭鼠目衣衫襤褸也沒一份正職，「大嫂很惱火，問春分怎麼會看上這樣的人。」銀霞並不驚訝，她說連我爸這樣的男人也有個情人了。細輝後來看了一眼牆上懸著的凸面鏡，看見嬋娟翹著手坐在櫃檯後，橫眉豎目，眼觀八方。他拿著手機走進角落的辦公室。

「還有……蓮珠姑姑昨晚對我說，她的老公在外面養了個女人。」

銀霞聽了心中黯然，卻覺得這事不新奇，依然以同一句話應答：「細輝，連我爸這樣的男人也會有個情人。」

「蓮珠姑姑的老公，那可是拿督馮啊。」她說。

拿督馮在外面有女人，這不是頭一回了。銀霞想說，蓮珠姑姑不也曾被他金屋藏嬌麼？這人是世家子弟，自命倜儻，從來不缺人投懷送抱。只有在從政當議員的那段時期，拿督馮的言行才收斂些，終日待在服務所裡與黨內同志開閉門會議，沒溢出什麼風流豔聞，後來在競選中敗陣，他回到商場縱橫，難免聲色犬馬，常常黎明時帶著一身酒氣與女人的香水味回家。人家正式娶回家的結髮妻子一聲不吭，蓮珠便也不好發作。待兒子十八歲被送到英國讀書後，她不再活躍於社交，卻是一口氣開了幾家店鋪，賣衣服，賣蛋糕，還有一家日本餐館，算是發展了自己的事業。倒是拿督馮有了年紀，這時候有過一回小中風，胃也出過毛病，以為是癌，在醫院裡被醫生翻來覆去地搗騰了半個月，試遍各種儀器，僥倖沒事，以後他便像死裡逃生，開始戒菸戒酒，跑步爬山，還含飴弄孫，在家中陪稚兒學英語，砌拼圖和堆積木，過起了前所未有的健康生活。蓮珠覺得他老矣，以為他就此修心養性，殊料他隨人去學跳交誼舞，抱著風韻猶存的舞伴碰恰恰碰恰恰，再來狐步和探戈，摩擦生火，不可收拾。

「蓮珠姑姑說，這回他來真的。」細輝在電話裡說。「這幾天連假，他與那個女人出國遊玩去了。」

銀霞只能嘆一口氣。正好有電話打進來召德士，她說我不談了。

「你還是跟你大嫂說一聲吧。真的，我敢肯定打電話來召車的人是你哥。」

這些細節，已經是幾個月前的事。銀霞還記得一清二楚。她記得那幾天的連假天氣有多麼酷熱，許多老司機深怕中暑，寧願躲避在家；阿月和打兼差工的小晴回來上班，都抱怨自己這幾日快被太陽烤焦，而本來因通風不良而散發著一股霉味的電台小辦公室，果真因為她們的回歸而有了烈日的氣息，彷彿她們是兩件新收回來的衣服，都曾置於陽光下曝曬。爾今幾個月過去，辦公室裡的空氣又回復往日的潮溼和混濁，人們無精打采。聽吧，就連電話鈴響也特別沉鬱。

銀霞接了那電話，在聽到那一聲「哈囉」以前，她聽到了稍縱即逝的遲疑和空白，便曉得是細輝。她說喂是細輝嗎？以為他打來是要說大輝的消息。細輝卻不說這個，他說我大哥的女兒春分啊，她剛在醫院生下了孩子，是女兒。

銀霞覺得這句話說得歡快，彷彿在報喜，就像十餘年前他說「我老婆剛生了個女兒，我當父親了！」她噗哧一笑，說恭喜你再跳一級，榮升叔公。

# 女孩如此

這種事，嬋娟說她以前當教師時看過太多了。她以前在女校教書，儘管是城中名校，每年會考成績放榜，成績都十分傲人。但一所學校上千名學生，別說高中生裡常發生這種事，每年總有幾個學生因為偷吃禁果，不慎懷孕而被迫輟學嫁人，初中部也有過這樣的人這樣的事。她估計，在那些白衣藍裙的幢幢人影中，難說沒有一些更早熟或更果敢的，會瞞著大人私下把事情解決。

小珊懵懂地問，怎麼解決呢？

這個中午，嬋娟在家忍受夠了隔壁人家為一幢房子大整容而製造的噪音。那房子像是被活剮一樣，又像被挫骨揚灰，一整個上午不斷尖叫嘶吼。這噪音讓嬋娟頭疼，又生耳鳴。她讓女傭早早忙完家務後，開車載她到店裡幫忙，之後她奔波著接送女兒，載她去兩個補習班。路上太陽酷烈，強光鋪天蓋地，融化了路人的面目。小珊原是在調收音機頻道的，忽然她喊，媽妳看！嬋娟瞥一眼望後鏡，見是一隻土狗挺直僵硬的四肢橫屍路旁，兩隻黃澄澄的小狗欺近牠，在那滾燙得冒煙的柏油路上，看著像是牠們在聞著一隻燒烤中的全羊。她念了一聲佛號，仍覺得內心不靖，便對女兒說，小珊，妳記得堂姊春分嗎？

記得。

她呀，剛生了個女兒。

小珊一臉茫然。她扭身再追蹤了一眼路旁的死狗，陽光吞噬了牠與兩隻小狗，只吐出來幾個黑點。她再回過頭來，臉上已現憂心忡忡，說那該怎麼辦呢？

嬋娟不說話。她對這事由始至終冷眼旁觀而已；偶爾對丈夫評議；一句話裡冒出幾下冷哼，說這種事我以前當教師時看過太多了。細輝不接話，倒是別過臉問女傭，瑪娃，妳幾歲開始當的媽媽？問得這般沒頭沒腦，女傭不禁錯愕，工作還拎在手上，眼珠像算盤珠子似的上上下下，像是用了點時間做心算，然後笑著說，十六歲。

「我的女兒都九歲了。」說起女兒，女傭臉上那笑如朱槿初綻，越開越燦爛。

女傭的女兒自然是有個名字的。她總是把家鄉的女兒掛在嘴邊，向大家展示過手機裡儲存的照片，說她多麼的聰穎和調皮，多麼的有表演天分；學校的老師怎樣的稱讚她。但因為那印尼名字的發音有點古怪，嬋娟和細輝都記不牢，家裡只有小珊能說得出她女兒的名字來，還知道那名字底下有個「滿月」的意思。女兒每說起這個總表現得洋洋得意，嬋娟說這值得妳驕傲麼？學校測驗不會考這個。細輝則說，妳記性這麼好，那妳告訴我瑪娃的丈夫叫什麼名字。

小珊說不出來。她瞥一眼女傭，用撒嬌的調子說這題太難，恐怕連瑪娃也回答不了。

女傭嫁給她的丈夫已經十年了，但細輝與家人從未聽她提起過丈夫的名字；她只說「我的男人」。嬋娟有時候旁敲側擊，打探她家裡的事，一點一點鑿開她的世界。女傭不敢不回答，目光暗沉了下去，臉如滿月逐漸被烏雲遮蔽，一點一點透露說，我的男人不好，沒工作，待家裡的老人也不善。

「必然也交了女朋友吧？」嬋娟問。女傭不語，站在暗影中聳聳肩。

嬋娟會意，她說這種男人我們這兒也不少。說著睨一眼細輝，轉用廣東話說，你哥就是一個。

女傭來自蘇門答臘，在細輝家裡已經兩年了。嬋娟當初到仲介公司聘人，列下許多要求，說明不要伊斯蘭教徒，也不要大齡人士（二十五歲以上）、身材肥胖者（體重超過六十公斤）以及家鄉有孩子的人。等了將近三個月，最終不得不因應現實條件放低門檻，接受了仲介公司分配給她的瑪娃——至少她的年齡和體重都附合要求，況且那時女傭還誆稱自己單身，老家只有父母和兄長等族人。這謊言沒說了幾天便被揭穿，其實也是因為嬋娟強加逼問。她說，我在女子學校教書十幾年，會看不出來妳生沒生過孩子？

至於宗教信仰，女傭本身沒有對那些教條表現得多堅持；除了不把豬肉放進嘴裡，再沒有其他禁忌，嬋娟便也不好苛刻。她更順勢要女傭與她一起吃素，女傭也不拒絕，兩年下來在嬋娟的指導之下，她不但素食煮得不錯，連何門方氏授於嬋娟的幾道家傳好菜——豉汁鳳爪，鹹魚蒸肉餅和香芋扣肉，儘管女傭之前從未嚐過，竟也弄得八九不離十，與何門方氏生前做的頗為相近。偶爾她也應細輝的要求弄一些拿手的家鄉菜餚——黃薑飯，椰漿蕨菜，酸魚湯和巴東牛肉，細輝與小珊吃得讚不絕口，嬋娟卻不讓女傭碰魚湯和牛肉，說吃素得有恆心，不該隨意破戒。「以後妳會感激我的。」嬋娟說。女傭點頭，便不吃。

嬋娟聽過許多人說起家中外勞時吐的苦水，便對這女傭看得很緊。除了放她到店裡幫忙以外，平日總像隨身物品似的帶在身旁。女傭也十分順從，讓她站便站，坐便坐；不讓她與別人家的女傭說話交往，她便不敢逾越。隔壁人家也雇女傭，五年裡跑掉過兩個，又辭退了幾個，說是因偷盜或撒謊，十分苦惱，因而經常誇獎嬋娟，說她把女傭調教得極好。就連蓮珠也曾笑說，嬋娟妳把女傭當學生來管教了。

這女傭表面看來好得沒話說，嬋娟卻知道她骨子裡藏著一股叛逆勁，而且有種鄉下人的狡獪；臉上裝著純樸溫順，心裡卻在算斤算兩，偷偷與人過不去。她來的第一年，六月伊斯蘭齋戒月，嬋娟暗中觀察，留意到她偷偷守齋，從早上晨禮時分到日落，女傭都藉故不吃，甚至也不飲水。嬋娟心中不爽，當即多給她分派工作，讓她在屋裡忙得汗流浹背，嘴唇發白，她卻始終沒去碰一碰水杯。第二天中午，嬋娟又命她清掃門廊，還讓她頂著三十五度的大太陽整理屋外的小庭園及路旁的草地，連早上晾在衣架上的牛仔褲和浴巾都被烈日曬得乾透了，女傭戴了一頂草帽，穿得像個菜農一樣，用幾層衣服將自己裹得密密實實；脖子上披了一條毛巾蹲在庭園裡清除雜草，站起來時有點搖晃，嘴唇已乾裂脫皮。她進屋裡來，嬋娟給她遞上一罐冰箱裡拿出來的運動飲料，女傭接過，說了一聲謝謝，逕自穿過飯廳走進廁所。出來時手上的鋁罐已然空了，女傭將它投進垃圾箱。嬋娟全看在眼裡，內心十分不悅。

那晚上嬋娟睡得不好，細輝說半個夜裡都聽得她在磨牙。翌日等女傭做完家事，嬋娟將她帶到她父母家裡。兩老退休在家，住的是錫都早期的老式排屋，門前有一大片空地，種了九重葛、朱槿和鳳仙花等花草以及班蘭葉、蘆薈和小辣椒等植物。嬋娟讓女傭替他們除草和整理花圃。這回女傭沒做好準備，只戴著兩老拿來的草帽在屋外工作了大半天，結果中暑暈厥，趴倒在草地上。嬋娟一時慌了，馬上與父親一起扶著她到附近的診所。醫生給了藥，囑咐病人必須多喝水，女傭接下來便不得不喝水服藥，而且白天也不能不進食了。嬋娟甚為稱心，卻沒有對誰說，只有細輝感覺到她無端端的得意，卻問不出所以然。

到了第二年齋戒月，嬋娟直接對女傭挑明，要不想再中暑病倒，妳就別像去年那樣逞強了。當時她們在車上，小珊在前座低頭滑手機，嬋娟在望後鏡裡看見女傭抿著嘴看向窗外，那張側臉稜角崢嶸，眼裡炯炯發光，顯然還是不服氣的。

這樣的表情態度，嬋娟以前在女校教書，看過太多了。那些女學生都叛逆而倔強，犯了錯被責問時一貫不回話，只是抿著嘴，或低下頭或別過臉，以為不言而喻，僅僅以一種姿態予以反擊。嬋娟痛恨這種自以為強大和堅硬的沉默，她忍受不得，許多責罰由此而來。她讓那些學生在椅子上站一節課，有些更頑劣更可惡的則站在桌子上。課室外經過的學生和老師難免投來目光，人們難免竊笑，桌椅上站著的女孩漸漸挺不直背脊，頭也越垂越低。這種懲罰還有更高的一級——她將她們的罪名寫在一張全開馬尼拉卡上，「我沒交作業」、「我懶惰」、「我愚蠢」、「我沒禮貌」……要她們把它舉到胸前，站在課室門外示眾。沒有人在經過時按捺得住不去看那紙上用馬克筆寫的大字；看了的人沒有誰不別過臉，加緊步伐匆匆走開。

這法子一層一層，最終總有奏效的時候。即便是像春分那樣的女孩——春分是怎樣的女孩，嬋娟自然識別得了。蕙蘭以前常在電話裡唉聲嘆氣，說學校三天兩頭要見家長，她風塵僕僕地趕過去，聽老師像受害者那樣陳情痛訴，說哎妳的女兒呀，這樣那樣，偷竊，逃學，撒謊，說粗話，比中指，最終她自覺再無顏面，遂給女兒辦了停學，把她帶到酒樓，讓女兒走她的老路，也給人斟茶遞水。

「這樣的女孩，只要她還知道羞恥，」嬋娟老這麼說。「倘若落在我手上，總有辦法對付得了。」

「要是有的人已經不知道羞恥呢？」小珊打趣地問。嬋娟知道女兒不是認真的，便白了她一眼，說不可能，這世上怎麼有人會不知羞恥。

「即便是她，一個窮鄉僻壤來的人。」嬋娟抬頭看一眼望後鏡裡的女傭，轉用馬來語問她：「瑪娃，妳知道什麼是羞恥嗎？」冷不防有這麼一問，女傭會不過意來，怔忡了好一會兒。

「羞恥？」女傭一臉狐疑，像是要確認，又彷彿在念一個陌生的詞。小珊便哇哈哈笑了，說妳看，她就不曉得什麼是羞恥。嬋娟也忍不住笑，說妳真壞。母女倆笑聲一顛一顛的頃刻灌滿了車子。女傭不知所措，在後座漲紅了臉，卻也不敢不扯動嘴角陪著一起笑。

這世上當然也有嬋娟制服不了的學生以及她攻克不了的沉默。她卻是從來未對小珊提起過。事情已過去七、八年，那女孩留在她記憶中的名字已經被時間細細地刮去，剩下來的只是一些靜態的形象，彷彿幾張舊照片漂浮在她的腦海裡。嬋娟自然是不可能忘記她的，女孩的長相如此特殊；眼距這麼寬，下巴這麼短而尖細，而且身材矮小，被斥責時總是低著頭翻起三白眼看人，神情十分詭譎。她的母親說這女兒生下來便患了地中海貧血症，從小就得頻常輸血，也能動手給自己注射除鐵靈。嬋娟見過許多這樣的母親了，她們總以為自己的孩子應該比別人得到更多的照料和關懷，因而常常為一點小事到學校來打躬作揖，拜託一番。有一回嬋娟問她，林月圓，妳確定自己不該把她送到什麼特殊學校嗎？

那婦人名叫林月圓，嬋娟竟是一直記得住的。人概是因為她與林月圓曾經在小學時當過三年的同班同學，也可能是因為女孩逝世以後，這母親摸到一位華人州議員的服務所去，召開過記者招待會，控訴校方處事不當，因而上過幾回報紙。嬋娟那時候把所有報紙都讀過了，確定字裡行間沒有指名道姓，卻不知怎麼仍覺得林月圓衝著她來。她記得林月圓從小白而微胖，音容體態柔軟得像一團棉花，加上資質平庸，要不被人忽略，要不躲避不及遭人欺侮。這樣的人竟有膽量在女兒死後，讓靈車開進校園裡示威，之後還在記者會上灑淚哭訴，說「她初中時我就一直在拜託老師了，那老師還是我的小學同學呢。」

校長因而召見嬋娟，閉門談了許久。平日十分嚴厲的校長那天忽然變得像輔導老師一樣的良善溫和，話裡有磁性，對她諄諄善誘，說了許多好話，譬如「廖老師，妳教學很好，就是人太耿直了，有時候難免偏激。」彷彿要說服她相信——因為她曾是林月圓的小學同學，就該為女孩的死多承擔一點責任。校長甚至建議她拿個長假好好休息。嬋娟忿忿不平，執意不肯；氣一粗，話就多了。校長啜了一口清茶，慢條斯理的說，喏，這不是嗎？妳有時候就是太偏激。

女孩從教學樓墜下的時候，嬋娟正在四樓的課堂上講解微積分，教導學生們怎麼用一串符號計算拋物線下的面積。女孩很輕，從四樓墜落到底層的地面上，只發出一聲悶響，像是有人從二樓拋下一個裝滿了水的塑料瓶子，也可能像是拋下一個西瓜。要不是樓下有人尖叫，迅即喚起更多的喊叫聲，此起彼伏，引起慌亂與騷動，四樓的一排課室高高在上，根本無人意識到事情發生了。有人從四樓跳了下去，在圍欄前留下一把椅子，以及一對淺淺的鞋印。

女孩當下沒死，被召來的救護車送到醫院，帶著一身零碎的骨折與重創的頭顱（嬋娟向來覺得女孩的身體比例奇怪；顱骨偏大，怎麼看都像頭重腳輕，因而認為她的頭部傷得特別嚴重，合乎物理學的基本原則），靠著儀器勉強呼吸了兩天後，終於撒手。她死或不死，事情已經炸開。女孩的母親不肯干休，做出那麼戲劇性的大動作；開記者會，把靈車開進學校。人們除了追蹤新聞報導，也在網路上議論紛紛。儘管網上仍無人提及嬋娟，卻因為那一把留在圍欄前的椅子，有些已經畢業離校的舊學生遂聯想起以前在學校裡見到的或經歷過的，被老師罰站的往事。那些離校生的文采竟比以前在學校時進步多了，敘述流暢，語言簡潔，有的文字甚至掰開來有血有淚，因而響應者眾，得到許多人按讚留言，無不表示同情與激憤。

嬋娟一直克制住自己，不讓自己到網上去瀏覽這些事不關己者的評論，但這些信息一旦釋放便無孔不入，總有辦法透過別的管道傳達於她。多數是別的老師和親友好意，讓那些文字變得口耳相傳，九曲十三彎地到達她的耳裡。有個親戚不知哪裡得來的消息，說死者的母親林月圓私底下對人說，她女兒的這位老師（也即她的小學同學）童年時便常與別人聯袂排擠她，對她惡意欺凌。這些流言不斷衍生，嬋娟以為無稽，但不識得她的人寧可信其有；識得她的人，同僚也好，朋友亦然；就連她的父母和丈夫，尤其是她的家婆都似乎半信半疑。嬋娟隱忍了兩個月，每天裝成個沒事的人到學校去，穿著她喜愛的粗跟皮鞋，昂首闊步地走過教學樓底層，踩過那女學生墜落的地方。她有時候會抬頭眺望四樓，偶爾也有學生站在那裡探出上半身，因為背光，總看不真切是人是鬼。嬋娟忍不住在心裡搜尋方程式，想要計算那女孩跳下來時的線條。「不該是一條弧線。」她想。可從那圍欄到她腳下站的這地方，卻分明不是一條正角垂直線。可見那一縱身，因為力學和意向，多少形成了弧度。

然後女孩便來了，在嬋娟的夢裡纏她，在科學室裡要與她討論幾何學與微積分。嬋娟記得自己在那夢中十分認真，為此在黑板上畫了許多圖形和線條，用不同顏色的粉筆寫上一串又一串的符號。女孩爭不過她，有點激越，說那我再跳一次，妳到樓下去找一個角度好好看清楚！嬋娟果真要走下樓，卻因為各種讓人氣餒的際遇——學生來問作業，校長來問責，碰上傷了腳的老師要她攙扶和救助；家婆何門方氏帶著穿小學校服的小珊出現，說這學校不好，怎麼找不到小珊的課室……她便一直滯留在樓道上。夢中的教學樓則一直在移形換影，不斷改變它的結構；樓梯不再是樓梯，課室不再是課室，宛然一座持續變幻中的迷宮，隨著她的行走而扭曲變形，讓她走不出去。

她醒來以後便尖叫嚎哭，也許那夢便是在哭喊中結束的。細輝被驚醒，搓著眼睛出言安撫，耐心聽她把適才的夢說清楚。然而夢是說不得的，說了猶如搖晃一壺濁水，倒出來時所有的細節便都混淆了。嬋娟只記得自己不知怎麼又回到四樓，在走道上遇見女孩。女孩站在椅子上，兩手舉著一大張水藍色的馬尼拉卡，上面用黑筆寫著「我有病」。她那麼靠近圍欄，外面的風吹過來，把她那纖弱的身體當成樂器，拂動她，令她搖搖欲墜，似乎隨時會像倒栽蔥一樣摔到樓下。

「來吧老師，在這兒跳下去。無人可以阻撓妳了。」女孩說。這些話被風吹得一抖一抖，彷彿女孩在哽咽。嬋娟這才忽然想起來，女孩已經死了。這是夢。

# 懺悔者

細輝說，以前他住在近打組屋，十年裡發生了二十餘宗跳樓事件。那些來自殺的人，有老有少，有華人和印裔；多是女子，每一個都當場死亡。當中有的人捨近求遠，棄六十多層的光大大廈與偉岸宏碩的跨海大橋不用，不惜坐兩個小時的車從北方來到錫都，選了近打組屋來跳樓，把血和腦漿染在別人的地方，之後還得勞煩家人南下認領屍體。這種事情，他見多了。

「最後一個來跳樓的是個女學生，肚裡懷著孩子。」

在死了二十五個人以後，近打組屋才在各樓層裝上鐵花，再不讓輕生者有隙可乘。也因此，嬋娟看見的近打組屋，就像用幾百個籠子層層疊疊堆積起來的一幢龐大的籠屋，遠看時會錯覺裡頭養著許多鴿子。嬋娟雖在錫都長大，她對早期的近打組屋卻毫無印象，直至識了細輝，他應母親要求把她帶回家裡，嬋娟才第一次踏進這一直像地標那樣聳立在舊街場的大樓。其時近打組屋便已被鐵花重重圍困，一副讓人求死不得的格局。

細輝與何門方氏的住處甚小，兩房一廳；以前為讓蓮珠下榻而用夾板弄出來的小房間，在她走了以後沒有拆除，而是用作了雜物室，裡頭放的東西七顛八倒，還滿布塵埃。嬋娟禁不住多看了幾眼，何門方氏觀其顏色，猜她見嫌，便一直說細輝以後要買房子，「這種地方怎麼住得了一輩子。」嬋娟點頭稱是，小聲把話複述了一遍。怎麼住得了一輩子？

她與細輝交往的第一年，無非是吃飯看電影，偶爾在飯後到迪亞公園聊聊天。晚間的迪亞公園十分靜僻，處處隱晦，他們因此被兩個持刀的印度青年搶劫過一回，連人家的相貌都沒看清楚。那以後，在細輝買汽車以前，嬋娟怎麼也不敢再到迪亞公園了。兩人只能在近打組屋樓下找個不當眼的角落，或是在嬋娟與父母的住家庭園裡，一起坐在鐵架鞦韆上，一邊追打蚊子一邊談情。一年後有一回細輝陪她到都城去出席一個中學同窗的婚宴，那晚上兩人在酒店裡住一個房間，便算落實了關係，回來計畫結婚，開始討論買房子的事。由於嬋娟是教師，買房子可以申請公務員貸款，利息比外面的銀行低，因而心頭比細輝高些，打算買一幢「見得人的房子」；指標之高，頗令細輝為難。何門方氏知道後不說什麼，掙扎了好幾天才給小姑蓮珠打電話，先是抱怨膝蓋和手上的關節疼，說是「捱出來的病」，之後再說到細輝的婚事與其他種種難處，說要是買不到像樣的房子，嬋娟大概就不願下嫁了。

「人家當老師的呢，識字識墨。多麼好的一個對象呀。」

蓮珠會意，說可以的沒問題。「細輝在我眼皮下長大的呢，我在心裡把他當作親弟弟。」

到律師行簽字買房子時，細輝與嬋娟已經先到婚姻局註冊過了，卻要到新屋入伙以後的第二年，兩人才舉行婚禮，大宴親友。嬋娟的家人朋友與學校的同儕來了不少，見新人新屋，十分欣羨。嬋娟那晚上喜極，敬酒時未免多喝，只覺得眼所能及，流光溢彩。晚宴後回到家裡，她與細輝各自脫去向婚紗公司租來的禮服——細輝那一件肩膀加了厚墊的外套，她的一套綴滿亮片，裙底下墊著許多層內襯的蓬蓬裙。兩人赤身裸體，頓覺彼此都縮小了一號，像兩隻乾巴巴的蚱蜢。可那晚上嬋娟真感到快樂。也許是酒精的作用，她溫順地躺在細輝的懷裡，迎合他，不把燈擰息，甚至稀罕地發出聲音，學著色情片中的日本女優喘氣呻吟。細輝大為受用，分外使勁；她瞇上眼微笑，身體若一塊海綿承受細輝給的點點滴滴，頓覺人生富足而美滿。

第二天早上，嬋娟下樓來，看見客廳裡一片幽暗。藉著晨曦從門窗透進屋裡的微光，只見何門方氏弓起背坐在沙發上，一手抱著鐵皮桶裝的馬里餅，另一隻手抓了一塊餅乾往口裡塞，復以她未戴上假牙的扁嘴不住齧啃；茶几上擱了一杯美祿，也可能是桂格燕麥。這些道具和光線，讓她看著像養老院裡一個被兒女棄養的孤苦老人。嬋娟忽然意識到生活其實沒有一點改變，昨夜的美好不過是酒後的幻覺。她說飯廳裡不是有桌椅嗎？媽妳怎麼坐在這兒吃早餐？何門方氏斜乜一眼，顧不得嘴角掉下來許多餅乾屑，說飯廳的橡木椅子硬繃繃，坐得人屁股痛。

嬋娟後來買了坐墊放到飯桌的椅子上，何門方氏卻依然故我，不光是吃早餐，後來她甚至將沙發當作眠床，藉口自己躺著呼吸不暢，心悸，而且經常半夜小腿抽筋，不得已要以坐姿睡覺，便索性把床鋪遷到客廳來。於是那沙發上總放著她的枕頭和用了許多年的百納被；枕頭上汗漬斑斑，被子上也總散發著一股老人味。為了「保護」沙發，她在那三人座沙發上鋪了一張洗褪了顏色的破浴巾。至於茶几，玻璃檯面上堆放了許多瓶瓶罐罐；除了餅乾零食，還有驅風油，萬金油，如意油，正骨水和衛生紙等物。嬋娟看得十分礙眼，幾次將東西挪到別處去卻遭婆婆抗議，細輝也幫著母親說話，夫婦倆不免齟齬，嬋娟便說你們這些住廉價屋出身的人，真能把龍床睡成了狗窩。

嬋娟的父親一輩子教書，母親也通文墨，加上兩人都虔誠信佛，弄的小康之家向來雅致而井井有條，連一家三口用的茶杯該怎麼放都有其規矩。她與細輝成家，生活上不少習慣需要磨合，而細輝也願意一步一步退讓配合，但婆婆何門方氏惡習不改，在那屋裡住了十五年，把屋子底樓當成了自己的地盤；除了客廳的茶几和沙發，當初嬋娟花大錢請人裝修的飯廳及廚房，早堆滿了她從組屋帶過來的砂煲罌罉；東西都放得舛錯不齊，地上也總是胡亂攤著幾件破舊衫褲，用作替代擦腳的地氈。嬋娟經常在學校裡受了氣回家，見狀甚覺可厭，不禁嘮叨幾句，何門方氏橫眉冷眼，卻不作聲，待細輝夜裡回家才癟著嘴向他嘟噥，說你老婆脾氣越來越壞，把我當出氣筒。

十五年也就這麼過去了。最後那幾年，就在大輝失蹤以後，又收到老鄰居梁金妹癌症去世的消息，何門方氏與細輝到美麗園去送帛金，回來解不開心中鬱結，好一段時期悶悶不樂，後來因肺炎進了一回醫院，之後身體每況愈下，總推說膝蓋疼或人倦怠，除了洗衣做飯以外，幾乎成天賴在沙發上，開響了電視而不看。她這幅油盡燈枯的模樣讓嬋娟不好發作，心裡憋得慌，偏偏那時候學校出了命案，一名女學生遭同學霸凌，下課時被人強迫站在椅子上高舉一張圖畫紙，上面用毛筆寫了兩行字「我是ＥＴ，我有病」。就那一天女孩從四層樓高的校舍頂樓跳下，成了社會新聞，上了全國版。嬋娟與那女學生本無多少交接，卻因為跳樓現場留下的一把椅子，以及女孩死後被揭發的那些學生欺侮人的把戲——女孩的級任老師在班上的紙簍裡找到那張被揉成了一團的圖畫紙，嬋娟因而受牽連，被召進校長室，甚至在教學會議上，當眾被檢討了幾回。那陣子她每天忍受著別人的閒話，回到家裡見樓下的亂象，氣往上沖，禁不住揪著自己的頭髮對滿室雜物嘶吼；喊得撕心裂肺，把沙發上的何門方氏嚇得手足無措。

嬋娟辭去教職後，自是忍受不了成天待在家中與婆婆朝夕共處的，便情願到細輝店裡幫忙，為此又被何門方氏吟哦了一番，說她不該把全部雞蛋放一個籃子裡。「要有一天那店鋪做不下去，豈不是全家人都要挨餓？」彼時嬋娟的忍耐力不如以前，常會出言頂撞。「以前大輝和他的老婆還有岳父全在一家酒樓打工，妳怎麼不說？」何門方氏聽得怔忡，舌頭在嘴裡打了結。倒不是嬋娟的頂撞有多大的勁道，而是因為「大輝」這名字是個忌諱，她受不了別人這麼當頭棒喝似的把這名字喊出來，臉色便蔫了，猶如被人甩了巴掌。

嬋娟後來回想，思疑何門方氏那些年可能是得了憂鬱症，行為多少有點厭世。大輝失去音訊以前，他與蕙蘭的爭鬧無日無之，蕙蘭便像個對學生沒轍了的教師，轉而向家長投訴；三天兩頭把電話打到錫都來，對何門方氏數落大輝的種種不是，以致何門方氏每聽到家裡電話鈴響，先是一臉警惕，拖拖拉拉地不情願去接。

那兩年大輝替一個據說連蕙蘭也不知其背景，只知道他有著拿督[1]頭銜的神祕老闆辦事，經

1 馬來西亞有功人士勳銜稱號之一，由國家元首和州元首冊封。

常走南闖北，尤其常走東西大道，越過山嶺到東海岸去待許多日子；每週回家一趟，來去匆匆。蕙蘭被三個孩子纏身，年紀最小的立秋未及兩歲，與他的姊姊夏至一樣有股執拗勁，把家人弄得身心俱疲。蕙蘭半步離不開那屋子，悶到極處，唯有打電話四處找人訴苦。嬋娟曾經接到過她的電話，蕙蘭自是不會向她泣訴的，甚至不與她磨蹭，只問了個好便直指何門方氏。「媽在嗎？」嬋娟瞟了一眼沙發上的老婦，她已經坐直身子，並警戒地盯著嬋娟，對她擺了擺手。

「媽剛出門了。」嬋娟說。「馬票嫂來把她載出去，說缺人打麻將。」

這個謊撒得好，嬋娟不免有點自喜。蕙蘭自然曉得何門方氏喜歡打麻將。以前她與大輝攜著春分回錫都來過年，因大輝傍晚出外訪友，非凌晨不歸，她便在這屋子裡，叫了嬋娟與何門方氏，再湊上細輝或到訪的蓮珠一起搓麻將。何門方氏從衣櫃裡掏出一副麻將來；盒子染塵，牌具都已經微微泛黃，可見時日久矣，盒中一百四十四張牌與骰子卻都齊全，細輝再找來一張四四方方的摺疊桌子和兩張牛皮紙便能開檯。

嬋娟與細輝本來不善打牌，不過是每年農曆新年時逢場作戲而已，因而牌技馬虎，出手也慢；何門方氏則在漁村的老家時，從小已踟躕在大人身邊學會打麻將，偶爾牌桌上有人走開，她便受命代人出征。待她稍微年長，其實也只是個少女，逢年過節便與家中姊妹兄弟掏出點小錢來自行開賭。以後嫁給了羅厘司機烎仔，因丈夫經常不在家，她也曾有一段時期十分沉迷四方城，街坊鄰里要想打麻將，隨時可以讓她湊上一腳。何門方氏可是抱著幼年的大輝出戰的，因而對自己的牌技十分自負，只是年紀大了手法生疏，思慮也多，出牌便十分慎重。反觀蕙蘭一上了賭桌便像神料店裡的齊天大聖被開了光供上神龕，即時神氣活現。她讓小春分坐在大腿上，一手攬著她，一手摸牌出牌，動作順暢如行雲流水，節奏明快，叫牌也極具氣勢，常常等不及別人發牌便叫嚣起來，說唉錫都的人都這樣打牌嗎？打八圈豈不要一十四小時了？牌桌上餘者莫不吃驚，嬋娟不時偷眼瞄向婆婆，只見何門方氏的一張臉拉得老長，縱被蕙蘭催促也不言語，只是斜眼瞟一瞟她。

那樣與蕙蘭打過兩回麻將，就連蓮珠偶然湊興打了一陣後也喊吃不消，以後蕙蘭再與大輝回來錫都，無論怎麼窮極無聊，再沒有人敢提議開檯。蕙蘭自己也是不提的，大概真受不了小埠居民打牌這般婆婆媽媽。嬋娟倒覺得自那一回在牌桌上見了蕙蘭的面目以後，何門方氏對這兒媳婦十分改觀，態度漸不如從前。當她產下小珊，在家裡坐月子時，曾聽過何門方氏閒裡對細輝評說蕙蘭，說她是惡婦，連對自己的老爸都聲大夾惡。

「唯獨對你哥毫無辦法。」

細輝聽不明白，以為母親為此失望，嬋娟倒聽出來那話裡有一種幸災樂禍，洋洋自得的意思。

「我們對大哥又何曾有過什麼辦法呢？」細輝說。何門方氏白他一眼，低下頭繼續看報紙上好幾家博彩公司的開彩成績，嘴裡呢呢喃喃，說他這麼大的人，成家立室了；再不學好，總不能怪到母親頭上。

大輝在東海岸待的日子多了，家中上上下下沒有人具體說得出來他替那拿督級的神祕老闆辦的什麼差事，卻每個人都心裡有數，知道不該過問。蕙蘭先是在電話裡對何門方氏說，那老闆似乎讓大輝處理一些「信用卡」的事務（何門方氏問，是讓他去弄假卡嗎？），蕙蘭當時不能確認，後來半年連續換了好幾種說法，一說放高利貸，二說去管理按摩院，三說去做地下賭場，不一而足，有一點她倒是言之鑿鑿。「他在那邊有女人。」蕙蘭說。「是個大陸妹。」

這消息驚動不了何門方氏，只足於讓她長嘆一口氣。那年代大陸妹也叫「小龍女」，在華人社會幾乎是「外遇」的代名詞。何門方氏知道，就連她老家古樓河口這等民風純樸的漁村，幾家賣海鮮的餐館請來大陸妹當招待，其實都是神州大地的鄉下人，卻每一個都像是帶著迷藥越洋而來，半年裡多少當地男人中招，被那半打大陸妹迷得神魂顛倒，鬧出了家變；其中更有一有家有口的討海人到古樓河口叔公廟裡跪拜，當眾表示「今生能與她在一起，來世當龜也願意」此等風月，在村裡沸沸揚揚。以前那些餐館也曾雇過印尼和泰國來的外籍勞工，這些異國女子也一樣離鄉背井，客途寂寞難耐，因而也與漁村裡的男人生過苟且之事，然而她們不擅於纏磨調情，求的只是肉體慰藉，雨散了雲收，也容易打發，因而殺傷力不大。至於大陸妹，既有異國情調又能語言相通，她們還特別鍥而不捨，說不過來時便用手機傳情達意，一聲一聲「想你」，嬌嗲纏綿之極。漁村裡的男人白天遭天阿公日曬雨淋，夜裡被老婆河東獅吼，何曾消受過這等溫柔？因而都無法免疫，光打開手機看見這些短信便連骨頭都酥了，自然甘願為她們拋家棄子或來世當烏龜。鄉野之地的餐館招待員尚且如此銷魂，大輝幹的這差事離不開繁華城市與風月場所，被一兩個標緻的大陸妹纏上，等於孩童出麻疹生水痘，實在不足為怪。

「沒事的，大輝對女人從來不執迷。」何門方氏說。

這大陸妹的事，蕙蘭說過幾回便沒了下文，但以她的個性脾氣，恐怕已為此與丈夫大打出手，讓萬樂花園那屋子翻天覆地。細輝將這事告訴嬋娟，忍不住也說起以前有個女孩為大輝懷胎，從近打組屋八樓一躍而下。嬋娟後來向婆婆打聽，但何門方氏沒說得清楚，倒叫她看緊細輝吧，店鋪那一帶有這許多按摩院，每一家都成批成批的從中國大陸雇來按摩師傅，全都是些臉上畫紅描綠的女子，怕是不安分的。嬋娟討了個沒趣，冷哼一聲。她說細輝才不敢呢。「他跟他哥是兩種男人，媽妳是清楚的。」

何門方氏自然心裡明白。以後大輝吸毒，打老婆，最終拎著被蕙蘭擲到大門外的兩個行李箱離開，她都沒表現得多震驚，甚至像是有點麻木了。只有在大輝被逐出家門將近一個月後，一日蕙蘭打來電話，說她包了一輛德士，正要帶三個孩子回去錫都。何門方氏才大吃一驚，無奈勸阻不及，蕙蘭與孩子已經在路上。她連忙打電話到店裡找細輝，母子倆與嬋娟都明白蕙蘭打算把孩子留在錫都夫家，三人為此憂心如焚。嬋娟不惜對細輝明言在先，「她以為這裡是誰的地方啊？這可是我們的房子，不是你媽的房子！」果不其然蕙蘭真是這主意，說三個孩子都姓何，而她沒了丈夫，不得不出去找生活。為此蓮珠也被召來，與何門方氏、細輝和蕙蘭坐在廳裡談了一上午。嬋娟那時還在學校教書，下午回家前先繞到店裡向細輝問清楚。細輝說事情解決了，明天大嫂就與孩子回都城去。夫婦倆相顧無言，不禁都捏了一把冷汗。

大輝的兒子立秋那時才滿周歲不久呢，匆匆來去，屋裡的人誰也沒把他看仔細。何門方氏在逝世前，念在這何家長子嫡孫的名分，每個月都從她與細輝的聯名賬戶裡掏出私己錢來，連著蓮珠給的一份，銀行轉賬給蕙蘭。每年學校開學前，蓮珠與細輝更是多給一份補貼，讓孩子買校服和文具。蕙蘭又與以前一樣回到酒樓當領班，母兼父職，家中則由退休後的葉公幫忙打點，以後再無暇到錫都來。直至何門方氏逝世，她再帶著孩子回到夫家，那時立秋已經九歲，記不得自己曾經到過這地方，見過姊姊春分口中常說的「細輝叔叔的大房子」。

何門方氏死，在這房子舉喪。為了騰出個靈堂來，客廳的家具多被挪到別處，十有九成堆放在何門方氏的臥室中，闔上房門以掩人耳目。嬋娟一直忌諱著該不該對人說，老人怎麼死得那麼猝然，死狀也不體面。雖說多年腳疼氣喘，精神委靡，但前一個晚上還像平日般隨著她與細輝及小珊出門，到附近的食肆吃煮炒。那天叫來的一盤醬蒸金鳳魚很對胃口，何門方氏吃得不能投箸，細輝見狀甚喜，伸出去的筷子便轉向了別的盤子，由得她吃。回到家裡對嬋娟說，以後還帶媽到那小食中心去。第二日拂曉，附近的回教堂才剛啟動高分貝播音器，傳來是日第一波頌經聲浪，重複說著萬物非主，唯有真主。嬋娟被細輝搖醒時，窗外那一段《喚拜詞》尚未念完。

「妳起來。」細輝說。嬋娟從日光充沛的夢中被拽出來，眼睛適應不了房中的昏暗，看不清細輝的神情。她說怎麼啦？說時以為女兒小珊出事，又想會不會夜裡有人摸進屋裡偷走了東西。

「媽死了。」嬋娟仍然看不真細輝的臉，連帶著他的聲音聽來也有點破碎，彷彿十分湮遠，像是從夢這口深井裡傳出來的回聲。

嬋娟與細輝走下樓，在樓階上便看見何門方氏在她占據了的那一張沙發前，隆起背伏在茶几上。她逐步下樓，觀看的角度一點一點改變，發現老婦人其實屈著腿跪坐在地上，雙手撐地，一張臉貼在檯面，彷彿下跪叩頭，一臉撞到茶几上；口鼻下一灘凝固了已經變色的血漿。嬋娟與細輝走到茶几旁，忍不住喊了幾聲「媽」，好像在試探著喊出口令，看她會不會有所反應。細輝試著將何門方氏扶到沙發上，但她的身體已僵在那形態中了，其狀猶如悔罪者。

細輝在母親的屍體旁怔怔地站了一陣，本想打電話報警，諮詢處理的程序；嬋娟攔住他，讓他等到九點鐘銀行開門，盡快將他與母親的聯名賬戶裡的存款全提出來，「不然等報死紙出來了，以後取錢不知會不會有麻煩。」細輝覺得在理，便留在屋裡等。嬋娟讓他拿沙發上的百納被將何門方氏的遺體覆蓋起來，免得女兒待會兒下樓來看見了，會被嚇著。她自己則上樓去到小珊的房裡，在她床畔說，婆婆死了，妳今天不用到學校去。

小珊下樓來時天已經亮了，屋內仍然昏昧，細輝面對稍微敞開了的玻璃門，正在給蓮珠和蕙蘭打電話。何門方氏仍然跪在茶几前，被她自己的百納被蓋了起來，像是一尊塑像等待被揭幕。嬋娟把小珊帶到廚房，為她準備早餐，也將細輝喚來，一家三口坐在飯廳裡，各自往吐司麵包上抹牛油和果醬，小聲討論早餐後該處理的事。細輝只覺得腦中一片混沌，不免丟三忘四；嬋娟倒是心細，提醒他這樣那樣，還叫小珊拿來紙筆，將事情列下，讓細輝逐一照辦。

距離銀行開門還有一個多小時，嬋娟避諱客廳裡那形狀駭人的遺體，讓女兒到樓上去洗澡更衣。她自己則將何門方氏前一夜泡在樓下浴室裡的一盆髒衣物，放到洗衣機裡處理。細輝坐立不安，在廚房和客廳之間來回踱步，又坐在單座沙發上盯著何門方氏的所在恍神許久。八點三十分他便抓起車子鑰匙出門去了，說是要在銀行門外等候，好搶先入內。嬋娟將洗好的衣物拎到院子裡晾曬，陽光舔在她的頭臉和脖頸上，已有點溫熱。有些不認識的晨運客以及到附近草地上練了香功或十八式的鄰居們遛狗一樣拖著長長的影子經過，在門外對她點頭微笑，說早啊，曬衣服呀？嬋娟便也頷首，說是啊。

曬過衣服後嬋娟上樓去梳洗，下來時細輝已在樓下，正在電話上以粗陋的馬來語報警，屢屢被許多說不出來的詞彙卡住。嬋娟聽不下去，搶過手機替他把話說清楚。電話掛斷後，蓮珠就上門來了，忍不住掀起何門方氏的百納被，沒看真切眼淚便已掉下，啜泣著說不出話來。細輝便也傷心，垂下頭來不住抽鼻子。嬋娟沒等姑姪倆哭夠，在旁交代了警察在電話中說明的程序，之後便出門去，說先到學校給小珊請假，之後再到謙街去找殯葬公司。她讓細輝打電話通知親戚朋友，也請蓮珠聯繫報館，找人來寫訃告。蓮珠從皮包裡抽出紙巾來，一邊拭淚一邊答應。

這一日天氣晴朗，雲朵甚稀；白雲一小團一小團的在天上連不成海。晾掛在院子裡的衣服色彩鮮明，像是運動會上掛著的許多彩旗。嬋娟將車子開到路上時，從車窗透進來的陽光已有點灼人。她回想自己今早醒來後做的每一件事，以及囑咐細輝與小珊的每一句話，覺得面面俱到，每一步都周全，就像一個無瑕可擊的算式，可心裡又隱隱覺得自己遺漏了什麼。苦思一陣後不得結果，不由得困惱，遂伸手按響收音機轉移心神。那收音機裡有人放開喉嚨，誰唱的歌呢？像點火一樣，一股電子樂如炸彈似的在車裡引爆，嬋娟被那音樂轟得耳道裡一陣尖響，趕緊找按鈕調低音量。

就在這時候，當音量變小，嬋娟才聽清楚了那幾乎被音樂淹沒的歌聲，其實是叫嚷，死了都要愛！死了都要愛！她霍然省起，今早在家這麼長的時間，她那麼鎮定，淚沒流下一滴，卻終究忘了該像平日一樣，在屋裡播一回《大悲咒》。

# 紅白事

樓上樓的住戶，在那一幢組屋裡朝見口晚見面，居民不分種族像是感情甚篤，可一旦離開了那裡，以後便像流落在人海中，各自隨波逐流，很少會再聯繫和碰面。也許那地方本無可留戀處，人們莫不是因為潦倒，住不起像樣的房子，人生被迫到了困境，才會落難似的聚集在那樓裡，忍受狹隘的走道與逼仄的居室，因而樓上樓的居民多數抱著寄居的心態，從搬進去的那一日起，便打定主意有一天會搬走的；走的那一日也意味著困境已渡，人生路上走到了寬敞地，再不需要與同病相憐者相濡以沫。

銀霞不等自己一家搬走，就領會了這事。拉祖一家如此，細輝一家也一樣，搬走了以後便忙著經營和拓展新生活，有了新鄰居，不得不生疏了昔日人。直至她自己搬到美麗園，對這情形更多了幾分體會與了悟。那時她的母親梁金妹常為此感嘆，說以前妳與細輝和印度仔可要好呢，記不記得樓下關二哥怎麼叫你們的？

銀霞記得。關二哥每每看見她與細輝和拉祖在一起，老遠便喊他們，喂，鐵三角！彼時三人年少，細輝不明就裡，問關二哥為什麼是鐵三角而不是「金三角」。關二哥快沒笑得氣岔，對拉祖說這兒你最聰明，你若能道出鐵三角和金三角的來處，我送你一個手錶。

「我知道鐵三角是劉備、關羽和張飛！桃園三結義！」拉祖嚷著回答。

「好！金三角呢？」關二哥問。拉祖遲疑了一陣，久無聲響，銀霞便急了，搶著說我知道！

「妳知道？不會吧？」關二哥深表懷疑。

「是泰國，緬甸和老撾。」銀霞被關二哥的語調弄得靦腆了，聲音變小。「是……種鴉片的地方。」

關二哥後來果真從他店裡的玻璃櫥窗中拿出了一隻橡膠帶子的電子錶，卻是送給拉祖的，說反正銀霞用不上。拉祖拿過手錶後，轉身便塞給了銀霞。銀霞不要，拉祖一味堅持，說妳才是能把問題回答齊全的人。細輝在一旁幫腔，還搶過手錶硬要替銀霞戴上，銀霞不得已只能由他，感覺到那一塊半塑料半橡膠做的東西套在她的手腕上。她好奇地觸摸它，把它湊到耳畔去聆聽，沒聽見滴答滴答的聲響，雖悄無聲息，可儲存在手錶裡的時間仍一點一點流失。

那手錶想必是件廉價貨，錶殼十分碩大，造型粗獷，可那年代特別時興，許多孩子都有一個。銀霞戴在手上幾天，妹妹銀鈴看見了吵著也要，梁金妹便叫銀霞除下來讓給妹妹。銀霞堅持不給，有一天在房中卸下後去洗澡，出來遍尋不獲。她為此坐在房門口嗚咽，哭得衣襟溼答答，一半是淚，一半是髮梢墜下的水。梁金妹被她哭得心煩，從神檯抽屜裡拿出手錶來還她，說這樣的一件爛東西，值得妳哭得這般淒涼。

以後一年多，銀霞每天都戴著那手錶，直至有一日在巴布理髮室裡下棋時，細輝剛輸了一盤，在旁看她與拉祖苦戰，忽然對她說，銀霞妳的手錶沒電了，錶殼裡面黑漆漆一片。

銀霞自然知道這手錶有一天電池會被用盡，但她不知怎麼總想像著一旦電池用光，意味著手錶裡流轉的時間中止，就像牆上的掛鐘一樣，錶殼裡的數字會停在某個點上，直到換上新的電池，將那中斷的時間接駁下去。細輝這麼說了她才明白過來，她手腕上戴著的手錶不但沒了電池，連時間也已用罄，像一個沙漏徒有圓滑的流沙池，裡頭沒了沙子。

那以後銀霞便沒再戴那手錶了，也沒去找關二哥，讓他換一枚新電池。妹妹銀鈴早讓母親給她買了手錶，她便將自己的收起來，與其他幾件她寶貝的物事一起放進一個結實的巧克力盒子裡，又將那盒子塞到衣櫃深處。以後搬家時，衣櫃早已殘破，她的盒子卻完好無損，又被帶到新家來，讓她放到了梳妝櫃的抽屜中。梁金妹去世後，銀鈴每年特地回來替她整理房子準備過年，發現了那盒子以及盒中的東西，覺得可笑，說那手錶不僅沒電，橡膠帶子上還長了白色的霉斑；錶殼上用塑料仿的玻璃表面被刮花了一大片，該扔掉了。銀霞一把將手錶奪回，果然那橡膠帶子摸上去像在融化中，已有點黏性。她說長了霉斑也沒關係，這東西我要收著留念。

「留念？這是要紀念什麼？童年嗎？」

銀霞微笑不語，試著把手錶戴上。過去明明覺得它碩大無比，那錶殼的面積比她的手腕還要寬；以前戴著它，感覺就像小時候穿著母親的木屐一樣的笨拙；如今它卻不大不小，橡膠帶子也不覺得有那麼長了，戴在手上似乎正合適。只是這東西，感覺比多年前輕盈了許多，再不是沉甸甸的，能在手腕上壓出一個印花來。銀霞不由得想，手錶裡頭的時光當真全部流失，一點不剩。

「我要拿它來紀念拉祖。」她說。銀鈴在她的黑暗中沉默半晌，也許無意間被她的話絆倒，被捲進了昏黃的回憶裡，不由得開始搜索拉祖留在她腦中的影像。銀霞尋思，妹妹想起的會是哪一個時候的拉祖呢？是理髮師巴布的兒子嗎？是捧著比人高的獎盃走到七樓來向她們姊妹倆炫耀的印度少年嗎？是報紙上那些彩色圖片裡笑得見牙不見眼的會考狀元嗎？是梁金妹去世舉喪時，到喪府來狠狠地抱著她，陪她哭了一通，以致那晚上說話都有了濃濃的鼻音的律師嗎？

「這是他送妳的嗎？」

銀霞搖搖頭，又點點頭。「它提醒我，拉祖是一個光明的人。」

從近打組屋搬走以後，能把昔日鄰人都召來聚首的，唯有家中的紅事白事。銀霞的母親去世時未滿六十歲，白燈籠上以天、地、人之名義硬硬為她添足，可稱享壽。那是銀霞的誼父梁蝦辭世兩年後的事，樓上樓的故人來了不少，卻自然比不得梁蝦的喪禮。一是銀霞一家在組屋裡的人脈關係不比馬票嫂；二是在那兩年間，近打組屋有好些人家，譬如十樓的寶華哥與樓下明明藥行的老闆，陸續買了房子遷走，失去聯繫；也有人重病不起，有人死去。細輝攙著母親前來，因之前大輝家中一連串變故，何門方氏深受打擊，精神已不如兩年前，行路需要人攙扶。她那一晚對銀霞出奇的親近，握住她的手說了好些安慰的話。銀霞凝神感受老人那顫巍巍的雙手，覺得那力度太大了，不像是在安慰，倒像是汪洋中漂流的人以為自己抓住了一塊浮木。

七年後何門方氏逝世，樓上樓更已人事全非，以前的鄰里多已各散東西，聞訊來弔唁者更少。那一回銀霞坐誼母馬票嫂的車子同去，在喪府坐了半天，沒碰上幾個相識的人，便感嘆就連這種場合也召集不了故人了。馬票嫂那麼活躍的人，在那裡也所識者稀，而且她已年邁，沒了以前的活力，只有陪著銀霞小聲說話。正好她們的桌子上有報館廣告銷售員送來是日的報紙，銀霞說契媽妳給我念一念報紙吧，馬票嫂遂戴上老花眼鏡，給她念了報上的訃告。

我們最敬愛的至親何門方亞鳳老夫人，祖籍潮州惠來縣，慟於二零一六年八月廿四日（丙申年七月廿二日），壽終內寢，享壽七十四歲。我等隨侍在側，親視含殮，即日遵禮成服。淚涓於八月廿七日（星期六）上午十一時舉殯，發引還山，安葬於拿乞列聖宮義山。

謹以最悲痛的心情，將此噩耗敬告諸親友。

銀霞沒真留神在聽。她想起以前細輝的父親歹仔死，馬票嫂的丈夫梁蝦死，那些她去過的喪禮，組屋的鄰人聚首敘舊，男女老幼圍了好幾桌，依然東家長西家短的，桌子上堆滿了花生殼，聽在她耳中熱鬧得幾乎有點喜慶的氣氛。直至她自己家辦喪事，這種聚會的調子便不一樣了，人來得零落，也少有誰帶著孩子；無孩童活蹦亂跳滿場飛，便無父母大呼小叫，連念經的道士也死氣沉沉，鐃鈸聲有一下沒一下，聽著徒覺欺場。到了何門方氏，由嬋娟出面請來一隊佛教團體的人到府誦經，殯葬公司派來穿白衫黑褲，甚至還戴了塑料手套的人做招待，彬彬有禮地為賓客奉上茶水，紅豆沙；蒸籠裡微火溫著的素包子以及盛在加蓋銀盆子裡的素炒麵，感覺便更肅穆和清靜了幾分，卻也像是在高級俱樂部裡享受下午茶，賓客們無不自覺地降低音量說話，變成了三三兩兩交頭接耳，滿場竊竊私語。

以前住在樓上樓，銀霞因為眼睛看不見，便不喜歡在人群中湊熱鬧，對於這些鄰里間的人情世故也不熱衷，卻是在搬走以後，但凡接到舊時鄰居的喜訊或聽說有人過世，她總是願意去一趟的。即便父親老古有時候不願載送，但馬票嫂總讓她有順風車可乘，而且她在電台工作，識得德士司機無數，並無交通不便之虞。她在這些場合裡聽見許多熟悉而久違的人聲。無論隔了多少年，人們依然喊她，阿霞，阿霞。細輝也常會出現，帶著何門方氏，偶爾也帶上妻女；遠遠便招呼她，銀霞！到這邊來！還趨前來引路，要替她挪椅子。梁金妹在世時，必定拽著銀霞的衣袖，不許她坐到細輝一家人那裡。「妳是要去煞風景嗎？」她對銀霞說。「沒看見細輝老母那一張臭臉？人家可不想我們坐過去。」

銀霞自然是沒看見的，只覺得奇怪。以前在樓上樓，母親與何門方氏也算交好。多少個熱得人不斷打哈欠的午後，她們可是摸到對方家裡說了不少掏心話，還把私處發癢男人走私這等隱私也告訴對方。而今見面不過只交換一個點頭，懶得問候。銀霞怎麼也想不起來兩人何時何事有了這心病。

梁金妹過世以後，銀霞有一回與馬票嫂說起這事，表示萬分不解。馬票嫂說這不稀奇。「妳與細輝不也一樣，再不像從前那麼親密了嗎？怎麼說得準何年何月有了的心結？」

「我和細輝何來的親密，又哪來的心結呢？」銀霞自覺耳根發熱，想必已然臉紅。「不過是小時候不懂事，長大了慢慢便懂了。」

「懂了什麼呢？」

「懂了規矩呀。」銀霞故作輕鬆，盡量說得像是在開玩笑。「懂了男女有別呀，懂了男女授受不親；懂了他在明我在暗，懂了白天不懂夜的黑；懂了人會變，月會圓；懂了人無千日好，花無百日紅；懂了天下無不散之筵席，懂了天涯何處無芳草；懂了命裡有時終須有，命裡無時莫強求。」語畢，銀霞微微喘氣，禁不住咧嘴大笑，說真痛快。

「妳媽沒妳懂得這麼多。」馬票嫂的聲音從黑暗中傳來，穩穩當當。「她只是明白了，親家夢碎；細輝和妳是不會走在一起的。」

是那樣的嗎？銀霞想，母親真因為如此而心生芥蒂，從此疏遠了細輝一家？她想起來那年妹妹銀鈴結婚，選了聖誕節當晚在都城設宴。母親向男家要了兩桌酒席，但她們家人丁單薄，即便將母親在布仙娘家的兄弟姊妹叫上，再加上誼親馬票嫂與丈夫，也湊不齊二十人赴會。母親列了張名單一數再數，深感苦惱。正巧銀霞聽說細輝與何門方氏要在聖誕節時到都城大輝家裡，便提議把他們請來同歡，母親回覆時惡聲惡氣，說，呸！非親非故。

銀霞記得那一次到都城赴宴，名單上有好幾個人臨時來不了。先是布仙埠的大舅父忽傳心肌梗塞，入院動手術，大舅母自然隨侍在側；再來是誼父梁蝦於婚宴前一日在浴室摔倒，半壁身子撞到馬桶上，傷了一條胳膊一條腿，他與馬票嫂便也不能出席了。如此一來，原本就坐不滿的兩桌酒席只會更顯得人口凋零，梁金妹唯恐親家見怪，那兩日忐忑不已，於是銀霞再提細輝母子。「反正那兩天他們就在都城啊。」梁金妹聽了來氣，把話說白，「我不想看見他們，聽到了嗎？我不要看見這家人。」

「那我請拉祖來湊數吧！他就住在都城，與銀鈴也是從小識得的。」銀霞說。「人家可是律師呢。他若肯賞臉，是我們沾光了。」

梁金妹聽了一怔，正遲疑時老古搶先不答應，直言萬萬不行。「我們家的酒席來了一個黑皮的，怎麼向人介紹？」他掀了掀鼻子，連連擺手。「不行的，沒名沒分。」

銀鈴的婚宴，古家的兩張桌子只坐了十四人。撤去多餘的碗筷和椅子後，銀霞坐在母親身旁，仍覺得相隔遙遠；說話時每每聽力不及，話音難抵，便可以想像人們坐得有多疏落。銀鈴的夫婿與家長三番兩次來問，怎麼來這麼少人？梁金妹不免尷尬，與老古漲紅著臉窮作解釋，銀霞在旁越聽越難堪，卻不作聲，直至酒宴要散了新娘子來問她怎麼烏雲滿面，她才發覺自己一直在生悶氣。

「為什麼我們家辦喜事，寧願空著許多座位，也不能讓我把拉祖和細輝請來呢？」銀霞說了便覺出自己的憤慨與委屈。「他們兩個結婚時，可都是請了我的呀。」

銀鈴笑，叫她別生氣。「等以後妳結婚，我一定讓爸媽把他們兩家幾代人都請來，一個不漏。」

那一回的紅事錯過了與細輝及拉祖相聚的機會，再等便是四年後梁金妹死，細輝帶著何門方氏前來，拉祖也隻身從都城趕來弔慰。細輝來到時，銀霞正坐在靈前給泉下的母親摺元寶，十根手指如彈琴一般，在一摞一摞的金紙上舞動，變出一顆一顆的紙元寶和一朵一朵的往生蓮花；身邊堆放著五、六個脹鼓鼓的，塞滿了紙元寶和紙蓮花的黑色塑料袋，彷彿她在築起圍牆要將自己藏起來。細輝不禁憶起從前到銀霞家裡，坐在她身旁看她用尼龍繩編織網兜子。那時她的神情也這般專注，手指的動作如飛，快得讓人無法看清楚，身邊的織成品也堆積如山，直叫他想起電視上看過的河狸營巢。細輝將母親安置在一群老鄰居之間，之後便回到銀霞身邊，一聲不響地陪她一起摺元寶。拉祖來得稍遲，直接衝到銀霞跟前，顧不得掀翻了半袋紙元寶，俯身對銀霞說，我來了。銀霞聞聲抬起頭，細輝在旁看她下頷抬起的角度，感覺就像以前看她在下棋時抬頭望向牆上的象頭神，彷彿她是看得見拉祖的。銀霞輕輕喊了一聲，拉祖？說時她試圖起身，拉祖扶她一把，又像小時候那樣伸手拍一拍她的肩膀，叫她別傷心，可說著他自己的話裡已有了哭音，銀霞忍不住流下淚，兩人就在梁金妹靈前抱頭哭了一陣。銀鈴循聲而來，站在一旁，不禁也紅了眼眶。

拉祖在都城成了家，那時妻子剛於兩日前生下第二胎，因為早產，孩子還放在醫院的氧氣箱裡。他這日接到細輝的通知，下午從法庭直接驅車回錫都來，在銀霞家裡坐了兩、三個小時，再趕回頭路時已然夜深。銀霞放心不下，囑咐他回到都城後一定要給她打電話報個平安。那一夜家中的電話響起時，坐夜的人已都散去，銀鈴回房裡休息了，老古在門外抽菸，銀霞仍在靈堂摺紙元寶，頭上亮著一支發出嘈音的日光燈。她接過電話，聽到拉祖的聲音，說他已經回到家裡了，又對銀霞說了些安慰的話。當時銀霞身心俱疲，覺得腦中灌滿了日光燈的吟哦，就像有一隻嗡嗡叫的蟲子鑽進她的腦殼裡築了巢，繁衍出成千上萬隻嗡嗡叫的幼蟲來。拉祖說的什麼，都被這些蟲鳴般一浪接一浪的嘈音掩蓋，她多半聽不進去。只記得拉祖說了，銀霞，不要逞強。

「什麼？」銀霞回過神來。

「沒什麼。」拉祖換了種口吻，像小時候那樣喊她，銀霞銀霞。

「什麼？」銀霞仍會不過意。

「妳記不記得……迦尼薩斷掉了哪一根象牙？」

那是在母親的靈堂上，四周無人；靈柩中的梁金妹屍骨未寒，一支日光燈用無盡的抱怨表明自己在辛勤工作，徹夜大放光明照亮別人。那燈光像什麼發光化學試劑，照見銀霞臉上已經擦乾許久的淚痕。她在那慘淡的白光中忽然開懷笑了起來，還不自禁地豎起右掌舉到胸前，捏了個象頭神的手印。

「是右牙。」她說。「象徵祂為人類做的犧牲。」

# 奔喪

拉祖去世的時候才三十六歲，正值壯年。印度人死可沒有掛白燈籠，也沒有天、地、人給死者憑空添一筆，可以報個虛歲。於是他便實實在在的只活了三十六年，留下一個遺孀與兩個年幼的孩子。

拉祖死去三年以後，他的偶像日落洞之虎卡巴爾辛格也死了。死時七十三歲，在南北大道銀州路段三零六．一公里處遇車禍喪生。其實在那一場車禍的九年前，卡巴爾辛格已遭遇過一場車禍，受傷非輕，以致這昂藏七尺的政治「巨人」必須以輪椅代步，再不能像以前那樣剛健挺拔。那以後他在大選前站在台上發表演說，雖然還雄赳赳氣昂昂，也依舊聲若洪鐘，卻終究少了過去一呼百應的氣勢。拉祖初次與日落洞之虎相見，言談甚歡，再握手合照，便是在這個時候。照片中的卡巴爾辛格鬢鬚皆白，已呈日落之勢；拉祖當時剛過而立之年，神采飛揚，如旭日初升。重要的是這照片拍得傳神，照片中兩人笑逐顏開，卡巴爾辛格一隻手還搭在拉祖的肩上，看著像一對關係極好的師徒。拉祖請人將它放大打印，掛在了都城的家中。細輝到過拉祖家裡，見到牆上這張照片，免不得將拉祖調侃一番，指著一旁掛的其他相片，說你呀，與自己的雙親及家人合照都沒這般珍而重之。

拉祖在都城執業多年後，膀漸圓腰漸粗，眉眼隱約已見世故，再不像以前那樣瘦骨嶙峋，可一口整潔的白牙卻依然醒目（連他的妻子也常笑說，這傢伙不當牙醫還真暴殄天物）。他笑著對細輝說，那相片這麼掛，可是得到父親巴布同意的。他的父親甚至還巴望著有一天，拉祖能有本事把卡巴爾辛格請回家裡來吃飯，好讓他與迪普蒂以及家族裡的其他人都能來會一會大家心儀已久的日落洞之虎，對他一表傾慕之情。

巴布這好夢其實並不虛妄，細輝曾經以為那是指日可待的。拉祖在都城當刑事律師，打贏過不少官司；在法律界，尤其在印度人的社會裡已相當有名氣。他雖年輕時已加入反對黨，卻不像卡巴爾辛格那樣熱衷政治，倒是一心一意「鋤強扶弱」、「剷惡鋤奸」（這是拉祖自己說的話，就這兩個成語），將不少私會黨徒告上法庭。他自己曾兩次收到過裝在信封裡的子彈，亦曾有人將一頭流血不止，半死不活的水牛置於其家門前，可他卻也讓幾個黑社會大鱷嚐到了半夜警察上門，於鎂光燈下被鎖上手銬押上警車的滋味。

當初大輝替那拿督級的神祕老闆辦差，拉祖知道以後便給過了警告，對細輝說此拿督背景複雜，黃、賭、毒無一不涉，底下有許多牛鬼蛇神替他辦事。據說這老闆還不時派人過海到台灣去取經，學了不少詐騙的伎倆。以後大輝失蹤，誰也聯繫不上他，細輝一度懷疑他是被老闆遣到海外去了。拉祖不以為然，說你哥這種人，還替這樣的人辦事，死於非命是合理不過的事。

那時拉祖自然想不到，就連他一直崇拜的日落洞之虎這麼剛正的人，也一樣遭遇橫禍，死於非命。他坐的汽車由司機駕駛，在時速限制一百一十公里的高速公路上，撞上一輛像蝸牛般緩緩爬坡的載貨羅厘，與車中的助理一起斃命當場。羅厘司機是個馬來人，車上載著妻女。他後來供稱自己車禍後下車查看，聽見卡巴爾辛格在毀不成形的豪華轎車內用馬來語四度叫喊，救救我的腿！銀霞對這說法十分懷疑。她總想，為什麼是腿？為什麼是馬來語？無論如何，日落洞之虎就這般橫死，仔細想想，似乎也是合理的。只是那畢竟不同大輝，大輝若死了，那是銷聲匿跡石沉大海，無人聞問，卡巴爾辛格的死訊則震驚全國，可謂舉國哀痛，連華文報上也刊登了許多天巨幅輓辭，大題非同一般，有「民主巨人」，有「錚錚鐵骨」，有「浩氣長存」，諸如此類，氣勢浩大磅礴，一新讀者耳目。銀霞的父親老古說，這些輓辭百年難得一見。「換作死了個華人頭頭，恐怕也不能把這些成語收集齊全。」

不僅如此，卡巴爾辛格橫死後不久，銀州安申灣一間半新不舊的廟宇做出創舉，將日落洞之虎供上神龕。廟中壇主說是受卡巴爾辛格託夢，醒來便上阿里巴巴網站找到中國廠家製作神像。該廠家根據壇主發來的圖片以及提出的各項細節性要求，以老樟木雕塑後上漆，製成一樽小坐像（坐的不是輪椅），雕像人物一張臉紅粉緋緋，笑態可掬，身著一襲滾了金邊的黑西裝（乍看有七分像是質料上好的上下兩件式睡衣），腳踏虎皮，被尊為「拿督卡巴爾辛格」。神像雖小，但製作費不菲，因而壇主極為珍視，又讓本地工匠打造了一個四四方方的玻璃罩子，將拿督牢牢罩住，免得被香火燻黑了頭臉。這神像當年於五月一日（勞動節）開光，此後五月一日便成了「拿督卡巴爾辛格誕生日」，與壩羅古廟的大伯公誕，大概同屬一個等級。

這新聞是阿月從報紙裡找出來的，在電台裡無聊，念給銀霞聽。錫都的德士行業越來越不濟，電台裡清閒的時候居多，銀霞與阿月只得自娛娛人。譬如銀霞打毛衣，阿月翻報紙和雜誌，偶爾給她念一些女性養生資訊或社會趣聞。銀霞聽到這則新聞時，啼笑皆非，馬上想到要給細輝打電話，告訴他日落洞之虎一生不屑於馬來皇家給的勳銜，死後卻受封「拿督」[1]，變成華人的神明，還想說哪天我們到安申灣去拜一拜他吧。可話筒拿在手裡，她卻想起了拉祖，便知道細輝終於也會想起拉祖的，便覺得這事情沒那麼可笑了，電話也沒打出去。

這一則卡巴爾辛格「封神」的新聞，銀霞不說，細輝當天早上也已經看到了。他家裡原來為何門方氏訂閱了一份報章。除了每週三、四日追蹤開彩成績以外，何門方氏平日只翻翻地方增版，搜索錫州城鄉各處所有光怪陸離五花八門之事。像卡巴爾辛格封神這種趣聞，要是何門方氏還活著，家中必定是她第一人先看到，並且迫不及待地在細輝清晨下樓來時，含著滿口嚼碎的梳打餅向他轉述。但她前一年已經去世，身體與死去多年的丈夫長埋地下，靈魂與姓名則歸納在家中「何門堂上歷代祖先」的牌位之中。以前細輝家中的神檯都由何門方氏打理，她死了以後，換

1 此「拿督」不同國家或州元首冊封的有功人士勳銜，而是指東南亞民間信仰的神祇，是一個混合馬來亞祖靈崇拜、伊斯蘭蘇非派信仰以及中國民間信仰產生的神祇，被視為保佑地方和生活的地主神。

成細輝早晚上香；嬋娟則日日如是，以《大悲咒》配樂。

細輝起來得早，上過香後獨自坐在飯廳裡一邊吃早餐一邊看報紙。他看見了那報導以及照片中笑吟吟的「拿督卡巴爾辛格」，覺得其模樣神態有點像肯德基上校，而神像的材質和顏色又有點塑料感，彷彿是肯德基快餐店週年慶期間隨炸雞套餐附送（或付錢另購）的玩具。他不禁莞爾，想到倘若拉祖還在世，他肯定會馬上給拉祖打電話，或發個圖片給他，讓他看看卡通版的日落洞之虎，聽他慘叫，與他一起捧腹大笑。

但拉祖已經去世。先於他的偶像卡巴爾辛格，卻也和卡巴爾辛格一樣死在自己的車中。那車子從市區開回他住的城郊住宅區裡，經過七個收費站，頗有點路途。拉祖的妻子麗塔正在家中，而姊姊依娜正好來訪，姑嫂兩人一起做飯聊天，不時得騰出手來應付兩個搗蛋的稚兒。細輝曾經到拉祖家裡嚐過麗塔的廚藝，記得他與拉祖坐在客廳，聽得廚房傳來石杵搗在石臼裡的聲響，又聞得滿室辛香料的芬芳。麗塔那一回煮了咖哩羊肉，香氣妖冶纏綿，飯後仍不散去，一直飄蕩到院子裡。甚至細輝離去時，在大門外仍隱約聞見那香味。拉祖笑話他，說他一定是剛打了個飽嗝，嗅到了從胃裡溢出來的味道。

「要不然，難道是你剛放了個屁？」拉祖揚起眉毛，一臉壞笑。

出事那一天拉祖回到家時，也許屋裡屋外正瀰漫著那樣的香氣。因為麗塔和依娜的汽車都停在了廊下，他便把車子開到屋外的路燈下；停車開門，一頓晚飯的烹調過程和歷史衝他撲鼻而來，如同一支樂騰騰的歡迎曲。或許拉祖也聽見了兒子的吵鬧；他那兒子脾氣大，大概會把什麼摔到地上，惹得麗塔哎喲喲地怪叫，依娜咭咭地笑。他微笑著走下車來，忍不住伸長脖子，視線越過車頂朝屋裡投去，沒發現後方不遠處的路口飛快地轉進來一輛摩哆。車上兩個騎士頭戴鋼盔，前面的伏身抓住車把，後面載著的人高高瘦瘦，像竹節蟲似的四肢極長，反手將一把巴朗刀[2]貼在背上，半截刀刃從肩膀冒出。他們的摩哆發出長長的「吱——」一聲，停在了拉祖身後。這聲音讓拉祖回過身來，興許沒來得及看清楚什麼，畢竟那是個傍晚了，就在白晝與黑夜進行交接的曖昧時段，日月無光，路燈尚未亮起。兩個人影一高一矮，面目藏在全罩式的暗黑頭盔裡，連後面那人持在背後的巴朗刀也像鏽鐵一樣暗沉，看著像是一根棍棒。拉祖沒來得及反應，那一根「棍棒」被高高揚起，頂梢忽然閃出寒光，他才意識到那是刀。

那是刀。

拉祖住的是雙層排屋，一排三十餘個如出一轍的單位，對面的一排房屋也一模一樣。就在他家對面有一戶三口之家，年輕的華人妻子傍晚時在樓上的臥室裡燙衣服；燙衣板橫陳在窗前，窗外播映著半條巷弄。拉祖的車子開到家門前時，那年輕婦人正把一件剛熨燙好的襯衫掛到一旁的衣櫃裡，回身便目睹了凶案的發生。摩哆車上的兩個人（她認為那是兩個印度青年）在那半明半昧的天色中，被壓縮成兩團黑影。坐在後面的人高得不像話，屁股不離開座墊也能雙腳撐地。他便是那樣站起來，朝站在汽車旁的拉祖大刀一揮。這華人少婦自稱在城市出生和長大，那是第

2 馬來群島早年常見的一種砍刀，形制不少，主要用於開山或劈柴剁骨，也常被黑社會用於戰鬥。

一次看見巴朗刀，才知道原來傳說中的巴朗刀竟有這麼長，幾乎像電影裡日本人拿的武士刀一樣。這麼說很難讓人信服，但反正她要說的是那一刀砍得俐落，從右至左斜斜揮下去以後，不等血從拉祖的肩膀和胸膛溢出，甚至他尚未開口呼叫，那人已經反過手，再由左至右，向上划出另一刀。

血這時候冒出來了，拉祖穿的白襯衫突然殷紅了一大片。婦人說，不是像電影中常見的那種慢鏡頭處理的畫面——血不是慢慢沁出來，緩緩將衣服染紅的；而是眨眼之間，白衫就成紅衣了。年輕的華人妻子形容，拉祖當時兩眼圓睜，喉嚨有一聲叫喊呼之欲出（說到這裡，她不自覺地將那表情搬到自己的臉上）。不不不，他是喉嚨被割破了，裡頭的呼喊隨鮮血從破口溢出。拉祖伸手摀住溢血的傷口，轉過身去鑽進車中（少婦強調，那時車門仍然敞開）。背後那黑武士一樣的身影高高揚起持刀的手臂，往他背上再砍一刀（她這回以掌為刀，將動作演繹了一遍）。這下出手極重，那一把巴朗刀像是吃進了某根骨頭裡，整個畫面便頓了一頓（年輕的華人妻子說「像是那種影音光碟播放不流暢，影像稍微卡住了一樣」），以致那黑武士得費些勁才將刀抽出來。

拉祖鑽進車裡，鎖上車門。那個黑武士稍微屈蹲，也就是雙腿微曲，屁股往下一壓，便坐回原位，又再高舉手中的長刀，朝車裡的拉祖叫罵了一句什麼話（少婦說，毫無疑問，那是淡米爾語）。拉祖發動引擎，手掌往方向盤正中壓去，一聲長長的車笛有如怒吼，響徹一整條巷弄。那持刀的黑影一點不受動搖，反而像個剛在廝殺中戰勝的猿猴，舉起兩臂再度叫囂。前面的騎士轉動油門手把，胯下的摩哆噴出一聲呼嘯，迅即消失了在前面的路口。

這時候，簡直像是一項預謀，那摩哆載著黑影離開，路燈亮起來了。拉祖的汽車仍然響著車笛，各家各戶的門窗裡都晃動著鬼鬼祟祟的人影。拉祖的屋裡走出來兩個印度女人，雖沒目睹發生的事（華人少婦懷疑她們根本沒看見車裡的拉祖），卻像都明白過來，站在院子裡厲聲尖叫。年輕的華人妻子說，兩個印度女人一個雙手捂著臉頰淒厲地喊「啊——」，「啊——」；另一個兩手抓緊拳頭捶胸頓足，用馬來語連聲高喊「救命」，「救命」。兩把聲音一尖利高亢一沙啞低沉，雙重唱似的此起彼落，竟意想不到的和諧。華人少婦趕緊喊來她的丈夫（卻不許孩子走前來），兩人站在窗前觀望。路燈既亮起，夜幕便順勢覆蓋下來，隱去一整條巷弄的顏色，只有車裡的拉祖被路燈的亮光籠罩，形態面目清晰可見。他靠著駕駛座椅背，按在方向盤上的兩手不住抽搐抖動；雙目圓睜，胸膛起伏，血漿像噴泉一樣從喉嚨湧出——雖然還在呼吸，卻像是在羅馬競技場中央，被聚光燈照耀著的一個剛遭殺戮放血的戰敗者。

出這麼大的事，人們尚未意識到該報警，便已聽到警笛聲由遠而近；警車和救護車隨即出現。車頂上的警示燈彷彿舞廳裡的燈飾不斷閃耀，幾名警員在案發現場拉起黃澄澄的警戒線，像符籙一樣將拉祖的汽車和他家大門封鎖起來。事實上除了警察和救護人員以外，並沒有人想要趨近現場。一條巷弄七、八十間排屋，所有的人都安分地守在門窗前，最大膽的三幾個則走到自家院子裡，隔著緊閉的鐵門探頭觀望。年輕的華人妻子在屋內對其丈夫陳述案情，都覺驚心動魄，忽然對這國家的治安以及這住宅區的安全感到懷疑。

警察來到後，因拉祖的車子門被鎖上，而車裡的人已不省人事，他們費了一番工夫，讓拉祖的妻子找出備用鑰匙打開車門，其時拉祖滿身披血，氣息全無。前來的救護人員不敢斷定他是否已斃命，稍經商議後決定將他抬進救護車，再次開響警笛，一路「呢——喏呢——喏」，火速趕到中央醫院，之後由醫生開具證明，指他們接手時，死者已然斷氣；兩日後再由驗屍官鑑定，說明被害人大量失血，死在了命案現場。

至於拉祖的家人，妻子麗塔和姊姊依娜在錄了口供以後，也許受到警方的勸告或建議，當天夜裡即收拾東西，帶著兩個孩子，越過警戒線離開那房子。住在拉祖家對面的年輕華人妻子，深夜輾轉難眠，聽見聲響，起床來掀開窗簾一角，看見拉祖家門外停著一輛亮著大燈的四輪驅動車，兩個壯漢模樣的人影豎立在路上，等待屋內的人將車子開出來，然後便上車去與她們一起離開。

拉祖的車子停放在路燈下，在麗塔與依娜午夜走避以前，已由警方遣來的拖吊車將它移走搜證。第二天清早有晨運客走過，見到那些七零八落的黃色封條，忍不住停下腳步與周邊鄰居交談。各人交出一點信息來拼湊事情始末，都猜測是尋仇事件，並試圖在拉祖門口尋找遺下的血跡，卻因為這是巷弄裡唯一的印度人家（其餘皆是華人），無人知道拉祖的底細。天明後騎著摩哆的印度派報人將當天的報紙飛擲到各家門口，大家在全國版找到有關新聞，才曉得這位死去的鄰居是個律師。

一個執業律師在住家門前被砍殺，這麼一宗血案，由於死者非我族類，在華文報章只占極小的篇幅；內容單薄潦草，也沒有附上死者的遺照或其他圖片。細輝趁著早餐時間閱報，壓根兒沒發現這則新聞，要等到下午他在店裡如廁，因為略微便祕而花了比平日較長的時間，將手中的報紙翻來覆去，才讀到了這不起眼的報導。他衝出廁所，直奔辦公室給拉祖打電話，但電話不通。他一試再試，電話另一頭只傳來同一把令人絕望的馬來女聲，說得慢條斯理，像小學課堂上的馬來文老師在示範標準發音；告訴他，你撥的電話號目前不在服務狀態。如是者再三，他才想起該給銀霞打電話。

你沒有拉祖家裡的電話號嗎？她老婆的電話呢？銀霞說。

不，我只有他的手機號。

那我們找巴布和迪普蒂吧。

他們搬走了，不在樓上樓了，不是嗎？

可理髮室總在那裡的呀，去看看吧。

細輝搬離近打組屋十年後，那是頭一次回去。巴布理髮室確實還在底樓叢生的陰影中，門卻拉上了，裡頭寂靜無人。細輝雙手叉著腰站在門外，像是在找尋一個隱藏的開關，將巴布理髮室的店門左右上下地仔細看了個遍。門上沒有異樣，也無任何休假通告，他不信邪，走前去拍打店門，喊巴布，阿泰！一旁的鐘錶店裡探出一顆頭髮灰白的人頭來，是關二哥，頭毛漸稀，眼神迷離；原來紅潤的一張臉像新年時放久了的蕉柑一樣，變得乾癟粗糙，膚色黯啞。他瞇著眼打量細輝，說是你呀孱仔輝。

巴布全家出門去了，應該是到都城吧。關二哥說。

他的小兒子死了。

第二天一大早，細輝載了銀霞直驅拉祖在都城的住處。那住宅區甚大，所有的房屋都一個式樣，彷彿迷宮，但拉祖的房子不難找——那些符咒似的黃色封條仍然在原處，於日光中十分搶眼，風還伸出手指彈撥它們。細輝與銀霞嘗試大聲叫門，又按響門鈴，到底無人回應。倒是對面屋子裡走出來一個抱著孩子的華人少婦，細輝走過去探詢，話匣子一開，那少婦便不能自已，用極大的音量從頭到尾細述了凶案發生的過程。又口口聲聲「當衰」，說自己心有餘悸，已經兩個晚上不能成眠。倒不是因為親眼看見了凶殘血腥的情景（「電影裡看古惑仔開片，不也是拳拳到肉刀刀見血，逼真得不行嗎？」她說）。而是做為凶案的目擊者，她以為會有警員上門來讓她供證，並為此惴惴不安。

那些凶徒可都是黑社會呢。少婦說。要是知道有目擊證人，即使不殺人滅口，肯定也要使人來恐嚇我的。

那有警察來查問過嗎？銀霞問。

警察一直沒來，再過兩天後拉祖家門外的警戒線被拆除（之前已經被殘暴的太陽曬得褪色斷裂），那華人少婦也就明白了不會有警察上門來要求她出庭供證。拉祖死了便死了，多年前會考成績放榜時他榮登每一份報紙，各族人民皆知；死時如石子落水，只有「噗嗵」一聲，細輝訂閱的報紙上也沒有接續的新聞追蹤。凶殺動機不明，無人被捕，更不會有訃文敬告知交，也不會有人刊登輓辭痛惜英才。拉祖的家人不知在何處替他低調辦了喪事。細輝與銀霞終究趕不上他的喪禮，等後來終於聯繫上巴布與迪普蒂，才知道拉祖的遺體已被火化，骨灰也已經撒到了濁黃的客朗河，隨河水漂流到馬六甲海峽了。

拉祖死得如此突兀，事前毫無預警，也因為無緣參與他的喪禮，親眼一睹他的遺容或聽一聽一群印度婦人哭喪的聲音，細輝與銀霞總覺得拉祖的死不那麼真實，好像這只是一場惡作劇，比之大輝的消失更不可靠，彷彿隨時還有轉圜的餘地。他們兩人因而不曾認真去談論拉祖之死，似乎心有靈犀，都覺得只要不去召喚它，有一天拉祖厭煩了便會突然冒現。就像小時候玩捉迷藏，總有的孩子躲得太密藏得太深，久久不被尋獲，最終等他們躲膩了，或因為擔心遭人遺忘，便忍不住自行現身。即便在事情發生五年後，在何門方氏的喪禮上，銀霞在馬票嫂身邊坐了許久，心底仍隱隱有著一絲希冀，以為沒準哪一刻會聽見拉祖的聲音，隔著老遠呼喚她，銀霞銀霞！

# 點字機

拉祖的聲音，說不上有多悅耳，卻一直都是乾乾淨淨的。說的淡米爾語純正，沒人聽得出來他受過中文教育，有著厚實的中文底子；說華語和粵語的時候卻壓得住生下來便捲成一軸的舌頭，還能撇掉濃濃的鼻音，不帶一絲印度腔調。以前在學校裡，老師們總愛拿他展示教學成果，經常讓他代表學校參加華語演講比賽。據細輝說，一旦拉祖走上講台，人們無不譁然，必然先贏得滿堂掌聲；待他演講完畢，除了鼓掌以外，大家也喜歡額外地加倍給他喝采，讓他占了不少優勢。

銀霞笑。她說要是我們有個華人能用淡米爾語演講，想必也有同樣的效應。

奇怪的是，換了說英語，拉祖雖也鼓舌如簧，卻控制不住鼻音，舌頭像拉鍊一般，總帶著塔布拉鼓的節奏。銀霞倒是愛聽的，說裡頭有鄉音；拉祖說那是「我們的印式英語」，說時語調裡充滿自豪，像是英語的疆土已被印度人占領了大半，可以稱作獨立的一支了。

有一陣銀霞曾認真學著說淡米爾語。拉祖教了她一些基本詞彙，加上在巴布理髮室裡留心地耳聽八方，偶爾向迪普蒂討教，最終能說上簡單的句子和對話，可她曉得自己的舌頭不夠靈活，聲帶與舌尖震動的頻率不足，語速趕不上，終究無法把淡米爾語說好，因而沒學上多久便自動放棄，把心思改放在象棋和其他物事上。拉祖除了給她念象棋術語大全，也給她講許多印度的神話故事，讓她聽他們的音樂，後來也指導她說英語，於是銀霞的英語便也隱約帶著「印式英語」的調子，後來她常拿這樣的英語（刻意加重其中的淡米爾腔調）娛人，十分滑稽，逗得許多人笑，連拉祖也忍俊不禁。

以前銀霞到密山新村的盲人院上課，在那裡一本正經地學過馬來語和英語。那時候學的語言可都有書可讀，有摸得著的文字，便有了觸感，學習起來特別容易。銀霞喜歡那種上課的氛圍，喜歡把教馬來語的中年婦人稱作「布安．法拉」（法拉夫人），教英語的老師則年輕多了，是個語言風趣的人。那時課堂裡學生寥寥無幾，除了銀霞以外，其他人都比這老師年長，因而他堅持要大家直呼其名，叫他伊斯邁。銀霞在伊斯邁的課堂上即興表演過她的印式英語，惹得哄堂大笑，老師因此知道她有一定的英文底子，便特別喜歡與她用英語對話。他問銀霞妳這英語是向誰學的，銀霞便說起拉祖，興許說的時候眉飛色舞，伊斯邁便打趣地問她，妳是準備要嫁給這人嗎？

盲人院下課後，偶爾拉祖與細輝共騎摩哆來會她，也常問她學了些什麼。銀霞便一一說了，那些人，那些書，還有那神奇的柏金斯點字機。密山新村的盲人院沒開打字課，卻將三台點字機當作寶物一樣，收藏在一個上了鎖的小房間裡。伊斯邁有一天領著幾個學生到那房間，讓他們親手碰一碰那些只有十顆鍵，卻笨重得離奇的打字機。盲人們輪候上前，都像瞎子摸象般亂摸索一通。輪到銀霞時，伊斯邁從旁抓住她的雙手，將她的手指頭一個一個擺放在鍵上。銀霞的手指可溫順極了，像十隻雛鳥瑟縮在鍵上，動也不動。

「怎樣，想學打字嗎？」伊斯邁問。那是英語，說得極輕，夾在他暖烘烘的鼻息裡，吹拂在她的臉頰上。銀霞意識到老師的臉靠得很近，不由得頸椎僵直，大氣也不敢喘一下，脖子上的汗毛都豎起來。

伊斯邁拿一根手指按在她的左手食指上，隔著一片指甲，使力壓了一下。銀霞聽見點字機發出「咔噠」一聲，聲音出乎意料之外的響亮，室內眾人嘖嘖稱奇，彷彿開眼人看見倉頡造字。伊斯邁忍不住笑，遂將整個左掌疊在銀霞的左掌上，三根手指各就其位，食指壓住銀霞的食指，中指騎住中指，無名指擱於無名指。咔噠咔噠咔噠。人們連聲「嗚哇」，好像那聲音有一種表演性；好像那不是點字機，而是一台鋼琴。

那些帕金斯點字機，有一回盲人院舉辦開放日，拉祖與細輝同來，銀霞帶著他們去參觀過了。院裡的職員將小房間裡的點字機拿出來擦拭乾淨，加上院長收藏在辦公室玻璃櫃裡的一台新款點字機，與其他盲人做的手工藝品一起放置在大廳裡，向公眾人士展示。拉祖湊前端詳，說它與一般打字機近似，細輝則笑說它更像收銀機；兩人還不斷促狹，硬逼著銀霞坐下來示範那點字機的用法。三人的嬉笑聲引人側目，盲人院的院長與兩對拿督拿汀[1]級的馬來嘉賓一再回過頭觀望。

除了點字機，拉祖與細輝那天也看見了銀霞平日常掛在嘴邊的那些同學和老師。記得我說過的那一對盲人夫婦嗎？他們有一個孩子被送進紅毛丹精神病院了。拉祖點頭。他說那個身材臃腫肥胖，行路寸步難移的是誰呢？銀霞說應該是布安．法拉吧。細輝便問，那麼，那邊那個呢？銀霞說我怎麼知道你說的「那邊」是哪邊，「那個」又是哪個。他們三個便又哈哈大笑。細輝說那個呀，濃眉大眼衣冠楚楚，唇上留著兩筆稀疏的小髫子。

說來奇怪，銀霞竟覺得自己認得那人，她說那是伊斯邁。

那天是盲人院每年一度的大日子。細輝第一次看見銀霞認真妝扮，竟穿起了馬來女人的傳統服裝。那衣服甚美，長裙碧藍如海，上面印了蕩漾的波紋，映得她體態撩人。銀霞把他與拉祖送出盲人院，與他們在路旁的樹下站了一會兒。葉影被陽光投下來，在銀霞的衣衫上晃動，如同許多手掌不住地擴張和收縮，細輝禁不住多看了幾眼，直至銀霞被盲人院裡的一把聲音喚走。「是伊斯邁喊我呢。」銀霞說。「我走啦。」說時臉上描了一抹水彩那樣淡淡的微笑，回頭應人聲而去。去時婀娜多姿，拉祖有點看傻了眼，不由得說，銀霞跟以前不同了。

正是那一天，細輝回到無人的家中，天色晦暗不明，樓中靜寂。他坐在房中看一對壁虎赤條條地於牆上一大片菱形的光斑中追逐，光像是穿入牠們的身體，將裡頭細節一一透露。細輝一時窮極無聊，在房中褪下褲子手淫。自瀆時腦子裡想到的竟是銀霞——不是像色情雜誌裡的模特兒那樣袒胸露乳或只穿著蛇皮（或豹紋）比基尼，眼睛半闔朱唇微啟的銀霞，而是穿著寬袍

---

1 「拿督」（男）的元配被稱作「拿汀」。若是女姓獲冊封「拿督」，則丈夫沒有任何稱號。

長裙，彷彿將一條河流當作輕紗披在身上的銀霞；是鬢邊別了一朵雞蛋花，兩耳各自用髮尾打了個小勾，笑時臉色柔和如同水彩，彷彿陽光能夠穿透的銀霞。如此的銀霞以後屢屢在這種時光中出現，影像似遠還近，比雜誌上的裸女與豔星圖片更讓細輝亢奮。有許多個午後他在房中閉上眼睛，於淺淺的黑暗中等待這影像浮現。總是光先溢出來的，銀霞從中誕生，穿著一襲水藍色的馬來長袍，葉影在她的衣襟上晃蕩，像有一雙顫抖的手在撫摸她微微聳起的胸脯。

後來有一段時期細輝與拉祖很少再到密山新村去了。一是要為備考而忙，而且他們也覺得銀霞有了自己的世界，一門心思都用在學習上，已不怎麼搭理他倆了。確實那陣子銀霞正開始學習使用點字機，為它廢寢忘食。要知道密山新村盲人院不開打字這門課，怕一群瞎子是鄉里人，笨手笨腳，會糟蹋了那幾台柏金斯點字機，但銀霞對學習盲文和點字有著過人的意願，院裡給的那一排塑料點字板使用起來速度慢，不足於滿足她的需求。伊斯邁便向院長爭取，讓她每天下課後到那個收藏點字機的小房間裡，用一個小時練習打字。

其實打字一點不難。開始時，伊斯邁在旁念書或讀報，逐字逐句，讓銀霞用點字機轉成紙上的盲文。銀霞的指頭何等靈巧，況且每天回到家中仍時時憑空練習，進步神速，很快便能毫不費力地跟上伊斯邁口頭的速度。後來伊斯邁讓她自己作文，還把她的文章拿到課堂上當教材，讓班上的瞎子們都用指頭讀一遍，且為之驚嘆。

銀霞把那一摞一摞用點字機寫成的作文帶回家裡，也讓細輝和拉祖看。他倆自然讀不懂，只覺得滿紙凸點十分悅目，如同一幅一幅星圖，可卻也像外星密碼，讓他們覺得銀霞越走越遠，已到了不可及之處，便也有許多事難以啟齒，不可告人。

會考前細輝與拉祖最後一回到密山新村與銀霞會合，是日天高雲低，地上氤氳一股潮溼氣。三人坐在福德祠籃球場邊上聊天，碰上一群少年來打球，喧鬧聲不斷上升，球落地則嘣嘣的響，像擊打在心坎上，讓觀眾席上的三人忽然沒了言語。不一會兒下起雨來，先是淅瀝瀝的雨絲，後來變成了滴滴答答的雨珠，一顆一顆重重地甩到他們的頭臉和手臂上。細輝與拉祖扶著銀霞到路旁的巴士候車亭裡躲雨，那一群少年則留在場上繼續打球。有雨助興，動作必然更粗暴一些，笑鬧聲越發張狂，夾著粗口，籃板和籃圈頻頻被許多投不中的球震得嗡嗡地響。銀霞一直傾耳在聽，忽然感覺異樣，怎麼候車亭裡局促無聲，與外頭的世界截然不同。

「你們不覺得嗎？我們長大了。」銀霞說。

「長大了是怎麼回事呢？」拉祖問。

「就是世故了。怕雨打風吹；怕會變成落湯雞；怕感冒，怕生病。」銀霞說。

「細輝從小就怕被雨淋，怕生病的。」拉祖說。

細輝假咳兩聲，三人不禁失笑。

「長大就是開始意識到現實，會去想像將來了。」銀霞想了想，幽幽地說。

「銀霞將來要幹什麼呢？」拉祖問。

「我能幹什麼呢？一個盲人。」銀霞說。「繼續織網兜子啊，或者編些籐器，或者到街上去兜售彩票。難道真要去替人按摩揸骨？」

「銀霞不是一個普通的盲人呀。」拉祖說。「不一定非要走一般盲人走的路。」

雨越下越大，所謂候車亭只是個簡陋的鐵皮棚子，拱形棚頂被密雨敲擊，後來的對話便都湮沒在雨聲中。銀霞只記得那一群打球的少年終於被雨打得潰不成軍，也可能是懼怕雷電，在大雨中騎上各自的腳踏車一哄而散。他們三人則被困在亭子裡，聽到季候風帶來的雨奏著不同的調子和節拍，如同百人合奏的交響曲一樣的繁複雄壯，也聽到了雷如鼓鳴，遠遠近近。其中有一聲雷特別鬼祟，像一枚空投炸彈在他們的頭上爆開，把候車亭轟得微微抖動，銀霞的耳朵久久仍隆隆作響。

那一天回到盲人院等老古開車來接時，銀霞的衣衫幾乎溼透了。她在門廊下與拉祖及細輝道別，聽著他們的摩哆聲遠去，之後便用手抓緊袖子和裙裾，想要把衣服擰乾。正好伊斯邁出來，說哎呀怎麼妳如此狼狽，說著掏出手帕來替她拭去綴在後頸和手臂上的水珠，甚至也抹了抹她的額頭和髮鬢。銀霞像是觸電一樣，遍體酥麻，只好一動不動。伊斯邁將手帕擰乾了塞到她手裡，說妳用這個吧。銀霞低頭道謝，聲音很小，倒是心跳聲隆隆，將那一聲「謝謝」掩蓋了，像是剛才在候車亭下巨雷灌耳，餘音不盡，在她的身體內迴盪。

後來在回家的路上，老古不斷埋怨，說銀霞將車子的座墊都染溼了，以後那上面不僅會留下水漬，還會有一股霉味，會遭乘客嫌棄。銀霞說你的車子早已有霉味，恐怕連蘑菇都長出不少來了，豈能怪我？老古便說妳到盲人院就學會這些嗎？會頂嘴了。銀霞咬唇不語，手心裡緊緊握住伊斯邁的手帕。回到家後，她洗過澡，像平日處理不慎被經血弄污的內褲那樣，就著洗臉盆將那手帕反覆搓揉沖洗，在睡房的窗口上晾了一晚。翌日她偷偷拿來熨斗，將手帕燙滑後摺得方方正正，夾在一本《姊妹》雜誌中，放到她平日帶去上課的布包裡。

她以後一直想找機會把手帕物歸原主，可覺得不宜公然為之，只有苦等下課後同學散去。偏偏那陣子伊斯邁家中有事，說是妻子剛分娩，一連請假數日，之後也每天走得匆忙，只囑咐銀霞每日下課後到書記處領小房間的鑰匙，自己到那房裡練習打字。銀霞一直將那手帕帶在身邊，日子久了，手帕與夾帶它的書本便成為布包的一部分，讓她漸漸意識不到它們的存在。

在那一段獨自練習的日子裡，無人給銀霞朗讀，她便用盲文寫下許多書信。有些信是給細輝寫的，也有的寫了給拉祖。說來那樣的書寫等同寫日記，不過是心裡有個假想的傾訴對象，寫的時候便覺得感情有個特定的出口，知道該怎麼調整語態，便要比平日寫老師派下來的命題作文容易多了。盲人院裡沒教中文點字，於是寫給細輝的信，銀霞都用馬來文；給拉祖寫的，她用英文。寫好的信放在他們兩人手中，無非都一樣只是滿布凸點，如同紙張起了雞皮疙瘩，絲毫察覺不了其中有語言的差異。

銀霞喜歡那一段寫信的日子。每一次她坐在那門窗緊閉的小房間裡，聽著自己打字時，面前那一台柏金斯點字機發出一連串的「咔噠咔噠咔噠咔噠」，有點像縫紉機的聲響，心裡便覺得特別平和安定。後來她甚至拿那台點字機「編曲」，藉著敲打的速度與節奏控制那本來單調的「咔噠」一聲，使它有了音樂般的規律。這讓她的點字機練習時段更多了一重樂趣，她既想像自己是個作家，也想像自己是個鋼琴師。待練習時段完結，她將點字機挪回原處，收拾了東西走出那房間，總感覺自己像在一個寬廣的異次元世界裡走了一圈，成為過另一個人，自己便又多了一個不為人知的層面。

細輝與拉祖已經許久沒來找她了。銀霞不在意。只要每天有這麼一個鐘頭的點字練習時段，她便覺得自己已經與他們說過話了。她把這些信帶回家，因為信上的符號無人能懂，她放心地將它們隨意堆積在房中，竟一放逾十年。直至後來搬家，梁金妹找來樓下一對撿破爛的老夫婦，將家中許多可回收之物運走。那個中午銀霞在無線德士台上班，不曉得母親正指揮著兩個腰背佝僂的老人以及他們的一個智力遲鈍的兒子，把她堆放在房中的書信悉數拿去。那些紙雖有些受潮泛黃，卻不沾一點油墨，而且少說有十來公斤重。兩位老人如獲至寶，與兒子來回走了兩趟，才將這所有的信件從七樓搬運到底樓去，像蒐積回來的戰利品一樣放到他們的三輪車上。

待銀霞發現這些信不在房中，那已經是翌日早上的事。那對老夫婦中的為人丈夫者，早已於前一日下午在近打組屋出發。他的老妻弓著背為他整裝，讓他戴上在一次撿破爛行動中獲得的草帽，替他將帶子繫上，打了個活結。那老翁蹬著三輪車，車上滿載破銅爛鐵、舊報紙、玻璃罐，塑料瓶以及十來公斤無人能讀懂的「天書」，專揀小路與後巷走。梁金妹正好走到十二樓去串門，在走道上往下俯瞰，看見老人的三輪車緩緩離開組屋。老人腿腳不太行了，身子前傾，如同馱著重物的工蟻鑽入蟻穴，在阡陌縱橫的巷弄街衢中穿梭，終於失去影蹤。

# 信

親愛的伊斯邁老師，

週末在家裡空空茫茫地度過兩天以後，今天我終於又可以回到盲人院，下課後又能來到這個房間，從壁架上挪來這台點字機，開始練習打字。這一台點字機實在笨重，感覺整台機器像是用厚鐵鑄的一樣，搬動它的時候我必須很小心，唯恐碰撞到什麼，損壞了它，那我可是賠不起的。

以往你在，這功夫總是由你來做。你搶先把東西都放端正了，替我拉開椅子，讓我坐下來練習。我挪動椅子，調整位置，因為知道你在身旁注視而感到緊張，不得不先甩一甩手，讓手指都稍微放鬆了，才一一置於鍵盤上，再深深呼吸一口氣，像要開始一場演出。

我這動作一定可笑極了。你在笑。我知道。你說放輕鬆些，這只是練習，不是在比賽。

有老師的陪伴，每天的打字練習都是一段愉悅的時光。

這半個月你沒等下課就走了，沒時間陪我練習打字，我卻仍然照常來到這房間，自己一個人，一天也沒鬆懈。我其實已經不是在練習機械化的打字了；打字根本不難。比起用雙手編織籮筐和提籃，用點字機打字實在容易太多了。我的朋友拉祖看過這台柏金斯點字機，說它只得十個鍵，比起開眼人用的打字機簡易許多，另一個朋友則說，連收銀機上的鍵都比點字機多。這機器如此簡單，你知道的，對於我們這些長年以手代眼，靠雙手勞作的瞎子而言，其實並不需要多勤奮練習也能操作自如。

打字不難，難的是書寫，是有話要說，還得把話準確的說出來。

這些天你不在，我在這房裡用點字機來寫信，寫信是一件好玩的事，每次都像打開一個話匣子，又像是推開一扇門去到別的世界。那些空間也和這裡一樣的漆黑無明，卻包容了別的可能。我在那些信裡說了許多我平日不敢說的話，覺得這房間雖小，但房裡的世界對我如此開放，給我自由。可惜的是我的語言太貧乏，我所知道的英文和馬來文詞彙都太少了，而我的心卻一直是浮動而複雜的，其中波動之大，心思之難解，我可笑的英語恐怕不足於向你描述十分之一。

現在給你寫這封信，你不曉得這有多難。因為用的不是母語，我的思緒一再卡住，多少次必須停下來，在腦中苦苦搜索正確的詞語和拼寫。說到底，給你寫信，這比給其他人寫信困難許多。其他人讀不懂盲文，我寫的時候便無所顧忌，不必斟字酌句，細細推敲。然而你畢竟是我的老師，這些盲文在你眼中並非一堆無解的符號。儘管我明知自己不會有勇氣將信交給你，卻因為心裡曉得你能讀懂，寫的時候便總是多了些考慮，深怕有一天它會曲折地流落到你手上。你一眼便看出這滿紙的病句，以及字裡行間的漏洞；你會見笑。

你一定會忍不住笑的。即便沒弄出聲音來，老師你笑的時候，我能感受到空氣中的變化，也會被你的笑傳染；心跳會加速，身體會發熱，腦子會被抽空，世界會滑向一邊，逐漸傾斜。

唉，你早日回來吧，老師。快回到這裡。你知道的，我已經在想念你了。

一九九二年十二月七日

就是這麼一封信，因為一直保留在別處，沒有與其他信件放在一起，便逃過了被拾荒人帶走，與別的紙張熔於一爐的命運。這信用柏金斯點字機打出來，用了三張紙。銀霞將它對摺，放到她向盲人院借閱而從未歸還的一本盲文書裡。有時候興之所至，她拿出盲文書，將信取出來摸讀，每讀一遍便要臉紅一遍，彷彿伊斯邁就站在她面前。

信是用英文寫的，措詞用字難免粗糙，語法也有些湊合，銀霞讀的時候，在腦子裡將它翻譯成中文，柔化它，讓它變得流暢和細膩。即便如此，仍覺得信裡有掩飾不了的輕浮與露骨之處。譬如「想念」這個詞吧，縱使她試著將它譯成「掛念」、「惦記」或其他的，仍然覺出它的非分與輕舉妄動，而信如此戛然而止，更讓「想念」一詞讀來像是集中火力，擲地有聲，留下一個深如黑洞的空白。她把信打好以後，將最後一張紙抽出來，放到了點字機旁。之後她到洗手間去了一趟，數著步伐回到打字房時，一進門便覺出裡頭有人，她赫然一驚。是誰？

「別吵，我正在讀信。」那人說。

那擱在桌上的幾張紙被他拿走了。銀霞猜想他正閉起眼睛，用兩手的指頭觸撫紙張上凹凹凸凸的心事。銀霞甚至聽到了幾乎不可聞的沙沙聲響，覺得那一雙手動作輕柔，摸上了她的心房。那人還不放過她，開口念出信上的文字。他讀得很慢，從他口裡吐出來的每一個詞都有點陌生，聽著像是與原意稍有不同。銀霞怔在那裡，想想這信寫好以後，她已經重讀幾遍了，卻要等到此刻有人把它念出來，因為有了一把對的聲音，才讓紙張上由點位組成的符號全活了過來，具有了意義。她被那些詞語轟得頭昏腦脹，心臟像一尾剛出水的活魚，止不住地噗嗵噗嗵亂跳。

「不要念下去了。」銀霞顫聲說。

那人不理會，依然在讀，直至把信末的日期都念出來以後，他將信擱回原處，對銀霞說，寫得很好。

那個下午異常悶熱，有一場豪雨已經醞釀許多天了，卻只是偶爾擠出一兩響悶雷。即便頭上的電風扇呼呼作響，這樣的天氣仍讓人頸背沁汗，心緒不寧。

「妳繼續練習吧。」那人說。說了卻沒有就此離去，而是走到門外的走廊上抽了一根菸，之後再回到房裡，他說妳怎麼動也不動？銀霞說我腦子裡一片空白，不曉得有什麼可寫。那人笑，說我知道啊，打字不難。他刻意一字一字拉長語音，像在背誦一行艱澀的詩。

「難的是書寫，是有話要說。」

銀霞耳根發熱，真恨不得腳下能出現一個地洞，將她連人帶椅子吞噬了去。

「那妳換一張紙吧，替我打一封信。」說著，那人走向她，站在她身後，兩手擱在椅背上。

「一封信？」銀霞在點字機裡塞入新的紙張，挺直腰背，十根手指各就各位。

「是的。」那人說。「準備好了嗎？」

準備好了。

「第一句：親愛的阿霞。」

親愛的阿霞，

今天我讀到了妳寫給我的信，它寫得很好；文筆流暢，感情真摯。假如這是一份作業，我會給它打很高的分數。

我記得我已經在班上告訴過大家了，我是個有妻室的人。我的太太不久前剛分娩，生下了我們的第二個孩子，那是一個女孩。今天下課後我趕回家裡，在做一些家務時被妻子挑剔，說了讓我很生氣的話。我按捺不住與她吵了起來。我們吵得很凶，我衝出家門開車離去，卻漫無目的，只有回到盲人院來，想找個地方喘一口氣。

整棟盲人院裡，我最喜歡的地方就是這房間了。不僅因為它偏隅，僻靜，而是我隱隱知道妳會在這兒。果然妳在，儘管房裡幽暗，但門沒鎖上，我亮了燈，看見椅子上掛著妳的布包，桌子放著妳常用的點字機，便知道上一刻妳就坐在這兒。我也坐下來，彷彿能在椅子上感觸妳留下的餘溫，也就多少重溫了過去兩個星期我所錯失的一些時光。

然後，我看見桌子上放著妳寫給我的信，

平日批閱你們的作業，雖然眼睛能看見，我卻喜歡學你們那樣，用手指摸讀。這種布萊爾盲文的創造和設計，本來就是讓人用手指閱讀的。我的手指不如你們靈敏，讀得很慢，但對於我，用手指閱讀，因為用的感官不同，便有另一種滋味，好像特別能感受到書寫者的用心。這一回更不一樣，我是第一次用手指去讀一封寫給我的信，而妳寫得那麼好，它既讓我平靜，又使我心亂。

妳在信裡說，只要我笑，即使沒發出笑聲，妳也能感知。我讀到這兒，當真笑了，並且連我自己也能感受到妳說的「空氣中的變化」。當時我閉上眼睛，但眼皮太單薄，攔不住所有的光，光線以霧狀漫入；我在一種混沌的，不是那麼純粹的黑暗中，用指頭觸摸妳的文字，感覺好像摸上了妳的臉，妳的唇，妳的輪廓。它們那麼實在，像是經由指頭上的神經，傳輸到我的腦裡，再刻印到心上。妳那時出現，張口阻止我，叫我不要念下去。我睜開眼睛偷眼看妳，妳的臉漲紅，我幾乎以為妳會拔腿便跑，但妳沒有，而是站在門邊出神地聆聽，一副心醉神迷的表情，像是一個作曲者初次聽見自己譜的樂曲被演奏出來了，並為紙上畫的音符果真變成了耳中盤旋的音樂而感到震驚。

妳是一個很聰慧也很敏感的女孩，還特別勤勉上進，令人歡喜。我在盲人院裡工作好幾年了，難得碰見這麼認真學習的學生。我猜妳早已經意識到了，知道自己與別的失明人士有所不同。但有一點妳自己也許並不知道——妳長得很好看，是我在這地方見過的最漂亮，最讓人心動的女孩了。我每天來到院裡，總是不自禁地尋找妳的身影，而妳總不叫人失望，在幢幢人影中排眾而出，像一朵燦爛輝煌的大紅花在綠葉叢中冒現。

我知道這樣不妥，然而

信寫到這兒，盲人院的院長正好領著兩個裝修師傅走到這一頭，經過門外時停下腳步，把一顆腦袋探進來。銀霞認出院長的聲音，說伊斯邁你不是回家了嗎？伊斯邁走到門口與院長寒暄了一陣，聽他說了一些裝修的事，再目送他帶著人往後頭的儲物室走去。這麼一搗騰，伊斯邁轉過身，恍惚大夢乍醒，怔怔地看著眼前的情景。銀霞始終一動不動，蠟像一般坐在那裡，手指仍擱在鍵上。

「沒想到已經這時辰了。」伊斯邁說。「我們該走了。」說著，他一把將點字機裡未完成的信抽了出來。銀霞心裡一急，話脫口而出，說這信寫完了嗎？

「我們改天再繼續吧。」

伊斯邁說的「改天」一直沒有到來。並非他以後再沒有到房間裡陪銀霞一起練習打字，反而他每日都來，在打字房裡待的時間也比以往長。他拿來一部馬來文版的《可蘭經》，嘗試讓銀霞用點字機轉成盲文。此舉獲得院長大力支持，特地向福利部申請撥款買下一批紙張，供此項「培訓計畫」應用，並答應支付伊斯邁的加班費。銀霞因而成了重點培訓的對象，每天的打字練習時間延長至兩小時。她徵得家長同意（為免節外生枝，沒有對父母說明培訓的內容和細節）。下課後與伊斯邁待在小房間裡，由伊斯邁口述，再由她打字，將《可蘭經》轉成布萊爾盲文。有時候伊斯邁抽不出時間，院長則安排其他職員，包括法拉夫人和書記耶谷先生替代，甚至院長本人也暫代過一回，如此馬不停蹄，務求趕在翌年的盲人院開放日之前完成盲文版《可蘭經》，好向上頭以及到來的公眾人士展示驕人成果。

那《可蘭經》有三十冊，合共一百一十四個章節，其中不少獨特字詞。真要將整部經書「轉碼」，工程浩大，十分耗時。伊斯邁每天逐字逐句的念，偶爾不得不停下來與銀霞研究某些詞的正確拼法，態度十分認真嚴謹，卻一直不再提起那一封未完成的回信。銀霞心繫之而不敢提問。她仍然將伊斯邁的手帕帶在身邊，每隔一頭半個月拿出來清洗熨燙，再摺好放回布包裡。

所以這一箋未完的回信，其實不在銀霞手裡。她只能憑記憶念想之，一次又一次地試著將它拼湊還原。偏偏打這信的時候，她心裡激動，心神恍惚，來不及將字字句句輸入腦中。她記得的是眼前的黑暗中似有什麼在躍動，自己忍不住轉動眼球，想要捕捉它，幾乎以為那就是光了。

伊斯邁的一隻手從椅背移到她的肩上，重量猶如一隻鴿子，又在她的肩上迅速長大，變成了鷹那樣的巨鳥。那鳥攫緊她的肩膀，彷彿在將一種輕微的抽搐傳達予她。

那個下午以後，銀霞無時無刻不在努力回想這封信。她試圖將殘存在記憶中的那些字眼和零零落落的內容掇拾串連，一點一點地讓信在她腦中重建。這麼做自然會有所遺漏，也不可避免地在回憶的過程中，信手為它做了些增添與潤飾，讓它變得比原版豐腴美麗，以致最終在銀霞腦中完成重寫的信，已不知道摻入了多少想像的成分。她甚至分不清楚信中哪一部分來自原文，哪些又是她自己隨意添加的創作。

有一點銀霞卻記得無比清晰——那信就在「然而」（however）一詞後戛然而止。那本來是一個表示轉折關係的連詞，像是一個轉角。在它以後，本該有一個拐彎將人引至另一個去向，甚至到達另一個境地，看見另一個角度的事實。那樣的一個詞，原該是一扇虛掩的門，一個通往別處的入口（或是一個離開此境的出口）；門後要麼是天堂，要麼隱藏著煉獄，反正是這世界迥然不同的另一面。無奈院長恰巧來到，探出燈泡般的一顆頭顱；說話時聲音如光，照見伊斯邁，讓他在這道門前止步，看見那門上的警示。止步！不可逾越！

# 顧老師

母親死前叮囑的那些話，銀霞大多都照著做了。晚間記得客廳和門廊要亮燈；門外多放一、兩雙男人的鞋子（以後妳爸不在了，妳每天還得洗兩件他的衣服，晾在外頭）；出門前別忘記開著家裡的電視或是收音機……諸如此類，障眼法而已，要讓宵小或別有用意的歹人有所顧忌，不敢打這屋子的主意。那時候母親總覺得她們的住處僻靜，對面的土地經久荒置未被發展，許多年下來倒是成了水牛的牧地，野狗的遊樂園，貓的獵場，以及牛背鷺結群營巢的溫床。那裡也培植夜間的蛙鳴，蟋蟀求偶時摩擦翅膀，以致萬籟共鳴的聲響，也少不了螢火蟲忽生忽滅的星星之火。

當然了，還有蚊子，無數的蚊子，自然也有惡名昭彰的黑斑蚊。

電視上常有廣播，說黑斑蚊活躍於清晨與傍晚時分，叫人防備，以免被蚊子叮上，感染骨痛熱症。銀霞卻一直搞不清楚「清晨」與「傍晚」的具體時間點。是穆斯林每天做晨禮（從拂曉到日出）以及昏禮（從日落至晚霞消失）的時候嗎？銀霞也不曉得黑斑蚊叮人帶來的痛楚與痕癢，與別的無毒蚊子是否有所不同，更不知道各種蚊子憑什麼標準選擇牠們吸血的對象，隨之吐出唾液，將病毒留在這些人的血中。反正銀霞住的這一條路上，每年總有人遭黑斑蚊下毒手，不論性別，老中青與兒童皆有。這些人被送到醫院裡，市政廳接獲通報，自會派出一小支戴著防毒面罩的隊伍，到這一帶來噴霧滅蚊，也讓衛生官們挨家挨戶上門檢查，發現孑孓即開罰單。梁金妹在世時，家裡領過一回罰單了，雖當場求情仍被罰去三百元，梁金妹心疼不已，不由得抱怨住家對面那一塊野草蔓生的荒地，認為那是罪魁禍首。直至她被驗出癌症，在美麗園住下四年了，那一塊被她詛咒的野地終於有了發展的跡象，好幾台橘黃色挖土機像默默耕耘的開荒牛，不消半個月即將野地鏟平，將土地上的綠色全抹煞了去，便也將灰黑色的水牛、黃褐色的流浪狗、白色的牛背鷺以及各種顏色組合的野貓全部摒除，只剩下一片平坦的黃土。

梁金妹的癌症一被發現即來勢洶洶，很快去到末期，被醫院遂回家中，讓她服用嗎啡加阿司匹林止痛等死。彼時對面那一塊不久前仍像綠洲一般的土地，已經豎起了房子的雛形，是一排雙層樓房。梁金妹甚感欣慰，覺得以後對面有了人家，多少可以互相照應。「肯定也不會再有這麼多蚊子。」她死時在喪府設靈，喃嘸佬在臨時加蓋的鐵皮棚子下唱詞招魂時，對面建的房子已有模有樣；窗洞如眼，門洞張開如血盆大口。來弔喪的人中，不少借著銀霞家的燈火以及路燈的光照，三五成群到對面的屋子裡觀光；一面追打蚊子，一面猜測房屋的面積，並紛紛打聽其售價。

這批房屋很快建竣，待業主們拿到入伙紙和鑰匙，各自大興土木進行裝修時，梁金妹的肉身已成灰，放於甕中被供在了福報山莊。這座新式墓園建在偏遠處，就在錫都城外的紅毛丹鎮上。紅毛丹鎮風水佳，除了名聞遐邇的幸福醫院，如今再有福報山莊。銀霞與妹妹逢清明必來，據說墓園中的園林景致甚好，放眼盡是假山假水，連花草樹木都五顏六色奇形怪狀，長得像假的一樣。銀霞第一次來祭祀時，持香遙稟母親，說她們家對面的新房子已搬來許多住戶；雖只隔著一條柏油路，那裡卻不叫美麗園了。想必這土地落在另一個發展商手中，也可能因為房屋的檔次不同，自該另取名目。就幾排房子兩條柏油路，因後頭能遙望幾個種滿油棕樹的山坡，被叫作山景花園。從此那裡不但沒有水牛出沒，黃頭鷺絕了蹤跡，連青蛙蟾蜍以及蟋蟀蚱蜢蜥蜴等都失去場地，再沒有雨後的蛙鳴與各種昆蟲合奏的夜曲。

她卻沒有告訴泉下的母親，自從對面那一排房屋矗立如雨後春筍，有一隻貓像是失去了棲所，甘冒大險深入人類生活的腹地，悄悄竄進了她的房裡，受她飼養，與她同床。銀霞知道母親除了舊時在新村屋裡養雞飼鴨伺機宰殺以外，從來不喜歡任何小動物，對貓尤其說不出的厭惡。她曉得母親會說「自來狗富，自來貓貧」，而父親則會曉以大義，告訴她這國土上向來有傳統，馬來人養貓，華人養狗，「就像他們到回教堂念經，我們到神廟拜神一樣。」壁壘分明，實不該讓一隻貓乘虛而入，輕易丟失民族的立場。

無論老古怎麼數落她與那隻貓，銀霞一概不答理。電召台的辦事處附近有一老字號雀仔鋪，許多年前專賣各種雀鳥（何門方氏曾到過這裡來尋釣魚郎，說要治細輝的哮喘病）。後來城中嗜好養鳥的人老了，無後繼者，這店不得已改變形態，店中除了售賣放生雀以外，鳥類越來越少，倒是兼賣起貓狗和觀賞魚的糧食以及各種寵物用品。銀霞便是到這兒來買的貓糧，每晚倒出一小盤來，連同清水一碗置於睡房一角。她的貓像童話故事中的什麼仙子或妖怪，白日少見，夜裡必來，直至清晨回教堂念過喚拜詞後離開，盤中的食物一點不剩。銀霞便將空盤清洗一下，順便連給貓的飲用水也倒掉，免得滋生蚊蟲。

對面的空地已建起房舍，銀霞又這般謹慎小心，不讓蚊子在她家中找到繁殖之地，但這條街上終究還是持續有人感染骨痛熱症。患者發燒不退，骨頭關節發疼，終於要到醫院求醫。隔壁家的光頭佬，不也是日子過得小心翼翼，據說家中打掃得妥妥當當，還自少年時便隨著父母家人茹素，多少年下來，如今血液恐怕是綠色的，卻一樣被黑斑蚊纏上，遭了毒吻。他人才剛出醫院，衛生局的官員便又登門檢查。光頭佬家中確實沒搜著可疑的幼蟲，幾個馬來官員們倒是在他的臥房裡發現一具真人大小的矽膠人偶；長髮披肩，豐乳肥臀，穿戴整齊（身著跌膊T恤與超短熱褲，脖子和手腕上還戴了飾物）坐在床上，將推門而入的官員嚇了一大跳。官員們離開時細聲說大聲笑，到了銀霞家中仍禁不住談論那人偶的品質和做工，一再讚嘆日本人精湛的工藝。老古當時不在家裡，銀霞將家門打開，被他們的談話驚得臉紅心跳，一步一步悄悄退出屋裡，站到了外頭的門廊上。

有個官員從廚房裡出來，說是有話要問，讓銀霞跟他進去看看。銀霞說看什麼呢看？我是個盲人呢，不方便，有話就在這兒說吧。那些官員存了戲弄之心，另一個同僚也欺近來，調笑著說些拉扯的話，語態輕佻，硬是要銀霞進屋裡。銀霞堅持不肯，聲音便大了，住在對面新屋子裡的一位老先生踱步過來詢問發生什麼事，說的馬來語發音標準，措詞文雅，讓那幾個衛生官聞之不敢造次，丟下幾句勸誡的話（後面浴室裡的水缸快要長苔了，必須經常清理），即訕訕離去。

老先生剛搬到山景花園不久，銀霞記得有一天傍晚下班後父親來載她回家，說對面屋子今日有人搬進去了。老古站在自家窗前觀望，看見小羅厘走了兩趟，家具不多，倒是屋主開著一輛不得了的古董跑車。車子保養得極好，通體火紅，在日頭的照耀下光彩奪目。

因為銀霞提起這輛跑車，老先生一時興起，忍不住多談了幾句，說那車子叫「蓮花精靈」,[1] 是一個老朋友患癌去世後留給他的遺物。

「年輕時我在占士邦的電影裡第一次看見這款車，兩盞頭燈掀匣彈出，像一隻蹲伏的豹子睜開眼睛，精光四射。」老先生說。「當時戲院裡響起一陣驚嘆呢。」

即便是戲裡的大美人芭芭拉．貝芝登場，人們也不至於如此驚豔。

「怎麼會有這麼好的朋友，留給你這麼貴重的東西？」銀霞問。

「是呀，是很好的朋友。」老先生說。

關於「蓮花精靈」，除了那一雙豹子眼睛般，會從匣子裡彈出來的大燈以外，銀霞無從想像它的外形，不明白它何以讓人一見傾心，卻總知道它不過也有四個輪子（是像哪吒的風火輪那樣嗎？使起來輪上起火，足下生風，疾馳而挾風火之聲？），踩油門時會發出野獸咆哮般的巨響。老先生每天開著她出門，汽車於龍吟虎嘯中絕塵而去，一整條路上的人家皆有所聞。老古打聽到老先生是個獨居的退休教師，滿頭白髮，鼻樑上架一副銀絲眼鏡，穿的短袖襯衫和西褲雖都舊了，卻都熨燙整齊；逢人便頷首，臉上早有多年積累下來的笑影，一派儒生模樣，與這如火如荼招搖過市的座駕完全不搭調。

銀霞倒是覺得這事好笑。溫文儒雅的老先生開一輛風騷妖冶的跑車，大概與隔壁家拘謹的光頭佬藏了個童顏巨乳的充氣娃娃，或者與她這樣一個黑白不分的盲人養了一隻貓一樣，都是不搭調的事。正如這街上有一中年婦人，老古形容她一臉橫肉，羅剎一般模樣，平日話沒半句，見人不打一聲招呼，卻每天準時在家中拉開嗓門開唱，唱得家喻戶曉。她的卡拉ＯＫ伴唱機開得極響，劣質麥克風的聲音如有雷電，尤其震耳。銀霞家搬到美麗園十餘載，這婦人每日下午兩點風雨不改，來來回回唱著特定的幾首苦情老歌，苦酒滿杯昨夜星辰無言的結局星星知我心（偶爾加插一剪梅），再回來苦酒滿杯昨夜星辰無言的結局……如是者循環往復，婦人把嗓子唱啞了方才干休。十多年下來，歌曲沒換，婦人的歌喉亦未見提升，像是薛西弗斯每日推巨石上山頂，除了讓一條街上的人像修行一樣，從憎厭練成了麻木，再到充耳不聞，於她自己本人不過徒勞而已。老古卻是從一開始便對這歌聲免疫，倒還喜歡它能報時，況且有它折磨眾生不分種族，便覺得對抗了回教堂一日五遍播的同一段經文，算是與馬來人共享了頭上這一片天空。

對面山景花園的新住戶畢竟剛修練不久，尚未有這份道行。老先生每日總在兩點鐘前開著

---

1 Lotus Esprit，源自英國，由一九七六年首推S1系列；至一九九六—二〇〇四年推出最後的V8系列為止。

他的蓮花精靈出門，一、兩個小時方歸，顯然是要逃避這擾人的歌聲。有一回他回來時碰上銀霞休息在家，正在院子裡收衣服，與陽光拉扯。老先生向她問好，銀霞歡喜回答，兩人便在大太陽底下聊上幾句。

「妳在德士台工作的吧，對嗎？」

「你怎麼知道？」

「我認得妳，我以前在報紙上見過妳了。」

「啊，那些報導！」銀霞說。「已經是很久以前的事了。」

「所以妳如今不在德士台當接線員了嗎？」

「當然還在呀。」銀霞說。太陽曬得她的臉發燙，空氣裡有一股瀝青的焦味，還隱約飄蕩著卡拉ＯＫ版的苦酒滿杯。「我這樣的人寸步難行，也就只好故步自封，去得了哪裡呢？」

「說的什麼話？妳的腦子可厲害呢，裝得下整個錫都所有的街道和巷弄，真叫我們這些人慚愧。」

「那有什麼用處呢？」

「怎麼會沒有用處？我求之不得。」

「現在大家開車都用導航儀了。別說錫都，天涯海角都去得了。」銀霞搖頭苦笑。「我這點本事，說出來只會讓人笑話。」

「但妳還可以下盲棋啊！還能以一對二！那是大本事。」

「那又如何？這不能謀生。我爸常說，掙不來錢的技能都只是馬騮戲，不能算本領。」

「妳爸怎麼會明白呢？」老先生說。「他和妳是不一樣的人。」

銀霞將裝滿了衣服的籃子捧起來，聞到了那些衣服上散發著陽光的味兒，十分受用。她說你的記性也很好啊。那麼久遠的報導，你看過了居然沒忘記。老先生說是呢。說時，頭上的太陽忽然被一朵路過的厚雲裹了起來，彷彿蛋黃被裹在荷包蛋裡，天色頓時變得柔和。銀霞聽見老先生再重複一遍，我認得妳。

那一天以後，銀霞經常在清晨時碰見出門去打太極的老先生，聽見他對每一戶人家說的「早安」。老先生如此爾雅，鄰居們對他多有好感，連隔壁的光頭佬碰見他也會喊一聲「顧老師」。銀霞這才知道老先生姓顧，曾經在光頭佬以前讀書的學校裡教過幾年補習班，給參加會考的學生惡補中文，也打聽得他壯年時離了婚，獨力將一個女兒撫養長大，後來女兒到台灣升學，在那兒嫁人生子，落地生根。幾年前老先生年滿退休，手上有了閒錢，便捨棄住了三十餘年，已然千瘡百孔的舊居，買了新屋搬到山景花園。

這一日下午，銀霞週休在家，正無所事事，便坐在房裡整理她的梳妝台，又翻出她藏著的盲文書。街上準時響起了助人修行的卡拉OK之聲。婦人以一把鵝公喉拉牛上樹。人說酒能消人愁／為什麼飲盡美酒還是不解愁？老古聞歌醒來，躺在沙發上跟著一起唱。杯底幻影總是夢中人／何處去尋找他？／我還是再斟上苦酒滿杯。遠處有一隻狗似是也認出這旋律，在某條路上引頸長嘯，以為和應。銀霞不禁失笑，也小聲跟著一起哼。忽然聽得門外有人喊她，銀霞，銀霞。老古從沙發上彈起，見大門外頭站著老先生。銀霞走出去，叫他顧老師。原來老先生剛有昔日的舊學生來訪，給他送上許多胡福記的壽桃和紅龜包。「我一個人怎麼吃得完？只好找人分擔了。」一

兵如港胡福記的紅龜包銀霞以前是吃過的，那些包子因麵團和火候拿捏得好，背上微微撐裂，咬下去甚有嚼勁，非斗母宮外一排攤子擺賣的紅龜包可比擬。銀霞嘆了一聲。說怎麼又到九皇爺誕了？

「去年的九皇爺誕我還記得清清楚楚的，好像才過去不久。」

前一年的九皇爺誕，不就是拉祖在他家門前被人揮刀砍死的時候嗎？銀霞坐著細輝的車子趕到都城，原想送他最後一程，沒料到撲了個空，只好在都城隨便找了點東西果腹再原路返回。南北大道上大雨傾盆，細輝不得已減緩車速，待回到錫都已接近午夜，雨卻仍欲斷未斷，碰上那天是九皇爺誕最後一日，斗母宮前有花車遊行，數千善男信女夾道恭送九皇大帝回鑾。細輝的車子被堵在車龍中，只得眼睜睜看著花車行過，鼓隊走過，銅樂隊經過；醉漢似的信徒搖搖晃晃地抬著九皇爺的轎子走過，手持大黃旗的信眾大步流星；臉頰被一根細長鐵枝貫穿的乩童大搖大擺地；一個不夠，還有一個，再一個……細輝心裡點算，說共有九個乩童呢，大概就象徵九皇爺吧。銀霞因為看不見，沒這份心思，只想起少年時受拉祖慫恿，曾瞞著家裡，偷偷跟隨他與細輝到舊街場去湊大寶森節的熱鬧。那時除了音樂不同，氣味不同，不也有花車遊行麼？不也有乩童在臉上穿鐵枝，銀針穿舌，也有的在背上扎了許多鉤子或負著巨大的弓形枷鎖；有人抬著鮮花裝飾的神塔，也一樣搖搖晃晃，像要將神明從寶塔中甩下來。那時的信眾也一樣摩肩接踵，將一整

個小印度的街區擠得水洩不通，硬生生將銀霞從細輝和拉祖的身邊擠開，再一路推搡，使她站不住腳，如被人海吞沒。銀霞邊走邊哭，想到自己這下會被湍急的人流沖到迪亞公園那一頭的印度寺廟裡。那可是好幾公里的路呢。正惶惶不能自已，有人伸出一隻手來抓住她的手腕。那手像雞爪子一樣的瘦而有勁，力拔山河，將她從遊行的隊伍裡揪出來。

那是拉祖。他一連說了幾下對不起，又手忙腳亂地替銀霞拭去臉上的涕淚。回家的路上，其實已經遠遠拋下遊行的人群了，他仍一路牽著銀霞的手，說怕她走丟。細輝在她身後亦步亦趨充作後盾，比影子更忠實。走過休羅街綽約照相館，年輕的蓮珠發現了他們，從店裡追出來，問細輝和拉祖，你們兩個作死，把銀霞拐到哪裡去了？

「不是把她平安送回來了嗎？」拉祖得意洋洋。「妳看！」他揚起銀霞的手，像個裁判在宣布勝利者。「銀霞完好無損。」

這事久遠，已經被後來的許多事埋沒。銀霞坐在細輝的汽車裡，它卻忽然從腦海浮出，還伸出許多細節，如同八爪魚的觸手將她緊緊纏繞，又像那些刺穿乩童臉頰的細長鐵枝，一一貫穿她的胸膛，讓她悲從中來；面對恭送九皇爺的人潮與映照在汽車大鏡上七彩繽紛的霓虹燈光，失聲哭了起來。細輝手足無措，說妳怎麼無端端哭了。銀霞只顧飲泣，用手背擦淚，怎麼也說不出來哽在喉裡的一句話。

拉祖死了，居然就這樣死了。

銀霞心裡想的這些，住在對面的老先生自然一無所知。他的手從上頭越過鐵門，將一袋子的紅龜包與壽桃交給銀霞，說是啊，人年紀越大，時間過得越快；才一眨眼，九皇爺誕和雨季又來了。這麼說著，真的叫「說時遲那時快」，先聞雨聲，馬上有雨像鞭子似的一撇一撇劃在銀霞的手和頭臉。她不禁一愣，家家戶戶加蓋的涼篷此時都變成了樂器，滴答滴答，連那個唱卡拉OK的婦人也似因為這雨，歌聲稍挫，溜走了半句歌詞。

# 二手貨

這國土上的雨真多。顧老師說，他這輩子四分之一的時間都在下雨。銀霞想，說話怎麼這般誇張呢？真不符合顧老師的作風。

赤道上的雨多是在午後才來的。前半日太陽有多暴烈，後半日的雨便有多兇猛，像是用半日蓄勢待發，一舉向日頭報復，以牙還牙。顧老師說，因為雨下得頻繁，人生中不少重要的事好像都是在雨中發生的。那些記憶如今被掀開來感覺依然溼淋淋，即便乾了，也像泡了水的書本一樣，紙張全蕩起波紋，難以平復。

這便是當老師的人，說話多麼文雅。在他這麼感嘆的時候，銀霞喊了個「車一平二」，打算來一記虎口獻車，趁顧老師一心想著往事時，給他的黑棋布一個陷阱。可在等待顧老師說出下一步的時候，銀霞自己也忍不住尋思，有什麼事是在雨中發生的呢？

有一年她生日，拉祖正在都城上大學，細輝說二十一歲呀是成年人了，以後大選可以去投票，為此執意要為她慶祝。慶生那天晚上不是下雨麼？妹妹銀鈴替她稍微打扮一下，讓她坐上細輝的摩哆後座上街吃飯。已記不得吃了些什麼，只記得飯後街上下雨，聲如大鐵鑊裡炒豆子，雨勢不難想像。兩人吃飽了在飯店裡苦候，茶都涼了，銀霞便說這兒不是靠近星光戲院嗎？不如我們去看一場電影？

那是銀霞人生中第一次走進電影院「聽戲」。二十一歲，是成年人了。去到電影院時戲已開場，放映廳裡熄了燈，細輝一手拿票根一手牽著她，走得步步為營；說這兒很暗，小心。銀霞啞然失笑，細輝忽然省起也忍俊不禁，兩人一直笑到細輝尋著了座位。他們看的是那年人人都必看過，甚至有人聲稱看了好幾回的《鐵達尼號》。彼時電影的熱潮已趨尾聲，放映廳裡的座位空了大半。銀霞在裡頭坐久了便覺得森冷，而那片子甚長；不等船難開始，她便已冷得渾身發抖，不得已瑟縮在座位上。細輝察覺，說妳覺得冷嗎？銀霞點頭，細輝像是不知該怎麼辦，遲疑了許久才伸過手來，搶過她的左手，將它置於在他的兩手之間，輕輕摩挲。「這樣會暖和一點吧？」他說。銀霞沒應聲，漆黑中聽得那主題音樂越來越高亢，像是童話中的傑克沿著豆子樹攀上雲端，世界因而開闊，讓她感覺天高地遠，如同置身曠野。

那電影片長三小時，銀霞看不見影片如何美輪美奐，便覺得故事簡單，戲太冗長，幾次打了盹，最終被席琳狄翁的歌聲喚醒，始終沒被電影催出一滴淚水。沒想到散場後外頭的雨仍未止息，不過已聲嘶力竭，變成了牛毛細雨。那時已經很晚了，細輝載著她迎著斜飛的雨絲回到近打組屋，她戴的頭盔沒有擋風罩，臉上全是雨水，下車後連忙從布包裡掏出手帕來往臉上擦。細輝有點驚訝，說這不是男人用的手帕嗎？銀霞說是呀，這是男裝手帕。

「妳爸的？」

「我爸像是會用手帕的人麼？」銀霞笑說。「他飯後都用衣袖擦嘴巴。我媽說，他連擦屁股都用衣袖。」

「那，這是……」

「以前在盲人院裡一個老師借我用的。下雨嘛。我總以為有一天自己會把手帕還給他。」

「盲人院？那是好幾年前的事了。」

不，當銀霞把這雨中之事告訴顧老師時，那一段盲人院的生活已經是二十多年的前塵往事，變成了歷史，被後來日積月累的事情壓到了記憶的深處，猶如沉入深海的船艇殘骸，許多細節連銀霞自己也打撈不著。她甚至覺得盲人院的事已經湮遠得像是事不關己了，因而能用戲謔的口吻告訴顧老師，自己離開盲人院時怎樣起了貪婪之心，將一本盲文書占為己有，權當留念。

「以後我帶給你看看。」

「好啊，我還真沒見過盲文書呢，也讓我親手摸一摸吧。」

「你呢？雨中發生了什麼重要的事？」銀霞問；再報上一著，馬八進七。

顧老師似有苦衷，起初是不願說的。老先生為人矜持，說話就像下棋一樣的慎重，銀霞識趣不追問。要過了許久，在許多個吃過晚飯後的傍晚，或是銀霞休息在家的午後，他帶著棋具登門，與銀霞在棋盤上交手許多遍以後，像被銀霞一次一次獻出棋子誘使，才一點一點地對她透露往事。他說那一年他的前妻發生車禍，在從西南方海港小鎮回來錫都的途中，不就下著豪雨嗎？天暗路滑，車子撞上一頭摸黑橫越公路的水牛，以致水牛死在當場，而她一臉碎玻璃，差點夾斃在副駕駛座上。

「開車的人只怕也受傷不輕吧？」銀霞問。

開車的人是亨利，一家國際公司的經理，只受了輕傷。顧老師接到噩耗，冒雨趕去醫院，在急救室外頭初見這男人。他的前妻對家裡說要南下都城開會，卻在方向截然不同的海港小鎮上與這男人度過了一個週末，歸途中在沒有街燈的路上，被大雨和一頭黑越越的水牛撞破。待顧老師走進病房裡，看見被一場橫禍「支解」後僥倖撿回命來的妻子——兩腿骨折，臉被砸壞，左眼球破損，還有她肚子裡懷了兩個月的胎兒也被繳了出去，他哆嗦著說不出半句惡言來，只得伺候她，等她終於能下床來行走，便與她簽紙離婚。

後來的修復甚為費時，新丈夫亨利陪著她到國外做了幾個整形手術，從德國給她訂造一顆幾可亂真的眼球，身體裡還有好些從歐美國家買回來的鋼片、支架和螺絲，湊起來活脫脫一個重新打造的人。

那時顧老師的女兒已經上小學了，她的母親好不容易將破碎後的自己重新拼湊起來，其母性似乎在某一次手術中，隨著子宮一起被摘除掉了，對這女兒毫不眷戀。後來亨利把她帶到教會，將她的腦子和靈魂都徹底洗滌一遍，還給了她一個洋名字，以後她便成了走過死蔭幽谷的見證者，神在她的臉上施行神蹟，面容逐漸修復，除了那左眼過於明亮而顯得詭異，再難發現修補的痕跡。

顧老師說，當年離婚，身旁的家人朋友遠比他憤慨，而他只覺得夫妻情分已盡，而且看在他的眼裡，前妻後來已經是新造的人。「就像一個舊車殼換了全副新引擎；即便還掛著同一個車牌號，也不是同一輛車了。」他說。以後他與前妻成了尋常之交，倒是不可思議地與她後來的丈夫亨利往來漸密。亨利曉得顧老師喜歡研究車子，便經常帶著各種汽車雜誌來找他，週末也常邀他一起到車行去看剛上市的各款新車。偶爾他們之中誰的車子出了狀況，便召來對方，兩人一起伏身在汽車打開著的引擎蓋下。他的前妻走過來，說從那個角度看呀，你們真像被巨鱷叼在嘴裡的兩隻鴨子。

亨利出生在受英語教育的富裕家庭，年輕時負笈大不列顛，與顧老師本是風馬牛不相及的兩種人。他一輩子順景，還天生有撿便宜的好命。那時他在跨國輪胎公司當項目經理，他的一個白人上司離職時，將當初從英國整車入口的一輛蓮花精靈低價轉手，被亨利買下。整個半島上就僅有這麼一輛蓮花精靈啊！那麼矜貴的跑車，來到滿街牛糞，一路坑洞的東南亞，多少有點淪落的味道，像是越洋來了從此還不了鄉的公主漢麗寶。

亨利這一輩子，從顧老師在醫院裡初見的，一條手臂纏著繃帶，被車禍弄得焦頭爛額的青壯男子，到後來變成了腦門半禿，肚腩微凸的老亨利，這一輛蓮花精靈是他個人「淘寶史」上最值得炫耀的物事。顧老師的前妻在車禍中死裡逃生，這一輛看起來野性難馴的車子，她無論如何不肯坐上去。亨利便邀了顧老師上車，多少次把車子開到南北大道上，由得它風馳電掣，一邊還得眼觀八方，時時提防埋伏在天橋底下的交通警察。這些交警惡名昭彰，喜歡在陰影裡架起測速攝影機，猶如諾曼第海灘上的士兵，神色凝重地守著他們的重型機關槍。

那時車子是亨利的。方向盤，離合器，油門和煞車器都在亨利那一邊。顧老師坐在一旁，唯一碰得著的是擋在兩人之間的變速箱。箱子上的手檔球被亨利握在手中。顧老師得以共享的是擋風玻璃前的景觀，那些筆直寬敞的路段，斜坡道，大拐彎，飄揚在竿子上（已經破舊）的風向袋；大道兩旁飛逝而過的山丘和油棕園，一輛一輛被他們超越的車子，以及那超速犯規的快感，幾乎讓顧老師覺得自己與亨利共同擁有了這汽車。

他與亨利成了老友，家裡的父母和兄長姊姊，甚至他的女兒都覺得礙眼。顧老師倒真覺得他與亨利之間沒什麼心機。這房子落成時，還沒裝修呢，早年已經從輪胎公司退下來的老亨利，開著休旅車過來，後面的車廂橫七豎八地堆滿了給他的東西——大至單人沙發，落地大花瓶，微波爐，保溫壺和搖頭電風扇，小至未拆封的兩雙襪子，既有他在賣場裡淘回來後派不上用場的東西，也有在各種宴會上參加幸運抽獎得來的獎品，還有他家裡用過一陣後不鍾意了便束之高閣的物品。顧老師掀開休旅車的車背，感覺像是打開了一個巨大的禮物盒子。

除了這些，還有一隻不請自來的生物，大概是趁亨利在搬運東西時跳進了車廂，在物件與物件之間找到藏身的縫隙，一路坐順風車來到山景花園。顧老師甫打開車背，牠率先竄出，一團灰白色的影子從顧老師胸前躍過，把他嚇了一驚。待定睛一看，只見一隻貓跑到他新家的門廊上，正回過身來，趾高氣揚地盯著他與亨利看。

喵嗚。

顧老師與亨利合力將車裡的東西卸下來，其中有些不合用的，他後來拿到老人院；老人院用不上的，他再送到環保中心。至於那隻「贈品貓」只是坐了一程順風車，從此遷徙到了山景花園，多在這兩條路上流連，並且像是很快適應了新環境。待半年後顧老師搬進新屋子，牠便成了常客。白天牠經常到顧老師的院子裡，也沒打招呼，就在那一方小小的草地上四仰八叉地躺著曬太陽，更多時候則鑽到他的蓮花精靈底下，要麼呼呼大睡，要麼趴在那兒伸出前爪墊著貓下巴，望著路上的街景——有時候茫茫日光，有時候雨霧瀰漫；凝神良久若有所思。

「貓是什麼顏色的呢？」銀霞問。她再說炮八平五，拿下顧老師的一隻馬。

「是一隻黑白雙色貓。黑背白肚皮，像一隻白貓披了黑斗篷。」顧老師走士四進五，護住將帥。

「是不是頭上也一片黑色，像是戴了個頭罩？」

顧老師說妳怎麼曉得？

銀霞不由得莞爾一笑。「我爸見過牠了，說這貓長得像蝙蝠俠，又說牠像瞎了眼睛。」

這貓，顧老師給牠取名「疤面」，說牠大概常與別的街貓打架，臉上交叉了不少新舊抓痕。顧老師本來無意養貓，只是日日見面，偶爾牠幾日沒來——也許追逐發情的母貓而去，他不由得念想，慢慢的就有點盼著牠來了。之後貓帶著新的傷痕回來，顧老師在門廊給牠準備貓糧和水，像是偷養一個嬌縱的孩子，趁牠弓背進食時伸手輕撫牠，給牠身上的傷處抹一點消毒藥水。

貓絲毫不抗拒，如此溫順親人，他最終不得不給牠一個名字。

這名字自然與電影《疤面煞星》有關。那是顧老師與亨利最喜歡的電影之一，都說被阿爾．帕西諾那桀驁不馴的模樣和深邃的眼神所震撼。亨利去世以後，妻子遵循其遺囑，將他珍愛的蓮花精靈與許多電影光碟，包括這電影和一整套《教父》都送給了顧老師，雖然是二手貨；卻都是正版，包裝精美而保存完善，顧老師辦了手續以後，到她家裡將汽車開走。過了這許多年，這蓮花精靈依然閃閃發亮，顏色嬌豔欲滴，如同廣告板上那些美人櫻桃般的紅唇。倒是他從望後鏡裡看見站在門前的前妻，自亨利死後，她了無生趣，頭髮久未染色，像蒙了塵一樣灰撲撲，臉也毫無神采，唯獨左眼依舊清澈明亮，彷彿少女的眼睛，又如同一盞明燈，殘酷地照見右眼的混濁與那一張臉的憔悴與蒼老。

為了這一輛夢寐以求的車子，顧老師將才開了兩年的日產車脫手，特地趕在搬家之前，給新屋子的門廊加蓋涼篷，好為蓮花精靈擋風遮雨。疤面對這車子無動於衷，每天只在車底下昏睡或冥想；飽食後施施然離開，頭也不回。顧老師有兩回到屋後除草，在靜寂的後巷看見這貓沿著一長排屋子的牆根，如忍者般神祕兮兮地行走。顧老師喊牠，喂疤面，你到哪裡去？貓不看他一眼，或者看了，目光卻冷淡得像不識得人一樣，縱身跳到乾涸的溝渠裡，再從牆腳的某個排水口鑽進別人家後院。顧老師一輩子沒養過貓，不識得該怎麼適應，便怔忡了一陣，感覺胸口鬱悶難受，如遭一隻貓遺棄。

顧老師有好長的似水年華值得追憶，沒察覺銀霞專注的臉上暗藏心機，這一盤棋終究讓銀霞贏了。虎口獻車奏效，終成絕殺。顧老師一聲哀叫，舉掌狠狠一拍額頭。這天下午他連輸三盤，是前所未有的事。他說這不得了，妳心思好密；我太大意了，該罰。

「罰什麼呢？」銀霞笑吟吟地問。

「罰我請吃飯吧。」

「不，吃飯太便宜你了。我想遊車河。」銀霞說。「我這輩子還沒坐過跑車呢。」

「好啊，就這麼說定。」顧老師說。「看哪天妳不用上班，我們把車開上高速公路，能去多遠就去多遠。」

話雖這麼說，畢竟不是沒有顧慮的。銀霞老覺得有哪裡不對勁，大概是難以想像自己與這麼局促的人在一輛車子上，有多遠去多遠。以後顧老師兩度提起這事，說要兌現承諾，她只是打哈哈，說那不過只是戲言，顧老師你太認真了。電台的阿月知道後一味加鹽添醋搧風點火，說人家年紀雖然大了些，終究是有緣人。不然，怎麼會兩人餵養同一隻貓？連打兼差工的女孩小晴也湊上一把聲音，說這事奇異，白晝那貓是疤面，夜裡成了普乃；一隻貓吃兩家茶禮，像是來牽紅線的；誰說不是冥冥之中自有天意？

普乃照常在夜裡到來，風雨不改，偶爾叼著壁虎或什麼雛鳥，也有的時候是螳螂或別的什麼昆蟲，在房間內欲擒故縱，展開追逐。銀霞在黑暗中聽見貓上竄下跳，也聽過牠啃咬鳥兒時咀嚼有聲，被咬斷的骨頭嘎嘎作響。奇怪呢，當下沒有聞到血腥，要到翌日清晨貓走了以後，房間裡才會氤氳著一股禽類的死氣，像極了巴剎裡雞販殺雞後留下的腥味。銀霞每朝都在房間的地上小心翼翼地摸索，試著找出那些死物的殘骸。有時候是斷了頭尾的壁虎，有時候是乾枯得換了質感，彷彿一夜之間從昆蟲變成了草葉的缺腿蚱蜢；鳥兒則幾乎一點不剩，連血跡也被舔乾淨了，只餘下散落各處的羽毛，以及滿室的死亡氣息。

銀霞沒有將普乃的事告訴顧老師，其實是她沒有太大的把握。儘管都是戴了黑頭罩披著黑斗篷的雄貓，她的普乃顯然不如顧老師口中描述的疤面那麼溫和柔軟，倒是經常在被她撫摸時，忽然發難，在她的手上抓出血痕，甚至有幾回還咬傷了她的手指頭。銀霞懷疑疤面與普乃可能是太陽和月亮那樣兩隻截然不同的貓，而如果不是，這貓必然是看準了她失明，才把牠不願為人知的一面——牠的陰森和殘忍，如祕密般對她呈現。

# 失蹤

聽說銀霞丟失了一隻貓，顧老師吃驚不小，說怎麼不曾聽妳說過家裡養了貓？那時普乃已經一週沒到銀霞房裡來了。一週，整整七天七夜，足夠讓神創造世界再一一給萬物命名。銀霞準備好了的貓糧與水，每天清晨都原封不動。最初兩個晚上她夜裡醒來幾次，嘗試在床上摸索那貓，牠卻不在。之後兩天她便睡不牢了，輕易被諸般細微之聲驚醒，乃張聲試探，普乃？她爬起床來檢查窗門，確定它是半開著的。再後來她根本睡不著，無論閉上眼睛或不，黑暗都如牆一樣堅實地直逼眼前，壓迫她。這種黑暗不是睡著時的黑暗。睡著時的黑暗是虛的，廣闊而深邃，彷彿前面攤開了一整個上帝說「要有光」之前的宇宙，當中隱藏著許多未知的內容；會把她的聲音吸收進去，讓她越涉越深。

銀霞在那幾個失眠的夜裡，對著那一堵厚硬的黑牆面壁思過，不住回想普乃失蹤以前最後出現的那個晚上，是否帶著異狀或出現了某些徵兆。她甚至懷疑也許是自己做了什麼讓牠不高興的事，譬如在沉睡中不經意壓著了或踢傷了牠，牠一怒而去，從此不來。也可能她根本沒做錯什麼，僅僅是貓厭倦了這死氣沉沉的房間和夜裡一成不變的生活（儘管銀霞三不五時更換不同的貓糧），或許牠在外頭找到了另一扇半啟的窗門，去到了新的地方，遇上另一個比她更溫柔有趣的女人……

這種複雜的心情和鑽牛角尖的滋味，讓銀霞聯想起以前在盲人院最後的那一段日子。先是那盲文版《可蘭經》的計畫半途喊停。有一天法拉夫人走進小房間裡對她說，院方有新的考量，需要重新研究這個計畫，再找出更適合的方案。「畢竟由一個非穆斯林來給這《可蘭經》打字，是，不妥的。」銀霞點頭表示明白，猜想法拉夫人本想說「褻瀆」，硬生生擰成了「不妥」。她下意識地把兩手往裙子上擦了擦，心裡說怎麼不是呢？這可是個吃豬肉的女人，甚至連狗肉也吃過兩回了，有一雙不潔的手。

銀霞一點也不在意《可蘭經》的事，她在意的是伊斯邁已經兩週，不，是十三天沒走進小房間裡來了。銀霞一個人坐在房裡，偶爾聽得門外有人走過，總是心裡一緊，不期然停下點字機上手指的舞步與節拍。房間的門沒闔上，有兩回院長路過，嘻皮笑臉地走進來說阿霞妳在這兒啊，與她寒暄，誇了她幾句，說她人見人愛。也有一回是耶谷先生，將兩塊娘惹糕放到點字機旁，叫她嚐嚐；聲音陰柔，虛詞頗多；一隻手輕輕拍了拍她的肩膀，感覺近似撫摸。那糕點透出濃郁的甜香，如同耶谷先生的聲音，感覺一半是糖做的。銀霞沒吃，不一會兒螞蟻便來了，列隊鑽入塑料袋裡。她將沾滿白椰絲與黑螞蟻的糕點帶回近打組屋，回家前先扔到樓下的垃圾箱裡。

後來幾日那小房間像是成了拷問室，銀霞在那裡質問自己，胡思亂想，受盡折磨。她也像後來等待貓兒普乃這般，不斷回想伊斯邁上次到這房裡來時，自己是否說了冒犯他的話，使他不歡喜。她不過只是與他討論宗教的事，問他，我要想嫁給穆斯林，做他的第二個妻子，是不是就得先成為穆斯林呢？伊斯邁說妳別傻，事情沒妳想的這麼簡單。那天走之前他像往常那樣擁她入懷，親吻了她，可以後卻沒來了，下課後總像開水燙腳般匆匆離開。銀霞以為是自己說了什麼令他覺悟不妥，故而想要懸崖勒馬；亦有可能是盲文版《可蘭經》的計畫受阻，令他意興闌珊；當然也可能什麼都不是，僅僅是他在別處遇著了更使人愉悅的女子……

那段日子她憋得慌，幾乎生出病來。沒想到相隔許多年後，普乃失蹤又將她的夢魘喚起。銀霞在翻來覆去的思潮中煎熬了七夜，後面三個晚上大半時間都是醒著的，白天她便昏昏沉沉，失去了平衡感，在電台辦公室門口摔了一跤。到了第八天清晨，她漱洗後打開大門走到對面去，正逢顧老師準備出門打太極，見她站在門外，臉色蒼白得像壁虎那樣有了點透明度，彷彿晨曦可以穿入她的皮膚，好像陽光再多灌進去一些就能讓她消融。他連忙開門相迎，說一大早，什麼事呢？銀霞說顧老師，我養的貓不見了。

「過去一個星期，疤面有到過你這兒來嗎？」

顧老師在山景花園住下幾年了，與周圍的鄰居多是點頭之交，只有與銀霞特別投緣，時常與這盲女見面下棋，每每言談甚歡。銀霞素來淡定自持，顧老師何曾見過她如此淒惶？他不由得也緊張起來，細細追問。銀霞遂說明原由，說那貓外形酷似疤面，她偷偷餵養了數年，這情況以前從未有過。

「我害怕牠出事了。」

「沒事的別擔心。」顧老師出言安撫，說這種花色的貓，這一帶唯疤面而已，而疤面昨日還來過呢。仍然像以往一樣，先在陽光中打滾，曬了曬肚皮，等顧老師端來貓糧。吃飽後牠只舔了舔爪子往臉上一抹（每次牠做這動作，顧老師總以為下一刻牠就會變臉了），飽嗝沒打一個便翻牆而去。

那一天銀霞沒上班。得顧老師所准，到他家裡去等候那貓。銀霞午飯沒吃便走了過去，在那兒待了大半天。除了下棋以外，銀霞還帶來了她珍藏的盲文書，親自給顧老師朗讀。那是一部用英文寫的馬來民間故事集，顧老師說可惜了妳，這只能算少年讀物。他從家裡的書架上找出幾本詩集來，一本唐詩，一本宋詞，還有一本台灣詩人的新詩合集。從中挑了幾首念給銀霞聽。那些古詩詞銀霞並不陌生，倒是新詩於她十分新鮮。顧老師見她喜歡，便找出了音樂版的〈鄉愁四韻〉，由殷正洋所唱。銀霞聽得如癡如醉，只循環聽了兩回便能背誦，還能唱出歌來。顧老師甚喜。中午他下廚做了兩菜一湯，與銀霞在飯廳裡一起吃。菜做得十分清淡，火候卻控制得宜，荷包蛋煎得蛋黃半熟，恰如其分；與甜豆同煮的肉片炒得很嫩，連米飯也粒粒分明，似乎可數。銀霞說這飯菜真如其人。顧老師聽了便說我鹽放少了吧，妳吃不慣？銀霞笑，說顧老師你也曉得自己給人的印象，就是這麼寡淡的麼？

飯後銀霞堅持幫忙洗碗收拾，過後他們回到客廳，又在棋盤上布陣對弈。這天顧老師特別專注，屢有奇招，倒是銀霞一直在留意門外的動靜，不能聚精會神，被顧老師的棋子逼得險象環生。快要兩點鐘時，已聽到遠處有人開響了伴唱器材，麥克風響起了尖銳的雜音，一股熱浪隨風湧入屋內，掠過銀霞，在她的頭頸逼出微汗。忽然顧老師「噓」了一聲，拍拍銀霞的手背，說牠來了。

「誰？」

「貓啊。」

「剛鑽進車底了。」顧老師說。「我們慢慢走過去，妳喊牠，看牠什麼反應。」說了，他捉住銀霞的手，帶著她朝門口走去。兩人生怕貓被驚走，都像踮著腳似的走到敞開著的落地玻璃門前，顧老師扯一扯銀霞的袖子，示意她蹲下。

銀霞覺得這路好長，她走得小心翼翼，像是在試探一個脆弱的夢，怕它會破滅。遠處的歌聲已經飄蕩過來，婦人的哭腔顫悠悠，五音不大齊全；控訴情人負心，人生實難。顧老師的貓卻似乎充耳不聞，悠哉游哉地趴在蓮花精靈車底下觀鳥。陽光下真有幾隻麻雀，銀霞雖聽不見陽光卻是聽得到麻雀的；牠們啁啾爭鳴，討論著世間細碎之事。銀霞說我現在可以喊牠了嗎？顧老師說妳試試吧。

銀霞忽然緊張萬分，她深深吸了一口氣，聚精會神地注視著眼前的黑暗，像是集中全力，要看破它。

普乃，普乃。

這是清醒時面對的黑暗，它與睡中的黑暗不同；它牢不可破，堅實如銅牆鐵壁。銀霞聽見自己的聲音被逼在眉睫的一堵黑色牆壁反彈回來，因而便覺得那貓聽不見她。她稍微提高音量，再喊普乃。普乃。普乃！

貓在車底擰過身來回眸一顧，盯著銀霞看了許久。也許是因為頭部套著一片墨黑，從耳尖一直往下罩，覆蓋兩眼，使得這貓的眼睛看來不像別的貓兒那樣渾圓而靈巧，任何時候都像半瞇著雙眼。這還是個陽光生猛的白天呢，牠的瞳孔細窄如線，頗透著點爬蟲類的陰譎邪惡；加上不動聲色，顯得心思叵測。顧老師卻到底餵養牠三年了，總可以從牠的姿態判斷出來，這是疑惑而不是警戒。

「牠一定識得妳。」顧老師說。「妳每喊牠一下，牠便動一動尾巴，像是在回應妳。」

此話令銀霞精神大作，她再喊了幾聲，可貓忽然失去興趣，張嘴打了個哈欠後轉過頭去繼續凝視陽光下的風景。原先在聒噪的麻雀發覺有異，相攜著斜飛而去，貓覺得無聊，須臾癱倒，像一張小小的獸皮鋪展在車底下。顧老師與銀霞蹲在門前等了一會兒。「怎麼樣？牠睡著了嗎？」銀霞問。顧老師說牠睡了。如此一陣無語後，顧老師忽地失笑。銀霞問你笑什麼呢？顧老師說我們現在這樣子，讓我想起以前也曾與我的太太這麼並肩躲著，偷偷看我們的女兒學爬行。

「那小瓜曲起膝蓋，兩手著地，爬得顫巍巍的，像初生的小狗。」

「那時孩子有多大呢？」

「七、八個月吧。」顧老師說。「那時候每看她向前爬一步，都覺得像奇蹟。」

銀霞笑。她說這話好不誇張，好像你的女兒是在登陸月球。顧老師便也笑了，順勢問她，妳知道人類第一次登陸月球是什麼時候嗎？銀霞說我當然知道的，那是一九六九年七月嘛，乘了美國火箭阿波羅十一號。顧老師十分驚訝，說那妳知道當時的太空人叫什麼名字麼？銀霞回答是尼爾·阿姆斯特朗。

「他在月球上說，這是個人的一小步，卻是人類的一大步。」

「妳怎麼知道的呢？」

「收音機上聽來的呀。每隔幾年總會有節目主持人提到這個，人類大事紀，像是溫習功課一樣。」

顧老師將銀霞扶起來，說可惜了妳，要能上學不知會有多出色。銀霞在這話裡聽出愛憐之意，不禁苦笑，說這話聽著耳熟，我這輩子聽過許多回了。顧老師沉吟半晌，說妳等我一會兒，便讓銀霞坐到沙發上，自己走到樓上。過了好一會才下樓來，將一物事置於銀霞手上。銀霞摸著那是一本舊書，書皮受過潮，已略微發脹。她說這是什麼書呢？顧老師說妳摸不出來麼？妳讀過它的。銀霞說你在開玩笑。顧老師說真的，妳不記得這本《中國象棋術語大全》麼？

銀霞一怔。腦子裡像閃過雷電，許多事情像沉睡許久的生物，因受了刺激，兀地甦醒，並立即伸出許多長長的觸爪，相互攀附，彼此交纏，糾結成一團。

「拉祖？」銀霞說。

「拉祖·巴布之子。」顧老師用馬來語念出這名字。「我年輕時在壩羅華小教過一年書。

他是我的學生。」

「是你呀。」遠處婦人的歌聲越來越牽強，麥克風承受不住，被激發出一陣嘯叫，像馬上就要爆破，還真將銀霞眼前的黑暗轟出一個大洞來。她說，是你？

是他嗎？許多年前銀霞還只是個女童，在壩羅華小對面的人民公園裡盪鞦韆，騰雲駕霧般從半空中摔下，飛撲到地上。那地面半是草半是泥沙，將她四肢擦損，血和沙石混在一起，傷處痛得火辣。拉祖喚來教會他象棋的青年老師將她抱起，跨流星大步帶她到學校，光處理那些傷口便花了不少時間，後來還開車將她送回樓上樓，和顏悅色地為她向老古及梁金妹說情，說孩子貪玩無可厚非，而且肉身已受過苦了，何必再責罰？

「我不是告訴過妳，我認得妳嗎？」顧老師說。

多年前顧老師翻開報紙看見銀霞，標題甚大，說是最強大腦，盲人之光。那時顧老師的女兒尚未去國，只是高中生。他讓女兒看看圖片上的人，憶起往事，說曾看見過這女孩手腳上血肉模糊，她卻有忍痛的能耐。後來又聽拉祖說她記性極強，能記下半本《象棋術語大全》，卻沒想到長大了這般了得，把一整個錫都詳細描繪在黑暗中。

「要是那時我不把這書討回來，想必妳早已把它熟記於心。」

銀霞笑。說那又怎地，總不能靠下棋維生。

往事這口井，再怎麼深，底下再怎麼乾涸，真細心推敲，也總有許多事可挖掘。銀霞與顧老師像打開了一個從未被打開過的話匣子，談了許久，竟忘了門外的貓。待兩人回過神來，天色已沉，誘得附近的回教堂開始播放喚拜詞。銀霞說真奇怪呢，這喚拜詞如煙，像是會隨風散去；我聽了數十年，竟從未把它記下來。顧老師出門一看，厚雲底下濃墨重彩，一組倦鳥朝夕陽飛去，貓已不知去向。

「普乃走了。」顧老師說。

「那不是普乃。」銀霞說。「我喊牠，牠都不應答。」

「難說呢，貓這種生物。也許換了個地方就認不得人了。」

銀霞嘆了一口氣，說天曉得呢。「也可能是換了個地方，牠就以為自己是另一隻貓了。」

# 惡年

梁金妹彌留時有過迴光返照的時刻，不過短短兩句鐘；並非別人常說的那樣，久病者忽然變成了個沒事的人，能彈能唱能吃能喝。她不過從一連數日的昏迷與譫妄中醒來，不再呼痛或滿口囈語，卻仍然只能躺在床上，氣若游絲。銀霞走進房裡，梁金妹對她說妳起得真早，那聲音竟是清清楚楚的，好像她從一場渾噩的大夢中醒過來了。她說妳過來陪媽說說話。銀霞便坐在了床沿，讓母親握住她的一隻手。銀霞說妳昏睡好幾天了。梁金妹說才幾天嗎？我做了許多夢，在夢裡見到很多死去了的人。每一個夢都在白天，日頭好猛，陽光白燦燦的十分耀眼，像要把明眼人變成瞎子。我從一個夢走到另一個更光亮的夢裡，都快睜不開眼睛了。

銀霞問她誰是那些死去的了的人。梁金妹思索良久，說記不起來了，只記得自己在那些夢中一連問了幾回，咦，怎麼會是你？你不是死了嗎？

「有一個女人抱著孩子，面目模糊，一言不發的尾隨我從一個夢走到另一個夢中。明明看不見她的臉，但我知道她是誰。」

「我也知道她是誰。」銀霞說。

銀霞也是夢到過她的。那是被囚於樓上樓中的懷抱嬰兒的女鬼。她總是太閒了，多年來抱著永遠不會長大的孩子，穿越許多人的記憶和夢。銀霞聽過不少近打組屋的舊鄰居，在搬離那大樓以後仍聲稱自己夢見這女子。無人在夢中看真切她的面貌，彷彿她的臉總是打了馬賽克，但會夢見她的無不是女人，而有她出現的夢總不會是惡夢，不過是有點悲涼而已。梁金妹也是那麼覺得的。夢中有一個部分她與女鬼於巴士上坐一個雙人座位，那前所未有，是她與女鬼最靠近的一次了。她們乘坐的是在錫都穿行了許多年的舊巴士，四四方方，像個龐大的鐵皮餅乾桶加上幾個輪子，因路途顛簸，不住嘎吱嘎吱的響。梁金妹與女子攀談，還把手伸進襁褓逗弄她懷中的嬰兒，問她這孩子是男是女。女子十分高興，說是個兒子呀，梁金妹怎麼也沒法看清嬰兒的面孔，她一邊翻口袋要找自己的老花眼鏡，一邊說好可惜呢，是個兒子。

女子聞之黯然，說是呀，他要沒死，現在該念大學了。

梁金妹自知失言，萬分不好意思，陡然扎醒。睜眼驚覺四肢百骸無痛，肉身虛無，似已被蛀空。只見晨光透窗，在毛玻璃上鋪成了彩虹色的光譜。她惻然有所感，伸出手掌來屈指數算；來回數了幾遍才確認無疑，要是孩子當年不死，如今已快是個成人。正感嘆時，銀霞走進房裡來。梁金妹見女兒面容憔悴，因病蠶食了她對時間的感知能力，便覺得女兒昨日還是個孩子，一夜之間已老大，白髮生得鬼鬼祟祟。她握緊銀霞的手，說出了那個與女鬼交談的夢，之後半晌無話，良久才說，媽真是對不起妳了。

梁金妹說的什麼，銀霞知道。這一幕她似乎早已在某一個夢中演習過，只是夢裡母親的聲音並非這般蒼老和虛弱，卻是聲淚俱下的，像有一種演舞台劇的誇張效果。因而她並不激動，只是照著夢中早寫好的台詞，淡淡地說，媽妳胡說什麼呢？梁金妹說要是當年我讓妳把孩子生下來，今日他就十七歲了，以後有孩子養老，妳下半輩子不必這樣孤零零。

「這事我自己是同意的。」銀霞說。「我也不後悔。」

事情過去快十八年了，自從母親偷偷摸摸地帶她到錫都大草場那邊的診所走了一趟，讓她在那張有著冰冷的金屬扶手的床上躺了半天，過後扶她回家，以後便再未提起過這事，甚至連密山新村盲人院她也隻字未提，當作把那段日子從記憶裡連根拔除，但銀霞好像預感了有這麼一天，母親終於會想起那未及完成即被報廢了的小生命，並為之惶惶不可終日，嚥不下最後一口氣。她將預備好的話緩緩道出，說媽我不怪妳，妳是為了我好，我知道的。這樣說了梁金妹果然像放下心頭大石，可以安心闔眼。那天銀霞去上班後不久，老古打電話來說，妳媽斷氣了。

梁金妹的骨灰被送到福報山莊以後，銀霞與妹妹合力將母親的房間徹底收拾一番，等於將大部分物品扔棄，之後將房間洗刷一遍，用了大半瓶滴露，想要驅走一室病與死的氣味。老古用他的德士將棄物載走，不知扔到了何處，回來抱怨梁金妹用的床墊在他車裡留下一股屎尿臭與嘔吐物的酸餿味。倒是那被清理後的房間，一連幾日透著消毒藥水的味道。銀霞走進房裡，總不期然想起那一次隨母親到診所，見了醫生，驗了尿。醫生是個老男人，問銀霞為何不把孩子生下來。她不知該如何應答，身旁的梁金妹搶著說，她是被人欺侮才懷的胎，怎麼要得？醫生便不再追問，只吩咐一個說廣東話的印度護士將銀霞領到與診室相通的另一個房間。銀霞想像那是一個隱藏的密室。房門推開時，銀霞聞到裡頭透著這麼一股氧化劑的氣味，像是連空氣都已經消毒過了，房內無菌。

說廣東話的印度護士叫銀霞脫下衣衫內褲，再讓她爬上一張有著金屬扶手的床。床上的墊子很薄，裡頭填充了無數疙瘩，像是有許多難以平復的過往。印度護士讓她拱起腰，將幾張防水棉紙鋪在她臀下。銀霞聽從她的指示一一照做，之後聽得房門被推開，闔上，推開，醫生進來了與護士用英語細聲交談，又聽得小金屬器件在一個金屬盤子上相撞，聲音清脆之極，讓銀霞想起三角鐵，許多三角鐵。醫生來給她注射，問她奇怪的問題，妳叫什麼名字，今年幾歲了，家裡有什麼人？銀霞順著秩序逐一回答，我叫古銀霞，十六歲，家裡有父親母親……直至眼前如牆的黑暗被分解，變成了濃霧，又像是成了水，浩瀚地往遠處流淌。銀霞不及將家中人員說全，靈魂便像捨棄了肉身，也化作水化作霧，被那深邃遼闊的黑暗吸引了去。

醒來的時候，半天已經過去了。銀霞睜開眼睛，黑暗馬上凝固起來，變成了結結實實的硬物，堵在她眼裡。她躺在床上回想自己剛經歷過那幻境一般的黑暗，覺得自己飄蕩在空中，也許就像個太空人似的，在不可思議的角度聽到醫生與護士細碎的談話，卻又同時感覺到冷冰冰的金屬器材從私處探入陰道，在她的小腹中搗鼓。那像是一根細長的小湯匙伸到她的子宮裡，輕輕攪拌，彷彿要在那臟器裡調配一杯飲料。這過程十分奇妙，銀霞覺得自己變成了局外人，床上躺著的身體與她無關，那人的命運與她無關，就像她是來參觀的，透過某種連結的手段，讓她參與了一次小手術，體驗到了另一具身體裡輕微的流失與痛楚，甚至也感覺到溫熱的血被小湯匙引導，自下體溢出，像尿床那樣濡溼了她的臀部。手術完畢後，三角鐵的撞擊聲音再次響起，她才像被催眠一樣昏睡了過去，掉進另一個充滿引力的空間。那裡有個很淺的夢境，她涉於其中，仍然意識到手術房裡越來越冷，蓋在身體上的被子十分單薄；對面牆上的一台冷氣機開得不遺餘力，呼呼作響，彷彿這是停屍間，床上躺著的是一具剛解剖過了的屍體。

印度護士再度推門進來，喚醒她，叫她把衣物穿上，並給了她一塊衛生棉，要她墊在內褲裡。這一次她張嘴說話，噴出的氣息有咖哩的味道，想來剛用過午餐。銀霞摸索著穿上護士遞過來的衣服，覺得那窸窸窣窣的聲響不能與動作同步，總是遲了一秒半秒。她故意緩一緩動作，想要等那聲音趕上來，湊上她的節拍，無奈總是對不齊正，令人懊惱。銀霞就這樣拖著慢半拍的聲音，彷彿拽著一個鬆脫了的影子，從另一道門走出手術室，梁金妹已等在那裡了，說她一直沒有離開，連午飯也還沒吃。印度護士聽了直嚷嚷，說哎喲阿嫂，我不是跟妳說了她沒這麼快醒來，叫妳去吃午飯的麼？梁金妹賠笑，說是的妳是這麼說了。是我自己沒胃口，不想吃；不怪人。

母親與她是坐父親的車子去的，老古放下她們後便開工去了，回來的時候母親在路上招手叫了德士，那司機是個印度人，車裡的收音機播著淡米爾歌曲，男聲獨唱，四女聲和音，配著貝斯、大小提琴、電子琴與各種印度傳統樂器。唱歌的男子聲音清澈，頌唱滿月之下的茉莉新蕾，其香如蜜。銀霞跟著那節拍微微晃動頸項，嘴裡念念有詞，那魯姆迦耶，那魯姆迦耶，司機從望後鏡看過來，用淡米爾語問她，說妳怎麼懂得唱我們的淡米爾歌曲？銀霞不理睬，仍專注地跟著旋律唱，你只碰過我一回，何以竟讓我的身體盛放？她們在組屋大門外下車，梁金妹拽著銀霞乘電梯上七樓，將她塞到床上，硬要她睡一大覺。「大被蓋過頭，醒來就沒事了。」銀霞還真覺得虛脫，也可能是麻醉劑的藥效未散，她躺在床上即化成了水，朝死寂處潺潺流去。醒來時已是傍晚，梁金妹在沖涼房裡給弄她了一缸溫水，讓她洗澡。之後她走到飯桌，老古與銀鈴已經吃過了，梁金妹特地為她煮了皮蛋瘦肉粥與一碗薑絲炒豬肝，母女倆默默無語，低頭吃飯。

以後銀霞再沒去盲人院了，仍然回到舊生活中，在她慣用的椅子上繼續編織網兜子，也織籐器，由母親拿到樓下寄賣，特別受馬來人歡迎，連生菓鋪也向她訂貨，買下她織的許多輕巧的籃子。馬票嫂識得近打購物中心幾家賣鮮花的小鋪，也將他們介紹給銀霞，促成了一些生意。銀霞在家中藏了五年，並非梁金妹不許她出門，而是她老懷疑自己會露出什麼端倪，讓人察知她偷偷去墮過胎了。期間有一回她推託不了，到蓮珠住的豪宅去參加她兒子的百日宴，酒後失態，當眾出洋相，以後便更不敢拋頭露面了。要不是後來錫都無線德士開台，老古帶她去應徵，銀霞大概還得待在家中織她的天羅地網，一輩子將自己困於其中。

銀霞不到盲人院，拉祖是最高興的。他說銀霞妳何必與盲人為伍？是要像他們那樣以後沿街兜售籐筐籐籃維生嗎？抑或是要拿著盲公竹走到食肆餐館，挨著一張一張的餐桌去賣福利彩票？這些話銀霞聽得刺耳，說你何必挖苦人，有頭髮誰會想當癲痢呢？

「就算是到按摩院裡替人揼骨吧，或者是坐在夜市裡拉二胡賣唱等人施捨，也不過是謀生而已。」

拉祖見她慍怒，便說可妳不同啊銀霞，妳比別的盲人強多了，應該走一條不一樣的路。

那幾年過得好不鬱卒，直至後來到電台上班，日子才算豁然開朗。銀霞在那漸漸順遂的日子中自得其樂，好像就漸漸忘記了過去的不快以及盲人院裡發生的那些事。這麼多年來，除了偶爾做一些奇怪的夢，便心無罣礙。她一再夢見那些被封印在樓上樓裡的女鬼，有眼無珠的，懷抱幼子的，她們在黑暗中與她相遇，夾著她並肩站在一起，像是把她也當成了鬼。她們多半是在某一層樓的走道上，面向圍欄，感受著從錫都空中捲來的風，還聞到了密山新村那橡膠加工廠飄散的惡臭。這些夢其實多是靜寂的，女鬼極少主動向她哭訴，也不說些什麼嚇唬她的話，連襁褓中的嬰兒也不哭不鬧，但銀霞能感受到她們的存在，左右兩邊陰風陣陣，彷彿兩個女鬼都愁腸百結，在望月懷遠；苦惱著該怎麼離開樓上樓；這個大籠子，鬼地方。

這種夢，即使搬離近打組屋，住到了美麗園，銀霞仍撇之不去。一年裡總有個一兩回，女鬼飄忽入夢，像是故人來訪。來來去去說著那幾句再嚇不了人的話，妳有見到我的眼珠嗎？我弄丟了我的眼珠呢。背景裡有嬰兒嚶聲哭泣，音質極差，像是黑膠唱片裡除不去的雜音。梁金妹死去以後，可能是因為貓來了，在床上守著牠的領地，暗中驚嚇女鬼，將她們驅逐，她們便來得少了，銀霞縱然還做些莫以名狀的惡夢，譬如夢見自己成了躺在停屍房中的一具屍體，四周寒冷得令人結霜，她清清楚楚感受到肉身被剖開，有人取出她的子宮。夢中的操刀者說的都是英語，說怎麼找不到嬰兒呢？於是有好幾雙手在她被具中剖開的身體裡翻來搗去，銀霞自他們的口音辨出那黑暗裡有三大民族，是三個男人。這些夢都與女鬼無關了，而事實上，就那兩個過了氣的女鬼是形成不了惡夢的，不過是讓人心有戚戚，醒來徒感無力。

普乃不來以後，女鬼也未再回到銀霞的夢裡，她倒是幾次夢見了貓，並一次一次在暗中呼喚與追趕牠，最後抱著牠受了傷的溼漉漉的身體，號啕大哭。有一回貓是在她的身體裡被找出來的，彷彿貓是她的一個器官。有一雙手將貓放到她的手邊，說找到了，還給你。黑暗中尚有其他人圍在床畔，有人微微冷笑；有人用戴著橡膠手套的手在她的臉頰和胸脯摸了一把；有人用力捏一捏她的乳頭，問她妳還是處女嗎？妳還是處女嗎，阿霞？

貓在她的身旁慘然哀叫。

在所有的故人當中，連鬼也不來了，只有馬票嫂仍然常與銀霞見面。馬票嫂已七十多歲，仍然開著她的國產小轎車通街跑，三不五時來載銀霞到茶樓吃點心，或是到舊街場的老店去喝白咖啡，吃雞絲河粉。那兩家店是戰前之物，店裡的老桌子都用雲石鋪的桌面，上面打蠟似的結了一層黏膩的油污，竹子做的椅子也都如此，而且多半短了一條腿，坐得人搖搖欲墜。店主再捨不得也不能不逐一丟棄，改以塑料製品代替。細輝的母親何門方氏壯年時便在其中一家店裡幫工，而今來下單的茶水工人，都換成了印尼或緬甸來的外勞，本地各種語言都能半鹹不淡地說上兩句。就與這些客工，馬票嫂也能點出姓名，問候人家老家的丈夫妻小，令他們歡喜。

馬票嫂多年不寫馬票了，卻在家裡坐不住，仍然經常像個老將領一樣回到以前的舊地巡察。近打組屋是她的地盤，當年的人總有的還住在那裡，老而不死，日日盼著馬票嫂來說閒話。

她依然和以前一樣帶來各種小道消息，換得組屋裡的各種變故和新聞，回去與銀霞說。那大樓自從做了大法事，還裝上圍欄改裝成鐵籠子以後，多年來風平浪靜人畜無傷，最近這幾個惡年卻又頻頻出人命，人們接二連三在樓下的巨形垃圾箱裡發現死去的棄嬰。嬰兒被發現時才剪去臍帶不久，隨便用什麼破布裹著身體，身上爬滿螞蟻；也不知是斷氣了才被丟棄，抑或是活生生地在垃圾箱裡被螞蟻咬死。報案人後來都說，要不看仔細，會以為是小貓或狗崽的遺骸。

「都是外勞生的。」馬票嫂說。「生下來父母不詳，連報生紙也沒有一張。妳說，報死紙又該怎麼寫？」

銀霞不無感觸，卻是覺得奇怪。以前人們到近打組屋跳樓尋死，死後便成冤魂流連不去，在樓中平添傳奇。至於這些出生後未見天日即夭折在垃圾箱中的幼兒，儘管心中含冤，死了卻靜悄悄，無人見過他們的鬼魂出沒。馬票嫂聽了笑，說孩子剛出生，魂魄未齊，連名字也沒一個，入不了生死冊，怕是成不了鬼；即便做了鬼，也是不靈的。

晚年的馬票嫂生活安逸，她與前夫所生的兒子有大出息，在美國金融機構掙得高職，已在那裡成家，每年坐二十多個小時的飛機來探她一回，帶她到中國日本和澳洲等各地旅遊。她與梁蝦生的孩子也都待她不薄，豐衣足食之餘，有兒孫與她同住，亦有印尼女傭供她差使，還有一輛小轎車代步。銀霞仍然像小時候一樣，對馬票嫂豔羨不已，覺得她出入無阻，如有神通。馬票嫂也常笑說此生足矣。說了她握住銀霞的手，好像覺得有些事單憑話語不足於表達，便在手上使了些力，對她說，銀霞啊，要不是掛心妳，此刻就算閻王要我下去陪梁蝦，我眼睛也不會眨一下。

# 囚

銀霞與顧老師出遊的那一日是個週六。通勝上怎麼說的呢？幾乎諸事可行，宜祭祀、出行、解除、冠笄、嫁娶、伐木、架馬、開柱眼、修造、動土、移徙、入宅、開生墳、合壽木、入殮、移柩、破土、安葬、修墳；唯忌開光與安床而已，聽似無論生者或死人都不妨有所作為。果然這一天風和日麗，銀霞坐在傳說中的蓮花精靈上，第一次從車裡感受到它的動靜——除了車尾兩根排氣管虎虎生風以外，車裡竟安靜得離奇，要不是路上許多坑坑窪窪，令車子不時震蕩，銀霞幾乎感覺不到它在行駛中。好吧，這話，銀霞刻意說得誇大了幾分，無非為了取悅顧老師。這幾年她摸熟了顧老師的性情，知道讚美這車子可要比稱讚他本人更讓他歡喜。

那一天顧老師到都城去，是要參加一個杏壇老相識的追思會。他問銀霞要不要同去，正好可以用跑車載她遊車河。這回銀霞不彆扭了，說好呀，先讓我向電台請假，看老闆允許不。錫都無線德士電召台已改由老闆娘主事了，那本來是個心思如算盤的人，如今一點沒為難，說去吧去吧。連同事阿月也說難得妳肯請假，多拿一天吧，不然我還真怕妳過勞死。這話當然是開玩笑的，這什麼年頭了，外面所有能開車的人都有車子了，再不濟的，總買得起摩哆。在錫都這地方，連公共巴士也苦於乘客稀少，即便換了一批模樣時髦，還裝了冷氣的新巴士，也依然快撐不下去。剩下來那些不開車的人，手機上都有召車的應用程序，動動手指頭而已，話也不必說半句。城中的電召德士服務，只剩下銀霞打工的那一家，因司機都上了年紀，眼拙手慢，也有不怎麼識字的，便還因循度日，載些同樣追不上時代，也不怎麼趕時間的老人，得過且過。電台一天沒接多少張單子，接線員終日枯坐。縱使老闆娘不說破，阿月也十分尷尬，想著該辭工了。

「我家裡有丈夫，兒女也都長大了，賴在這兒不過是賺錢買花戴。妳不同，銀霞，手停口停呢。」

不管怎樣，銀霞確實很久沒請假了。梁金妹去世前她三不五時請假照料母親，待梁金妹一死，電台每年許她拿的年假，多數被她荒廢了去，甚至也慷慨地送了些給阿月，說反正無可用處，留在家中不過是空坐等老。這回她拿假出行，雖說有點倉促，而且是要去追思某個不識得的老人家，可她的心情竟出奇地歡快，堪比許多年前，當她還是一個小少女的時候，與家人唯一的一次過埠出遊。那時銀鈴還在念小學，因為年終考試成績不錯，央得父母帶她到錫都以北的雨城去觀光遊玩。梁金妹不忍將銀霞留在家中，便也捎上她。那日大晴，雨城無雨，陽光遍地，據說老古用傻瓜相機拍的照片，一卷菲林[1]三十六張，大半都被陽光霸凌，而且除了銀霞以外，每一個人都被強光照得見牙不見眼。梁金妹說難得出來一趟，一個勁催促兩個女兒合照。銀霞由得母親擺布，與妹妹一起爬上那些爬蟲類造型的塑像（銀鈴喊，啊鱷魚鱷魚，恐龍啊恐龍！）背上，她摸索那些龐然大物，心驚得很，卻又覺得歡喜，忍不住也與妹妹一起怪叫。

這回出遊，因為如此欣喜，便有點緊張。阿月說妳打扮一下吧，打兼差的小晴也自告奮勇，特地在出發的前一天到電台來替銀霞染髮。小晴中學畢業後曾花了好幾千元上過兩個月的美髮課程，可後來到髮廊工作，做一家倒一家，終至氣餒，於是白天幫父母擺攤賣擂茶，一週有四天傍晚以後到電台接班，偶爾有男朋友上來陪伴，各自對著手機消磨時間。染髮劑是阿月買來的，銀霞說只要遮掩白髮即可，於是她到印度人開的小雜貨店裡買來黑色染髮劑，號稱草本增色，天然染髮。銀霞自備毛巾，小晴則帶來用具，像拿著調色板和畫筆，在銀霞的頭上塗了一層又一層。銀霞被塑料布罩在椅子上，頭皮沁涼，鼻端聞到一股怪味，恰似以前住在樓上樓，妹妹銀鈴每週總有一下午在家寫大小楷，一罐金字墨汁用久了便有如此味道。她皺起鼻子，問阿月妳買的真是染髮劑嗎？

怎麼不是？

臭呢。

怎麼臭了？印度人的頭髮不就是這種味麼？

胡說，印度人髮上抹椰子油，比這個好聞多了。

---

1 傳統攝影用的感光片和膠卷。

那這是什麼味？

這個……聞起來像金字墨汁。

金字墨汁？什麼意思？

就是，就是有一股羊屎味。

什麼？羊屎？

嗯，羊屎煲水，就這個味。

三女在電台的小辦事處咯咯笑，阿月與小晴窮追猛打，說！妳怎麼知道羊屎煲水是什麼味道？銀霞住口不語，搖頭而已；小晴調的濃墨自髮梢灑落，濺在銀霞披著的塑料布上，一派寫意。

就那天下午為銀霞染髮，在廁所裡提著橡膠管替她洗了頭以後，小晴用毛巾替她將頭髮拭乾，忽然說，我昨天剛辭工，老闆娘准了。

辭工了要嫁人嗎？銀霞問。

才不是。我到按摩中心當學徒，工時長，以後來不了。

怎麼去替人洗腳搽骨呢？阿月插嘴說。我以為那是泰國妹和中國妹才幹的事。

才不呢。小晴說。馬幣不斷貶值，泰國妹和中國妹都瞧不起這點錢，全走了。

連外勞都不幹了，妳怎麼還去做這個呢？銀霞問。

好歹是學一門手藝嘛。邊學邊做，而且總算是一份安定工作。小晴開響吹風筒，將風聲往銀霞耳裡灌，銀霞便聽不清楚後來的談話了。她把聽到的那些斷斷續續的話串聯起來，猜知大意，小晴說學指壓推拿，就像學護理一樣，能幫人呢。

不好嗎？

好好好。阿月擠兌她，說妳千萬小心，別讓那些臭男人趁機揩油。

第二天銀霞出門，烏黑的頭髮齊肩，早上起床後梳理過無數遍了，還穿上兩年前銀鈴給她買了以後，只穿過一回的連衣裙，顯得容光煥發。她出門的時候，老古剛起床，摳著眼屎從後面的房裡出來，隔著落地玻璃門看見院子裡女兒的背影，在陽光下搖曳而去，景深處有朦朧的葉影與九重葛明晃晃的顏色。他不及洗臉，憋著一泡尿到廳裡的神檯上香，嘴裡喃喃，說梁金妹啊梁金妹，妳火眼金睛，千萬要看緊妳女兒。

顧老師載著銀霞先到美羅小埠吃鴨腿麵，之後一路不停，直驅都城。他帶銀霞參加的追思會在城中某大廈的頂樓舉行，被追思的人是個老作家，曾是華文作協的會長；年輕時當過校長，寫過文章出了些書，後經商發跡成了富豪，從此在文壇出錢出力，又因社會上廣有人脈，當了作協會長後拉攏不少華商和鄉紳一起辦文化活動，又給原本窮兮兮的華文作協存下不少積蓄。這樣生財有道的人，文壇稀罕，因而德高望重。銀霞對此人一無所知，顧老師便在驅車來的途中給她細說。他的這位舊識病重多時，砸大錢續命，一個月前於醫院的貴賓級病房內逝世。家中老老少少隨侍床畔，像觀看瀕臨滅絕的珍稀野生動物一般，都睜大了眼睛目睹他嚥下最後一口氣。

追思會上來賓濟濟，不少人的名字都冠著各州蘇丹或國家元首給的勳銜，還來了許多中文媒體與本地文人。人們交頭接耳毫不喧囂，但銀霞聞著滿堂名牌香水各吐芬芳，便可想像其衣香鬢影。會上發言者不少，多已老朽，輪候上台去細數逝者平生，將他說得只應天上有。銀霞聽得出來人們手上都備好了稿子，個個照本宣科，催人哈欠。那是萬萬比不得政治人物，如日落洞之虎在台上說話那樣引人入勝的，就連蓮珠的丈夫拿督馮，銀霞以前聽過他在兒子的百日宴上說了一套謝辭，雖是陳腔濫調，但語態自然，其中的抑揚頓挫也比這些人掌握得恰當些（當中真有兩人還顧得上語調的事）。最後麥克風交到逝者的長子手上。據說此君乃國內赫赫有名的大醫生，因自小在英校念書，不諳中文，只能以英語向來賓致謝，並對自己與幾個弟弟妹妹讀不了父親的文章頻頻表示遺憾。儘管如此，追思會上仍找來某學院幾個中文系學生，用稚嫩生澀的聲音朗讀逝者生前的得意之作，以表追憶。銀霞覺得作品平平無奇，但朗讀者慷慨激昂七情上臉，只把逝者家屬聽得淚眼盈眶。

追思會結束後，人們散去，各人送得逝者的作品集一套以誌紀念。銀霞雖是個盲人，仍被一視同仁，她卻之不恭，只好將那沉甸甸的三本書拿在手上。後來她去了趟解手，出來才想起自己將書遺忘在洗手間，回頭去尋，再出來時兩部電梯絡繹不絕，已將賓客分批送走。顧老師與她站了好一陣才等來電梯，兩人共乘，沒想到電梯才滑下兩層樓，忽然頓了一頓，一整個鋼盒子就停在那裡了。銀霞說停電了嗎？不，顧老師說，電梯出故障了。那怎麼辦呢？沒事的，我先看看有沒有警鈴，召人來修即可。銀霞沉著等了一陣，顧老師說哎呀這電梯是怎麼回事呢？聲音顯然透著焦慮，說怎麼連一盞緊急照明燈也沒有。

沒有燈，很暗嗎？

伸手不見五指。

那是找不到警鈴了？

看不見呢。

讓我來吧。銀霞說著伸過手去，碰到了門邊的標盤，將上面的按鈕逐一按個遍。按到最頂端的一個按鈕時，她與顧老師都聽見了鈴聲。兩人舒了一口氣，連著按了幾聲長響，之後便在靜寂中等待，以為會有人在外頭叩門叫喊。可等了一會兒不見任何動靜，顧老師便再接再勵，手指戳住那警鈴不放。這回鈴聲響得急切，終於將人召來，外頭依稀有聲，是個馬來男子，想必是大廈的管理員，喊著說聽到了聽到了，你們幾個人在裡面？

兩個。顧老師大聲回應。

知道了，等一等，你們等一等。

這一等（快好了，你們再等等，再等等！）銀霞與顧老師在電梯裡困了許久。久得銀霞都覺得電梯內氧氣不足，有點呼吸困難了。她讓顧老師停止與外頭那個人喊話交涉，說你省口氣吧，慌也沒用。顧老師嘆了一口氣，銀霞感覺到他在她的身邊坐下來。她打趣說顧老師，現在要有一副象棋該有多好。顧老師說我要能和妳一樣下盲棋，又何用棋具呢？光用嘴巴說就行了。銀霞這才想起來兩人正處身漆黑之中，她說這下可好，歡迎你來到我的世界。

「現在你知道我的世界長什麼樣子了。」

顧老師無言。好一會兒，兩人屏住聲息傾聽電梯外頭的聲響，竟聽到腳步聲呢，還有至少三個技工在大聲交談，他們用的工具也沒閒著，各自發聲。顧老師閉上眼睛，黑暗沒有變得更深沉一些，耳道卻好像被清空了一樣，周圍的聲音有了明顯的層次，他一重一重的聽，由遠而近，聽出來了技工們搶修的聲音是從電梯上方傳來的，也聽見馬來管理員迭聲追問怎麼樣？還要多久才修好？（無人回答）他聽見拉鋸和敲打，聽見電梯盒子的堅定與沉默，繼而聽見自己的呼吸。他問銀霞，妳生下來眼睛便看不見嗎？

「我媽說我生下來後，眼睛幾天沒睜開。等我終於睜開眼了，眼珠看著便怪怪的，對眼前之物毫無反應。醫生對她說，妳這女兒先天失明。」

「我卻總覺得自己是看見過的。」銀霞說。「也許在剛睜開眼的幾個小時，也可能是幾分鐘吧，我可能是看得見東西的。以後當人們對我說顏色，說形狀，說線條，說光，我都覺得自己能意會，知道他們在說什麼。」

顧老師依然闔著兩眼，四周的黑暗堅硬如石，腦中卻光影叢生，隨著銀霞說顏色，顏色便像噴罐裡擠出來的彩帶四下紛飛；她說形狀，各種形狀猶如萬花筒般在黑暗中奔放旋轉，然後黑暗轉成白底，橫的豎的黑色線條在其上穿梭迴旋，不斷變形；她說光，便有了光；紅黃藍綠，七彩繽紛的光，四面八方如噴泉湧出。

「那妳生下來便不怕黑了。」顧老師說，說了自己也覺得好笑。「必然也不會有幽閉恐懼症。」

「顧老師，這不好笑。」

「是不好笑，我說錯了。」

「連你們開著眼睛的人都覺得這世界不安全，都必須活得小心謹慎，更別說我們這些看不見的人了。」

「對不起。」

「不過你說得對。」銀霞說。「總有些什麼時刻，譬如現在吧，我們一起坐在黑暗中，我確實覺得自己比你強大。」

「因為我也成了瞎子嗎？就算我是個瞎子，也終究是個男人呀。」顧老師說。「而且我還練太極，懂得些武術呢。」說著，他伸出一隻手在黑暗中划了幾下，碰到了銀霞的手臂。銀霞卻不閃避，由得那手停在她的臂上。她問，是你嗎，顧老師？聲音平淡，靜室之中聽來竟如金石之聲。顧老師沒料到有此一問，心中凜然，不由得鬆了手。「當然是我。不是我會是誰呢？」他說。

「問清楚總是好的。」銀霞一笑。「這裡漆黑一片，別說我看不見你，怕是連你也看不見自己，不曉得自己是誰。」

顧老師聽出這話有深意，他緘默以對，兩人無聲時外面的雜音乘虛而入。馬來管理員還在問，修好了沒？好一會兒銀霞才說話，語調依然平靜，彷彿從足下冒生，自黑暗中徐徐升起。「我十六歲時在盲人院裡被人強姦了，一直不知道是誰幹的。」銀霞說話總是這麼清晰，近聽不刺耳，遠聽不含混，如深夜裡的電台廣播，介紹老歌或古典音樂的主持人沉著嗓子娓娓道來。顧老師覺得她像是在說著遙遠的，別人的，譬如一個已故女藝人生前的事情。「這是真的嗎？」他問。

「也許當時我該問，你是誰？你是誰？是你嗎？」

「那時也像現在這樣烏漆墨黑？」

「那是個下午。」銀霞說。「光天化日。」

那下午其實沒有銀霞想像的那麼明亮，而且盲人院那收藏點字機的小房間偏隅，兩扇百葉窗也不開，終日垂下窗簾。窗簾的布料很厚，帶著點塑料感，上面印著馬來人喜愛的花卉圖案，色彩濃郁，而且不常洗換，蒙著厚塵。故而這房間十分陰暗，空氣也不流通，無論誰走進房裡，第一件事必定是找開關啟動頭頂上的吊扇；倘若進來的是開眼人，自然也會亮燈。那是盞老去的日光燈，它要是亮起來，銀霞會聽到鎮流器發出的響聲。

那天走進房裡來的人卻沒有亮燈。銀霞聽見門闔上了，門鎖吐出舌頭，咔嚓一聲。她直覺來人是伊斯邁，心裡微微一顫，手指的節拍卻沒有緩下來，仍繼續在點字機上彈奏。那人走過來，在她身後站了好一會兒。因為他一聲不響，也毫無動作，銀霞慢慢覺得不自在，以為背後的人居高臨下，正注視著點字機，在閱讀它吐出的符號。她等著那人開口說話，但他沒有。不知過了多久，那人伸出兩手放在她的肩上，動作十分輕柔，但那一雙手本身有其重量，那重量壓住了她，不讓她動彈。銀霞不期然停下手指的動作，它們便都柔順地停泊在點字機上，怯生生地一動不動。她挺直背脊，調動全身的感官去感受那一雙手，並且在腦中向自己描述它們。

她在心裡對自己說，那是伊斯邁的手。手聽到了，說不對，我不是伊斯邁，我是蛇。說著，那手似乎為了逃避她的描述，真的像蛇一樣狡猾地蜿蜒往上遊動，從她的頸項游移到她的耳背。銀霞打了個冷顫，喊住那手，手便停下來，手指伸張如同觸鬚，鑽入她的髮際，觸及她的頭皮。銀霞咬了咬牙，那一雙手不等她反應，已順著頸椎滑行到她的背上。那些手指沿著背中央微微突出的骨節，像車行在畫了許多凸線的路上，一路跌宕，去到她的腰部，像是在那裡找到了一個什麼開關，輕輕地捏了一把。

也許那兒真的有一個隱藏的開關吧，銀霞渾身一震，身體裡不知從哪個臟器湧上來一股躁熱，彷彿引擎發動，血液迅即升溫。她覺得體內有一股什麼在火速流竄，忍不住悶哼一聲。那是從五臟六腑裡擠出來的呻吟，銀霞說那不是我的聲音，但她背後的人聽不明白，以為那是一種什麼指示，他的手聽到的是一管耍蛇笛發出尖響，便再也按捺不住，如兩條蟒蛇分頭纏她，像拔起一根蔥那樣，將銀霞從椅子上一把揪起來，把她送往背後那人的懷裡。銀霞只覺得腹部一緊，背上一熱，那一雙手已竄至她的胸部，緊緊掐住她的乳房，像要制服什麼獵物。她陡然一驚，剎那間不知該不該聲張，那人的臉便已越過她的肩膀，欺近她的耳邊，帶著尼古丁味道的鼻息全噴在了她的臉上。

「妳還是處女嗎？是嗎？」那人問她。銀霞聽不真切那聲音，其實也不太能確認那話的意思。他湊得太近了，說的話混在急促的呼吸裡，像一頭野獸在喘氣。銀霞不知該如何反應，但她知道了那人不是伊斯邁。她說不要，說時雙手往胸前交纏的蟒蛇使力刨挖，像要掰開一個綁死了的結，可牠們那麼牢固，背後的人身體跨前，鼠蹊頂上來，像是要硬硬將她嵌入他體內。銀霞這時候才忽然感到恐懼，她說不要這樣，真的不要。那人不應聲，嘴巴湊上她的脖子，狠狠地吻她。銀霞感受到那溼潤的嘴唇肥厚的舌頭堅硬的牙齒扎人的鬍子，還呼嚕呼嚕有聲，如豬在刨食，唾液濡溼了她的脖頸。

銀霞掙扎不過來，她試圖轉身，想要親手摸摸那人的臉，要像讀盲文那樣用手去認知他，但那人力氣大，雙手如蟒，並用身體強行鎮壓住她的掙扎，嘴裡還「噓噓」有聲，示意她安靜。別吵，妳安靜些！銀霞這才知道該叫喊，那人將她往前一推，使力將她按倒。銀霞的身體失去重心，一頭栽下，胸膛重重撞到前面的點字機上。那人隨即壓在她背後，像把她當作牲畜要騎在她的背上，那重量將銀霞肺中的空氣全擠壓出來。銀霞只覺得胸腔一股劇痛，黑暗中仍感覺到世界在旋轉，越轉越急，生起了一個看不見的漩渦硬將她扯進去。她感覺到那兩條蛇又活動起來，兇猛地竄進了她的裙子裡，扒下她的內褲。她喊將起來，不要，真的！一口氣接不上去，便莫名其妙地開始咳嗽起來。那人不理。銀霞趴在那一台笨重的點字機上停不住地咳嗽喘氣，呼天搶地。那人不理，仍然急著進入，先是用手亂搓一通，不待濡溼便以陽器挺進，在陰道裡捅破她。銀霞仍然在咳，咳出涕淚，大汗從頭皮與背上沁出，肺像要反過來了；身體泡在自己與那人的汗水中，汗水流到下體變成了血，辨不出來身體哪處被撕裂，只覺得痛，彷彿渾身在經歷著火刑，裡裡外外被灼燒。

後來的事，銀霞分毫記不起來。有一段時間她只覺得黑暗是滾燙的鉛，從她的頭顱灌入。長這麼大，她沒有經歷過這樣充實的黑暗，如同滾燙的岩漿湧入她的嘴巴耳朵胸腔肺葉胃囊……身體成了軀殼，所有的空處都被液態的黑暗填滿，迅即凝固，讓她成為一具被黑暗填充的木乃伊，與黑暗成為一體，實實在在。那人一直在她背後，沒有將她扳過來，好像她的臉是不重要的，她的表情不重要，她的昏死與否也絲毫不影響他的意志。銀霞的身體因他的衝刺而動搖，在點字機上敲擊出一些符號。除了疼痛以外，除了肺中無氣，除了意識與身體逐漸分離，她連黑暗也感覺不到了。直至那人完事，抽離她，背上的壓力驟然消失，銀霞的肺像癟掉的氣球忽然充氣，她活過來，身體感官逐一甦醒，便又繼續咳嗽，幾乎嘔吐。等她的意識回到身體，眼前的黑暗慢慢軟化，她才覺察自己伏在點字機上，渾身乏力，如同一塊潮溼的，發出腥氣的破布。

那人揪起褲子拉上拉鍊，走之前還走到一旁彎下腰來查看銀霞，用手輕輕拍了拍她的臉頰，像是要確認她還活著。銀霞想說「不要」，不要不要不要！喉嚨卻像被堵住了發不出聲音。是那些強灌進來的濃稠的黑暗，已經在她的喉嚨裡變成了固體。那人伸手到她腋下，扶她起來，讓她坐到椅子上，過後還扶了扶那一台點字機，像要矯正它的位置，確認它無損。

銀霞沒移動分毫，只覺得眼中無明，耳道閉塞，胸腔發疼；手和腳軟綿綿地垂掛在軀幹上，像是不由得她了。那人又耽擱了一陣，將一件柔軟的物事塞到銀霞的掌心，再伸手摸了摸她的臉頰，用接近溫柔的手勢拭去她的哭痕。然後他輕手輕腳的走了，門一開一闔，外面的靜寂中有細微的雜音，將銀霞耳中的黑暗融化。她聽見近處的鳥語，遠處有賣零食的流動車叮叮噹噹，各種聲息如好事者闖了些進來。那人走了好一會兒以後，銀霞才真正地醒過來。她捏了捏手中的事物，打開它，摸到了那稍微脫線的邊緣，才意會到那是她被除下的內褲。這像個什麼罪證握在她的手裡，讓她又激動起來，手止不住地發抖。她湊足力氣，扶著椅子將自己撐起，而兩腿依然發軟，身體簌簌地抖，一股溫熱的液體攜著說不清的腥膻味從她的下體湧出，沿著大腿內側淌下。銀霞想要拿手上的內褲揩抹，又覺得不對，慌忙轉身從一旁的布包裡翻找紙巾，沒有，只找到一條熨燙過，摺得方方正正的手帕。她彎下腰，兩腿微張，用那手帕揩去大腿和陰戶的黏液與血，之後穿上內褲，又用那手帕擦了擦她坐的椅子。那木頭椅子摸上去還有一點黏膩，又像殘留著一股異味，銀霞覺得不放心，拿出水壺來倒了些水在上頭，擦了又擦。

她從小房間裡出來，鎖上門，將鑰匙掛在指定的地方，再沿著無人的走道步出盲人院的建築物，於寂靜中聽到喧騰的雜音，如塵埃飄浮。父親的車子已等在外頭了，她坐上去，老古沒有察覺異樣；不覺得她頭髮亂了，衣衫縐了，胸罩被扯掉了一個扣子，穿得有些歪斜，胸口還現出瘀青，像一個被粗暴玩弄過的洋娃娃。唯獨銀霞曉得，還聞到自己像一塊發臭的涇抹布。

那時候老古車子裡的收音機還能用，播著當時未老的老歌，主持人在兩首歌中間作天氣預報，說今晚上西馬有雨。東海岸有雨。都城有雨。錫都有雨。

她仍然將手帕帶回家；到了家裡以後，她把手帕和布包，還有她身上穿的衣裙內褲都搓洗一遍，用上滿滿兩勺洗衣粉，以致洗澡後沖涼房裡滿溢洗衣粉的清香。梁金妹後來將銀霞斥責了一番，說她弄得一地肥皂水，差點累她摔倒。那天銀霞仍如平日一樣吃飯睡覺，很早便鑽進了被窩裡，說累。妹妹銀鈴叫她也不睬，便到廳裡對母親說姊姊病了，梁金妹掀開門簾，手掌摁在她的額頭上，說妳發燒嗎？銀霞說沒有。梁金妹說妳沒生病怎麼今晚不在廳裡看電視，織網兜子？嘴上這麼問，腳下卻三步併作兩步走出那房間，片刻也沒停留，興許是電視中的什麼連續劇演到大結局了。那晚上銀霞淺眠，夢用很薄的羽翼護住她。夜半時真聽到雨落下來了。雨從東海岸越過蒂迪旺沙山脈[2]來的；雨勢傾盆，她的夢淺薄，又像是破了洞，擋不住嘩啦啦的雨聲。

銀霞說到這裡，電梯恢復運作，燈先亮起來。顧老師眨了眨眼，費了點時間才習慣這光明。回頭看見銀霞坐在他身旁的角落裡，兩手抱著膝，臉上的表情平靜。她感知身處的鋼盒子稍微晃動，聽到頭頂上有機器啟動的聲響，像是鋼纜被絞起，便說電梯修好了嗎？顧老師說應該是吧，說著抓住壁上的扶手站直身子，又將銀霞扶起，替她拍去裙裾上的塵灰，再掏出手帕來擦了擦她的臉頰。這時候電梯門自動打開，外頭無人，剛才那些搗騰了許久的技工與管理員影跡全無，連聲音都不可聞。顧老師說我們到底層了。他扶著銀霞從大廳走到大廈門外，日光浪頭似的撲過來迎接他們。銀霞雖看不見，但熱辣辣的陽光貼上她的皮膚，便也感覺到了。

這麼被電梯困一困也許是好的。那天傍晚到都城擁擠的阿羅街吃晚餐，幾樣海鮮小炒雖然做得十分公式，銀霞吃得大汗淋漓，十分過癮。之後坐車回去錫都，路上她仍然有一種重見天日

2 馬來半島的主幹山脈，將半島分隔成東西兩岸。

般的歡悅，忍不住在車上哼起歌來，是〈鄉愁四韻〉。歌聲溫柔到極致，顧老師安靜聆聽，忽然想起什麼，一聲驚呼。

怎麼啦。銀霞問。

書啊。顧老師說。那兩套作品集都被我們忘在電梯裡了。

知道這段過往的人，梁金妹死後便少了一個。銀霞原以為這樣等著，等老古和馬票嫂這些老一輩的人都作古，便剩下她自己獨抱這祕密。妹妹銀鈴對這事情興許有些印象，可事發時她年紀小，對成人事懵懂，長大後若想起，也只能向母親打聽。此事梁金妹引為奇恥，恨不得將它從每個人的記憶中拔除乾淨，對銀鈴也必三緘其口。

就連銀霞，以前母親也嚴正警告過她了，這事光彩嗎？妳以後若還要做人，連細輝和拉祖也是不能說的。可這麼大的事，梁金妹自己終須找個有識之士來計議，便與上門來的馬票嫂說，說銀霞那天回來我就察覺不妥了，翌日早上她還稱病不要到盲人院上課，這事前所未有，怎不招人疑心？後來銀霞再去，三天兩頭找藉口曠課，遠不如過去熱衷。梁金妹再忍不住，一個上午趁老古與銀鈴不在，問銀霞怎麼隔了許多天月事沒來，「妳當媽也是個瞎子麼？」此話將銀霞逼出眼淚，哆嗦著將事情和盤托出。梁金妹這番話讓馬票嫂聽得震怒，著梁金妹將老古找來，第二日三人帶同銀霞一起到盲人院，直闖院長辦公室，說要揪出那欺侮人的傢伙。

密山新村盲人院的院長先生資歷深，見過大場面了，遇這種事驚而不慌，用他一貫平和的聲音及語調問銀霞，妳知道是誰幹的麼？銀霞低頭無語。他便再問，是我們院裡的人麼？抑或是外面進來的人？銀霞說那人沒開口說話，我怎麼曉得。老古忍受不了對話這般慢條斯理，在旁不住插嘴，催銀霞交代，說他是馬來人麼？印度人麼？華人麼？妳說啊說啊別怕！聲音甚響，如發連珠炮。

「即使人家不說話，身上的味道也聞得出來不一樣吧！」

「銀霞的鼻子哪有這麼靈？她是人，不是狗。」梁金妹聽得憤慨，搶過話頭。她這麼說老古便有點惱火，說都這種時候了，妳把槍頭對著誰呢？夫婦倆不知積壓了多久的怒火，在院長的辦公室裡你一言我一語，針鋒相對。馬票嫂站在兩人中間，時而出言嘗試調停，時而彎腰勸導銀霞平心靜氣，仔細想出端倪，偶爾還得抬頭與院長大聲理論，並恫言報警。語言轉換得急，便有點亂了套。院長先生倒不理會老古與梁金妹的吵罵，一邊細聲叫銀霞交代詳細，一邊向馬票嫂分析利害，說事情過去這許多日，還無憑無據，就算他們到警局報案，恐怕也弄不出個所以然。

「你看她身上也沒有傷，是不是強暴還很難說。」院長這話讓人難堪，老古勃然大怒，大力拍桌子，斥院長含沙射影，推卸責任。「我們這就走，找政黨幫忙去，給他弄個記者招待會，讓大家知道這盲人院裡有多少齷齪事情。」說了拽著梁金妹要走。梁金妹說上哪兒找的政黨呢？「拿督馮啊！蓮珠的老公，我們與他相熟的不是？」老古扯大嗓門作狀推門，院長先生也不阻撓，只對馬票嫂說，妳是明白人，想想這事情鬧大了，還不是讓阿霞再受害麼？

從辦公室裡出來，老古一路怒氣沖沖，說這爛地方，我當初就不願意她來。「這下好了，送羊入虎口，還有冤無路訴。」馬票嫂聞言不高興，便無言語，任得老古與梁金妹在車上爭吵。夫婦倆瞎七瞎八吵的什麼，都牛頭不對馬嘴了；銀霞聽不進去，只感到滿腦子嚶嗡嚶嗡尖響，如腦子裡有一窩馬蜂築巢。途中車子被警察截停。兩個共騎一輛摩哆的年輕警員語音青澀，面帶羞赧，像是昨日才剛從警校畢業，今日到路上初試啼聲，指老古在剛過去的拐角闖了紅燈。老古硬掰，說那時黃燈尚未轉紅。沒想到兩個後生並不退縮，像唱雙簧似的相互作證，並且越說態度越堅定，不時以眼神彼此鼓勵，都指認老古違章駕駛，實實在在闖了紅燈。老古下車辯解，指手劃腳，兩造相持不下，對峙了少說一刻鐘。那可是大熱天，車子的冷氣機力有未逮，再吐不出冷風來，車裡的人無不汗涔涔，馬票嫂終於忍不住絞下車窗，說了句阿拉伯問候語，阿斯－沙朗姆－阿賴空姆，之後幾句馬來語行雲流水，又從荷包裡掏出三十元來，像看了演出打賞似的塞給了其中一人，說這麼熱的天，你們這麼辛苦，快去喝杯咖啡烏吧。兩名新警含羞答答，領了情後知足而去。老古仍滿腔憤慨，嘀咕了好一會兒，卻見車中無人反應，頓覺沒趣，聲音越來越細。車子裡其他人將各自的靜默匯合在一起，像一個不斷膨脹的氣泡，終於將老古碎嘴吐的小嘟噥吞沒了去。

回到家中，三個大人關上屋子的窗門密談了一陣，很快分成兩派——女方覺得事情怎麼做都討不了好，主張息事寧人，私下把「問題」解決以保全銀霞的名聲；男方明知不可為而為之，堅持要去找議員（若拿督馮不管，我們去找反對黨，去找卡巴爾辛格！）把事情調升至政治層面。最終老古說不過婦人們，罵一聲屌，嘆兩句「婦道人家啊」，便搖著頭甩門而去。銀霞被撂在一旁，自己摸索到廚房裡淘米洗菜，將一條腰梅肉橫紋切片，替母親把午飯的食材備妥。馬票嫂與梁金妹談了許久，走的時候說，明天我就將那診所的地址和電話抄了拿過來。「也不算遠，就在大草場那一頭。」梁金妹連連嘆氣，說遠一點也罷，就不那麼容易碰見相識的人了。之後聞到電飯鍋傳來的飯香，便要馬票嫂留下來吃飯，說四季豆與肉片炒一炒，嫩豆腐蒸一蒸就能上桌了。馬票嫂自然是不肯留的，說一上午時間都花了在這事上，下午還有許多工夫要趕。梁金妹側頭一想，那天是開彩日呢，島城有跑馬，馬票嫂可得忙著去收萬字的，遂從房裡找出三十元來還她，千謝萬謝，也不留人了。

三天以後，銀霞腹中的胎兒便被拿掉了。那孩子在銀霞的肚子裡只住了五週；不過剛在子宮內著床，只是個胎芽，連稱作生命也不配。除了月經沒來，銀霞尚且未感覺到肚子裡有異樣，也未有疲憊和孕吐等跡象。不過是到醫生那裡驗個尿，他說有了便是有了，片刻也不耽誤，將她帶到另一重充滿消毒劑的，無菌的黑暗中。銀霞離開那房間的時候，有點像落荒而逃，心神七零八落，沒想起這事情需要證實，便沒說要親手摸一摸那才五週大的一枚小肉塊。待回到家了躺在床上，她才發覺這事不同拔牙。口腔裡沒了一顆牙齒至少會留下空洞，到底算個痕跡，可肚子裡被刮出了個據說只有蘋果籽大小的胚胎，竟毫無流失感，還比不上撇了一坨大便那樣，能覺出腹中的解脫。以後她每每想起便覺得這事情不實在，有點兒戲，便懷疑那醫生是個騙子，不過只是欺負她眼盲，用一整套人工流產的儀式替她疏通陰道，導出她閉塞了的月經。那一回月經倒是流得特別洶湧，前面兩天衛生棉像被泡在血漿裡，沉甸甸的不說，下體還都鎮日潮溼，散發著一股酸性的血腥味。銀霞想，這血本該留著孕育腹中的孩子，因孩子不在，便如大江東去。

這事，當年知道的人都守口如瓶。老古簡直就像徹底忘了一樣，直至以後銀霞年長，生了白髮，他像是還將銀霞當作黃花閨女。至於馬票嫂，儘管多年走家穿戶與人交換情報，但她識得分寸，銀霞知道她是不會說的。而她果真沒說，大概除了丈夫梁蝦，馬票嫂連對自己的孩子也沒提起過這事。可這麼機靈和洞明的婦人，晚年的時候竟像用久了的老機器忽然崩壞，頭腦衰退得比平常人厲害；常忘事，說話開始亂七八糟。馬票嫂的兒女帶她去看了幾個專科醫生，都說這是阿爾茨海默病，也就是老人癡呆症，沒得收拾，只能眼睜睜看她一天比一天糊塗而已。

患上了癡呆症的馬票嫂，初期症狀並不嚴重，仍天天開車出門，到她的許多老地方去找老朋友。銀霞她也是來找過的，仍然親熱不減，只是說話漸漸沒了路數，彷彿腦子裡編排時間的儀器失靈，忽然會把銀霞當成許多年前的女孩，問她，妳媽帶妳去找那醫生了吧？銀霞原先也像馬票嫂的兒女孫子那樣，一再執意糾正，說契媽妳弄錯了。後來才明白跟她擰並無益處，徒添困擾，令馬票嫂原已失序的記憶更加混淆而已。於是她便總是順著她的話頭，像乘坐她開的車子一樣，由得她去哪裡便哪裡。

「哪個醫生啊？」銀霞敷衍著問。

「大草場那邊有個老醫生，人家說他手法好，不留隱患。」馬票嫂說。「我已經把他的地址和電話給妳媽了。妳們趕快去吧，這事不能拖。」

「再等等不好嗎？」銀霞見馬票嫂臉上正經，忍不住逗她。「媽打電話去問過了，要幾百塊呢。我們還沒湊夠錢。」

「湊什麼呢湊？我先借給妳們。」說著，馬票嫂從褲子一側的口袋裡挖出她的小皮包，拉開拉鍊，當真掏出一小綑鈔票來。「妳能等，妳的肚子不能等呀。」

除了記憶紊亂，說話時而像搭錯線一般，馬票嫂身體健壯，生活能自理，開車也沒出過事故。也許因為這樣，家人雖早受到醫生告誡，可一段日子後不見發生狀況，便還放心讓她自己外出，以為馬票嫂去訪友，身上也帶著特地給她買的老人手機，出不了大差錯。殊料有一日馬票嫂早上出門，傍晚家裡開飯時仍未返回，家人打不通她的電話，便舉家出動，紛紛聯繫各親朋好友，卻無人說得出其下落，大家急得如熱鍋上的螞蟻。銀霞當時接了電話，掛了線後未幾又打回去，說契媽也許到密山新村去了。對方問為什麼是密山新村？銀霞說這幾回馬票嫂來，總是出其不意，說起從前密山新村的種種，甚至有時恍惚，宛若被年輕的自己穿過時光追上來附了身，還當自己是賣包人家的媳婦，霍地對銀霞說，我要走了。再不走，老太婆肯定不給我好臉色看，兩個大姑子更會說難聽的話。

「她們頂多說幾句粗口，能奈何得了妳嗎？」

「妳不懂，這兩姊妹的嘴巴臭過屎坑，會說我勾佬，問我外面是不是有個野男人。」

「她們敢？妳叫契爺替妳出頭，掌她們的嘴。」銀霞這麼說，馬票嫂就有點懵了，問銀霞誰是契爺？銀霞說梁蝦呀，道上有名「爛口烏鴉」不是？馬票嫂想了想，一副搜索枯腸的表情，說那是誰呢？聽這名堂怎麼像是黑社會？

聽了銀霞這麼說，馬票嫂的兒孫們馬上號召親戚朋友，一行人開了十餘輛車子，浩浩蕩蕩地到密山新村巡行，於暮色中搜尋馬票嫂的蹤跡。入黑後的密山新村路燈極少，村中小巷迂迴，不少蜿蜒如蛇，要在這種路上找人煞是不易。人們到過馬票嫂年輕時與母親同住的故居（現由其長兄盤下，住了一家三代人），甚至去到村中賣包子的陳家門口，在鐵門外大聲叫嚷。這時候的陳家還住著以前的獨幢洋房，但那房子被年月沖洗，業已敗落；左里右鄰原來只有兩間半木半磚的小平房，後來被屋主拆掉重建，弄成了外觀時髦奢華的二層小樓，便把陳家的房宅比下去，像是把那老房子擠得灰頭土臉，自慚形穢，不得不往後退了一步。

陳家的包子生意，這些年已比不得從前。倒不是包子掉了水準（儘管這年代的生豬都注射長肉劑長大，多少像是灌水，肉質不同以前；麵粉的品質亦不如過去。就連本地做的名牌醬油也釀不出以前的味道了。在種種不利的條件之下，陳家包子水準稍微下滑在所難免），馬票嫂的前夫繼承茶室，一直堅持真材實料，無奈人們變了口味，總嫌陳家包子味道太重，鹹過頭，而且包中肥肉太多，卡路里值駭人，還有人嫌餡料烏黑，色相不佳，又因此疑心店家用的材料不新鮮，所以才用上大量老抽企圖掩蓋（有人給包子剝皮拍照，上傳臉書；打題「黑心大包」，得百餘人按讚）。反正陳家在密山新村巴剎裡的小茶室，午間包子出爐時，以往店前的人龍再不復見，加上陳家老先生和老太太相繼逝世後子孫分家；家業被一再切割，誰也榨不出多少油水，便已有點家道中落的況味。

陳家的當年人早已零落，出來應門的是一個臉上稚氣未脫的年輕少婦，五官臉如白玉盤，好聲好氣，說沒見過來人口中的馬票嫂。這時候銀霞再打電話來，讓人到巴剎裡找一找，說不定馬票嫂回到陳家的茶室了。扁臉少婦走到家門口，朝屋裡說了些什麼，那門洞裡便冒出來一個白髮疏落，臉上滿布疙瘩，如樹結瘤，行路還止不住地往一邊傾斜的人，原來是馬票嫂的前夫。男人領著眾人走到巴剎，踩著一地爛菜葉，驚得野狗夾尾走避，鼠輩亂竄，一直去到陳家茶室，果然看見老去的馬票嫂蹲在門前。見有人來，她無一認得，只說我好餓，賣給我一個南乳包吧。那領路的男人木口木臉，聞言退到一邊去，由得眾人簇擁上前，幾乎像用抬的將馬票嫂帶出巴剎。人們一路走一路說，要吃包子明天給妳買就是，說得像在哄一個孩子。

那以後馬票嫂的阿爾茨海默病急劇惡化，病情像金融風暴後的股市，絲毫沒有好轉的跡象。縱然身體硬朗，笑時中氣十足，家人卻都不敢讓她獨自外出了，除了讓印尼女傭如影隨形，還將馬票嫂的小車子藏到親戚家中。銀霞倒是經常接到馬票嫂打來電話，電話那一頭的她有些候清醒，忽而糊塗，像是在玩蛇棋一樣，在人生中不同的時間點上頻繁跳換。

妳媽帶妳去找那醫生了嗎？

銀霞不與她較真，順著她的話重遊舊時光，一再演練舊事。她說去了，昨天才去過。

馬票嫂狀況如此，人們莫不以為她在人世的日子不會長了。銀霞為此常在週休時往馬票嫂家裡跑動。一般是自己召的德士；電台的老司機們無不相熟，都對銀霞十分關照，必在約定好的時間回來載她。細輝曾幾次陪同，每次都在百忙中抽身，好像抱了要見馬票嫂最後一面的心態。

可馬票嫂在家吃飽睡足，臉上臂上不斷長肉，耳垂含珠，認不得人時仍笑呵呵，面如女版彌勒佛，沒有半點垂死跡象。她老說自己是有用之身，還能等等。

「等什麼呢？」細輝問。

「等下次大選去投票，把政府換下來。」馬票嫂說。「那時候啊，就算閻王要我下去陪梁蝦，我眼睛也不會眨一下。」

後來再去探望馬票嫂，顧老師陪銀霞前往。他的蓮花精靈開到馬票嫂家門前，像是陽光下站了一個被風吹起裙襬的瑪麗蓮夢露，引得周遭鄰居掀開窗簾窺看，連路過的車子都不由得慢駛，車內的人微微側過臉觀望，指指點點，彷彿在非洲草原或國家公園裡看見奇珍異獸。馬票嫂沒一回認得顧老師，問銀霞這人是誰，銀霞說是鄰居，馬票嫂笑吟吟地說妳以為契媽傻了麼？普通鄰居怎麼會陪妳來？是妳的男朋友吧？不待銀霞回答，她轉頭問顧老師的名字，又問人家幹的哪一行。顧老師微笑回答，說是個退休教師。馬票嫂十分高興，說老師好呢，我年輕時也總想著要嫁給當老師的人。這些問題和相同的話，馬票嫂三番五次的說；直到兩人告辭離去，顧老師扶著銀霞上車，馬票嫂與女傭送到門外，被陽光逼得瞇起眼睛，不由得舉起手在額前攔住斜照。顧老師循例回身道別，她又再追問了一次，說對了你叫什麼名字？顧老師不禁莞爾，仍耐心地再說一遍，我姓顧，顧有光。

什麼？顧什麼？

顧——有——光。

# 一路上

細輝親自下都城那一日，距離大選已經不遠了。他早上從家裡出發，路上但見滿天滿地的競選海報和各黨旗幟，掛得全無章法，不過是無孔不入地搶占視野而已；還真如雨後春筍，一夜之間全冒出來了。而前天夜裡還真下過雨，那些海報雖套了塑料袋，仍被雨打得七歪八倒垂頭喪氣，唯海報中各黨候選人臉上沾著雨珠，仍堅持笑臉迎人，看著有點像在忍辱負重。等上了南北大道，倒還是一路青山綠樹，一片淨土模樣，再不見這海報蔽日的光景。也不知是不是法律明文規定，不讓競選海報伸張到高速公路來（怕亂人心神，釀成車禍？）抑或是大道公司向候選人徵收難以負擔的高額廣告費，因而一般候選人都望南北大道而卻步，不過是每隔三、五十公里便見秤砣聯盟的巨型廣告板，想來耗費甚鉅，不知用的是政黨的競選預算抑或是私人自掏腰包，廣告板上只見首相獨占鰲頭，不見其他團隊中人，彷彿他是秤砣聯盟唯一的賣點了。首相先生據說長年以藜麥當飯吃，面色紅潤，臉如滿月，膴著裡頭能撐船的大肚子，穿著看來料子上乘的西裝

（進入馬來選區則戴上宋谷帽[1]，換上綢緞做的馬來傳統男裝），一人將整個廣告板占用了去。

細輝這一回倉促到都城，是應大嫂蕙蘭所求，為春分作保，讓她向銀行貸款買一輛小車子。春分產下一女後，在家待了兩個多月。蕙蘭與葉公都建議她把孩子交託給保母，自己出外工作掙錢，好養活孩子。這正合春分之意，她自從懷孕回來，在家中已經憋得夠久了，自覺臉色發黃，便迫不及待答應。葉公和蕙蘭替她物色了個資深保母，說是有多年替人顧孩子的經驗，家裡弄得像個小小的育兒院。隨後蕙蘭再給春分在喜臨門找了份工作，無非又是侍應，正好母女倆可一同上班下班，她也可以盯緊春分，不讓這女兒有機會造次。只是每天除了往返喜臨門，還得趕到保母家裡接送嬰兒，沒有車子代步萬萬不行，蕙蘭便要春分去買一輛小型國產車。她們家裡自然是掏不出錢來的，銀行也謹慎，不給春分批那四萬多元的貸款。蕙蘭思前想後，找上了細輝，又用顫音申訴，請他來做個擔保人。

蕙蘭這請求，原本是要對蓮珠提出的，就連她的父親葉公也覺得蓮珠要比細輝好說話。「細輝的老婆肯定不答應。」一旁的春分默默點頭附議。不巧那時候蓮珠到英國去探望兒子，像是樂不思蜀，去了兩個月未歸。蕙蘭實在等不及，只好硬著頭皮向細輝開口。電話中聽得這小叔猶豫，便把手機遞給春分，讓她親自哀求。春分的聲音猶如孩童，一點不造作地聲淚俱下，說叔叔啊我知道錯了，你幫幫我，給我一次機會好好做人吧。細輝自然招架不住，他說妳讓叔叔

1 Songkok，一種東南亞穆斯林經常在正式場合中佩戴的男用帽子；圓筒狀，顏色以黑色為主。

想一想，明天再給你們答覆。他想了一晚上，其實掛電話時便心意已決，不過猶豫著該不該與嬋娟說。最終他說了，嬋娟百般不願，說這樣不行，這種事自當找你蓮珠姑姑去。細輝不聽這話猶好，聽了心頭火起，說春分是我的親姪女呢，別什麼事都讓蓮珠姑姑應付。妳嫌她的煩惱還不夠多麼？

細輝這樣說話，嬋娟也是忍受不得的，於是兩人越說越僵，吵罵起來。女兒小珊趕緊戴上耳機躲進臥房，女傭則假意幹活，走避到院子裡。這一回細輝不知哪來的意志，豁出去一樣，說這擔保人我非做不可。嬋娟大怒，說那你等著當冤大頭好了；這種女孩我還不了解嗎？不出半年，這貸款她肯定不還了。

「你當自己是叔叔，她和她母親把你當老襯[2]！」

「就當我是老襯吧，我心甘命抵。」

細輝撂下這話，也不理嬋娟連續幾天板著一張黑臉，仍按照他與蕙蘭在電話上的約定（春分又奉母命接過電話，情真意切地一個勁道謝），這日早餐後出門，往都城去。其實他們家的小店事情很多，前天晚上店裡遭人行劫，兩個彪形大漢手持鋼盔，給深夜顧店的員工餵了幾下鐵拳，打得他頭破血流，乖乖將收銀機內的現款奉上。這店開了將近二十年，打劫的事並不新鮮，但打傷人還是頭一遭。細輝連著跑了警局，醫院和保險公司，心裡千頭萬緒。卻沒想到即便在這種時候，嬋娟仍面色不改，一點沒有退讓的意思。卻是蓮珠昨夜從倫敦打來電話，問起春分買車的事，原來是嬋娟忍耐不住，偷偷越洋知會了姑姑，藉遭劫之事向她訴苦，說我們一家三口靠一家小店吃飯，容易嗎？細輝不由得光火，斬釘截鐵地叫蓮珠別操心，這事我管了。

蓮珠笑，說怎麼我以前沒察覺你有這男子氣概？細輝回話，說姑姑妳別笑我，我都當人家叔公了不是？

「嬋娟對我說呀，你媽死後你的性情大變，像換了個人。」

今早出門前，細輝帶齊文件，在飯廳裡與女傭及小珊尚且有說有笑，見嬋娟下樓來便相應變臉，只說我要去都城了，事情辦好即刻回來。嬋娟不瞅不睬，只別過臉去招呼小珊吃早餐，又藉故指責女傭，為了不知什麼雞毛蒜皮的事借題發揮，說你們一個兩個都不把我當回事了吧？女傭一貫賠笑道歉，卻明擺著一臉無辜，更使嬋娟齒冷。這幾日女傭抱怨牙痛，由女兒小珊代為向嬋娟傳達，不巧遇上她與細輝對峙，便拖延著不帶她去尋醫。一日復一日，女傭連飯都不怎麼吃得下了，靠著一日四次服班納杜[3]止痛，夜裡難眠；黑眼圈如兩朵木耳在水裡發脹，兩隻眼睛愈漸無神。細輝不知就裡，問她怎麼形容枯槁，女傭斜睨嬋娟一眼，躊躇不敢回答。小珊在旁搶話，說瑪娃姊姊牙痛呢，痛得上了頭，已不知是牙痛還是頭痛了。細輝瞥一眼嬋娟，見她那臉色便意會她是曉得的，柔聲說牙痛輕忽不得，妳待會兒帶她去找牙醫吧。嬋娟沒好氣，說我不是要顧店嗎你都要去都城了，我哪來的時間？細輝眉頭一皺，忍住不去爭執，回頭對女傭說，那等我

2 廣東方言；形容頭腦糊塗，被人占便宜的人。
3 在馬來西亞非常普遍的一種非處方止痛和退燒藥。

回來吧，明天一早帶妳找醫生。

事實上女傭這牙痛已有些時日，大概是上個月開始，因痛得有一陣沒一陣，很難說得準是牙痛不是，也不至於食難下嚥，女傭對嬋娟反映，她從藥箱裡拿了一排班納杜讓她止痛，還真有點效用。可半個月後那痛復發，更變本加厲，就幾天便足於讓她瘦了一圈。女傭本來個子就小，細輝出門時看見她在院裡提著橡膠管往花圃注水，在花團錦簇的九重葛叢中瘦得宛若精靈。女傭察覺他的注視，回身朝他靦腆一笑；眼窩深凹，眼珠粼粼泛光，像泡在了兩潭水裡。

細輝這就出發。車子經過大街小巷，各黨的競選海報和黨旗蔽日遮天。這些旗幟海報多以藍白為主；竹竿和木棍沿路豎起，插得歪歪斜斜，把錫都弄得雜亂不堪，像一座淪陷之城。錫都本來就不太像城市，市區以老店居多（樓下開的店暗無天日，樓上木製的百葉窗都已霉朽；或是遭了白蟻，或是缺了幾塊木板，像沒了門牙那樣露出森森黑洞），再掛上這些藍白色的，遭雨水打溼的紙張與布條，更有一種喪氣的樣子。直到快要拐進南北大道入口，路旁有空曠處，便看見了第一個秤砣聯盟的巨幅廣告板。首相先生面泛紅光笑態可掬，倘若不看一旁的競選口號，真會讓人錯覺是在給藜麥或別的什麼有機食品當廣告代言人。反觀今屆大選剛組織起來的新陣線，由年屆九旬的舊首相領軍，顯然資金沒這般雄厚，這類廣告板相對稀疏，偶然得見一兩個，上面必然許多人一列排開（也有用透視法排成V字形的，拍得像香港無線電視的豪門爭鬥劇海報）將廣告板擠得水洩不通，顯然賣的是人才濟濟的效果。細輝忍不住端詳廣告板上的舊首相，想自己上幼稚園時這人剛封相，直至他退位時（電視上許多部長和黨員哭得如喪考妣），細輝已成家立業，女兒小珊也快要出生。因為用許多年時間注視他老去，又想起以前拉祖中五會考後曾與他吃過飯握過手拍了合照，細輝便對這老人感到說不出的親近，覺得他的笑容和藹，又因為他的年紀大得快要變成神話了，讓人不得不相信其珍稀；似乎比之國家元首和各州蘇丹，他更像是個睿智的老族長，值得全民景仰。

到了錫都萬樂花園，那天喜臨門週休，蕙蘭與春分母女在家中等他，老家長葉公也沒出門。細輝的車子開到大門前，屋中的三代人急著搶出（不，春分懷中抱了嬰孩，是四代人了），合力打開那略微傾頹了的生鏽鐵門，堅持讓他將車子開到門廊下。細輝頗感不自在，只有在臉上先堆好笑容才開門下車。葉公即上前來勾肩搭背，在被一夜雨水滋潤過的空氣中，與細輝像久違的老朋友一樣互相問安。一旁的春分急著向細輝展示她懷裡的女嬰，蕙蘭也湊前來嘟起嘴學著童音，對嬰兒說，叫人啦，叫叔公啊。

嬰兒其實什麼都沒做，不過是瞪著大眼睛盯著細輝看，但大家開懷笑，好像是因為微煦的陽光照得人舒服，好像是因為這麼四代人站在一起是一件深該慶幸的事，表示最壞的時候已經過去。當然也可能是因為大選快到了，人們都預感這一屆大選會有新氣象，因而放眼望去，蕙蘭住家對面的許多食肆和茶室都欣欣向榮，街道上行人走路有風。細輝進屋裡喝了半杯開水，之後動身與蕙蘭及春分到附近的銀行辦妥貸款的事，隨後回來把葉公和嬰兒帶上，一行人到對面的食店吃午飯。細輝胃口極好，點了一桌子小炒，有魚有肉；也有青菜豆腐和鹹魚臭豆。他頻頻囑春分多吃，又往蕙蘭及葉公的盤子裡送去一箸一箸的餸菜。如此一團和氣，恐怕除了春分懷中（偶爾也換到蕙蘭多肉的懷裡）的嬰兒以外，大家心裡都感到說不出的古怪，似乎以前何門方氏在世時，未曾有過此情此景。

飯後眾人越過馬路走回住處，細輝因為要買報紙而繞到附近的印度小店，蕙蘭隨他同去，也沒什麼要買，就打開罐子拿了一小包散裝的老人牌黑色咳嗽糖。細輝付錢，等那店主找贖，細看人家額上畫的白線和紅點，還有腰下穿的裹裙，隨口問蕙蘭，我哥真沒消息麼？蕙蘭睨他一眼，說又有誰聲稱見到他了嗎？細輝搖搖頭。

「就算他真活著，我也當他死了。」蕙蘭拿起一顆咳嗽糖，拆開包裝後投進口裡，空氣裡漾起一股薄荷精的清香。

「也許他真的還活著。」細輝將店主找回來的紙幣塞進錢包。「我問過一些朋友，他們說這事有可能，叫我到監獄和幸福醫院去查問一下。」

「幸福醫院？」蕙蘭張嘴說話，舌床上已暈開一抹青黑色，像是長了霉斑。

「對，就是紅毛丹啊。」

蕙蘭點頭，忍不住笑，說他若在那種地方，跟死了有什麼分別？

「我和我爸說了，他叫我別想，就把他當一個房客吧。走了就走了，哪有房客走了還會回來的呢。」她說。「可他哪是房客？你哥他是個瘟神。當初我把他的衣服鞋襪扔出去，心裡就想你滾吧，滾吧，永遠不要回來了。」

細輝頷首，說我明白。「也許我媽也一直這麼想呢。走了最好，不要回來。」

那天離開萬樂花園之前，細輝見著了放學回來的夏至與立秋，姊弟倆長相近似，膚如白瓷，眉目細長，看著像年畫中的孩子，然而神情都有點冷，不怎麼親近人，頗有幾分大輝的神色。蕙蘭招呼他們到廚房弄吃的，葉公留在廳裡應酬細輝，細數自己的退休生活。期間聽見嬰孩在哭，聲甚悠長，良久無人理會。蕙蘭從廚房裡疾步而出，走進春分的房裡，說妳孩子哭了怎麼妳還只顧著上網聊天，一點無動於衷？那聲音是壓沉了不欲外揚的，然而這屋子牆壁不厚，門也沒關嚴，母女倆的嘟噥清晰可聞。細輝不由得與葉公面面相覷，尷尬不已。

要走的時候，葉公相送到門廊，仍止不住地道謝，說真麻煩你了細輝，老遠過來辦理這事。細輝塞給他五百元，說這是我和蓮珠姑姑的一點心意。葉公嚇了一跳，說使不得，一邊伸手推拒，急得幾乎要跺腳了。細輝執意要給，說當作給小寶寶報效一點奶粉錢，推來搡去，葉公終於拗不過他，把錢抓在手心，又一個勁言謝，說實在太過不好意思。說時臉上聳起一對八字眉，狀甚淒苦。細輝忍不住多看了一眼，覺得葉公這一兩年裡身子縮小了許多，及膝短褲下露出一雙無毛的白腿，瘦得像筷子，上面青筋蔓生，兼有青紫與褐黃色的斑斕瘀痕，腳下踩的藍色厚底橡膠拖鞋看著特別笨重，行路一步一艱難。

細輝把車子退出門廊，隔開一點距離，便看清楚了那屋子的破敗。牆上漆脫，鐵做的大門和窗花都鏽成了深褐色；門廊地上龜裂，裂縫處冒出野草，有的已長成小樹，綴著細碎白花。一旁的庭園荒草叢生；與鄰居共享的鐵絲網籬笆半已傾圮；庭園中間有個多年前便已被螞蟻遺棄了的巨大巢穴，狀似墳塋，像是底下埋著什麼人。

不會是埋著大輝吧？細輝想。

姪女夏至從幽深的屋裡出現，站在門口目送細輝的車子離開。細輝想起來這女孩與女兒小珊同年出生，十四歲了；小珊已然是個世故的小少女，而夏至看著仍像童顏佛身，雙頰緋紅，一對眼睛彷彿不知人間何世，活脫脫年畫中懷抱鯉魚手持蓮花的娃娃。他向夏至揮手，女孩視若無睹，倒是葉公代她回應，緩緩揮手相和，其依依不捨狀讓細輝想起小時候與哥哥隨父母到古樓河口拜年，在漁村裡待上一天半日，走的時候總有老人拖著表情羞赧忸怩作態的孩童站在老木屋門外這般相送。河口的老人因皮肉鬆垮，嘴中無牙，都老成一個樣子，好像也沒了性別，皆以一致的表情與緩慢的節奏揮手作別，說慢走哦開車小心啊，小心啊。一波未平一波又起，如雙重唱三重唱四重唱。

車子開到萬樂花園另一端，上了個斜坡便是街市。那裡市景昌盛，行人如織，路上車輛滯行。細輝在慢駛中無意瞥見路旁兩個少年模樣的瘦削男子，穿著同款背心長褲，頭頂一灰一白，髮型卻是一樣的，宛如孿生兄弟般並肩站在一家電器店的櫥窗外，抬頭看著掛在櫥窗內的超大型電視；動作齊整目光一致，像是正在研究美國總統那一頭飄逸的金髮。他覺得這兩人似曾相識，卻不及細想，眼光被鋪天蓋地的競選海報與黨旗吸引了去。都城裡參選的還是那兩大陣營七個黨，因而掛的旗幟與張貼的海報也大同小異，藍白為主，綴一點紅補一點綠，不比錫都的情形優雅多少。可不知怎麼細輝總覺得兩地氛圍不同——錫都的海報和布條毫無生氣，連著海報上的人都蔫頭耷腦，可都城這兒豔陽高照，旗幟飄飄，滿城嘉年華似的歡天喜地，便連那些肥頭大耳，笑得恰熟狗頭一般的候選人，乍眼看去每一個都自信滿滿，一臉真誠，直讓人覺得此情此景，真該以〈財神到〉或〈大地回春〉等歌曲配樂。細輝不由得在腦中播起龍飄飄的歌，聲音悠揚如同策馬呼嘯——

財神到！財神到！財神到我家大門口！
迎財神！接財神！把財神接到我家裡頭！

這是細輝與拉祖少年時喜歡一齊合唱的歌，唱得同聲同氣，農曆新年時總惹得大人們歡喜不已。關二哥笑得合不攏嘴，說你們明年能不能換一首歌呢？明年他們卻還唱同一支曲，唱時腦中播的也必然還是龍飄飄獨特的「龍腔雅韻」，不過是配上不同的肢體動作（因為他們從來沒有弄過一套標準舞步）逗大人們樂，收穫的紅包豐碩。其實他哪是這樣放得開的人呢？不過是有拉祖帶頭，壯人膽子，銀霞也跟在他們身邊，明明不得見，仍聽一遍笑一遍，每一回都笑得捂著肚子，說你們真不害臊。

那一天細輝心情如此美妙，他自己也說不出來是何原由。車行半路，剛過仕林河，已入銀州境內，銀霞打電話來，細輝只道了一聲好，也許是聲量高得不同尋常，銀霞便問他何事這麼開心，難道是中馬票了嗎？細輝說我高興是因為聽見妳的聲音。銀霞歡喜，說你能這般油嘴滑舌，真是得意忘形了。

「既然你沒有好消息要說，那讓我來說件好事與你分享吧？」銀霞說。細輝直覺那聲音裡有股喜慶氣，不期然又想起龍飄飄唱的新年歌，馬上覺得眼前大道寬敞，天空湛藍，雲未被送達；深邃的遠景中似聞鑼鼓喧天。

「好啊。」他說。「快說快說，讓我也高興一下。」

銀霞先笑了一陣，連笑聲也有種花枝亂顫的效果。她說茲事體大，你得先有心理準備啊。

「我要嫁人了。」

銀霞要嫁人了。細輝問她嫁給誰呢，其實問的時候心裡已明白她要嫁的是顧老師。銀霞沒有直接回答，只是收斂了笑聲，說你知道的，不是嗎？細輝當然知道。上一回銀霞讓他到馬票嫂家裡，說要給他引見一故人，來的便是顧老師。細輝看出來兩人分開時神態淡然，談說間卻狀甚親暱，幾次側過臉耳語，唇與耳朵親密無間。即便馬票嫂的癡呆症日益嚴重，仍看得明白，不禁眉開眼笑，更偷偷對細輝擠眉弄眼，意思是「你看你看他們這一對。」

「恭喜妳，銀霞。」細輝說。車子依然開在南北大道上，天空仍然潔淨得像一個倒掛的，未經污染的湖泊。大選快要舉行了，豎立在斜坡上的一面廣告板迎面而來再流暢地往後退卻（首相先生擺了個八分半臉，雖滿臉堆笑卻仍看得出來他為顧全腹部那一枚大衣鈕扣，正努力憋著一口氣），細輝想像廣告板上的人在後頭栽個大跟斗，摔得蓬頭垢面。

「這真是個天大的好消息。我太為妳高興了。」眼前的圖景美好，卷宗似的長長地向前開展。細輝把話說了以後，竟覺得之前響徹雲霄的喜慶歌聲；那想像中的龍飄飄與一支帶鑼鼓鈸鑔與許多電子樂器的樂隊，像是被蔚藍的穹蒼一個深呼吸全吸走了去。世界悄然無聲。細輝對著這一片鴉雀無聲，彷彿看見面前由平地大道至遠處一波一波的山巒站立著成千上萬個屏息以待的群眾。他鄭而重之地重複剛才的話。銀霞，我真為妳高興。

真的。

# 歸來（之二）

銀霞結婚十分低調，只打算與顧老師到婚姻註冊局跑一趟，宣個誓，之後大筆一揮便就是合法夫妻了。儘管如此，這事還急不得，要等到台灣的學校放假，顧老師的女兒好帶著夫婿及孩子回來觀禮見證。銀鈴知道了自然不落人後，也堅持到時舉家要從島城南下，給姊姊壯一壯聲勢。蓮珠聽聞了更是興奮不已，聲言無論如何也會從英國回來，還說要帶銀霞去租婚紗和預訂化妝師什麼的，在電話裡大呼小叫，「結婚啊！結婚這麼大的事！」家人朋友中，唯有老古視之等閒，毫無表示，仍然每天中午出門，下午回來小憩，天黑了再出去開夜車，黎明方歸。

多少年過去了，錫都仍然是一個老氣的城市，夜裡早寢，卻又不完全卸妝。總有一些燈徹夜亮著，也有一些不亮燈卻一直在經營的場所，而且這種時辰德士電台打烊，人們也不太可能用手機軟件召車，街客們無可選擇，即便是老古開著的這種皮開肉綻的車子，他們還是要上的。況且這時分還在錫都街上出沒，自己又沒開車的人，多已醉眼迷濛或不省人事，對老古的破車怎顧得上嫌棄？因此深夜裡錫都的路上，出現的德士多已老殘，都是些白晝欠缺競爭力的車子。多少次老古得一再提醒剛上車的乘客：你車門沒關緊啦，不行，還要再使力一些！

人們都說今屆大選肯定要變天。老古識得的好些馬來司機，生下來便對秤砣聯盟死忠，而今都信誓旦旦，摩拳擦掌，說景氣持續低迷；再不換政府，大家的飯碗都得摔破在地上。老古也曉得景氣不好，開德士的尤其潦倒，以致這幾年再沒有聽說有人搶劫德士司機了。以前夜裡載客險過行船走馬，三不五時後座伸過來一把彈簧刀，叫人不得不就範。他個人還曾遭人搶車，差點被人推到工地的土坑裡活埋。而今凡德士佬一窮二白，別說職業劫匪，就連吸白粉的癮君子手頭緊時也不屑打德士司機的主意。但老古從以前就喜歡開夜車，險則險矣，卻有過不少豔遇；投懷送抱者有，酒醉後半推半就的也有，常有豔福從天而降。如今呢，連那些在按摩院裡工作的洗腳妹（其實大多已徐娘半老）也看不起德士司機了，好不容易遇上一個每晚願意為了僅僅一頓宵夜而上車的，人家也嫌馬幣越來越不值錢，約滿後便與一同被批發過來的姊妹們飛回老家。走之前那女人如常與他吃宵夜，點了兩人份的豬雜粥加兩個小菜，吃得她滿嘴油光，飽脹的紅唇嬌豔欲滴，卻沒提起自己要走的事，倒還對老古說了幾句刻薄話，大意是說我們老家種田的都比你強，車子比你的好，錢賺得比你多。老古第二天夜裡還把車停在那按摩院外頭，店裡打烊後連招牌燈都熄了，捲門也已經拉下，女人卻未出現。老古給她打電話，應答的是機器預錄的人聲，說的馬來語，你撥的電話號目前不在服務範圍。一連兩夜如此，到第三天晚上老古才下車到店裡查詢，方知道伊人已去，始終沒想過要向他交代一句。

那以後老古每晚上開車都覺得時間特別難熬。夜裡的錫都比以往任何時候都更破落一些，街上一片空寂，偶爾有些騎摩哆的馬來青年在筆直的休羅街或波士打路上飛馳。除了改裝過的煙筒發出巨響，還加上人為的猴猿呼嘯之聲，彷彿在宣告占有了這座城市。路旁的二層老店樓上多已空置，卻還會有人推開破敗的窗門，屈起一條瘦腿坐在窗框上，抽菸，或者純粹盯著疾馳而過的成群騎士，並等待他們在舊街場那裡拐個彎，不久後去而復返，再次對這委頓的城市叫囂。

這種時分，街上竟是沒有幾個女人的。老古知道巴士總站那一區可以看見零零落落的變性人，穿著布料極少（亮片極多）的衣裙以及加了超高防水台的，像耍雜技用的高跟鞋（彷彿準備參加聖誕派對），獨自站在沒這麼老舊的店屋樓下，像放置在曠野中的一個捕獸夾，漫無目的，看著經過那裡的每一輛車子和行人。有時候等得太無聊，她們會背靠著牆抽菸，抬起下頦呆呆地看著頭上那些繞著日光燈盤桓的飛蟲。撲火的多半是蛾吧？其實不是，更多的是那些在雨後成群出沒的飛蟻，牠們有種集體自殺的習性，雨後破土而出，即時長出翅膀覓光而去，又紛紛在燈下甩掉雙翼，落到地上蠢蠢蠕動，力竭而死。老古坐在車裡，看著燈下的女人凝視那些飛蟻，像是思索牠們如此一生。就這樣嗎？繞著日光燈耗盡牠們短暫的飛行。

這些變性人到底還有些觀賞價值，總比到旅遊社街那一頭看那些廉價（但貨真價實，如假包換）的娼妓要好。旅遊社街現在沒幾間旅遊社了，人們如今出國，從機票到酒店都能自己上網打點，旅遊社只能安排老人團，或是代理申請各國簽證之類的，大雞啄小米。往昔那些大旅遊社的店面越來越小，也不像過去那樣在玻璃牆上貼滿各種旅行團的海報；富士山，悉尼歌劇院和陽光沙灘，曾經的七彩繽紛，現在連褪色了的都找不到一張。夜裡樓下的店鋪全拉下捲門，住在樓上的娼妓拾級下樓，都是些人老珠黃，沒趕得及在好景時上岸從良的女人，穿著住家睡裙般，有峇迪[1]風味的寬鬆衣衫加膠底涼鞋；頸上臂上皮肉垂垂，甚至連頭髮也沒怎麼梳理，且懶得站立，索性叉開腿坐在樓下的梯階上。老古還見過一邊等一邊吃麵包，時而在胸脯上拈起從麵包裡落下的雞肉鬆，時而因為蚊子叮而將一隻手探入裙底撓癢的，因為發現老古的注視而翻起眼回瞪他；眼睛如死魚，連火氣都沒有了。老古想像這樣的女人上了床，恐怕手中還是要抓住半塊麵包的吧。

旅遊社街應該也有許多飛蟻，怎麼可能沒有呢？但凡雨後之夜牠們必如蝗蟲來襲，傾慕每一盞燈，蠶食每一種光明。然而那些坐在梯階上的女人都不挑明亮的地方，大概是不堪被人仔細審度，只採用附近街燈的黃色光暈微微描出一點線條和輪廓，餘處皆是暗影。這些女人一般神情呆滯，要不在暗中盯著自己年久失修的腳趾，要不看著被自己用壯碩的屁股鎮壓在階上的肥大的影子，對明亮處的一切無動於衷。

那女人走了，老古卻還是要吃宵夜的。一個人吃宵夜能省下不少，畢竟那女人胃口極大，僅僅一碗夜粥肯定是餵不飽的。只有在她生病的時候才會食欲大減，話也說得少了。有一回大感冒三天不能上班，老古接到她的求救電話，給她買過魚片粥送到住處，另一晚是雞粥，第三晚她

1　流行於馬來西亞與印尼的一種蠟染印花布，特點是布上如花卉、蝴蝶、螺旋和幾何等多彩多姿的圖案。

便在電話中預先聲明，光吃粥太寡，加點料吧。老古真給她加了一隻滷水鴨腿和兩塊滷豆腐，看著她開懷大吃時，自己忍不住嚥了嚥口水，心裡想他媽的我對自己的老母都不曾如此孝敬。女人像是大受感動，那晚上就在宿舍裡，女人任得老古搓搓捏捏，並主動扯下他的褲子，用她飽嚐過潮州粥與滷味的嘴巴替他口交。事後老古問她怎麼不肯把銜在嘴裡的精液嚥下？女人啐他一口，說你以為那是滷鴨汁嗎？腥呢，死魚一樣的腥。

女人走後，老古仍然每夜開車到女人以前工作的按摩店外流連。那是錫都城中幾處稍有夜生活的地方之一；除了幾家中小型酒店以外，少說有八、九家主打腳底按摩的保健中心。按摩店一般營業到午夜，打烊後裡頭的員工三三兩兩走出來，再不是以前常見的中國女人了。這些員工多是外國女子，一般有店家安排車子載送，若沒有，則湊三、四人叫一輛德士，住得也沒多遠。她們上了車都說家鄉的語言，老古聽不出來是越南抑或是緬甸話，搭訕不得，十分沒趣。走一趟再回去那裡，街上便水靜鵝飛，只有細輝家開的便利店還燈火通明，感覺半城璀璨都在那小店裡了。有時候隔著玻璃牆，老古看見細輝坐在櫃檯裡，只覺得這城中的光明與黑暗涇渭分明，難以僭越；縱想進去找他說話卻實在不知該從何說起。

這晚上他卻走進去那店裡了，說是宵夜吃了咖哩魚頭，味精太多，口渴得緊，要進來買一小支礦泉水。細輝不收他的錢，見他站在櫃檯前擰開瓶蓋，沒有要走的意思，便與他聊起銀霞結婚的事。老古不太起勁，說她嫁得這麼近，收拾一箱子衣服就算嫁過去了，以後肯定也天天回來，感覺就像沒搬走一樣。銀鈴兩個禮拜前特地回錫都，與姊姊一起拉著老古當面說話；話很難聽，說父女一場，這房子我們准你住到死的那一天，但房子是母親買的，她就坐在神檯上，你別想帶女人回來。老古自然沒將這事說出，但細輝已聽銀霞說了，說她父親當時嗤之以鼻，「呸！」的一聲。

「我不如自己出去租房算了。」

這話自然是因一時氣憤衝口而出。老古真是連租房子的錢也掏不出來的，真掏了出來就買不起香菸，帶不了女人去吃宵夜了。銀霞銀鈴兩姊妹都知道那是氣話，也不擔心父親會走，反正哪有女人願意跟他回家呢？果然老古一直沒有動靜，不過是刻意地對銀霞冷淡，絲毫不過問她結婚的事。銀霞倒不介意，卻還對父親說，打兼差工的小晴辭職不幹了，我和阿月打算請她吃一頓餞別飯。老闆娘要來，也有幾個老夥計來湊興，你來不來呢？老古冷冷地問她日子時間，銀霞說下個禮拜三，五月九號。

「那天不是大選嗎？」

「是呀。大選那天不能請人吃飯，給人餞別嗎？」

「那種日子誰有心情吃這種飯，搞什麼歌舞昇平？」老古一臉不耐煩，說，我不去！

全國大選不在週末而落在星期三，民間怨聲載道，都說政府刻意阻止遊子回鄉投票。說得這般甚囂塵上，首相先生為平息民怨，自然又將這個週三被當作什麼好康頭似的送給全國人民，算作一個假日。錫都無線德士的老闆與老闆娘早上攜手去投票，中午到電台來親自下場，特准銀霞與阿月提前下班。「去去去，投票去，把政府換下來。」老闆因為生病嘴巴有點歪，這話說得像開玩笑一樣，銀霞卻聽得出來是真有此意。阿月也情緒高漲，忍不住與老闆夫婦笑鬧，說了許多髒話，電台的小辦公室裡一片節日氛圍。銀霞收拾了東西等顧老師來接，一邊聽著阿月把話越說越火辣。這時候有人打電話來召車，銀霞去接，說哈囉錫都無線德士台，有什麼可以幫你的呢？對方有點遲疑，也可能是電話收訊不良，反應時差了三幾秒。那人的鼻音有點重，話像是嚼著舌頭說的。妳……銀霞？

是的。銀霞說。背後汗毛豎起了一些。

果然是妳呀。那人說。上回我打電話叫車，就認出來是妳的聲音了。

是嗎？

這麼多年了妳還在德士台工作啊。

這總比窩在家裡好吧？

對方笑，也沒笑得多認真，說妳聲音這麼清亮，我以為有一天妳會被星探發掘，真到電台去當個主持人。

銀霞沒覺得這話好笑。她說現在的電台主持人用不著聲音好聽，吵吵鬧鬧的就混過去了。

對方一時無話，銀霞問他，你是要叫車子嗎？

是的。對方說。南天洞上車。

到哪裡去呢？

壩羅華小，舊雞場。

壩羅華小？你去投票嗎？

是呀。對方笑，說我也有一票在手，要盡公民義務。

銀霞說你怎麼不自己開車呢？

對方嘿嘿一笑，說開不了，駕照被吊銷了。

「之前開車出意外，撞死了一個大肚婆。」

銀霞沒再多問，倒是對方忽然生起閒聊的興致，問銀霞去投票了嗎。銀霞說她剛下班，正準備要去了。他像是很高興，叫她那叉號可千萬別畫錯了，還補一句「一票也不能少！」像是忽然與銀霞成了同盟，是盟友了。銀霞有點不耐煩，只叫對方留下電話號，等著接單的司機打來聯繫他。那人有點錯愕，仍識趣說好，掛電話前忽然想起什麼，說妳與我弟弟還有聯繫的吧？

有的。怎麼了？

一場兄弟，有今生無來世。他若是想找我，可以到南天洞問一問，這裡的住持與我相熟。

銀霞說，我這不已經記下你的電話號了嗎？

哈哈，也對，對呀。

這一天出車的司機不多，大家託詞投票，其實都賴在各大茶室與人論政。單子發出去後，等了十餘分鐘才有司機接單，都說今日從南方上來的車子特別多，五兵路上車水馬龍；南天洞三寶洞霹靂洞觀音洞極樂洞靈仙岩等皆不宜去。接單的是司機３７９１，老古也來搶，卻錯失在幾秒之差。銀霞有點詫異這時間老古也在線上，仔細一想，這大選日氣氛熱烈，今晨連鳥兒都非一般的歡騰；屋前雀鳥追逐對唱，屋後鴿群咕咕爭食，撲撲振翅；晨運客邊走邊笑；摩哆上被父母夾在中間的馬來孩童咯咯歡笑。狗很早就起來了，在回教堂為晨禮喚拜之前，便已迫不及待地引吭長嘯，且一呼百應，東西南北各有靈犬拉長嗓音，將萬物喚醒。這麼個日子，坊間只差沒放鞭炮而已，父親比平日早起，當屬自然而然。

顧老師載了銀霞到壩羅華小，銀鈴算準時間從北方南下，已抵達學校外頭，從顧老師手中接過姊姊，扶她一起走進投票站。顧老師故地重遊，在校園內隨機走動。壩羅華小與一旁的大伯公廟不知何時分了家，以中間的榕樹為界，建起一道圍牆。榕樹有靈，歸廟所有，倒有些樹根不理會那界線，硬是從地下突破樊籬，伸到了學校那邊。可不管怎樣，這道牆讓壩羅華小變得逼仄了不少，學生的活動空間只剩下狹窄的一長條，隨著兩幢矗立的校舍拐一個彎，成L字形。以前那一口廢置的噴水池拆去無痕，顧老師已記不起它確切的位置。反觀牆另一邊的大伯公廟才剛拓建，還小事翻新，新柱子上紅的紅金的金，翹起的屋簷裝飾繁複，奇珍異獸爭相攀附，色彩華美得有點迪斯尼風。廟前倒是有兩個老人坐在紅色塑料椅上，像是在那裡坐成了百年身。兩人穿汗衫短褲，古銅色的頭頂像撒了糖霜，各用不同的方式促起一條腿，如濟公的兩種姿態，一派閒散模樣。要不是那椅子的顏色過於豔麗（接近他那輛蓮花精靈的色澤了），幾乎讓人錯覺那是廟裡拿出來曬太陽的兩件古董。

顧老師在牆邊凝望了一陣，有人在背後喊他，回身見是細輝。顧老師說你來投票嗎？細輝舉起左手，食指已染了紫藍的墨色，證明已投過票了。顧老師也出示自己的藍色指頭，以作指認。一會兒後銀霞與銀鈴出來，四人不知哪兒來了一股觀光的興致，特意到大伯公廟走走。兩個老掉牙的老人仍然擺著濟公活佛的姿態，人來不迎，人去不送，由得他們在廟前舉起手機合照。細輝拍照後堅持要走，說日前帶家中的女傭一口氣拔掉四顆齲齒，還答應待她牙齦癒合收縮後，花錢給她弄一副假牙，好讓她下個月回鄉探親時有牙示人。女傭感激不已，眼中泛出淚光。嬋娟知悉後卻十分惱火，免不得與細輝爭執一番，之後賭氣，已數日不到便利店幫忙。

「所以我要趕回去顧店呀。」細輝說了揮手作別，銀霞卻情急喊住他，喂喂喂細輝你等一下。

怎麼？

你哥也來投票了，

我知道。我看見他了。

看見了？

嗯。我馬上轉過身，不讓他看見我。

所以他沒看見你？

不知道呢。細輝聳聳肩。他若看見我，便會看見我是怎麼樣轉過頭去的。

銀霞聽明白了那意思，遂不追問。銀鈴與顧老師扶著她離開壩羅華小，從那牌樓狀的校門下跨出去。日光熾烈，曬得人們的影子萎縮起來，彷彿受驚的動物忙不迭地躲到各人的腳底下。投票的人陸續有來，銀鈴嫌烈日奪目，便掏出墨鏡來戴上。世界經過濾色後比較溫和，她看見人潮中一個腿長皮膚鏽黃的男人回過頭來；那側臉看著眼熟，似是故人。

會是誰呢？銀鈴想。怎麼穿這身惡俗的衣服，頸子上掛這麼粗的金項鍊？活脫脫神棍一樣。她懶得細想，轉頭對銀霞說，姊啊回去我給妳染一染頭髮吧，妳看妳髮根都白了。

那晚上錫都的酒樓餐館大多爆滿，銀霞與阿月給小晴餞別，選了在姚德勝街吃炒粉。那是錫都的老招牌，與兩家賣芽菜雞的老字號在姚德勝街占了八個店面，一年到頭客似雲來。店裡的階磚牆上貼滿了港台明星來光顧時被老闆揪住拍下的合照，放大打印，過膠處理。阿月與她的男朋友坐下來後便抬頭逐一點算照片中的藝人。其中不少他們認不得的，總有阿月和老闆娘或某個在座的司機補得上名字，什麼譚詠麟，李家鼎，何家勁，岑建勳，薛家燕。照片多已褪了顏色，人面泛白。

老古雖聲言不來，卻早早來了，說反正晚飯總是要吃的。銀霞與顧老師為了要找一個安全之所停放蓮花精靈，在附近好幾條街上繞了許多圈，最後由銀霞指點，找到了一處露天停車場。兩人從停車場行路過來，挽著手走進店裡，座上眾人即大聲起鬨，說像是新人登場，阿月與小晴不約而同，登登登登，登登登登，用嘴巴奏起結婚進行曲。聽見這陣仗，銀霞猜想妹妹不僅是將她的頭髮染過而已，出門前替她挑的衣裙和化的妝，必然也是有點過火的。她紅著臉坐下，人們就說她含羞答答了；一人搭上一張嘴巴，各種笑與戲鬧聲不絕於耳。

這一頓餞別飯來了十餘人，坐了兩張桌子，幾乎把菜單上所有的東西，由各類炒粉麵食至滷雞腳、魚丸豬肉丸、炸水餃、白灼八爪魚等小吃都點齊。小晴吃店裡的招牌麵月光河，與男朋友多叫來兩小碟參峇辣椒醬，都拌進麵裡，不住誇其香辣。銀霞卻吃得不是滋味，說炒麵和辣椒醬的味道跟以前大不相同。顧老師與阿月等其他人無不認同，回憶起以前吃的是街邊一小攤，老闆炒麵用炭爐，夜裡許多食客繞著攤子排隊成迴紋狀，圍觀一盞孤燈下的老闆用生鐵鑊炒麵，一身汗溼。暗夜中但見爐火純青，橘紅色的火星四濺，在空中徐徐飄蕩，幾乎像慢鏡頭下的煙花。是呀，有人說那些年豬油的那個香氣呀，誰又接著說「當時的豬油渣豈是今日的豬油渣可比？」有人接茬，就說參峇辣椒醬好了，以前的也要濃稠許多；結結實實的一小勺，拌進麵裡與豬油成天作之合，娘惹風味無比，香徹一條街，還會滲入是夜的夢裡。眾人點頭稱是，卻見小晴與男朋友依然吃得不亦樂乎，大啖其麵之餘，不住叫大家詳細解說舊時的原汁原味。這可怎麼說得明白呢？就連銀霞這麼會說話或是顧老師那樣的有學問，仍覺得有些回憶只能用味蕾記下，絕非言語可以轉達。

「除非有一天你們親自嚐到那滋味，否則你們永遠不會明白自己錯過的是什麼。」顧老師說。也許說得太過認真，聲何切切，他又有一張教師的臉，彷彿在傳道授業，在座者一時噤聲。銀霞先笑起來，阿月也忍俊不禁，大夥兒便也隨著笑了，紛紛起來祝福小晴，什麼前程似錦，什麼大展鴻圖，什麼鵬程萬里。

那天炒粉店裡開著電視直播大選開票成績，桌上客邊吃邊看，不時評議，頗有點像在看四年一度的世界盃大決賽。待銀霞他們的桌上杯盤狼藉，電視上顯示秤砣聯盟在各鄉鎮捷報頻傳，但人們不信這邪，仍十分篤定，還分外覺得有貓膩，說等著看吧，好戲在後頭。於是一店的人幾乎都賴著不走，大家翹首看著牆角的電視，目光緊盯螢幕下方流動的字幕，神情莊嚴得像在監督數票。顧老師不時轉過頭來，將電視上顯示的最新官方消息告知銀霞。

事實上，這時候若有人走出炒粉店，譬如說結賬了離開，或者只是到外面去抽根菸吧，便會發現姚德勝街上所有的食肆都這般景象。賣芽菜雞的兩家老店座無虛席，桌椅都擺到店門外的走道上了，可除了小孩與少數婦人以外，人們都無心談話，各自從不同的角度眺望各家店裡的電視。有的人甚至站起來，一點一點地往那些電視靠近，如飛蟻被光吸引，好像那樣就能比別人更早一步得到最新數據。街上除了這幾家食肆，其他的都是堆滿了柚子和各類餅乾甜點的土產店。有些店沒有電視，連店主也忍不住踱步過來，走到炒粉店門外疊手張望。不時有人的手機響起來，接電話的人都壓沉嗓子，像在偷偷接收哪裡傳來的密報。

銀霞悄悄對顧老師說，今晚上這街道是不是太安靜了？顧老師說是呢，像是暴風雨來臨的前夕。

午夜後人們終究散去了。誰都看出來電視上的直播在故意拖延，把不利於秤砣聯盟的戰報一押再押，好像那樣就能有機會扭轉乾坤。人們接續收到各地親友喜孜孜地傳來簡訊或打來電話，說他們那裡早已完成開票，舊首相領軍的新陣線大獲全勝，人們歡天喜地，率先將這些非官方成績四下散播。顧老師扶著銀霞踱步行到停車場，看車的人經已不在，偌大的停車場只剩下他的蓮花精靈，如捕獵中的豹子蹲伏在暗處。

難得今晚上興致極好，錫都路上也沒多少車子，顧老師像放牧一樣，開著蓮花精靈在市區穿街過巷。銀霞給他指導路線，第一條巷子左轉，第三條巷子右轉；左轉，右轉，左轉；休羅街，大巴剎，宴瓊林，益豐商場……待穿過一大片馬來甘榜回到美麗園，已是凌晨時分。住宅區內一片寧靜，可路經的許多房子竟還亮著燈。顧老師忽然心頭一熱，說不然妳到我家裡陪我一起看電視，等看大選成績全部揭盅。銀霞說好的。

好啊。

兩人坐在客廳的沙發上，電視開著的，明明聽得出來兩個主持人和一個請來的分析員越說越興奮，一再爆出類似足球賽講述員常用的那種激動的聲音（要射門了！要射門了！），好像只差一腳，就一腳，這國家馬上就要贏得世界盃。在這麼激越高昂的聲浪中，銀霞卻不知怎麼像當年在電影院裡看《鐵達尼號》那樣，於滿船人的呼喊和哀叫中睡了過去。

她曉得自己睡著了，眼前的黑暗逐漸被稀釋，從一堵厚實的高牆緩緩動搖，變成了霧；霧裡有聲音如潮汐，一重一重地撲向她。她聽到父親的老爺車從街角拐到屋外的路上，聲音很清晰，像是一邊行駛一邊有小零件在掉落，最後停在了家門前。老古關上車門，再晃動一大串鑰匙，一層一層地打開家門。她想，家裡有人，因為屋裡總是亮著燈的，父親會以為她正躺在自己的房中。而她果真在那睡房裡，側臥在床，正輕微地打鼾。父親進入屋裡再回身將門一道一道地鎖上，禁不住朝這裡看了一眼。對面顧老師的房子也亮著燈，門簾偶爾被風掀動，隱約看見有人在廳裡看電視。他看不見顧老師俯身對她細語，說妳到房裡躺下吧。她便在如霧的黑暗中被高高舉起又被輕輕放下。世界失去了重力，她像一顆無處附著的塵埃，又如一個安靜的宇航員飄浮在太空中。

這已經接近一個夢了，或者是一個被夢稀釋了的現實。銀霞聽見電話鈴響，響了許久，在暗夜聽來有一種莫名的緊張感。顧老師的聲音在黑暗中的某處傳來，也像霧一樣難以捉摸。銀霞知道電話是從台灣打來的，顧老師的聲音透著一種父親的溫柔，像在對一個小女孩說話。話是斷斷續續的，有一種興奮之情頻頻被卡住，說這回反……真的要贏了……真想……想不到……有生之年會看見……希望……會更好的……銀霞在飄浮中盡力豎起耳朵，覺得連結著身體的天線被拉得很長，像是一條長長的觸角伸到了窗外，再繼續往上伸延，直至半空，雲和月亮都不遠了。她被這高度震懾，不禁屏住呼吸，兩耳如曇花在夜裡綻放，聽到了整個美麗園和山景花園的聲息，甚至還聽到了更遠處的，整個錫都的心律與呼吸。

真有那麼一瞬，也不知那是什麼時辰了，銀霞忽然聽到城中某一座屋頂下，一排房子當中有人喊出了一聲歡呼。那聲音亢奮而充滿激情，比美麗園中唱〈苦酒滿杯〉的聲音與那一套卡拉OK伴唱器材有更大的震撼力，甚至也比城中所有回教堂同時播放的喚拜詞更加澎湃，以致那一排房舍共享的一長條屋頂輕微晃動了一下，像某種巨大的史前爬蟲類忽然甦醒過來，聳動一下牠發僵的脊椎。就這樣，城中所有的爬蟲都醒過來了。銀霞聽到滿城歡呼，真的就像剛剛射進一球了，同時終場的哨聲吹響。電視中的講述員用喊的也不行，他的旁白被背景裡洶湧的人聲和國歌的旋律淹沒了去。

這一定是個夢。人們的叫聲從四面八方湧起，一輛大羅厘在不遠的路上按響車笛，城中其他行駛中的車子鳴笛響應。狗受到了驚嚇，接二連三對著未滿之月嗥叫，聲調參差不齊。還有貓，貓經不起這瘋狂，慌不擇路，像逃脫的影子紛紛蹤入人們的庭院。有一隻從稍微敞開的窗戶跳了進來。銀霞聽到牠的身體鑽過鐵花的空隙，落地時踩著什麼，發出細微聲響。她心裡一緊，眼前黏滯的黑暗忽然凝聚起來，變得厚實無比，似能反彈出回聲。

「普乃？」她睜開眼睛。

房裡先是一片靜寂，然後那貓說——

喵嗚。

【後記】

# 一部長篇小說的完成

我將《流俗地》完成了。這不是一件容易的事。像我這樣一個馬華寫作人，即便出道後已比其他許多馬華同儕幸運，一路走得還算順遂，但要寫成一部二十一萬字的長篇小說，畢竟還是千難萬難的事。

記得二〇一六年七月，在《文訊》與台灣國藝會主辦的一場「小說引力」台北座談會上，我向與會者大吐苦水，申訴一個馬華作者（如我）書寫長篇之諸般困難，主要說的是生活艱苦，經濟條件不許可，以及發表／出版之不易等等，其實只是在藉機宣洩，也許說得狀甚淒切，特別顯得潦倒，竟然引起國藝會的注意（同情？），會後有人上前來表示會想辦法籌錢幫助馬華作者進行長篇創作。當時以為是場面話，便哈哈一笑而已，沒想到是年年底，國藝會即推出了「馬華長篇小說補助專案」；一連三年，給馬華寫作人補助三個長篇小說寫作計畫。

我這樣的人能寫成一個長篇，不啻有許多先天的不足需要克服，也有後天的不濟需要應付。到了小說好不容易完成，便恍惚覺得死裡逃生，不得不感到僥倖，腦子裡不期然出現一長串需要感謝的名字。自然先是得感謝台灣國藝會的；感謝當年的董事長真把我即席發的一堆牢騷當一回事；感謝這個與我本人沒有半點關係（我甚至從未留台）的機構，大度地為馬華作者提供幫助。這個專案肯定能給馬華文壇催生幾部長篇小說，或許也讓馬華文學史從此多了些填充物，又壯大了一些。

除了國藝會，其他我應該感謝的，多是怡保老家那些向我提供過「故事」的人。這些人多半不曉得與一個寫小說的人一起生活是多麼不安全的事，也萬難想像自己的人生經歷會被小說家支解切割，甚至熔解後重新再鑄，以各種不同的方式嵌入到作品中。這些人的名字我就不提了，事實上他們的名字我多數都沒認真記下來。

至於這小說為什麼會獻給李有成老師呢？想必他自己也會感到一頭霧水。我自己倒是記得清楚。許多年前，在我的第一部長篇小說《告別的年代》出版以後，有一日在臉書上收到李有成老師的私訊。此前我與這位長輩未曾有過任何聯繫，卻是久仰其名的，怎麼料得他主動加我，在私訊中對我說了一番鼓勵的話，其中讓我印象深刻的一句是——要有historical consciousness，或者sense of history。李老師德高望重，一年不知會對多少個後輩說鼓舞的話，他自己可能是不會放在心上的，但我卻一直都把這私訊中的一字一句存在心底了。這一部《流俗地》，我用了一年時間，其中大半年都在病中（精神緊張導致嚴重胃酸逆流），一字一字寫成，算是我給李有成老師當年那一番話的回應吧。

像李有成老師那樣不吝美言鼓舞與賜教，曾經讓我激動和發憤的人，其實還有另一位，那是我的寫作前輩，國寶級作家李永平。可惜斯人已逝，否則我這麼難得寫完一部長篇，必然也是要一併獻予他的。

至於王德威教授，作為一個馬華小說家，我從年輕時便沒有一刻不感激他對馬華作者的關注與厚待。數年前他為「當代小說家」邀稿，多少激起我的虛榮心，以後便是這種愛慕虛榮的心態（其實是害怕自己的加入會拖垮這整個系列的水平），促使我在寫作這長篇時，不斷對自己說「不是要把小說寫完，而是要將它寫好。」

寫到這兒，我的讀者注意到了麼？黎紫書寫小說二十五年，一直戰戰兢兢，以「素人」自慚；直至《流俗地》完成，她長長地吁了一口氣，竟然生起前所未有的自信，膽敢以「小說家」自居了。

國家圖書館出版品預行編目資料

流俗地 / 黎紫書著. -- 初版. -- 臺北市 : 麥田出版 : 家庭傳媒城邦分公司發行, 2020.04
面； 公分. --（當代小說家 ; 30）

ISBN 978-986-344-752-8（平裝）

868.757 109002298

當代小說家30


# 流俗地


作　　者　黎紫書
主　　編　王德威
責任編輯　張桓瑋　莊文松

國際版權　吳玲緯
行　　銷　巫維珍　蘇莞婷　何維民
業　　務　李再星　陳紫晴　陳美燕　馮逸華
副總編輯　林秀梅
編輯總監　劉麗真
總 經 理　陳逸瑛
發 行 人　涂玉雲

出　　版　麥田出版
104台北市民生東路二段141號5樓
電話：(886)2-2500-7696　傳真：(886)2-2500-1967
發　　行　英屬蓋曼群島商家庭傳媒股份有限公司城邦分公司
104台北市民生東路二段141號11樓
書虫客服服務專線：(886)2-2500-7718、2500-7719
24小時傳真服務：(886)2-2500-1990、2500-1991
服務時間：週一至週五09:30-12:00・13:30-17:00
郵撥帳號：19863813　戶名：書虫股份有限公司
讀者服務信箱E-mail：service@readingclub.com.tw
麥田部落格：http://ryefield.pixnet.net/blog
麥田出版Facebook：https://www.facebook.com/RyeField.Cite/

香港發行所　城邦（香港）出版集團有限公司
香港灣仔駱克道193號東超商業中心1樓
電話：(852) 2508-6231　傳真：(852) 2578-9337
E-mail：hkcite@biznetvigator.com

馬新發行所　城邦（馬新）出版集團【Cite(M) Sdn. Bhd.】
41-3, Jalan Radin Anum, Bandar Baru Sri Petaling,
57000 Kuala Lumpur, Malaysia.
電話：(603)9056-3833　傳真：(603)9057-6622
E-mail：cite@cite.com.my

印　　刷　前進彩藝有限公司
電腦排版　宸遠彩藝有限公司
封面設計　莊謹銘

初版一刷　2020年4月30日
初版五刷　2023年10月12日




定價／450元
ISBN：978-986-344-752-8
城邦讀書花園
www.cite.com.tw

馬華長篇小說創作發表專案
國藝會 NCAF　PHISON 群聯電子股份有限公司　郭文德先生